Arrebatado pelo Mar

Nora Roberts

Romances

A Pousada do Fim do Rio
O Testamento
Traições Legítimas
Três Destinos
Lua de Sangue
Doce Vingança
Segredos
O Amuleto
Santuário
A Villa
Tesouro Secreto
Pecados Sagrados
Virtude Indecente
Bellíssima
Mentiras Genuínas
Riquezas Ocultas
Escândalos Privados
Ilusões Honestas
A Testemunha
A Casa da Praia
A Mentira
O colecionador
A Obsessão
Ao Pôr do Sol

Saga da Gratidão

Arrebatado pelo Mar
Movido pela Maré
Protegido pelo Porto
Resgatado pelo Amor

Trilogia do Sonho

Um Sonho de Amor
Um Sonho de Vida
Um Sonho de Esperança

Trilogia do Coração

Diamantes do Sol
Lágrimas da Lua
Coração do Mar

Trilogia da Magia

Dançando no Ar
Entre o Céu e a Terra
Enfrentando o Fogo

Trilogia da Fraternidade

Laços de Fogo
Laços de Gelo
Laços de Pecado

Trilogia do Círculo

A Cruz de Morrigan
O Baile dos Deuses
O Vale do Silêncio

Trilogia das Flores

Dália Azul
Rosa Negra
Lírio Vermelho

Saga da Gratidão - vol. 1

NORA ROBERTS

Arrebatado pelo mar

Tradução
Renato Motta

5ª edição

BERTRAND BRASIL
Rio de Janeiro | 2018

Título original: *Sea Swept*

Texto revisado segundo o novo
Acordo Ortográfico da Língua Portuguesa

2018
Impresso no Brasil
Printed in Brazil

CIP-BRASIL. CATALOGAÇÃO NA PUBLICAÇÃO
SINDICATO NACIONAL DOS EDITORES DE LIVROS, RJ

Roberts, Nora, 1950-
R549a Arrebatado pelo mar / Nora Roberts; tradução de Renato Motta. – 5ª ed.
5ª ed. – Rio de Janeiro: Bertrand Brasil, 2018.
336 p.; 23 cm (Saga da gratidão; 1)

Tradução de: Sea swept
ISBN 978-85-286-2348-2

1. Ficção americana. I. Motta, Renato. II. Título. III. Série.

CDD: 813
18-50907 CDU: 82-3(73)

Vanessa Mafra Xavier Salgado – Bibliotecária CRB-7/6644

Direitos exclusivos de publicação em língua portuguesa somente para o Brasil
adquiridos pela:
EDITORA BERTRAND BRASIL LTDA.
Rua Argentina, 171 – 2º andar – São Cristóvão
20921-380 – Rio de Janeiro – RJ
Tel.: (21) 2585-2000 – Fax: (21) 2585-2084

Atendimento e venda direta ao leitor:
mdireto@record.com.br ou (21) 2585-2002

Para Mary Blayney,
por seu coração
amigável e generoso.

Queridos Leitores

Eu gosto dos homens. Ainda bem, porque tenho quatro irmãos mais velhos. Cresci em minoria e, mais tarde, ao ter dois filhos, continuei em minoria. Ou aprendia a gostar deles, apreciá-los e fazer o melhor possível para compreendê-los, ou seria obrigada a fugir, desesperada.

Gosto de escrever a respeito de homens — suas mentes, corações, esperanças e sonhos. Aprecio, especialmente, a dinâmica que existe entre eles... irmãos, pais e filhos, amigos. Sendo assim, pareceu-me natural enveredar por estes relacionamentos em uma nova trilogia.

Cameron, Ethan e Phillip foram todos meninos problemáticos que acabaram por ser adotados em períodos difíceis de suas vidas por Raymond e Stella Quinn. Não compartilham laços de sangue, mas se transformaram em uma família. Em *Arrebatado pelo mar*, a história de Cameron, a família enfrenta uma tragédia e um escândalo que acabarão por mudar as suas vidas. Cameron assume a vida agitada de quem gosta de viver perigosamente, desde que saiu da calma comunidade no litoral de Maryland, onde foi criado com seus irmãos por Ray e Stella. Gosta de barcos rápidos, carros rápidos e mulheres rápidas. De repente, é chamado de volta para casa, não apenas para dizer adeus ao único pai que amou, mas também para enfrentar o desafio de cuidar do último garoto perdido que Ray estava determinado a salvar.

Quem é Seth, este menino irascível e de gênio difícil que Ray, moribundo, pede que seus filhos protejam? A fim de descobrir e manter sua promessa, Cameron será obrigado a colocar a vida que resolveu abraçar em espera. E também será obrigado a lidar com certa assistente social que está tão determinada quanto ele a fornecer o lar mais adequado para Seth. Anna Spinelli se mostra cheia de surpresas e desafios. Espero que vocês, leitores, aprendam a gostar dos Quinn; homens dispostos a lutar para manter uma promessa.

Nora Roberts

Prólogo

Cameron Quinn não estava assim tão bêbado. Conseguiria chegar lá se pudesse se concentrar, mas, naquele momento, preferia o zumbido confortável do "quase lá". Gostava de pensar que era aquele estado de estar "a dois passos da negligência" que mantinha a continuidade da sua sorte.

Acreditava cegamente nas viradas da maré e nos fluxos de sorte, e naquele instante a sua sorte estava jorrando, rápida e quente. No dia anterior, levara o aerobarco à vitória no campeonato mundial, vencendo a competição graças ao ponto da curva final e quebrando o recorde de tempo e velocidade.

Alcançara a glória, recebera um gordo prêmio e resolvera levar ambos até Monte Cario, para ver como se saíam por lá.

Sentia-se maravilhoso!

Algumas cartas certas no bacará, alguns dados rolando da maneira adequada, a virada de uma carta decisiva, e a sua carteira ficou ainda mais pesada. Circulando entre os paparazzi e um repórter da revista Sports Illustrated, sua glória também não parecia dar sinais de diminuir.

A sorte lhe continuava a sorrir. Não exatamente a sorrir, mas a lançar--lhe um olhar de soslaio, malicioso, ao colocá-lo no caminho de uma praia, pensou Cameron, uma pequena joia do Mediterrâneo, onde, por acaso, realizavam uma sessão de fotos para a edição de moda-praia de uma revista popular.

E não é que a modelo de pernas mais longas, uma daquelas dádivas de Deus, voltara seus olhos azuis da cor do céu de verão para ele e curvara os lábios cheios e generosos em um sorriso convidativo que até mesmo um cego conseguiria enxergar, acabando por optar permanecer ali por mais alguns dias depois da sessão de fotos?

E ela também deixara bem claro para Cameron que, com um pouquinho de esforço, ele poderia conseguir ainda mais...

Champanhe, cassinos generosos, despreocupação, sexo sem compromisso. Sim, de fato, Cameron refletiu, a sorte definitivamente estava ao seu lado.

Quando pisaram na calçada, saindo do cassino e recebendo no rosto o ar morno de uma noite de março, um dos onipresentes paparazzi surgiu do nada, batendo fotos freneticamente. A mulher montou um biquinho — era, afinal, a sua marca registrada — e fez seus cabelos louros platinados, macios e sedosos, voarem para trás, atirando-os de modo artístico; por fim, mudou o corpo de posição, especialista que era. Seu vestido vermelho da cor do pecado, pouco mais grosso que algumas pinceladas, terminava abruptamente a poucos centímetros dos Portais do Paraíso.

Cameron simplesmente sorriu.

— Esses caras são umas pestes! — comentou ela, mostrando que tinha a língua presa ou um leve sotaque francês. Cameron jamais descobriria qual dos dois. Ela respirou fundo, como se testasse a resistência daquela seda finíssima, e deixou-se levar por ele através da rua banhada pelo luar. — Para todo lugar que olho tem uma câmera! Estou farta de ser vista apenas como objeto de prazer para os homens!

Aposto que sim, claro, pensou Cameron. E, sabendo que os dois eram tão superficiais quanto um riacho seco depois de uma enxurrada, riu novamente e a tomou nos braços, perguntando:

— Por que não damos a ele alguma coisa para encher a primeira página, docinho? — E colou seus lábios nos dela. Seu sabor penetrou seu organismo e mexeu com seus hormônios, dando partida em sua imaginação e fazendo-o sentir gratidão pelo fato de o hotel no qual estavam hospedados ficar a poucos quarteirões dali.

Ela deslizou os dedos por entre os cabelos dele. Gostava de homens com muito cabelo, e o dele era cheio, grosso e tão preto quanto a noite que os envolvia. Seu corpo era firme, todo cheio de músculos, esguio e com linhas disciplinadas. Ela era muito exigente a respeito do corpo de um amante em potencial, e o dele ultrapassava seus rígidos requisitos.

Suas mãos eram um pouco mais ásperas do que ela gostaria que fossem. Não a pressão ou o movimento delas, que eram perfeitos, mas a textura.

Eram mãos de trabalhador, mas estava disposta a fazer vista grossa para a falta de classe delas, devido às habilidades que demonstravam.

O rosto dele era intrigante. Não exatamente bonito... Jamais se deixaria ser vista, e muito menos fotografada, ao lado de um homem mais bonito do que ela. Havia uma dureza em seu rosto, uma tenacidade que parecia vir de algo além da pele muito bronzeada e dos ossos proeminentes. Eram os olhos, pensou, enquanto ria de leve e se desvencilhava do abraço. Eram cinza, mais da cor de pedra do que de fumaça, e escondiam segredos.

Apreciava um homem com segredos, pois nenhum conseguia mantê-los ocultos por muito tempo.

— Você é um menino mau, Cameron — falou ela, usando a tônica na última sílaba do seu nome e colocando o indicador sobre sua boca, uma boca que também não exibia maciez.

— Sempre me disseram isso... — E teve que pensar bastante, pois o nome dela estava lhe escapando por alguma fresta da memória. —... Martine.

— Talvez esta noite eu o deixe ser bem mau comigo.

— Estou contando com isso, doçura. — E lançou um olhar de soslaio para o hotel. Com quase um metro e oitenta, ela tinha os olhos quase na mesma altura dos dele. — Na minha suíte ou na sua?

— Na sua. — Ela só faltou ronronar. — Talvez, se pedir mais uma garrafa de champanhe, eu deixe você me seduzir.

Cameron levantou uma das sobrancelhas e pediu a chave na recepção.

— Vou precisar de uma garrafa de champanhe Cristal, duas taças e uma rosa vermelha. — Avisou o recepcionista, sem tirar os olhos de Martine. — O mais depressa possível.

— Sim, Monsieur Quinn. Vou cuidar pessoalmente disso.

— Uma rosa! — Ela balançou os cílios ao lado dele enquanto se encaminhavam para o elevador. — Que romântico.

— Ué, queria uma para você também? — O olhar de quem não entendeu a piada serviu de aviso de que o humor não era o ponto forte dela. Portanto, deixariam os risos e as conversas de lado, decidiu ele, e partiriam direto para o objetivo.

No instante em que as portas do elevador se fecharam ele a agarrou, puxando-a para junto de si, apertando aquela boca sedosa e sensual contra a sua. Estava faminto. Estivera muito ocupado, focado demais no barco, ligado demais na corrida para separar algum tempo para diversão. Queria uma pele macia e perfumada junto da dele, curvas, curvas generosas. Uma mulher, qualquer mulher, desde que estivesse disposta a tudo, fosse experiente e tivesse consciência dos seus limites.

Isso tudo tornava Martine perfeita.

Ela soltou um gemido que não pareceu totalmente fingido, para a alegria dele, e arqueou a garganta para os dentes que a mordiscavam.

— Você vai muito depressa... — comentou ela.

Ele deslizou a mão seda abaixo, e depois novamente para cima.

— É assim que ganho a vida. Indo depressa... sempre... de todas as maneiras.

Ainda segurando-a com força, saiu em círculos do elevador e seguiu pelo corredor rumo ao quarto. O coração dela batia descompassado contra o dele, sua respiração estava ofegante, e suas mãos, bem, ele sentiu que ela sabia muito bem o que fazia com elas.

Lá se fora o jogo de sedução... Ele destrancou a porta, abriu-a com um golpe e tornou a fechá-la, empurrando o corpo de Martine de encontro a ela. Arriou os dois cordões que lhe seguravam o vestido sobre os ombros e, com os olhos fixos em seu corpo, fartou-se com aqueles magníficos seios.

Reconheceu que seu cirurgião plástico merecia uma medalha.

— Quer que eu vá devagar? — perguntou ele.

Sim, a textura das suas mãos era grossa, mas, puxa, como eram excitantes! Ela empurrou a perna de um quilômetro de altura para cima e a enroscou em volta da cintura dele. Ele foi obrigado a lhe dar nota dez no quesito equilíbrio.

— Não, quero depressa! — respondeu ela.

— Nossa, eu também! — Ele esticou a mão por baixo do curto pedaço de pano que ela usava à guisa de saia e destruiu o obstáculo rendado que encontrou em seguida. Os olhos dela se arregalaram e sua respiração ficou mais arfante.

— Animal! — gemeu ela. — Você é muito selvagem! — E apertou os dentes na garganta dele.

No momento em que ele já baixava o zíper da calça, uma batida na porta soou com discrição por trás da cabeça dela. Cada gota do sangue dele havia sido drenada de sua cabeça para a região abaixo da barriga.

— Puxa, o serviço de quarto não pode ser assim tão rápido aqui... Pode deixar aí fora! — berrou ele, e se preparou para possuir a magnífica Martine ali mesmo, encostada na porta.

— Monsieur Quinn, peço desculpas, mas acabou de chegar um fax para o senhor e diz que é urgente.

— Mande-o embora, Cameron! — Martine colocou o braço em volta dele e o agarrou com as unhas, como se fossem garras. — Mande-o para o inferno e trepe comigo!

— Guenta aí! Quero dizer... — continuou ele, afastando os dedos dela antes que seus olhos ficassem vesgos. — Espere só um momento! — Ele a empurrou para o lado da porta, levou um segundo para verificar se tornara a fechar o zíper e abriu uma fresta.

— Sinto perturbá-lo, Monsieur Quinn...

— Tudo bem. Obrigado. — Cameron enfiou a mão no bolso em busca de uma cédula qualquer, sem sequer se dar ao trabalho de ver de quanto era, e a trocou pelo envelope. Antes que o mensageiro começasse a gaguejar diante do valor da gorjeta, Cameron bateu a porta na cara dele.

Martine fez a sua famosa jogada de cabelos para trás e disse:

— Está mais interessado em um fax do que em mim... do que nisto! — E, com a mão rápida, arriou por completo o vestido, pulando para sair de dentro do montinho que se formou no chão como a pele de uma serpente.

Cameron decidiu que o que quer que ela tivesse pagado por aquele corpo o resultado compensara cada centavo.

— Não, não, pode acreditar em mim, benzinho, não estou não. Vai levar só um segundo. — E rasgou o envelope antes de ceder à tentação de embolá-lo na palma da mão, atirá-lo por cima do ombro e mergulhar de cabeça dentro daquela glória feminina.

Entretanto, leu a mensagem, e o seu mundo, a sua vida e o seu coração pararam de repente.

— Ai, meu Deus! Não pode ser! — Todo o vinho consumido alegremente durante a noite se afunilou em sua cabeça, mergulhando vertiginosamente até atingir o seu estômago e transformar seus joelhos em geleia. Viu-se obrigado a encostar as costas na porta para se manter em pé, antes de tornar a ler.

> Cam, que droga! Por que não retornou nossos telefonemas? Estamos tentando entrar em contato com você há horas! Papai está no hospital. Está mal, muito mal mesmo! Não dá tempo para explicar os detalhes. Estamos perdendo-o muito depressa. Corra.
>
> Phillip.

Cameron levantou a mão lentamente. A mesma mão que já controlara timões e volantes de barcos, aviões, carros de corrida, a mão que era capaz de mostrar a uma mulher vislumbres trêmulos do paraíso e que tremia muito agora, enquanto a passava por entre os cabelos.

— Preciso ir para casa!

— Mas você já está em casa! — Martine resolveu dar a ele outra oportunidade e se lançou à sua frente, abraçando-o e esfregando o corpo nu em Cameron.

— Não, realmente preciso ir. — Empurrando-a para o lado, pediu uma linha para telefonar para fora do país. — Você vai ter que ir embora. Preciso dar alguns telefonemas.

— E acha que pode me dispensar assim?

— Desculpe. Fica para outra vez... — Sua mente simplesmente se recusava a funcionar direito. Distraído, arrancou mais algum dinheiro do bolso com uma das mãos, enquanto pegava o fone com a outra. — Tome... é para o táxi — explicou, esquecendo-se por completo de que ela estava hospedada no mesmo hotel que ele.

— Seu porco imundo! — Nua e furiosa, ela se lançou contra ele, preparando um tapa. Se ele estivesse com os pés firmes, teria se desviado. O tapa, porém, atingiu-o em cheio, chegando a estalar. Ele pareceu ouvir sinos, sua bochecha ardeu e sua paciência se esgotou.

Cameron simplesmente a envolveu com os braços com toda a força, e sentiu revolta quando a viu pensando que aquilo era o início de uma investida sexual. Empurrando-a até a porta, teve o cuidado de pegar o seu vestido, e então jogou a mulher e os pedaços de seda no corredor do hotel.

Seus guinchos foram tão agudos que Cameron sentiu o rangido dos próprios dentes ao passar a tranca na porta.

— Vou matar você! Seu porco! Canalha! Vou matá-lo por isso! Quem pensa que é? Você não é nada! Nada!

Deixando Martine berrando e esmurrando a porta, ele foi para o banheiro, a fim de colocar algumas coisas básicas em uma maleta.

Parece que a sua sorte acabara de dar a pior das viradas.

Capítulo Um

Cam usou toda a sua influência, mexeu alguns pauzinhos, implorou favores e espalhou dinheiro em várias direções. Conseguir transporte de Mônaco para a costa de Maryland, nos Estados Unidos, à uma da manhã não era nada fácil.

Foi de carro até Nice, dirigindo feito um louco pela estrada costeira, que era alta e onde ventava muito, até chegar a uma pequena pista de pouso a partir de onde um amigo concordara em levá-lo até Paris pela módica quantia de mil dólares americanos. Em Paris, conseguiu um voo charter por metade da quantia que gastara até ali, e passou as horas sobre o Atlântico em um borrão de fadiga e medo que o corroía por dentro.

Chegou ao Aeroporto Dulles, na Virgínia, logo depois das seis da manhã. O carro alugado já estava à espera, e ele começou a jornada até a baía de Chesapeake ainda no escuro que antecede o pré-alvorecer.

No momento em que chegou à ponte que atravessava a baía, o sol já brilhava no alto, fazendo a água cintilar e acentuando as formas dos barcos que estavam no mar para mais um dia de pesca. Cam passara boa parte da vida velejando na baía, nos inúmeros rios e minúsculas enseadas daquele pedacinho do mundo. O homem que corria para encontrar ainda vivo lhe ensinara muito mais do que a simples noção de bombordo e estibordo. Devia a Raymond Quinn tudo o que possuía, tudo o que realizara e lhe proporcionava orgulho.

Cam tinha treze anos e estava caminhando a passos largos em direção à desgraça quando Ray e Stella Quinn o resgataram do mundo em que vivia. Seus relatórios de delinquência juvenil já formavam um estudo completo sobre as raízes de uma vida de crimes.

Roubo, invasão de domicílio, ingestão de álcool antes da idade permitida, gazetas constantes e fugas da escola, assalto, vandalismo, mau comportamento. Vivia do jeito que queria e, mesmo então, conseguira grandes períodos de sorte, durante os quais fugia por muito tempo sem ser encontrado. O momento de maior sorte em sua vida, porém, foi quando finalmente foi capturado.

Era magro como um palito e ainda estava com as marcas roxas da última surra que levara do pai porque a cerveja acabara em casa. O que um pai poderia fazer, a não ser surrar o filho por isso?

Naquela noite quente de verão, com o sangue ainda secando no rosto, Cam prometera a si mesmo que jamais voltaria para aquele trailer caindo aos pedaços onde moravam, nem para aquela vida, nem para o homem que constantemente o recebia de volta, devolvido pela sociedade. Iria para algum lugar, qualquer lugar... talvez a Califórnia, talvez o México.

Seus sonhos eram altos, mesmo que sua visão estivesse embaçada graças a um olho roxo. Tinha cinquenta e seis dólares no bolso e mais alguns trocados em moedas, as roupas do corpo e uma atitude arrogante. Tudo o que precisava além disso, decidiu, era transporte.

Conseguiu uma carona clandestina em um dos vagões de um trem de carga que saía de Baltimore. Não sabia direito para onde ia, mas também não se importava, contanto que fosse para longe dali. Espremido no escuro, com o corpo doendo a cada solavanco do trem nos trilhos, prometeu a si mesmo que mataria ou seria morto, mas não voltaria.

Ao sair do trem, andando de gatinhas, sentiu cheiro de umidade e peixe, e implorou a Deus para que conseguisse arrumar comida em algum lugar. Sua barriga estava tão vazia que fazia ruídos constantes. Tonto e desorientado, começou a caminhar.

Não havia muita coisa naquele local. Uma cidade minúscula com algumas ruas desertas no meio da noite. Barcos que se amontoavam em docas desconjuntadas. Se sua cabeça estivesse mais alerta e clara, teria considerado a hipótese de arrombar uma das lojinhas que se alinhavam diante do pequeno porto, mas isso não lhe ocorreu até ter passado por toda a cidade e se ver, de repente, contornando um lago pantanoso.

As sombras do pântano e os sons que o cercavam lhe provocaram calafrios. O sol começava a nascer a leste, transformando aqueles terrenos baixos encharcados e as margens cobertas com grama molhada em raios de ouro. Um grande pássaro branco alçou voo, fazendo o coração de Cam quase parar de susto. Jamais vira uma garça antes, e achou que parecia gravura de um livro, um animal inventado.

Mas as asas se abriram, majestosas, e o pássaro levantou voo rumo aos céus. Por motivos que não conseguia explicar, o jovem seguiu sua rota pelo ar ao longo de toda a margem do pântano até vê-la desaparecer por entre árvores mais densas.

Perdera a noção de distância e direção, mas o instinto o aconselhou a se manter junto de uma pequena estrada rural, de onde poderia facilmente se esconder no mato alto ou atrás de uma árvore se um carro da polícia aparecesse.

Queria desesperadamente achar abrigo, algum lugar onde pudesse se enroscar e dormir para afastar os golpes da fome e a náusea que sentia. À medida que o sol subia, o ar se tornava mais denso devido ao calor. Sua camisa grudou nas costas, seus pés começaram a reclamar.

O que avistou primeiro foi o carro, um Corveta branco e bem polido, todo cheio de potência e graça, parado como um grande prêmio à luz enevoada do amanhecer. Havia uma picape ao lado dele, muito enferrujada, amassada e ridiculamente rural comparada à sofisticação arrogante do carro.

Cam se agachou embaixo de um luxuriante arbusto de hortênsias em flor e analisou o veículo, cheio de desejos.

Aquele filho-da-mãe conseguiria levá-lo até o México, com certeza, e para qualquer outro lugar aonde desejasse ir. Puxa, do jeito que uma máquina daquelas era capaz de rodar, já estaria a meio caminho da fronteira antes que o dono desse por falta.

Ajeitando-se melhor, piscou com força para clarear a visão embaçada e saiu correndo em direção à casa e ao carro. Sempre se surpreendia ao ver a forma arrumada e certinha com que algumas pessoas viviam. Em residências bonitas, com janelas pintadas, flores em volta e arbustos bem aparados no jardim. Cadeiras de balanço na varanda da frente e cortinas nas janelas. A casa lhe pareceu imensa, um palácio moderno todo branco com detalhes e molduras em azul-claro em volta das janelas.

Deviam ser ricos, decidiu, sentindo um ressentimento estranho moer-lhe o estômago junto com a fome. Eles podiam comprar casas bonitas, carros bonitos e ter vidas bonitas. E uma parte dele, alimentada por um homem que se mantinha à base de ódio e cerveja, queria destruir e arrasar todos os arbustos decorativos, quebrar todas as vidraças limpas e brilhantes e lascar com um cinzel toda aquela madeira pintada até reduzi-la a pedaços.

Queria atingi-los de algum modo, por terem tudo enquanto ele não tinha nada. Ao se levantar, porém, a fúria amarga foi se transformando em tontura e enjoo. Apertou a barriga, cerrando os dentes com força até que também começaram a doer, mas sua cabeça ficou mais clara.

Deixe os canalhas ricos dormirem, pensou. Ele os aliviaria apenas do carro incrementado. O veículo não estava nem ao menos trancado, reparou, e riu debochado diante da falta de cuidado dos donos, abrindo a porta com facilidade. Uma das habilidades mais úteis que seu pai lhe ensinara foi como fazer uma ligação direta em um carro de forma rápida e silenciosa. Tal destreza calhava bem quando a maior parte do dinheiro que ganhava vinha da venda de carros roubados para oficinas de ferro-velho.

Cam se abaixou, enfiou-se por baixo do volante e começou a trabalhar.

— É preciso muita coragem para roubar o carro de um homem bem na porta de sua casa!

Antes de Cam conseguir ver de onde vinha a voz e reagir, antes mesmo de conseguir xingar, dedos fortes o agarraram pelos fundilhos e o puxaram para fora. Ele esperneou muito e seu punho fechado pareceu atingir uma parede de pedra.

Foi quando viu pela primeira vez o Poderoso Quinn. O homem era gigantesco, com pelo menos dois metros de altura e a constituição física de um atacante dos Baltimore Colts. Seu rosto castigado pelo sol era largo, com um tufo espesso de cabelos louros que já exibiam fios grisalhos. Seus olhos eram de um azul penetrante e, naquele momento, mostravam-se extremamente aborrecidos.

Então, eles se estreitaram.

Não foi preciso muita força para manter o garoto preso. Ele devia pesar menos de cinquenta quilos, pensou Quinn, olhando-o como se tivesse acabado de pescá-lo na baía. Seu rosto estava todo sujo e muito machucado. Um dos olhos quase não se via de tão inchado, enquanto o outro, em um tom de cinza-escuro como pedra, exibia um ar de amargura e sofrimento que nenhuma criança devia sentir. Havia sangue seco na boca, a qual, apesar disso, lançava sorrisos de escárnio.

Pena e raiva se misturavam dentro de Quinn, mas ele manteve o garoto seguro com toda a firmeza. Aquele coelho, ele sabia, fugiria correndo dali se o soltasse.

— Parece que acabou do lado errado da briga, filho.

— Tira a porra dessa mão de cima de mim! Eu não tava fazendo nada!

Ray simplesmente levantou uma sobrancelha.

— Estava dentro do carro novo da minha mulher às sete da manhã de um sábado.

— Tava só procurando algum trocado! Qual é a porra da importância disso?

— Você não deve pegar o hábito de usar demais a palavra "porra" por aqui, sabia? Com o uso em excesso, ela vai acabar perdendo a imensa variedade do seu uso.

O tom ligeiramente explicativo era muito elevado para a cabeça de Cam.

— Escute aqui, Jack, eu só precisava de uns dois dólares em moedas. Você nem ia sentir falta deles.

— Não, mas Stella ia sentir muita falta desse carro se você tivesse completado a ligação direta. E meu nome não é Jack, é Ray! Agora, escute: pelo meu modo de ver a situação, você tem duas escolhas. Deixe-me explicá-las... Número um: eu reboco sua bunda magra para dentro de casa e chamo a polícia. Que tal passar alguns anos em uma instituição para delinquentes juvenis feita para moleques como você?

A pouca cor que Cam ainda tinha no rosto desapareceu por completo. Seu estômago vazio se contorceu e as palmas das mãos se cobriram de suor. Ele não suportaria ir preso. Tinha certeza de que acabaria morrendo em uma cela.

— Já disse que não estava roubando a porcaria do carro! Ele não é automático, tem quatro marchas. Como eu ia conseguir dirigir um carro de quatro marchas?

— Ora, ora... tenho a impressão de que se sairia muito bem fazendo isso... — Ray estufou as bochechas, considerou a situação e soltou o ar com um sopro. — Muito bem. Opção número dois...

— Ray! O que está fazendo aí fora com esse garoto?

Ray olhou para a varanda, onde uma mulher de cabelos ruivos desalinhados e com um robe azul muito gasto apareceu com as mãos nos quadris.

— Estávamos apenas discutindo opções de vida. Ele estava tentando roubar o seu carro.

— Mas o que é isso, pelo amor de Deus?!

— Alguém andou arrancando o couro dele. Recentemente, parece.

— Ora... — O suspiro de Stella Quinn foi tão alto que dava para ser ouvido a distância, através do gramado ainda coberto de orvalho. — Traga-o aqui pra dentro, deixe eu dar uma olhada nele. Que belo modo de começar o dia, hein? Um belo modo! Não, você volte lá para dentro, seu cachorro idiota. Grande vigia você é, que não dá nem sequer um latido quando meu carro está sendo roubado.

— Esta é a minha esposa, Stella. — O sorriso de Ray se abriu e brilhou. — Ela acaba de lhe oferecer a opção número dois. Está com fome?

A voz parecia estar zumbindo em seu ouvido. Um cão ladrava alegremente como se estivesse a quilômetros dali. Pássaros cantavam com som estridente, parecendo estar próximos demais do seu ouvido. O garoto sentiu a pele ficar subitamente quente e, logo em seguida, brutalmente gelada. E tudo começou a escurecer.

— Ei, aguente firme aí, filho. Vou segurá-lo...

Ele caiu sobre o assento preto e nem chegou a ouvir a praga que Ray soltou baixinho.

Ao acordar, estava deitado em um colchão firme, em um quarto onde a brisa ondulava as cortinas transparentes, trazendo um perfume de flores e de água de rio. Um sentimento de humilhação e pânico surgiu nele. No momento em que tentou se sentar na cama, sentiu mãos decididas que o obrigavam a continuar deitado.

— Fique quieto por mais um minuto...

O garoto viu o rosto comprido e magro da mulher que se debruçava sobre ele, apertando-o e cutucando. Havia milhares de sardas douradas naquele rosto, o que, por algum motivo, o deixou fascinado. Os olhos da mulher eram verde-escuros e, naquele instante, estavam franzidos. Sua boca permanecia fechada, formando uma linha fina e séria. Ela prendera o cabelo todo para trás e tinha um leve cheiro de pó-de-arroz.

Cam reparou, de repente, que tinham tirado as suas roupas, deixando-o só com as cuecas surradas. A humilhação e o pânico explodiram.

— Afaste-se de mim agora mesmo! — Sua voz saiu como um grasnado aterrorizado, e isso o enfureceu.

— Relaxe, vamos, relaxe... eu sou médica. Olhe para mim. — Stella chegou o rosto mais perto dele. — Olhe para mim agora. Diga-me o seu nome.

Seu coração martelou no peito.

— John — respondeu ele.

— E o sobrenome é Smith, imagino, para parecer bem comum — disse ela, em tom seco. — Bem, se tem presença de espírito para mentir, é porque não está assim tão mal. — Acendendo uma pequena lanterna em seu olho, resmungou: — Diria que teve uma pequena concussão na cabeça. Quantas vezes você já desmaiou depois de ter apanhado?

— Essa foi a primeira vez. — Ele sentiu que a cor voltava ao seu rosto diante do olhar de Stella, que nem piscava, e fez força para não se mostrar envergonhado. — Acho que foi a primeira. Não tenho certeza. Agora preciso ir embora.

— Sim, precisa mesmo. Para o hospital.

— Não! — O terror foi tão grande que lhe deu forças para agarrar o braço dela antes que se levantasse. Se acabasse no hospital, haveria perguntas. Com as perguntas, viriam os tiras. Depois dos tiras, chegariam as assistentes sociais. E assim, de algum modo, antes que se desse conta, acabaria de volta naquele trailer que fedia a mijo e cerveja na companhia de um homem que adorava descontar sua raiva socando um menino que tinha a metade do seu tamanho. — Não vou para hospital nenhum! Não vou! Olhe, entregue minhas roupas. Tenho um pouco de dinheiro comigo. Vou lhe pagar por todo esse trabalho. Tenho que ir. Agora.

Ela tornou a suspirar e perguntou:

— Diga-me o seu nome. O seu nome verdadeiro.

— Cam... Cameron.

— Cam, quem fez isso com você?

— Eu não...

— Não minta para mim! — disse ela com rispidez.

E ele não conseguiu mentir. Seu medo era imenso, e sua cabeça estava começando a latejar de forma tão terrível que mal conseguiu evitar um choramingo.

— Meu pai.

— Por quê?

— Porque ele gosta de me bater.

Stella pressionou os dedos de encontro aos olhos, a seguir abaixou as mãos e olhou para fora da janela. Podia ver a água, azul como no verão, as árvores cheias de folhas, e o céu, lindo e sem nuvens. E em um mundo tão bonito como aquele, pensou, havia pais que batiam nos filhos porque gostavam de fazer isso. Porque podiam. Simplesmente porque os filhos estavam ali, diante deles.

— Tudo bem, vamos dar um passo de cada vez. Você estava tonto... sentiu a visão turva?

Desconfiado, Cam fez que sim com a cabeça, respondendo:

— Um pouco, talvez. Mas é que não como nada há algum tempo.

— Ray está lá embaixo, cuidando disso. É melhor na cozinha do que eu. Suas costelas estão cheias de equimoses, mas não estão quebradas. O olho é que está em pior estado — murmurou, tocando no inchaço com todo o cuidado. — Podemos tratar dele aqui mesmo. Vamos limpar você, tornar a examiná-lo e ver como reage. Eu sou médica — repetiu, e sorriu enquanto a mão, com um frescor maravilhoso, arrumou-lhe o cabelo para trás da orelha. — Sou pediatra.

— Isso é médico de crianças.

— E você ainda está dentro da minha área, garotão... Se eu não gostar de como está reagindo, vou levá-lo para tirar algumas radiografias. — E pegou um antisséptico dentro da maleta. — Isso vai arder um pouco.

Ele se encolheu todo e sugou o ar quando ela começou a tratar do seu rosto.

— Por que está fazendo isso? — perguntou ele.

Ela não se aguentou. Com a mão livre, passou os dedos nos cabelos pretos do garoto, penteando-os para trás, e respondendo:

— Porque eu gosto.

Os Quinn ficaram com ele. Foi simples assim, Cam lembrava agora. Ou pelo menos foi como lhe pareceu na época. Ele não compreendeu totalmente, até muitos anos mais tarde, o quanto de trabalho, esforço e dinheiro eles haviam investido nele, primeiro se oferecendo para abrigá-lo e, mais tarde, adotando-o. Eles lhe deram sua casa, seu nome e tudo o que ele tinha de valor na vida.

Perderam Stella havia quase oito anos, para um câncer que se infiltrara em metástases pelo seu corpo, consumindo-o por completo. Um pouco da luz se fora quando ela desapareceu da linda casa nos arredores da pequena cidade de St. Christopher, que ficava às margens da baía. Uma parte da luz se apagara também em Ray, em Cam e nos outros dois meninos perdidos que eles haviam transformado em filhos.

Cam seguiu a carreira esportiva, e disputava corridas. Qualquer tipo de corrida, em qualquer lugar. Agora corria para casa, a fim de encontrar o único homem que considerara como pai.

Já estivera naquele hospital inúmeras vezes. Antes, quando sua mãe fazia parte da equipe, e depois, quando estivera internada em tratamento contra a doença que a levara.

E era ali que entrava naquele momento, agitado e em pânico, perguntando por Raymond Quinn na recepção.

— Ele está no CTI. Apenas a família pode visitá-lo.

— Sou filho dele. — Cameron se virou e foi direto para o elevador. Não precisava que lhe informassem o andar. Conhecia o prédio muito bem.

Viu Phillip assim que as portas se abriram, já no andar do CTI.

— Qual o estado dele?

Phillip entregou-lhe um dos dois copos de café que segurava. Seu rosto estava pálido de cansaço, seus cabelos normalmente muito bem cortados e penteados estavam com pontas e tufos que se eriçavam por causa das mãos que passava constantemente por ele. Seu rosto comprido e com ar angelical estava com um aspecto rude devido à barba por fazer, e seus olhos castanhos muito claros com tons dourados estavam com grandes olheiras.

— Não tinha certeza de que você conseguiria chegar a tempo. Ele está muito mal, Cam. Puxa, eu preciso me sentar por alguns instantes...

Foram para uma pequena sala de descanso para visitantes, onde Phillip se largou sobre uma poltrona. Uma lata de Coca-Cola que estava no bolso do seu terno bem cortado fez um barulho metálico. Por um instante, ele olhou sem expressão para o movimentado programa que passava na tevê.

— O que aconteceu? — quis saber Cam. — Onde ele está? O que os médicos falaram?

— Ele estava voltando para casa, vindo de Baltimore. Pelo menos Ethan acha que ele tinha ido a Baltimore por algum motivo. Bateu de frente em um poste. De frente, Cam. — Pressionou a palma da mão sobre o coração, pois ele parecia doer todas as vezes que imaginava a cena. — Os médicos acham que ele pode ter sofrido um infarto ou um derrame, e perdeu o controle do carro, mas ainda não têm certeza. Estava em altíssima velocidade.

Phillip precisou fechar os olhos, o estômago continuava tentando saltar-lhe pela garganta.

— Altíssima velocidade — repetiu. — Levaram quase uma hora para conseguir arrancá-lo das ferragens. Quase uma hora! Os paramédicos disseram que ele apresentava momentos de consciência, ficava acordando e desmaiando. Aconteceu a uns quatro quilômetros daqui.

Lembrando-se da lata em seu bolso, Phillip a abriu e bebeu. Parecia estar tentando bloquear a imagem do acidente e tirá-la da cabeça, concentrando-se no agora e no que aconteceria em seguida.

— Conseguiram localizar Ethan bem depressa — continuou. — Quando chegou aqui para ver papai, ele já estava na cirurgia. Está em coma agora. — Olhou para cima e encontrou os olhos do irmão. — Os médicos acham que não vai sobreviver.

— Isso é papo furado! Ele é forte como um touro!

— Eles falaram... — Phillip tornou a fechar os olhos. Sua cabeça parecia vazia e ele tinha que buscar cada pensamento lá no fundo — ...que foi um trauma generalizado, com dano cerebral e ferimentos internos. Ele está sendo mantido vivo sob a ação de aparelhos. O cirurgião... ele... papai se registrou como doador de órgãos.

— E daí? Foda-se a doação de órgãos! — A voz de Cam era baixa e furiosa.

— E acha que quero pensar nessa possibilidade? — Phillip se levantou, mostrando-se um homem muito alto e esguio, vestindo um terno caríssimo todo amarrotado. — Eles me disseram que é questão de horas. As máquinas estão fazendo com que ele respire. Que droga, Cam, você sabe como a mamãe e o papai conversaram a respeito disso quando ela ficou doente. Nenhuma medida extrema artificial! Eles assinaram um documento legal afirmando que não queriam continuar vivendo se para isso dependessem de aparelhos. Estamos ignorando o fato só porque... só porque... não conseguimos agir de outra forma.

— Você quer desligar o plugue? — Cam se aproximou de Phillip e o agarrou pela blusa. — Você quer desligar a porcaria do plugue dele?

Cansado e com o coração despedaçado, Phillip balançou a cabeça.

— Não, preferia cortar minha mão a ter que fazer isso. Não quero perdê-lo também. É melhor você ir até lá e vê-lo por si mesmo.

Ele se virou e seguiu na frente do irmão de criação através do corredor, onde o cheiro da desesperança não conseguia ser disfarçado pelos antissépticos. Atravessaram portas duplas, passaram pelo balcão das enfermeiras e seguiram por salas com painéis de vidro que exibiam máquinas que apitavam e nas quais a esperança insistia em se agarrar.

Ethan estava sentado em uma cadeira ao lado da cama quando eles entraram. A mão grande e calosa passava por entre as grades da cama e cobria a de Ray. Seu corpo alto e magro estava curvado, como se estivesse falando baixinho com o homem inconsciente na cama. Levantou-se lentamente e, com os olhos cercados de manchas escuras pela falta de sono, avaliou Cam.

— Então você resolveu aparecer. Unir-se ao bando.

— Vim o mais rápido que pude. — Cam não queria admitir o que acontecera, recusava-se a acreditar. O homem, o velho assustadoramente frágil deitado na cama estreita, era o seu pai. Ray Quinn era imenso, forte, invencível. Mas aquele homem ali parecia menor, encolhido, e estava pálido e imóvel como se estivesse morto.

— Papai. — Foi até a lateral da cama e se inclinou para junto dele. — É o Cam... estou aqui! — Esperou, certo de que, de algum modo, essa informação bastaria para que os olhos do pai se abrissem e piscassem de forma brincalhona.

Mas não houve movimento algum e nenhum som, a não ser o bipe monótono das máquinas.

— Quero falar com o médico dele.

— É o Garcia. — Ethan esfregou as mãos no rosto e passou-as pelos cabelos desbotados pelo sol. — Aquele neurocirurgião que mamãe costumava chamar de Mãos Mágicas. A enfermeira vai chamá-lo.

Cam endireitou o corpo e, pela primeira vez, reparou no garoto todo encolhido e adormecido em uma poltrona no canto do quarto.

— Quem é aquele menino?

— O último dos garotos perdidos de Quinn — explicou Ethan, conseguindo sorrir de leve. Normalmente isso teria amenizado as linhas do seu rosto sério e aquecido os pacientes olhos azuis. — Papai chegou a comentar a respeito dele com você, não chegou? Seth é o seu nome. Papai o trouxe para casa há uns três meses. — Ia falar mais alguma coisa, mas percebeu o olhar de advertência de Phillip e parou. — A gente fala sobre isso mais tarde.

Phillip se posicionou aos pés da cama, balançando para a frente e para trás sobre os calcanhares.

— E, como estavam as coisas em Monte Carlo? — Diante do olhar sem expressão de Cam, levantou os ombros; um gesto que todos eles usavam em lugar de palavras. — A enfermeira falou que devíamos continuar conversando normalmente com ele, e entre nós. Disse que talvez ele possa ouvir, eles não sabem direito, ainda não têm certeza.

— Correu tudo bem por lá. — Cam se sentou e repetiu o gesto de Ethan ao alcançar a mão de Ray através da grade protetora da cama. Como a mão estava muito mole e sem vida, ele a apertou de leve, estimulando-a a apertar a sua de volta. — Ganhei uma bolada no cassino e estava na minha suíte com uma modelo francesa muito quente quando o fax de vocês chegou. — Virou o rosto na direção de Ray e se dirigiu diretamente a ele: — Você devia tê-la visto, pai, ela era incrível! Tinha pernas tão compridas que pareciam ir até as orelhas, e seios maravilhosos, esculpidos à mão.

— E tinha um rosto? — perguntou Ethan, de forma seca.

— Um que combinava em tudo com o corpo. Garanto a vocês, ela era de arrasar! Quando avisei que tinha que ir embora às pressas, ficou meio revoltada. — E mostrou as marcas em seu rosto, no lugar em que ela o arranhara. — Tive que expulsá-la para o meio do corredor do hotel antes que me rasgasse em tiras. Ainda bem que me lembrei de jogar o vestido dela logo em seguida.

— Ela estava nua? — Phillip quis saber.

— Como Eva.

Phillip sorriu a princípio, mas depois soltou a primeira gargalhada em quase vinte e quatro horas.

— Puxa, isso eu quero ouvir em detalhes. — E colocou a mão sobre os pés cobertos de Ray, necessitando de uma conexão. — Ele também vai adorar essa história!

No canto, numa poltrona, Seth fingia dormir. Ouvira Cam entrar. Sabia quem ele era. Ray falava muito dele. Tinha dois álbuns de recortes, gordos de tantas notícias, reportagens, artigos e fotos das suas corridas e conquistas.

Cam não parecia tão durão, invencível e importante naquele momento, Seth decidiu. Parecia doente, pálido e com os olhos fundos. Já havia criado em sua cabeça uma imagem própria de como seria Cameron Quinn.

De Ethan ele gostava muito, embora fosse um sujeito que o punha para trabalhar pesado sempre que iam pescar ostras e mariscos juntos. Não ficava dando esporro o tempo todo, e nem uma vez o agredira, mesmo quando

Seth dera algumas mancadas no trabalho. Além disso, combinava direitinho com a imagem que um menino de dez anos como Seth fazia de um pescador.

Tinha a pele ressecada e áspera, era muito bronzeado, com cabelos encaracolados castanhos, cheios de pontas louras queimadas pelo sol, músculos fortes e fala arrastada. É... Seth gostava muito dele.

Em Phillip não se ligava muito. Normalmente aparecia todo arrumado, limpo e bem vestido. Seth imaginava que o cara tinha uns seis milhões de gravatas, embora não conseguisse imaginar por que um homem precisaria de uma só que fosse. Phillip, porém, tinha uma espécie de emprego sofisticado em uma firma elegante em Baltimore. Trabalhava com propaganda. Bolava ideias para vender coisas para as pessoas, coisas das quais elas provavelmente nem precisavam.

Seth via aquilo como uma maneira bem interessante de enganar otários.

E agora, Cam... Ele gostava dos holofotes, vivia no limite e corria todos os riscos. Não, não parecia assim tão durão, nem tão implacável.

Nesse instante, Cam virou a cabeça. Seus olhos se grudaram nos de Seth e ficaram parados ali, sem piscar, profundos e diretos, até o menino sentir o estômago se contorcer. Para escapar daquilo, simplesmente fechou os olhos e tentou se imaginar de volta à casa na beira d'água, jogando gravetos para o desajeitado cão que Ray batizara de Bobalhão.

Percebendo que o garoto estava acordado e sentira o seu olhar, Cam continuou a avaliá-lo. Era um menino bonito, decidiu, com uma grande quantidade de cabelos despenteados, louro-claros, e um corpo que já começava a adquirir contornos masculinos. A julgar pelo tamanho dos pés, transformaria-se em um varapau antes mesmo de acabar de crescer. Tinha um queixo protuberante que indicava arrogância, e uma boca que formava um biquinho. Ali, fingindo que dormia, conseguia parecer tão inofensivo quanto um cachorrinho, e também charmoso.

Os olhos, porém... Cam percebera algo que transmitia cautela animal neles. Ele próprio já vira aquele olhar demasiadas vezes no espelho. Não conseguira identificar a cor, mas pareciam sombrios. Azul-escuros ou castanhos, imaginou.

— Não devíamos levar o garoto para algum outro lugar?

Ethan olhou para trás, dizendo:

— Não, ele está bem aqui. Não temos ninguém com quem deixá-lo, de qualquer jeito. Se ficasse em casa sozinho, acabaria arrumando encrencas.

Cam deu de ombros, olhou para o outro lado e se esqueceu do menino.

— Quero falar com Garcia. Eles já devem ter os resultados dos exames ou algo desse tipo. Papai sabe dirigir como um profissional, e se não teve um infarto ou um derrame... — Parou de falar, repentinamente. Era demais imaginar aquilo. — Precisamos saber ao certo. Ficar andando aqui de um lado para outro não está ajudando muito.

— Você precisa fazer alguma coisa para espairecer — disse Ethan, com a voz suave demais, demonstrando que segurava uma explosão de raiva. — Vá até lá e agite isso... o fato de estar aqui já conta muito. — Olhou para o irmão através do corpo inconsciente de Ray. — Foi sempre o que contou para ele.

— Algumas pessoas não planejam passar a vida escavando a lama em busca de ostras e mariscos, nem verificando armações de arame para pegar caranguejos! — reagiu Cam. — Ele nos ofereceu a chance de construirmos nossas vidas e esperava que fizéssemos delas o que bem quiséssemos.

— E você fez da sua o que bem quis.

— Todos fizemos — argumentou Phillip. — Se havia algo de errado com papai nos últimos meses, Ethan, você devia ter nos contado.

— Mas que diabos, como que eu podia saber se havia algo de errado com ele? — Ele realmente desconfiara de alguma coisa, só que não conseguira tocar no assunto e deixara tudo correr... isso o consumia agora, enquanto ficava sentado ali, ouvindo as máquinas que mantinham o pai respirando.

— Você podia saber sim, porque estava aqui! — disse-lhe Cam.

— Sim, eu estava aqui, e vocês não... durante anos.

— Quer dizer que se eu tivesse ficado aqui em St. Chris ele não teria se arrebentado em uma droga de poste? É isso aí... — Cam passou as mãos pelos cabelos — Isso faz mesmo muito sentido!

— Se vocês estivessem por perto... se qualquer um dos dois estivesse, ele não tentaria fazer tantas coisas por conta própria. Toda vez que eu aparecia ele estava no alto da porcaria de uma escada, empurrando um carrinho de mão ou pintando um barco. Continuava a dar aulas três vezes por semana na universidade, servindo de tutor, corrigindo provas e trabalhos... e já está com quase setenta anos, pelo amor de Deus!

— Ele tem só sessenta e sete! — Phillip sentiu um calafrio lhe percorrer a espinha e agarrar-lhe o pescoço. — E sempre foi tão saudável quanto um cavalo.

— Não ultimamente... nos últimos tempos ele já não andava assim tão bem. Vinha perdendo peso, parecia cansado e acabado. Você mesmo viu, com os próprios olhos.

— Certo, certo. — Phillip passou as mãos no rosto, sentindo a aspereza da barba por fazer. — Então, talvez ele devesse diminuir um pouco o ritmo. Pegar mais esse garoto para criar provavelmente foi demais para ele, mas não houve jeito de dissuadi-lo da ideia.

— Sempre discutindo vocês três!

A voz fraca e arrastada fez com que os três homens dessem um pulo e ficassem alertas.

— Papai! — Ethan foi o primeiro a se inclinar na direção dele, com o coração martelando dentro do peito.

— Vou chamar o médico — reagiu Phillip.

— Não. Fique — murmurou Ray antes de Phillip sair correndo do quarto. Para Ray, aquele rápido retorno à vida era um esforço tremendo, mesmo que só por alguns minutos. Sentiu que tinha não mais do que poucos minutos. Seu corpo e sua mente já pareciam coisas separadas uma da outra, embora ainda conseguisse sentir a pressão amorosa de mãos sobre as suas, ouvir o som das vozes dos filhos, bem como sentir o medo e a revolta nelas.

Sentia-se cansado, ah, muito cansado... e queria Stella. Antes de partir, porém, precisava desempenhar uma última tarefa.

— Escutem aqui... — Cada pálpebra parecia pesar vários quilos, mas fez força para mantê-las abertas e lutou para colocar os olhos em foco. Seus filhos, pensou então, três maravilhosos presentes do destino. Fizera o melhor que podia por eles, tentando lhes ensinar como se tornar homens bons. Agora, precisava deles para mais uma coisa. Precisava que se mantivessem unidos, mesmo sem ele, para cuidarem do garoto.

— O menino... —Até mesmo as palavras pareciam pesar. Faziam-no franzir os olhos para conseguir levá-las da mente para os lábios. — O menino é meu. E agora vai ser de vocês. Fiquem com ele! Não importa o que aconteça, cuidem dele. Cam... você vai conseguir compreendê-lo melhor. — A mão grande, no passado tão forte e cheia de vida, tentava desesperadamente apertar os dedos de Cam. — Quero que me deem a sua palavra!

— Tomaremos conta dele. — Naquele momento, Cam teria prometido a lua e as estrelas. — Vamos tomar conta dele até o senhor ficar bem novamente, pai.

— Ethan... — ofegante, Ray sugou um pouco mais do ar pelo respirador artificial. — Ele vai precisar da sua paciência, do seu bom coração. Você é bom para trabalhar na água por causa disso.

— Não se preocupe com Seth. Tomaremos conta dele.

— Phillip...

— Estou aqui. — E chegou mais perto, abaixando a cabeça. — Estamos todos aqui.

— Você tem uma cabeça boa, vai conseguir fazer com que tudo se ajeite e se encaixe para funcionar. Não deixem o garoto ser levado. Vocês são irmãos. Lembrem-se sempre de que são irmãos! Tenho tanto orgulho de vocês... de todos vocês. Os Quinn... — Sorriu ligeiramente e parou de tentar lutar. — Precisam deixar que eu me vá agora.

— Vou buscar o médico! — Em pânico, Phillip correu para fora do quarto enquanto Cam e Ethan tentavam trazer o pai de volta à consciência.

Ninguém reparou no menino que continuava encolhido na poltrona, com os olhos fechados com toda a força para evitar que lágrimas quentes escorressem.

Capítulo Dois

Eles vieram sozinhos e em bandos para velar e enterrar Ray Quinn. Ele fora mais do que um simples residente no pontinho do mapa conhecido como St. Christopher. Fora professor, amigo e confidente. Nos anos em que as ostras andavam escassas, ajudava a organizar campanhas para angariar fundos ou então arrumava, de uma hora para outra, dezenas de bicos e serviços que precisavam ser executados, a fim de sustentar os pescadores de água doce durante os invernos mais rigorosos.

Se algum estudante estava com dificuldade na matéria, Ray sempre abria uma brecha em sua agenda para lhe oferecer uma aula particular. Suas aulas de Literatura na universidade estavam sempre lotadas, e era muito difícil alguém se esquecer do Professor Quinn.

Ele acreditava na força da comunidade, e essa fé havia sido não apenas forte, mas ágil. Tivera o mais vital dos dotes humanitários: o de tocar e melhorar a vida das pessoas.

Criara três meninos que ninguém queria e os transformara em homens.

Todos cobriram seu túmulo com flores e lágrimas. Assim, quando os sussurros e as especulações começaram a surgir, eram quase sempre caladas e sufocadas rapidamente. Poucos estavam dispostos a ouvir qualquer fofoca que refletisse mal na imagem de Ray Quinn. Ou pelo menos era o que falavam, mesmo quando as orelhas se virassem para ouvir melhor os murmúrios.

Escândalos sexuais, adultério, uma criança ilegítima... suicídio...

Ridículo! Impossível! A maioria reagia assim, de coração. Outros, no entanto, inclinavam-se um pouco mais para ouvir melhor e pegar cada sussurro, franzir as sobrancelhas e passar a história adiante nos ouvidos de alguém.

Cam não ouviu nenhum dos rumores. Seu pesar era tão grande, tão monstruoso, que mal conseguia ouvir os próprios pensamentos sombrios. Quando sua mãe morrera, fora capaz de lidar com aquilo. Já estava preparado para o momento quando tudo aconteceu. Havia testemunhado seu sofrimento por muito tempo e a vira rezar para que aquilo tivesse um fim. A perda de agora, porém, fora muito rápida, muito arbitrária, e não havia câncer algum sobre o qual jogar a culpa.

Havia pessoas demais na casa, pessoas que desejavam oferecer condolências ou compartilhar lembranças. Cam não queria saber das lembranças, não conseguiria encará-las até lidar com as próprias recordações.

Sentou-se sozinho na doca que ele mesmo ajudara Ray a consertar pelo menos uma dezena de vezes no decorrer dos anos. Ao lado dele estava a linda corveta de vinte e quatro pés na qual toda a família velejara inúmeras vezes. Ainda se lembrava do primeiro passeio por aquelas águas, para o qual Ray o levara em um pequeno veleiro de um só mastro, todo de alumínio, e que pareceu a Cam pouco maior que um barquinho entalhado em cortiça.

Lembrou-se da paciência com que Ray o ensinara a velejar, a manejar o cordame e a direcionar a embarcação. A emoção, recordava naquele instante, da primeira vez em que o deixara manejar o leme sozinho.

Fora uma experiência capaz de modificar toda a existência de um menino que crescera largado, vagando por ruas suspeitas: todo aquele ar salgado no rosto, o vento chicoteando a vela branca, a vertigem e a sensação de liberdade em deslizar velozmente sobre as águas espelhadas. Acima de tudo, porém, foi a confiança que Ray demonstrou em Cam. *Tome*, ele dissera, entregando-lhe a direção do barco. *Veja o que consegue fazer com ele.*

Talvez tivesse sido naquele instante, naquela tarde um pouco enevoada, quando as folhas estavam verdes e exuberantes e o sol era já uma bola branca por trás da bruma, que Ray conseguira transformar o garoto no homem que era hoje.

E fizera isso apenas com um sorriso.

Cam ouviu os passos lentos sobre a doca, mas não se virou. Continuou olhando para a água enquanto Phillip chegava e se colocava ao lado dele.

— A maior parte do pessoal já foi embora.

— Que bom!

— Eles vieram por papai... — Phillip enfiou as mãos nos bolsos. — Ele teria gostado disso.

— É. — Cansado, Cam apertou os olhos com os dedos e os deixou escorregar pelo rosto. — Sim, ele teria gostado. Saí porque acabei com todo o repertório de coisas para dizer às pessoas, e também não sabia como dizê-las.

— É. — Embora ganhasse a vida imaginando palavras e frases criativas e inteligentes, Phillip compreendia perfeitamente o sentimento. Ficou alguns instantes curtindo o silêncio. A brisa que vinha da água estava um pouco forte, o que era um alívio depois de enfrentar a casa entulhada de gente, quente demais devido ao calor de muitos corpos juntos. — Grace está limpando a cozinha, e Seth está lhe dando uma mãozinha. Acho que ele gosta dela.

— Ela está com uma boa aparência. — Cam tentava afastar a mente daquilo e pensar em outra coisa. Qualquer coisa. — É difícil imaginá-la já com uma filhinha. Ela se divorciou, não foi?

— Sim, há um ou dois anos. O cara se mandou pouco antes da gracinha da Aubrey nascer. — Phillip soprou o ar entre os dentes. — Temos coisas para resolver, Cam.

Cam reconhecia o irmão só pelo tom das palavras, e o tom na voz de Phillip queria dizer que era hora de tratar de negócios. Uma espécie de ressentimento começou a borbulhar dentro dele.

— Estava pensando em dar uma velejada. O vento está muito bom hoje — disse Cam.

— Você pode velejar mais tarde.

— E posso velejar agora! — Cam virou o rosto para o irmão, com ar afável.

— Está correndo um boato por aí... as pessoas estão falando que papai cometeu suicídio.

O rosto de Cam ficou sem expressão por um instante, e então se encheu de fúria em estado bruto.

— Que porra é essa que você está dizendo? — Quis saber enquanto se colocava de pé com um pulo.

Ah, pensou Phillip, com uma satisfação sombria, *agora consegui prender a sua atenção.*

— Estão especulando que ele se jogou de propósito contra o poste.

— Isso é mentira pura, papo furado! Quem, diabos, está falando isso?

— Está rolando por aí, e um pouco da história está criando raízes. Tem a ver com Seth.

— Como isso tem a ver com Seth? — Cam começou a andar de um lado para outro, com passos largos e furiosos, ao longo da estreita doca. — O que foi? Acham que ele estava maluco por ter mais um garoto para criar? Porra, então ele era louco por ter pegado qualquer um de nós, e o que isso tem a ver com o acidente?

— Corre um papo por aí... as pessoas estão falando que Seth é filho dele, de verdade... de sangue.

— Mas a mamãe não podia ter filhos — argumentou Cam, parando de repente.

— Sei disso.

— Está dizendo que ele a traiu, então? —A fúria batia em seu peito como martelo sobre aço. — Está dizendo que papai saiu por aí com outra mulher e arrumou um filho? Por Deus, Phillip!

— Não estou dizendo nada disso!

Cam chegou mais perto do irmão até ficarem cara a cara.

— Então, o que está dizendo?

— Estou apenas contando o que ouvi as pessoas comentarem — disse Phillip, sem se abalar —, a fim de podermos lidar com o caso.

— Se você tivesse coragem, teria dado um soco e colocado a nocaute a pessoa que disse isso com sua boca suja e mentirosa.

— É o que parece que está querendo fazer comigo agora. Essa é a sua forma de lidar com as coisas? Ficar dando porrada nelas até que o problema desapareça? — Com o próprio sangue começando a ferver, Phillip deu um empurrão em Cam. — Ele era meu pai também, droga! Você foi o primeiro, mas não o único!

— Então por que não o defendeu, Phillip, em vez de ficar ouvindo todo esse lixo? Estava com medo de sujar suas mãozinhas? Estragar suas unhas? Se não fosse tão maricas, teria...

O punho de Phillip se levantou e atingiu o maxilar de Cam com força e precisão, um soco forte o bastante para atirar a cabeça de Cam para trás e fazê-lo cambalear ligeiramente. Ele, porém, recuperou o equilíbrio bem depressa. Com olhos sombrios e sedentos, sacudiu a cabeça, chamando:

— Bem, então venha, pode vir.

Com o sangue borbulhando na cabeça, Phillip começou a tirar o paletó, olhando para Cam. O ataque veio de modo inesperado e por trás. Mal teve tempo de xingar e entender o que acontecera, antes de voar por cima da doca e cair dentro d'água.

Phillip voltou à superfície e afastou o cabelo molhado da frente dos olhos.

— Filho-da-mãe. Seu filho-da-mãe!

Ethan estava com os polegares enfiados nos bolsos da frente da calça e avaliava seu irmão, que espalhava água lentamente em volta de si.

— Esfrie a cabeça — sugeriu com suavidade.

— Esse terno é um Hugo Boss. — Phillip argumentou; enquanto voltava lentamente na direção da doca.

— Isso não significa porra nenhuma para mim. — Ethan olhou para Cam. — Para você significa alguma coisa?

— Significa sim. Significa que ele vai ter uma despesa gigantesca para mandar lavar a roupa a seco.

— E você também — disse Ethan, empurrando Cam de cima da doca, atirando-o na água. — Essa não é a hora nem o lugar para vocês ficarem brincando de socar um a cara do outro. Portanto, quando rebocarem suas bundas molhadas daí e se secarem, vamos poder conversar direito. Mandei Seth ficar algum tempo com Grace.

Com os olhos apertados, Cam penteou os cabelos para trás com os dedos.

— Então, de uma hora para outra, você resolveu assumir o controle da situação?

— Parece que fui o único que conseguiu ficar com a cabeça fora d'água. — Dizendo isso, Ethan se virou e caminhou lentamente de volta para casa.

Juntos, Cam e Phillip agarraram a ponta da doca. Trocaram um olhar longo e duro, antes de Cam finalmente suspirar e dizer:

— A gente joga ele dentro d'água mais tarde.

Aceitando as desculpas do irmão, Phillip assentiu. Fez um esforço e se elevou sobre a borda da doca, sentando-se e começando a arrancar a gravata de seda arruinada.

— Eu o amava também. Tanto quanto você. Tanto quanto qualquer um de nós era capaz.

— É. — Cam começou a tirar os sapatos. — Não suporto isso! — Era uma coisa difícil de admitir, ainda mais vinda de um homem que escolhera viver continuamente no limite. — Não queria estar aqui hoje. Não queria estar aqui para testemunhar o momento em que o colocaram debaixo da terra.

— Você conseguiu estar com papai antes da sua morte. Era tudo o que importava para ele.

Cam tirou as meias, a gravata, o paletó e sentiu o vento gelado do início de primavera.

— Quem contou a você sobre esses boatos? Quem anda dizendo essas coisas sobre o papai?

— Grace. Ela tem ouvido comentários a respeito e achou que era melhor que soubéssemos o que o povo anda falando. Contou a mim e a Ethan hoje de manhã... e chorou muito. — Phillip levantou a sobrancelha. — Continua achando que eu devia ter dado um soco nela e a nocauteado?

Cam atirou os sapatos destruídos sobre o gramado.

— Quero saber quem começou a espalhar esses boatos e por quê.

— Já olhou para Seth, Cam?

O vento começava a atingir os seus ossos. Por isso, começou a tremer.

— É claro que já olhei para ele — Cam disse e se virou, começando a caminhar em direção à casa.

— Então, olhe com mais atenção — murmurou Phillip.

Quando Cam entrou na cozinha, vinte minutos depois, aquecido e seco, usando um jeans e um suéter, Ethan já estava com o café e o uísque prontos.

Era uma cozinha ampla, para uma família numerosa, com uma comprida mesa no centro. As bancadas brancas mostravam sinais de envelhecimento, com arranhões e rachaduras devido ao uso constante. Alguns anos antes, houve planos de trocar o antigo fogão. Então, Stella caiu doente e isso representou o fim daquela ideia.

Sobre a mesa havia uma tigela rasa para colocar frutas que Ethan fizera em uma oficina de artesanato quando ainda estava no ensino médio. Ela continuava lá desde o dia em que ele a trouxera para casa, mas vivia cheia de cartas, bilhetes e miudezas domésticas, em vez de exibir as frutas para as quais fora projetada. Três janelas largas, sem cortinas, enfileiravam-se na parede dos fundos, dando à cozinha uma linda vista do quintal e da bela superfície da água um pouco além.

As portas dos armários eram de madeira com vidro no centro, e os pratos dentro deles eram de louça branca e simples, meticulosamente arrumados, como também era, Cam refletiu, o conteúdo de todas as gavetas. Stella insistira naquilo. Quando queria uma colher, por Deus, ela não aceitava ficar procurando por ela.

A geladeira estava coberta de fotos e recortes de jornais, notas, cartões-postais, desenhos infantis, todos afixados ao acaso por ímãs coloridos.

Cam sentiu um nó dentro do peito ao entrar naquele lugar e saber que seus pais jamais estariam novamente ali com ele.

— Fiz um café bem forte — comentou Ethan. — O uísque também é dos bons. Podem escolher.

— Fico com os dois. — Cam despejou a bebida quente em uma caneca, acrescentando uma dose de Johnnie Walker, e então se sentou. — Também está com vontade de me dar um soco?

— Estava. Pode ser que a vontade volte. — Ethan resolveu que queria seu uísque puro e sem gelo, e se serviu de uma dose dupla. — No momento não estou com vontade de atacar você. — Ele se colocou diante da janela, olhando para fora, com o uísque intocado na mão. — Talvez eu continue achando que você devia ter estado mais aqui nos últimos anos. Talvez você não tivesse condições ou oportunidade para fazer isso. Agora nada disso importa...

— Não sou um pescador, Ethan. Trabalho naquilo que sou bom. Era isso o que esperavam de mim.

— É. — Ethan não conseguia imaginar a necessidade que Cam sempre demonstrara ter de fugir para longe do lugar que era seu lar, seu santuário. O lugar que representava o amor. Mas não havia motivos para questionar isso, nem para guardar ressentimentos. E nem, admitiu ele, procurar culpados. — A casa está precisando de reparos.

— Eu notei.

— Eu devia ter arrumado mais tempo para aparecer por aqui e ajeitar as coisas. A gente sempre acha que vai sobrar muito tempo para fazer isso, e então descobre que não sobrou nenhum. A escada dos fundos está toda podre, precisa ser consertada. Eu vivia planejando fazer isso. — E, ao ver Phillip entrar na cozinha, avisou: — Grace vai ter que trabalhar hoje à noite, e não pode tomar conta de Seth por mais de algumas horas. Pode contar toda a história para Cam, Phillip. Se eu fizer isso, vou levar um tempão.

— Tudo bem. — Phillip se serviu de café e deixou o uísque de lado. Em vez de se sentar, preferiu se encostar a uma das bancadas. — Parece que uma mulher veio ver o papai, há alguns meses. Foi até a universidade e causou alguns problemas por lá, mas ninguém ligou muito para ela na ocasião.

— Que tipo de problemas?

— Criou uma cena na sala do papai, com muitos gritos e choro. Então, procurou o reitor e tentou dar queixa de assédio sexual contra papai.

— Isso é golpe, um monte de mentiras!

— O reitor aparentemente também avaliou assim. — Phillip se serviu de outra caneca de café, e dessa vez a colocou sobre a mesa. — Ela alegava, aos gritos, que papai a havia assediado e molestado tempos atrás, na época em que era aluna dele. Só que não havia registro algum de ela ter frequentado as aulas da universidade. Ela argumentou que assistia às aulas dele apenas como ouvinte, porque não podia pagar a mensalidade. Só que ninguém conseguiu comprovar a veracidade disso também. A reputação do papai permaneceu inabalada, e a coisa parecia ter acabado por aí...

— Ele ficou bastante abalado na ocasião — Ethan acrescentou. — Não falava comigo a respeito do assunto. Não falava com ninguém sobre isso. Então, resolveu viajar por uma semana. Disse que estava indo passar uns dias na Flórida para pescar um pouco... e voltou com Seth.

— Está tentando me dizer que as pessoas acham mesmo que o garoto é filho dele? Pelo amor de Deus, então vocês acreditam que ele transou com uma vadia qualquer que espera, deixe ver... dez ou doze anos para só então reclamar a respeito?

— Ninguém deu muita importância ao fato na hora — interrompeu Phillip. — Ele já tinha recolhido garotos largados para trazê-los para casa. Só que aí pintou o lance do dinheiro.

— Que dinheiro?

— Ele passou cheques, um de dez mil dólares, outro de cinco e mais um de dez nos últimos três meses. Todos nominais a Gloria DeLauter. Alguém no banco percebeu a história e comentou com outras pessoas, porque Gloria DeLauter era o nome da tal mulher que tentara enquadrá-lo com acusações de assédio sexual.

— Por que diabos ninguém me contou o que andava acontecendo por aqui?

— Eu só descobri a respeito da grana há poucas semanas. — Ethan olhou fixamente para o uísque, e decidiu que a bebida lhe seria mais útil dentro da barriga do que fora. Entornou tudo de uma vez só e sibilou, fazendo uma careta. — Quando perguntei a ele a respeito, papai simplesmente me respondeu que o garoto era a parte mais importante da história. Disse para eu não me preocupar. Garantiu que assim que tudo estivesse resolvido ele me explicaria a história toda. Pediu-me um pouco mais de tempo, paciência, e me pareceu tão... indefeso. Você não imagina como foi vê-lo assustado assim, velho e frágil. Você não o viu, não estava aqui para vê-lo naquele estado. Então eu esperei... — O uísque se juntou ao ressentimento e à culpa e fizeram um buraco dentro dele. — E estava errado, fiz mal em esperar.

Abalado, Cam se afastou da mesa e perguntou:

— Acha que ele estava sendo chantageado? Que ele seduziu uma aluna há doze anos e a engravidou? E agora estava pagando essa grana para ela ficar quieta e entregar o garoto para ele criar?

— Só estou contando o que aconteceu, do jeito que eu ouvi. — A voz de Ethan estava calma, e seus olhos firmes. — Não o que eu acho.

— Pois eu nem sei o que achar — disse Phillip, baixinho. — O que sei é que Seth tem os olhos dele. Basta olhar para ele para perceber, Cam.

— Pois eu duvido que ele tenha trepado com uma aluna, de jeito nenhum! E não acho que tenha traído a mamãe, de jeito nenhum também.

— Também não quero acreditar nisso. — Phillip pousou sua caneca sobre a mesa. — Mas ele era humano. Pode ser que tenha cometido um erro. — Um deles tinha que ser realista, e Phillip se elegeu para isso. — E, se cometeu esse erro, não cabe a mim condená-lo. O que temos que esquematizar é como atender ao pedido que ele fez. Precisamos arrumar um jeito de manter Seth conosco. Posso descobrir se ele já deu entrada nos papéis de adoção. Se deu, não houve tempo para o processo ser concluído. Precisaremos de um advogado.

— Quero saber mais sobre essa tal Gloria DeLauter. — Deliberadamente, Cam abriu os punhos, antes que acabasse usando-os em alguma coisa ou alguém. — Quero saber quem, diabos, é ela. E onde se enfiou.

— Você é que sabe... — Phillip deu de ombros. — Pessoalmente, não quero nem chegar perto dela.

— E essa história escrota de suicídio?

Phillip e Ethan trocaram um olhar, e então Ethan se levantou e foi até uma gaveta da cozinha. Abriu-a e pegou um grande pacote selado. Sentia-se machucado só de pegar naquilo, e notou pelo olhar de Cam, que se tornou sombrio, que ele reconheceu de imediato o gasto chaveiro de acrílico com um trevo dentro que pertencera a seu pai.

— Essas são as coisas que os bombeiros encontraram no carro logo depois do acidente. — Abrindo o pacote, pegou um envelope. O papel branco tinha manchas de sangue seco. —Acho que alguém... um dos policiais, o motorista do reboque ou talvez um dos paramédicos deu uma olhada no envelope, leu a carta e não se preocupou em guardar as informações para si mesmo. É dela. — Ethan deu um tapinha na carta e a entregou a Cam. — A carta é de Gloria DeLauter. O carimbo é de Baltimore.

— Ele estava vindo de Baltimore. — Com receio, Cam desdobrou a carta. A caligrafia era meio confusa e feia, com letras muito grandes.

> Quinn, estou cansada de receber ninharias. Já que quer tanto ficar com o garoto, é hora de pagar por ele. Encontre-me no mesmo lugar em que o pegou. Vamos nos encontrar na segunda de manhã. O quarteirão fica bem mais calmo a essa hora. Onze horas. Traga cento e cinquenta mil, em dinheiro. Em dinheiro, Quinn, sem desconto! Se não aparecer com toda a grana, até o último centavo, vou pegar o garoto de volta. Lembre-se de que posso melar o processo de adoção a qualquer hora. Cento e cinquenta mil até que é um bom negócio para um garoto bonito como Seth. Traga a grana que sumo de vez. Dou-lhe minha palavra.
>
> Gloria.

— Ela estava vendendo o garoto — murmurou Cam —, como se ele fosse um... — E parou de falar na mesma hora, olhando direto para Ethan ao lembrar que ele também havia sido vendido pela própria mãe para homens que preferiam garotos novos. — Desculpe, Ethan.

— Consigo conviver com isso — disse ele com resignação. — Mamãe e papai fizeram de tudo para que eu superasse essa história. Ela não vai pegar Seth de volta. Não importa o que seja necessário, ela não vai colocar as mãos nele.

— E não sabemos ao certo se ele deu essa grana toda para ela.

— Ele esvaziou sua conta aqui na cidade — informou Phillip. — Pelo que investiguei, apesar de ainda não ter tido tempo de analisar a papelada com detalhes, ele encerrou todas as contas de poupança e resgatou os certificados de depósito. Teve apenas um dia para levantar o dinheiro.

Tudo isso somado chegou a cem mil, mais ou menos. Não sei se tinha os outros cinquenta nem se teve tempo de transformar em grana caso tivesse.

— E ela não ia sumir. Papai devia saber disso. — Cam colocou a carta sobre a mesa e esfregou as mãos nas calças, como se para limpá-las. Então, qual é? O povo anda fofocando que ele se matou por causa de quê? Vergonha, pânico, desespero? Ele jamais deixaria o garoto para trás, sozinho.

— E não deixou mesmo — Ethan foi até a cafeteira. — Deixou-o conosco.

— Mas como ficaremos com ele? — Cam tornou a se sentar. — Quem vai deixar três caras adotarem um garoto?

— A gente arruma um jeito — Ethan se serviu de café, e colocou tanto açúcar que fez Phillip virar o rosto, fazendo uma careta. — Ele agora é nosso!

— Mas que diabos vamos fazer com ele?

— Matriculá-lo na escola, colocar um teto sobre a sua cabeça, comida na sua barriga e tentar dar a ele um pouco do que nossos pais nos deram. — Foi pegar o bule e completou o café de Cam. — Tem algum argumento contra?

— Duas dúzias, mas nenhum deles se sobrepõe ao fato de que empenhamos nossa palavra.

— Pelo menos concordamos nesse ponto. — Franzindo os olhos, Phillip tamborilou os dedos sobre a mesa. — Só que esquecemos um pequeno e vital detalhe: nenhum de nós sabe o que Seth tem a dizer a respeito disso. Pode ser que ele não queira ficar aqui. Pode ser que não queira ficar com a gente.

— Você vive arrumando um jeito de complicar as coisas, é sempre assim! — reclamou Cam. — Por que ele não iria querer?

— Porque ele nem conhece você, e mal me conhece. — Phillip levantou a caneca e gesticulou. — O único de nós com quem ele já passou algum tempo foi Ethan.

— Não passou assim tanto tempo comigo também — admitiu Ethan. — Eu o levei no barco para trabalhar algumas vezes. Ele pensa rápido e tem mãos ágeis. Não fala muito sobre si, mas, quando isso acontece, até que se comunica. Passou algum tempo com Grace também. Ela parece não se importar de cuidar dele.

— Papai queria que ele ficasse — afirmou Cam, encolhendo os ombros. — Ele vai ficar. — E olhou para trás ao ouvir o som de três buzinadas ligeiras.

— Deve ser a Grace deixando-o aqui, a caminho do bar do Shiney.

— Bar do Shiney? — As sobrancelhas de Cam se elevaram. — O que Grace está fazendo lá?

— Trabalhando para ganhar a vida, imagino — respondeu Ethan.

— Ah, sim... — E um lento sorriso se espalhou no rosto de Cam. — Shiney continua com aquelas garçonetes vestidas com saias bem curtas, um imenso laço colorido em cima do traseiro e as pernas cobertas por uma meia arrastão preta?

— Continua — disse Phillip, com um suspiro longo e sonhador. — Continua sim.

— Deve ficar muito bem vestindo uma dessas fantasias, imagino.

— Fica sim. — Phillip sorriu. — Fica mesmo.

— Talvez eu dê uma passada por lá mais tarde.

— Grace não é uma daquelas suas modelos francesas não! — Ethan se afastou da mesa e levou a caneca e a irritação para a pia. — Afaste-se dela!

— Opa! — Pelas costas de Ethan, Cam levantou e abaixou as sobrancelhas para Phillip. — Já estou me afastando, mano. Não sabia que você estava com os olhos voltados para essa direção em particular.

— Não estou! É que ela é mãe de uma criança pequena, pelo amor de Deus!

— Pois eu me diverti muito com a mãe de duas crianças em Cancun no inverno passado — relembrou Cam. — O ex-marido dela era nadador. Nadava em azeite extravirgem, e tudo o que ela conseguiu no acordo do divórcio, coitada, foi uma vila no México, uns dois carros, algumas bugigangas e dois milhões. Passei uma semana memorável consolando-a. Os garotos eram uma gracinha... de longe. Eles ficavam com a babá.

— Você é mesmo um grande humanitário, Cam — disse Phillip.

— E eu não sei?

Ao ouvir a porta da frente bater, olharam um para o outro.

— Bem, quem vai conversar com ele? — quis saber Phillip.

— Não sou bom para esse tipo de coisa — Ethan já estava escapando, indo em direção à porta dos fundos —, e também tenho que dar comida pro cachorro.

— Covarde — murmurou Cam quando a porta se fechou atrás de Ethan.

— Pode apostar. Também sou covarde. — Phillip já estava de pé e pronto para sair. — Você quebra o gelo... tenho aquela papelada para providenciar.

— Ei, espere só um minutinho para...

Mas Phillip já tinha ido embora e, na saída, avisou alegremente a Seth que Cam queria conversar com ele. Quando o menino chegou à porta da cozinha, com o cão pulando em seus calcanhares, viu Cam fazer uma cara feia enquanto colocava mais uísque em seu café.

Seth enfiou as mãos nos bolsos e levantou o queixo. Não queria estar ali, não queria conversar com ninguém. Na casa de Grace, ficara algum tempo sentado nos degraus da entrada, sozinho com seus pensamentos. Mesmo quando Grace saiu por alguns instantes e se sentou ao lado dele com Aubrey sobre o joelho, deixara-o em paz.

Porque entendeu que ele queria ficar quieto em seu canto.

Agora, tinha de lidar com aquele cara. Não tinha medo de mãos grandes ou olhares duros. Não ia... não podia se permitir ter medo. Não se importava de saber que eles iam lhe dar um chute na bunda e atirá-lo longe, como um daqueles peixes nanicos que Ethan pescava na baía e devolvia para o mar.

Já era capaz de cuidar de si mesmo. Não estava preocupado.

O seu coração se remexia dentro do peito como um ratinho na gaiola.

— Que foi? — Só aquelas palavras já demonstravam oposição e desafio. Parado no portal, com as pernas travadas, esperou pela reação de Cam.

Este, por sua vez, continuava franzindo a testa enquanto bebia seu café aditivado. Com uma das mãos, de forma distraída, acariciava o cão, que tentava de forma valente e agitada pular no seu colo. Viu um garoto esquelético que usava jeans ainda engomados, obviamente novos, um sorriso do tipo "que se dane" e os olhos de Ray Quinn.

— Sente-se — ofereceu Cam.

— Estou bem, posso ficar em pé.

— Não perguntei o que você podia fazer, apenas lhe disse para se sentar aqui!

Na mesma hora, Bobalhão assumiu um ar obediente, achatou o traseiro sobre as patas de trás e pareceu sorrir. O garoto e o homem ficaram ali, olhando um para o outro. O garoto cedeu primeiro. Foi o brusco movimento para cima com os ombros que fez com que Cam colocasse a caneca sobre a mesa com força. Era um gesto típico da família Quinn, por inteiro... Cam levou um momento para se aquietar, enquanto tentava organizar os pensamentos, que insistiam em ficar espalhados e esquivos. O que diabos deveria dizer ao garoto?

— Você comeu alguma coisa?

Seth olhou para ele desconfiado, por trás de cílios compridos e grossos, e respondeu:

— Sim, tinha uns troços na cozinha.

— Ahn... Ray... ele conversou com você a respeito de... alguma coisa? Quais os planos que tinha para você?

— Não sei. — Os ombros do garoto tornaram a se elevar.

— Ele estava reivindicando a sua adoção, legalizando tudo. Sabia disso?

— Ele está morto.

— Sim... — Cam pegou o café novamente e deixou a dor se alastrar por dentro. — Ele está morto.

— E eu vou para a Flórida — disse Seth, em um rompante, assim que a ideia passou pela sua cabeça.

— Ah, vai? — Cam tomou um pouco de café e olhou para o menino meio de lado, ligeiramente interessado.

— Arrumei uma grana. Já planejei ir embora de manhã e pegar um ônibus para o Sul. Você não pode me impedir.

— Claro que posso. — Sentindo-se mais à vontade agora, Cam se recostou na cadeira. — Sou maior do que você. O que planeja fazer na Flórida?

— Posso arrumar trabalho. Posso fazer um monte de coisas.

— Bater algumas carteiras, dormir na praia...

— Talvez.

Cam concordou com a cabeça. Aquele também havia sido seu plano, só o destino que era diferente, pois ele planejara ir para o México. Pela primeira vez sentiu que talvez pudesse se conectar com o menino, afinal.

— Imagino que ainda não saiba dirigir — afirmou.

— Sei sim, se for necessário — garantiu o menino.

— Hoje em dia é mais complicado roubar um carro, a não ser que tenha alguma experiência. E vai precisar ser bem ágil, se movimentar depressa, para ficar sempre à frente dos tiras. A Flórida é uma má ideia.

— Pois é para lá que eu vou! — Seth apertou o maxilar.

— Não, não é!

— Vocês não vão me mandar de volta! — Seth pulou da cadeira, seu corpo magro vibrando de medo e raiva. O movimento brusco e o grito fizeram o cãozinho sair correndo da sala, amedrontado. — Vocês não mandam em mim! Não podem me obrigar a voltar!

— Voltar para onde?

— Para ela. Vou embora agora mesmo! Vou pegar minhas tralhas e cair fora. Se acham que podem me impedir, estão muito enganados!

Cam reconheceu a atitude. O menino estava pronto para ser agredido, mas preparado para revidar.

— Ela espancava você? — perguntou.

— Isso não é da sua conta!

— Ray fez com que fosse da minha conta. Se for em direção àquela porta — acrescentou ao ver que Seth já estava preparado para correr —, eu corro para rebocar você de volta até aqui! — E simplesmente suspirou no momento em que Seth saiu correndo, desabalado.

Mesmo após pegá-lo a um metro da porta de entrada, Cam foi obrigado a reconhecer que Seth era bem veloz. Quando agarrou o menino pela cintura, por trás, e recebeu um soco dado com as costas da mão em seu já machucado queixo, deu-lhe crédito também pela força.

— Tira essas mãos de cima de mim, seu filho-da-mãe! Vou te matar se tocar em mim!

Com ar sombrio, Cam arrastou Seth até a sala de estar, empurrou-o em uma poltrona e o segurou ali, com o rosto bem próximo do dele. Se fosse apenas raiva o que vira nos olhos do menino, ou desafio, não teria se importado. O que viu, porém, foi terror em estado bruto.

— Você tem coragem, garoto. Agora, tente desenvolver um pouco do cérebro também, para acompanhar. Quando estou a fim de sexo, procuro uma mulher. Sacou?

O menino estava sem fala. Tudo o que sentiu quando aqueles braços duros e musculosos o agarraram por trás foi que daquela vez ele não ia conseguir escapar... daquela vez ele não conseguiria lutar para se libertar e fugir.

— Ninguém nesta casa vai tocar em você desse jeito. Nunca. — Sem perceber, Cam amenizara o tom de voz. Seus olhos continuavam sombrios, mas a dureza se fora. — Se eu algum dia puser as mãos em você, o máximo que isso pode significar é que talvez eu esteja tentando enfiar um pouco de juízo na sua cabeça. Entendeu bem isso?

— Não quero que me toque — conseguiu dizer. Estava sem fôlego. O suor provocado pelo pânico fazia sua pele brilhar como se estivesse coberta de óleo. — Não gosto de ser tocado!

— Tudo bem... Certo. Fique aí sentado, onde eu coloquei você. — Cam se afastou e pegou uma banqueta, sentando-se nela. Ao ver que Bobalhão agora tremia de terror, Cam o pegou e o colocou no colo de Seth. — Estamos com um problema — começou ele, rezando por um pouco de inspiração para lidar com aquilo. — Não vou poder vigiá-lo vinte e quatro horas por dia, garoto. Mesmo que pudesse, não faria isso. Se fugir para a Flórida, vou ter que ir até lá procurar você até encontrá-lo para trazê-lo de volta. Garanto que isso vai me deixar muito revoltado.

— Por que você se importa tanto com o lugar para onde eu vou? — Como o cão estava ali, Seth começou a acariciá-lo, obtendo um pouco de conforto ao fazer isso.

— Não posso dizer que me importo. Mas Ray se importava. Portanto, você vai ter que ficar.

— Ficar? — Era uma opção que Seth jamais considerara. Claro que não se permitira acreditar em uma coisa daquelas. — Ficar aqui? Mas quando vocês venderem a casa...

— E quem é que vai vender a casa?

— Eu ouvi... — Seth parou de falar, decidindo que estava falando demais. — As pessoas por aí acharam que vocês iam fazer isso.

— Pois acharam errado. Ninguém vai vender a casa. — Cam ficou surpreso ao ver o quanto seus sentimentos estavam firmes com relação àquele ponto em particular. — Ainda não sei como vamos coordenar as coisas. Estou tentando bolar um plano. Nesse meio tempo, enfie isso na cabeça: você vai ficar aqui. — O que significava, Cam compreendeu, de repente, que ele também teria de ficar.

Pelo jeito, sua sorte continuava mudando para pior.

— Estamos grudados um no outro, garoto — completou ele — pelo menos por algum tempo.

Capítulo Três

Cam concluiu que aquela era a semana mais estranha de toda a sua vida. Ele devia estar na Itália naquele momento, preparando-se para o campeonato de motocross que planejara disputar simplesmente pela diversão. A maioria das suas roupas e o seu barco estavam em Monte Carlo, o carro estava em Nice e a moto em Roma.

E ele estava ali, em St. Chris, servindo de babá para um garoto de dez anos cheio de marra. Esperava, com toda a fé, que o menino estivesse na escola àquela hora. Aliás, era o lugar exato onde ele devia estar. Haviam travado uma batalha gigantesca a respeito disso naquela manhã, o que não era de espantar, já que viviam em pé de guerra em relação a quase tudo.

Tarefas da cozinha, hora de dormir, roupas sujas, esquemas para assistir à tevê. Cam balançava a cabeça enquanto analisava os degraus podres da escada dos fundos. Tinha a impressão de que o garoto se encrespava todo só de ouvir alguém dar bom dia.

Talvez não estivesse fazendo um trabalho tão bom assim como guardião, mas também, que droga, tentava fazer o melhor possível. E tinha uma dor de cabeça constante, provocada pela tensão, para provar. Além do mais, ele basicamente estava por conta própria. Phillip prometera voltar nos fins de semana, o que já era alguma coisa, mas deixava um terrível buraco de cinco dias para preencher. Ethan fazia questão de dar uma passada e ficar por algumas horas todas as noites, depois de encerrada a sua jornada de trabalho no mar.

Mas ainda sobravam os dias.

Cam teria negociado a sua alma imortal em troca de uma semana na Martinica. Areias quentes e mulheres ainda mais quentes. Cerveja gelada, nenhuma briga nem preocupação. Em vez disso, estava lavando roupa, aprendendo os mistérios sobre a culinária de microondas e tentando ficar de olho num menino que parecia totalmente dedicado a tornar sua vida miserável.

— Você era do mesmo jeito.

— Eu não! Aqui que eu era assim! Não teria chegado nem aos doze anos se fosse um idiota tão grande.

— Na maioria das noites daquele seu primeiro ano conosco, Stella e eu ficávamos deitados na cama, quietinhos, nos perguntando se você ainda estaria em seu quarto pela manhã.

— Bem, pelo menos vocês eram dois, e...

As mãos de Cam ficaram sem forças e ele não conseguiu segurar o martelo. Seus dedos simplesmente soltaram a ferramenta, que caiu com um baque surdo no chão, bem ao seu lado. Ali, na velha cadeira de balanço da varanda dos fundos, Ray Quinn estava sentado calmamente. Seu rosto parecia mais bonito e exibia um sorriso largo. Seus cabelos eram um apanhado de fios brancos e cheios, um pouco mais compridos. Vestia sua calça favorita, a cinza, que usava para pescar, e uma camiseta também cinza, muito desbotada, com a estampa de um caranguejo na frente. Estava descalço.

— Papai? — A cabeça de Cam girou, deixando-o tonto, mas então seu coração explodiu de alegria. Colocou-se de pé em um salto rápido.

— Não achou que eu ia deixar você sozinho nessa furada, nessa tremenda confusão, achou?

— Mas... — Cam fechou os olhos. Estava surtando e tendo alucinações, compreendeu. Era o estresse, a fadiga, o pesar, tudo junto.

— Sempre tentei ensinar a você que a vida é cheia de surpresas e milagres. Queria que abrisse a sua mente não apenas para as coisas possíveis, Cam, mas para as impossíveis também.

— Para fantasmas? Ai, meu Deus!

— Por que não? — A ideia parecia alegrar Ray imensamente, enquanto soltava uma das suas gargalhadas profundas e retumbantes. — Leia sobre isso nas obras de literatura, filho. Estão cheias de histórias assim.

— Não pode ser... — murmurou Cam para si mesmo.

— Estou sentado bem na minha cadeira, então me parece que pode sim. Deixei muitas coisas inacabadas por aqui. Tudo depende de você e dos seus irmãos agora, mas quem disse que não posso vir dar uma mãozinha de vez em quando?

— Uma mãozinha... vou precisar é de uma mãozona. Começando com um psiquiatra. —Antes que suas pernas desabassem, Cam subiu com todo o cuidado, pisando nos degraus frágeis, e se sentou na beira da varanda.

— Você não está louco, Cam, só confuso.

Cam respirou bem fundo para se firmar e virou a cabeça na direção do homem que se balançava preguiçosamente na velha cadeira de madeira. O Poderoso Quinn, pensou, enquanto o ar parecia ser sugado dos seus pulmões. Seu pai parecia sólido e bem real. Parecia, pensou Cam, que realmente estava sentado ali...

— Se realmente está aqui, agora, comigo, conte-me sobre o garoto. Ele é seu filho?

— É filho de vocês agora. Seu, de Ethan e de Phillip.

— Isso não é resposta... não é o bastante.

— É claro que é. Estou contando com cada um de vocês. Ethan aceita as coisas como elas vêm e faz o melhor com elas. Phillip quebra a cabeça pensando em todos os detalhes e amarra todas as pontas. Você força a barra com tudo, até que as coisas funcionem do seu jeito. O menino precisa de vocês três. Seth é o mais importante. Vocês todos são a coisa mais importante agora.

— Não sei mais o que fazer com ele — argumentou Cam, impaciente. — Não sei mais nem o que fazer comigo mesmo.

— Descubra uma resposta e vai encontrar a outra.

— Droga, conte-me o que aconteceu. Conte-me o que está acontecendo.

— Não é para isso que estou aqui, e também não posso contar se já me encontrei com Elvis. — Ray sorriu quando Cam soltou uma risada curta e fraca. — Acredito em você, Cam. Não desista de Seth... nem de si mesmo.

— Não sei como fazer isso.

— Conserte os degraus — disse Ray, dando uma piscada. — É um começo.

— Pro inferno com os degraus! — reagiu Cam, mas, de repente, viu-se sozinho de novo, com o som de pássaros cantando ao longe e o barulho das ondas quebrando suavemente ao fundo. — Estou pirando — murmurou, passando a mão trêmula no rosto. — Estou perdendo a porcaria da razão.

E, levantando-se, voltou a consertar os degraus.

Anna Spinelli estava com o volume do rádio no máximo. Aretha Franklin botava a boca no mundo com os sons que saíam da sua garganta de um milhão de dólares, exigindo respeito. Anna botava a boca no mundo também, junto com ela, delirantemente empolgada com seu carro novo.

Ela se matara de trabalhar, planejara as despesas pessoais e fizera um malabarismo com as contas a fim de ter condições de dar a entrada e assumir as prestações. Na visão dela, tudo estava valendo a pena, inclusive cada potinho de iogurte que comera, em vez de uma refeição de verdade.

Apesar do ventinho agradável de primavera, preferiria ter deixado a capota levantada enquanto rodava a toda pelas estradas rurais. O problema é que não pareceria muito profissional se chegasse com os cabelos despenteados pelo vento. Acima de tudo, era importante que parecesse e se comportasse de forma profissional.

Escolhera um terninho azul-marinho bem apropriado, e uma blusa branca para visitar aquela casa. O que usava por baixo não era da conta de ninguém, a não ser dela mesma. Sua quedinha por lingerie de seda provocava alguns rombos em seu orçamento apertado, mas a vida era para ser vivida, afinal de contas.

Prendera os cabelos pretos longos e cacheados em um coque bem apertado atrás da nuca. Achava que isso a fazia parecer mais madura e respeitável. Muitas vezes, ao usar os cabelos soltos, acabava passando a ideia de uma mulher fácil, em vez de uma assistente social muito séria em seu trabalho.

Sua pele tinha um tom dourado pálido, graças à sua origem italiana. Os olhos eram grandes, escuros e amendoados. A boca era cheia, com um lábio inferior carnudo. Os ossos do seu rosto eram fortes e proeminentes, e o nariz comprido e reto. Usava pouca maquiagem quando estava trabalhando, para não atrair o tipo errado de atenção.

Tinha vinte e oito anos, era devotada ao trabalho e estava satisfeita com a vida de solteira, além de estar muito contente por ter conseguido se estabelecer na linda cidade de Princess Anne, bem ali perto.

Estava cheia da cidade grande.

Enquanto dirigia entre os campos longos e planos, cheios de plantações enfileiradas, com o cheirinho do mar e a brisa leve entrando pela janela, sonhava em algum dia se mudar para um lugar como aquele. Em uma casa cercada de estradinhas rurais e tratores, com vista para a baía e para os barcos.

Precisaria economizar muito e planejar bastante, mas esperava um dia poder comprar uma casinha nos arredores da cidade. As idas e vindas até o trabalho não seriam um problema muito grande, pois dirigir era um dos seus maiores prazeres.

O CD player trocou de disco, e a rainha do soul foi substituída por Beethoven. Anna começou a cantarolar "Ode à Alegria".

Estava feliz pelo fato de o caso Quinn ter sido designado para ela. Era tão interessante... Ela gostaria de ter tido a oportunidade de conhecer Raymond e Stella Quinn. Deviam ser pessoas muito especiais para adotar três garotos adolescentes e problemáticos e fazer com que tudo desse certo.

Mas eles se foram, e agora Seth DeLauter era a sua principal preocupação. Obviamente, os procedimentos para adoção não poderiam seguir adiante. Três homens solteiros: um morando em Baltimore, outro em St. Chris e o terceiro andando pelo mundo, por onde quisesse. Bem, Anna avaliou, aquele não parecia ser o melhor ambiente para uma criança. De qualquer jeito, era pouco provável que quisessem manter a guarda legal do garoto.

Sendo assim, Seth DeLauter seria novamente absorvido pelo sistema, e Anna estava disposta a fazer o melhor por ele.

Ao avistar a casa por entre as folhagens verdes, parou o carro. Deliberadamente, abaixou o volume para um nível mais respeitável e conferiu o rosto e o cabelo no espelho retrovisor. Reduzindo até a primeira, dirigiu os últimos metros em uma velocidade de lazer, fazendo o carro virar lentamente, entrando na propriedade.

Sua primeira impressão foi a de que a casa era muito bonita e a localização, maravilhosa. Tudo tão calmo e plácido, refletiu. A fachada precisava de uma nova mão de tinta, e o jardim merecia cuidados melhores, mas o leve ar de descaso só servia para acrescentar aconchego ao lugar.

Um menino seria muito feliz ali, pensou. Qualquer pessoa seria. Era uma pena que ele tivesse de ser retirado daquele local. Suspirou de leve, sabendo muito bem que o destino possuía seus caprichos. Pegando a pasta, saltou do carro.

Ajeitou o paletó, certificando-se de que estava bem apresentável. Preferia usar um modelo mais largo, que não exibisse nenhuma curva capaz de distrair as pessoas. Foi caminhando em direção à porta da frente, reparando que as flores que flanqueavam os degraus da entrada já estavam começando a desabrochar.

Sentiu que realmente precisava conhecer um pouco mais a respeito de flores; lembraria-se mais tarde de procurar alguns livros sobre jardinagem na biblioteca.

Ao ouvir marteladas, hesitou. Então, com seus práticos sapatos de salto baixo, passou através do gramado e seguiu em direção aos fundos da casa.

Ele estava ajoelhado no chão quando o viu pela primeira vez. Usava uma camiseta preta enfiada em uma calça jeans justa e desbotada. Sob um ângulo puramente feminino, era impossível não reagir e aprová-lo. Músculos que ela apreciava, longos e fortes, ondulavam enquanto ele martelava um prego na madeira com tanta raiva, avaliou Anna, e com tanta força que parecia lançar vibrações pelo ar.

Será que era Phillip Quinn, o executivo na área de propaganda?, tentou adivinhar. Não, altamente improvável.

Cameron Quinn, o homem que rodava o mundo arriscando a vida? Dificilmente.

Então só podia ser Ethan, o pescador. Colocando um sorriso educado no rosto, foi em direção a ele, dizendo:

— Sr. Quinn?

Sua cabeça levantou. Com o martelo ainda firme na mão, ele se virou lentamente, até que Anna viu seu rosto. Ah, sim, a raiva estava lá, ela reconheceu, funcionando a toda a força e letal. O rosto em si era mais cativante e certamente mais duro do que ela esperava ou se preparara para encarar.

Havia, talvez, um pouco de sangue índio americano ali, imaginou. Isso explicaria os ossos protuberantes e a pele muito bronzeada. Seus cabelos eram completamente pretos, estavam bem despenteados e muito compridos, espalhando-se para fora da gola. Seus olhos pareciam tudo, menos amigáveis, e tinham a cor de uma tempestade que se aproximava.

Em nível pessoal, Anna achou o conjunto sexy, de forma quase chocante. Em nível profissional, conhecia de longe o olhar de um briguento de beco, e decidiu na mesma hora que, qualquer dos três Quinn que estivesse diante dela, era preciso ter cautela com aquele.

Ele levou algum tempo analisando-a. Seu primeiro pensamento foi que pernas como aquelas mereciam uma vitrine melhor do que uma medonha saia azul-marinho e sapatos pretos horrorosos. Seu segundo pensamento foi que, quando uma mulher possuía olhos tão grandes, tão castanhos e tão lindos, provavelmente conseguia o que queria sem dizer uma só palavra.

Colocando o martelo no chão, levantou-se e se apresentou.

— Sou Quinn.

— E eu sou Anna Spinelli. — Conseguindo manter o sorriso no lugar, ela se aproximou com a mão estendida. — Qual dos Quinn você é?

— Cameron. — Ele esperava dela um aperto de mão meio mole, por causa dos seus olhos e do ronronar rouco de sua voz, mas o cumprimento foi bem firme. — Em que posso ajudá-la?

— Sou a responsável pelo acompanhamento do caso Seth DeLauter.

O interesse de Cam se evaporou na mesma hora, e ele se empertigou.

— Seth está na escola — informou ele.

— Eu imaginava que sim. Gostaria de conversar com o senhor a respeito da situação, Sr. Quinn.

— Quem está cuidando dos detalhes legais é o meu irmão Phillip.

Ela levantou uma sobrancelha, determinada a manter o sorriso educado no lugar.

— E o seu irmão está aqui?

— Não.

— Bem, então, se o senhor tiver alguns minutinhos para conversar comigo... imagino que esteja morando aqui, ao menos temporariamente.

— Estou sim, e daí?

Ela nem se deu ao trabalho de suspirar de desânimo ao ouvir aquilo. Muitas pessoas encaravam assistentes sociais como inimigas. Ela mesma já pensara assim no passado.

— Minha preocupação é com Seth, Sr. Quinn. Agora, entenda: podemos discutir o assunto aqui ou eu posso simplesmente levar os procedimentos legais adiante, removê-lo desta casa e encaminhá-lo a uma casa de adoção temporária que seja registrada e aprovada.

— Seria um erro tentar fazer isso, Srta. Spinelli. Seth não vai a lugar algum.

As costas de Anna se retesaram pelo jeito arrastado com que ele pronunciou o nome dela.

— Seth DeLauter é menor de idade, Sr. Quinn. A adoção que o seu pai estava requerendo não chegou a ser finalizada nem oficializada, e há alguns questionamentos agora a respeito da sua validade. Neste momento, Sr. Quinn, nem o senhor nem os seus irmãos possuem conexão legal, de nenhum tipo, com ele.

— A senhorita não vai querer ouvir a sugestão que eu tenho sobre o que fazer com a sua conexão legal, vai, Srta. Spinelli? — Com alguma satisfação, ele viu aqueles imensos olhos escuros se acenderem. — Não, acho que não quer ouvir. E consigo resistir à tentação de lhe dizer. Seth é meu irmão. — Só ao dizer aquilo, sentiu um tremor interno. Com um levantar brusco do ombro, virou-se para o outro lado. — Preciso de uma cerveja.

Anna ficou ali fora por um momento, depois de ver a porta telada bater. Quando se tratava de assuntos de trabalho, ela simplesmente não se permitia perder a calma. Respirou fundo e soltou o ar devagar três vezes antes de subir pelos degraus que estavam sendo consertados e entrar na casa.

— Sr. Quinn...

— Você ainda está aí? — Ele abriu uma garrafa de cerveja Harp. — Quer tomar uma também?

— Não. Sr. Quinn...

— Não gosto de assistentes sociais.

— Não brinca! — Ela balançou os cílios para ele. — Eu jamais teria desconfiado.

Os lábios de Cam sorriram sem querer, antes de ele levantar a cerveja e levá-la à boca.

— Não é nada pessoal — explicou ele.

— Claro que não. Também não gosto de homens rudes e arrogantes, mas isso também não é nada pessoal. Agora está pronto para discutir os assuntos relacionados ao bem-estar de Seth ou eu devo simplesmente voltar aqui com os papéis apropriados, acompanhada pelos policiais?

Ela era bem capaz de fazer aquilo, decidiu Cam, após voltar a estudá-la por um momento. Ela recebera, ao nascer, um rosto apropriado para ser eternizado em uma tela, mas não era fácil enfrentá-la.

— Se fizer isso, senhorita, o garoto vai fugir na primeira chance que tiver. Vai achá-lo mais cedo ou mais tarde, e ele vai ser encaminhado para uma instituição para delinquentes juvenis e, mais tarde, vai acabar dentro de uma cela de prisão. O sistema que a senhorita representa não vai ajudá-lo, Srta. Spinelli.

— E o senhor vai poder fazer isso?

— Talvez — disse, e franziu as sobrancelhas, olhando para a cerveja. — Meu pai conseguiria. — Ao levantar os olhos novamente, havia tantas emoções conflitantes em seu olhar que ela se comoveu. — Acredita na santidade de uma promessa feita em um leito de morte?

— Sim — respondeu ela, antes de conseguir evitar.

— No dia em que meu pai morreu eu prometi a ele... nós três prometemos a ele... que manteríamos Seth em nossa companhia. Nada nem ninguém vai me fazer quebrar essa promessa. Nem você, nem o seu sistema, nem um batalhão de policiais.

A situação não era exatamente a que ela esperava encontrar. Sendo assim, precisava fazer uma reavaliação de tudo.

— Gostaria de me sentar — pediu Anna, depois de um momento.

— Vá em frente, fique à vontade.

Ela puxou uma das cadeiras que estavam em volta da mesa. Havia louça suja dentro da pia, reparou, e um leve cheiro de alguma coisa que havia queimado no jantar da noite anterior. Para ela, porém, aquilo significava apenas que alguém ali estava tentando alimentar um menininho.

— O senhor está pensando em requerer a guarda legal do menino?

— Nós...

— O senhor, Sr. Quinn — interrompeu ela. — Estou perguntando ao senhor se essa é a sua intenção. — E aguardou a resposta, observando as dúvidas e a resistência que passaram pelo rosto dele.

— Então, acho que sim. Estou sim. — E que Deus os ajudasse, pensou ele. — Se for necessário.

— E o senhor pretende morar nesta casa, com Seth, em caráter permanente?

— Permanente? — Aquela era talvez a única palavra verdadeiramente aterradora em sua vida. — Agora sou eu que preciso me sentar. — E fez isso, apertando em seguida a parte de cima do nariz com o polegar e o indicador, como se tentasse aliviar um pouco da tensão. — Nossa! Que tal usarmos a expressão "por um futuro próximo", em vez de "permanente"?

Anna cruzou as mãos na beira da mesa. Não duvidava da sinceridade dele, e gostaria de aplaudir suas boas intenções. Porém...

— O senhor não tem ideia do que vai enfrentar.

— Você está errada. Tenho sim. É isso que me apavora de modo tão terrível.

Ela concordou com a cabeça, considerando a resposta como um ponto a favor dele.

— E o que o leva a pensar que poderia ser um guardião melhor para um menino de dez anos, uma criança que acredito que o senhor conheça há menos de duas semanas, do que uma casa para adoção já preparada, registrada e aprovada?

— Porque eu o compreendo. Já fui o que ele é, ou pelo menos uma parte dele. E porque o lugar dele é aqui!

— Deixe-me alertá-lo sobre alguns dos maiores obstáculos ao que está planejando fazer. O senhor é um homem solteiro, sem endereço fixo e sem rendimentos frequentes ou um emprego.

— Tenho uma casa bem aqui. E tenho dinheiro.

— No nome de quem está a casa, Sr. Quinn? — Ela simplesmente acenou com a cabeça quando viu suas sobrancelhas se unirem. — Suponho que o senhor não faça a mínima ideia.

— Phillip sabe.

— Bom para Phillip. Estou certa de que o senhor tem algum dinheiro, Sr. Quinn, mas estou falando de um emprego fixo. Percorrer o mundo participando de corridas, pilotando diferentes tipos de transporte não é exatamente um emprego fixo.

— Mas paga muito bem.

— Já considerou o risco à sua integridade, não apenas física, mas especialmente do tipo de vida que escolheu, ao se propor assumir uma responsabilidade como essa? Acredite em mim, o juiz vai questionar isso. E se alguma coisa acontecer ao senhor enquanto estiver tentando explorar algo novo ou quebrando algum recorde de velocidade?

— Sei o que estou fazendo. Além do mais, somos três.

— Apenas um de vocês mora oficialmente na casa em que Seth vai residir.

— E o que isso tem a ver?

— Esta pessoa que mora aqui agora não é um respeitável professor universitário com experiência na criação de três filhos.

— Mas isso não significa que não consigo lidar com a situação.

— Não, Sr. Quinn — disse ela com paciência —, mas vai ser um grande obstáculo na obtenção da guarda legal.

— E se todos morássemos aqui?

— Como assim?

— Se todos os irmãos morassem aqui? E se meus irmãos se mudassem para cá? — Que zona ia ser, pensou Cam, mas continuou falando sem parar. — E se eu arrumasse um... — Nesse momento, foi obrigado a tomar um gole ainda maior de cerveja, sabendo que a palavra ficaria grudada na garganta— Arrumasse um emprego? — conseguiu soltar.

Anna ficou olhando fixamente para ele.

— O senhor estaria disposto a modificar a sua vida de forma tão drástica?

— Ray e Stella Quinn modificaram a minha vida.

O rosto de Anna se suavizou, fazendo com que Cam piscasse duas vezes, surpreso ao ver sua boca generosa se curvar em um sorriso e seus olhos se tornarem mais escuros e profundos. Quando ela esticou a mão e a colocou de leve sobre a dele, ele sentiu os olhos grudarem no gesto, e foi pego de surpresa por uma rápida fisgada interna que representava, sem dúvida, desejo em estado bruto.

— Quando vinha para cá, dirigindo, estava pensando no quanto gostaria de tê-los conhecido. Acreditei que fossem pessoas admiráveis. Agora tenho certeza disso. — Ela afastou a mão. — Vou precisar conversar com Seth e com os seus irmãos. A que horas Seth chega da escola?

— A que horas? — Cam olhou para o relógio da cozinha, sem fazer a mínima ideia. — O horário dele é assim, tipo... flexível.

— O senhor vai ter que fazer mais do que isso se precisarmos chegar ao ponto de criar um horário de estudo formal para ser seguido em casa. Vou passar na escola e conversar com ele. E quanto ao seu irmão Ethan? — Levantou-se. — Será que vou encontrá-lo em casa?

— Não a essa hora da tarde. Ele chega com o resultado do trabalho do dia no mar um pouco antes das cinco.

Ela olhou para o relógio de pulso e calculou o tempo.

— Tudo bem... Vou entrar em contato com o seu irmão em Baltimore também. — Dentro da pasta, pegou um lindo bloco de anotações revestido em couro. —Agora, gostaria que me fornecesse nomes e endereços de alguns dos vizinhos. Pessoas que conheçam o senhor e Seth e que possam dar testemunho sobre o seu caráter. O lado bom dele, é claro.

— Talvez eu possa conseguir alguns.

— Já é um começo. Farei algumas pesquisas para este caso, Sr. Quinn. Se for do interesse de Seth permanecer em sua casa, sob os seus cuidados, vou fazer tudo o que puder para ajudá-los. — E virou um pouco a cabeça. — Se, porém, eu chegar à conclusão de que o melhor para ele é ser levado para longe da sua casa e dos seus cuidados, então vou lutar com unhas e dentes para me assegurar que isso aconteça.

— Então, acho que estamos começando a nos entender. — Cam também se levantou.

— Ainda não temos muita coisa, mas temos que começar de algum lugar.

No minuto em que ela colocou os pés fora da casa, Cam voou para o telefone. Após passar por uma secretária, depois um assistente e finalmente chegar a Phillip, sua raiva já havia transbordado.

— Apareceu a porra de uma assistente social aqui!

— Avisei que isso ia acontecer.

— Não, não avisou não...

— Avisei sim! É que você não escuta o que a gente fala... Estou com um amigo, que é advogado, cuidando da papelada sobre a guarda do menino. A mãe de Seth tomou um chá de sumiço e está por aí, não se sabe onde; pelo que pesquisamos, não está mais em Baltimore.

— Estou cagando e andando para o lugar onde a mãe dele está! A assistente social levantou algumas dificuldades a respeito de a gente ficar com Seth.

— O advogado está requerendo uma guarda temporária. Essas coisas levam tempo, Cam.

— E pode ser que não tenhamos tanto tempo assim. — Fechou os olhos, tentando superar a raiva. — Ou talvez eu tenha conseguido algum tempo extra. Quem é o dono da casa agora?

— Nós. Papai deixou a casa e, bem, todo o resto, para nós três, igualmente.

— Legal, ótimo! Porque você está prestes a fazer uma mudança. Vai ter que embalar todos aqueles ternos de grife que tem, meu chapa, e arrastar o seu traseiro para morar aqui. Nós três vamos ter que morar juntos novamente.

— Nem pensar! Sem essa!

— E eu vou ter que arranjar um emprego. Estou esperando você aqui às sete horas, hoje à noite, para a gente conversar. Traga o jantar. Estou de saco cheio de cozinhar.

E teve a pequena satisfação de desligar o telefone na cara de Phillip, que soltava vigorosos palavrões do outro lado da linha.

Anna achou que Seth era um menino mal-humorado, com a língua afiada e muito irritante. Gostou dele imediatamente. A diretora lhe dera permissão para tirá-lo da sala e usar um canto da lanchonete vazia como escritório improvisado.

— Seria mais fácil se me contasse o que acha disso tudo, como se sente a respeito e o que gostaria que acontecesse.

— E por que você daria alguma importância ao que eu quero?

— Porque sou paga para isso.

Seth encolheu os ombros e continuou a desenhar círculos sobre a mesa com os dedos.

— Acho que você devia cuidar da sua vida, me sinto de saco cheio e quero que vá embora.

— Bem, você respondeu tudo sobre mim — disse Anna, e teve a satisfação de ver Seth fazer força para abafar um sorriso. — Agora vamos falar de você. Está feliz morando com o Sr. Quinn?

— É uma casa legal...

— É mesmo, gostei muito dela. E quanto ao Sr. Quinn?

— Ele pensa que sabe tudo. Acha que é o máximo dos máximos, e se julga muito esperto porque já conhece o mundo inteiro. Cozinhar ele não sabe, isso eu posso lhe assegurar com certeza.

Anna largou a caneta sobre a mesa e cruzou as mãos sobre o bloco de anotações. O garoto era magro demais, pensou.

— Você passa fome lá?

— Não, ele acaba pedindo pizzas ou montes de hambúrgueres. É patético, lamentável... Quero dizer, o que há de tão complicado em colocar um microondas para funcionar?

— Talvez você devesse se encarregar da comida.

— Como se ele fosse me pedir para fazer isso... Numa dessas noites, fez as batatas explodirem todas lá dentro. Esqueceu-se de fazer furos na casca com o palito antes de colocá-las no forno, entende, e aí... bum! — Seth se esqueceu de torcer o nariz para o caso, e em vez disso soltou uma gargalhada. — Foi a maior confusão! E ele saiu soltando um monte de palavrões... Puxa, como xingou!

— Então podemos afirmar que a cozinha não é a sua especialidade.

— Mesmo assim, Anna refletiu, ele estava tentando.

— Eu que o diga! É muito melhor quando está andando pela casa consertando coisas, martelando ou mexendo no carrão irado. Já viu aquele Corveta? Cam disse que era da mãe dele, e que já estava com ela havia muitos anos. Corre feito um foguete, pode crer... Ray o mantinha sempre dentro da garagem. Acho que não gostava muito de tirá-lo de lá.

— Sente saudades dele? De Ray?

O ombro se empinou novamente e Seth ficou com o olhar triste.

— Ele era legal — respondeu. — Só era muito velho e, quando as pessoas ficam velhas, morrem. É assim que as coisas são.

— E quanto a Ethan e Phillip?

— São legais. Gosto de sair de barco. Se não tivesse que ir para a escola, poderia trabalhar com Ethan. Ele falou que eu sei me virar muito bem em um barco.

— Você quer ficar morando com eles, Seth?

— Não tenho outro lugar para ir, tenho?

— Sempre existe uma escolha, e estou aqui justamente para ajudá-lo a descobrir qual é a melhor opção para você. Se souber onde a sua mãe está...

— Eu não sei. — Sua voz se alterou e a cabeça se elevou de repente. Seus olhos pareceram ficar mais escuros, quase azul-marinhos, em contraste com um rosto que empalideceu depressa. — Nem quero saber. Se você tentar me mandar de volta para ela, nunca mais vai me encontrar!

— Ela batia em você? — Anna esperou um segundo e depois assentiu com a cabeça quando viu que o menino simplesmente ficou olhando para ela. — Tudo bem, vamos deixar esse assunto de lado por agora. Há casais e famílias que estão dispostos e têm estrutura para receber crianças. Eles as criam em suas casas, cuidam delas e lhes dão uma vida boa e confortável.

— Os Quinn não querem que eu fique morando com eles, não é? — As lágrimas ameaçaram escorrer. Ele não podia deixar que isso acontecesse, de jeito nenhum. Em vez disso, seus olhos pareceram ficar mais quentes, sem piscar, e as lágrimas secaram antes de cair. — Ele me disse que eu podia ficar morando lá, mas era tudo mentira. Mais uma porra de uma mentira!

— Não! — Anna agarrou a mão de Seth antes a raiva o fizesse levantar. — Não, eles querem você, de verdade! Para ser franca, o Sr. Quinn... Cameron ficou muito zangado comigo quando sugeri que você devia ir para outra casa. Estou aqui apenas para tentar descobrir o que você quer para a sua vida. E acho que acabou de me contar. Se morar com os Quinn é o que você realmente quer, e se isso for o melhor para você, quero ajudá-lo a conseguir isso.

— Ray me disse que eu poderia ficar naquela casa. Disse que eu nunca mais teria de voltar para o lugar de onde eu vim. Ele prometeu!

— Se eu puder, vou tentar ajudá-lo a manter a promessa.

Capítulo Quatro

Já que não havia nada gelado na casa para beber, a não ser cerveja, refrigerantes e um leite com aparência suspeita, Ethan colocou água em uma chaleira para ferver. Ia preparar um pouco de chá, encher uma jarra com gelo e curtir um copo bem grande na varanda enquanto o anoitecer se esgueirava, aproximando-se lentamente.

Trabalhou quatorze horas seguidas e se sentia pronto para relaxar.

O que não seria fácil, decidiu, enquanto caçava saquinhos de chá e ouvia por alto a discussão entre Cam e Seth a respeito de alguma coisa na sala de estar. Imaginou que deviam gostar muito de implicar um com o outro ou não gastariam tanto tempo fazendo isso.

Tudo o que ele desejava era um pouco de paz, uma refeição decente e um dos dois charutos que se permitia fumar por dia. Pelo jeito que as coisas iam, concluiu que a horinha de paz não entraria na sua agenda do dia.

Enquanto jogava os saquinhos de chá na água fervente, ouviu passos firmes subindo pela escada, seguidos por um barulho forte como o de uma bala quando a porta bateu.

— Esse garoto está me deixando louco! — reclamou Cam, entrando a passos largos na cozinha. — A gente não pode nem dizer "oi" sem que ele se prepare todo para uma briga.

— Hum-hum...

— É respondão, tem uma língua ferina e vive arrumando encrenca. — Achando que resumira bem a situação, Cam pegou uma cerveja na geladeira.

— Deve ser como se olhar no espelho.

— Não vem com esse papo não!

— Desculpe, não sei o que deu em mim para pensar isso. Você tem uma índole tão pacífica... — Movimentando-se pela cozinha com um caminhar relaxado, Ethan se abaixou em busca de uma jarra de vidro qualquer. — Deixe-me ver... você tinha mais ou menos quatorze anos quando eu cheguei nesta casa. A primeira coisa que fez foi arrumar briga comigo, só para ter um pretexto para fazer o meu nariz sangrar.

Pela primeira vez em horas, Cam sentiu um sorriso se espalhar no rosto.

— Aquele foi só o meu jeito de dizer "bem-vindo à família". Além do mais, pelo que me lembro, você me deixou com um olho roxo como agradecimento.

— Então está explicado... o garoto não é otário o bastante para tentar dar um soco na sua cara — continuou Ethan, começando a colocar generosas quantidades de açúcar na jarra. — Sendo assim, perturba você... com certeza consegue atrair a sua atenção, não consegue?

Ouvir aquilo era irritante, porque era verdade.

— Já que consegue sacar tudo sobre o garoto assim tão bem, Ethan, por que não cuida dele?

— Porque estou indo para o mar todo dia antes do sol nascer. Um garoto como ele precisa de acompanhamento. — Aquela, Ethan pensou, era a sua defesa, e se agarraria a esse argumento mesmo que tivesse de passar por todas as torturas do inferno. — De nós três, você é o único que não está trabalhando.

— Então vou ter que dar um jeito nisso — murmurou Cam.

— Ah, vai? — Com um risinho de deboche, Ethan terminou de preparar o chá. — Essa eu quero ver!

— Pois esse dia está bem próximo. Uma assistente social esteve aqui hoje.

Ethan resmungou alguma coisa, deixando as implicações daquela informação assentarem na sua cabeça, antes de perguntar:

— O que ela queria?

— Verificar algumas coisas a nosso respeito. Ela vai procurar você para conversar também. E Phillip... já conversou com Seth, o que, aliás, era o que eu estava querendo arrancar dele de forma diplomática quando ele começou a espumar novamente.

Cam franziu a testa, pensando mais em Anna Spinelli com suas pernas sensacionais e a pasta toda arrumadinha do que em Seth.

— Se a gente não passar no teste, ela fará de tudo para arrancá-lo de nós — avisou Cam.

— Pois ele não vai a parte alguma. — reagiu Ethan.

— Foi o que eu falei para ela — disse, e passou as mãos pelos cabelos mais uma vez, o que, por algum motivo, o fez lembrar de que precisava de um bom corte de cabelo... em Roma. Seth não era o único que não ia a parte alguma. — Só que, meu caro mano, teremos de promover algumas mudanças muito sérias por aqui.

— As coisas vão muito bem do jeito que estão. — Ethan encheu um copo com tantos cubos de gelo que, quando colocou o chá, eles chegaram a estalar.

— É fácil para você falar isso. — Cam foi para a varanda, deixando a porta telada bater atrás de si, caminhou até a cerca e ficou observando Simon, o lindo retriever de pelo luzidio que pertencia a Ethan, brincando de cair e rolar em companhia do gordo Bobalhão. No andar de cima, Seth resolvera se vingar ligando o rádio no volume máximo, com o intuito de explodir alguns tímpanos. O som de uma banda de rock das mais barulhentas explodia através das janelas.

O maxilar de Cam se mexeu para o lado, com raiva. Ele faria qualquer coisa, menos mandar o garoto baixar o volume. Era uma atitude clichê demais e terrivelmente adulta. Tomou a cerveja, tentou desfazer os nós que sentia nos ombros e se concentrou na imagem à sua frente e no jeito com que o sol jogava diamantes brancos dentro d'água.

O vento ficava mais forte, de forma que o mato alto do brejo balançava de um lado para outro como uma plantação de trigo no Kansas. O macho de um casal de patos que instalara o ninho no lugar em que a água formava uma curva sob as árvores chegou voando e grasnando.

Lucy, cheguei!, foi o que Cam pensou, lembrando-se do antigo seriado de tevê, e isso quase o fez sorrir novamente.

Por trás do rugido da música, ouviu o suave e rítmico ranger da cadeira de balanço na varanda. A cerveja chegou a voar do gargalo quando ele girou o corpo de repente. Ethan parou de se balançar e olhou para ele.

— Que foi? — quis saber. — Nossa, Cam, até parece que você viu um fantasma!

— Nada não... — Cam passou a mão sobre o rosto, e então se agachou lentamente até se encostar na coluna do gradil. — Não foi nada — repetiu, mas deixou a cerveja de lado. — É que estou um pouco nervoso.

— Normalmente você fica assim quando permanece mais de uma semana no mesmo lugar.

— Não comece a pegar no meu pé, Ethan!

— Foi só um comentário. — Como viu que Cam parecia exausto e pálido, Ethan enfiou a mão no bolso da camisa e pegou dois charutos. Não faria mal mudar um pouco a rotina de depois do jantar. — Quer um charuto?

— É... por que não? — suspirou Cam. Em vez de se mover, deixou que Ethan acendesse o primeiro e o passasse para ele. Recostando-se novamente, soltou preguiçosos anéis de fumaça. Quando a música parou de forma abrupta, sentiu que conseguira uma pequena vitória pessoal.

Pelos dez minutos seguintes não havia nenhum outro som exceto o lamber lânguido das águas nas margens do rio, o pio dos pássaros e o sussurro da brisa. O sol caía mais fundo, transformando o céu do Oeste em uma névoa suave e rosada que mergulhava sangrando dentro d'água e transformava a linha do horizonte em um borrão. As sombras se acentuaram.

Era próprio de Ethan, Cam refletiu, não fazer perguntas. Ficar sentado em silêncio e esperar. Compreender a importância da quietude. Quase se esquecera daquela admirável qualidade do irmão. E talvez, Cam admitiu, quase se esquecera também do quanto amava aquele irmão que Ray e Stella lhe tinham dado.

Porém, mesmo lembrando-se do fato naquele momento, não tinha certeza sobre o que fazer a respeito dele.

— Estou vendo que consertou e pintou os degraus — comentou Ethan, reparando que Cam voltava a ficar relaxado.

— Consertei. E a casa bem que merecia ser pintada também.

— Vamos ter que resolver isso.

Eles precisariam resolver um bocado de coisas, pensou Cam. Mas o ranger suave da cadeira de balanço continuava levando a sua cabeça de volta para aquela tarde.

— Ethan, você alguma vez já teve um sonho mesmo estando completamente acordado? — Aquela era uma pergunta aceitável por ser direcionada à Ethan e ele iria considerar o assunto com cuidado.

Depois de pousar o copo quase vazio no chão, ao lado da cadeira, Ethan ficou olhando para o charuto, parecendo estudá-lo.

— Bem... — respondeu, por fim — ...acho que já. A mente gosta de vagar e viajar quando a gente deixa.

Devia ter sido isso, disse Cam a si mesmo. Sua mente havia vagado, talvez até se perdido um pouco. Talvez isso o tivesse levado a achar que vira o pai se balançando na cadeira da varanda. E quanto à conversa? Pensamentos fantasiosos, decidiu. Apenas isso.

— Lembra-se de como papai costumava trazer o violino aqui para fora? Nas noites quentes de verão, ele sentava onde você está sentado agora e tocava por horas. E tinha umas mãos grandes...

— Conseguia fazer aquele violino soar bonito de verdade.

— E você também aprendeu a tocar muito bem.

Ethan encolheu os ombros e soprou a fumaça do charuto de um jeito preguiçoso e lento.

— É... aprendi um pouco.

— Acho que devia pegar o violino como herança. Ele gostaria de saber que o instrumento ficou para você.

Ethan desviou seu olhar calmo e o fixou nos olhos de Cam. Nenhum dos dois falou por um momento, nem precisavam.

— Acho que vou fazer isso, mas não assim tão depressa. Ainda não estou pronto.

— É... eu entendo. — Cam soprou mais um pouco de fumaça.

— E você, ainda tem o violão que te deram de presente naquele Natal?

— Eu o deixei aqui. Não queria ficar carregando aquilo comigo por aí... — Cam olhou para os dedos e os flexionou, como se estivesse prestes a dedilhá-los sobre algumas cordas. — Acho que não toco há mais de um ano.

— Talvez a gente devesse fazer Seth experimentar um instrumento qualquer. Mamãe costumava afirmar que tocar música ajuda a diminuir a agressividade. — E virou a cabeça quando os cães começaram a latir e correr para os lados da casa. — Está esperando alguém?

— Phillip.

— Pensei que ele só ia chegar na sexta-feira. — As sobrancelhas de Ethan se uniram, mostrando estranheza.

— Digamos que se trata de uma emergência familiar. — Cam atirou longe a guimba do charuto antes de se levantar.

— Deus queira que ele tenha trazido alguma comida decente, em vez daquelas bostas de comidas sofisticadas, tipo favas recheadas e coisas assim que gosta tanto de comer.

Phillip entrou a passos largos na cozinha, equilibrando uma imensa sacola, além de uma tigela funda cheia de frango frito, e lançando ondas de irritação. Despejou a comida em cima da mesa, passou a mão no cabelo e olhou com cara feia para os irmãos.

— Cheguei! — disse, agressivo, vendo-os na porta dos fundos. — Qual é o grande problema?

— É que estamos com fome por aqui — respondeu Cam, com suavidade. Tirando o plástico que cobria a tigela, pegou uma coxinha.

— Sua calça bonita estilo "vejam só, sou um executivo" está com umas sujeirinhas na perna, Phillip.

— Ah, que droga! — Furioso, Phillip passou a mão com impaciência sobre as marcas de patas em suas calças. — Quando vocês vão ensinar àquele cachorro idiota a não ficar pulando em cima das pessoas, hein?

— Você surge com uma tigela cheia de frango frito, o coitado vem agradar para ver se consegue um pedaço. Isso prova que ele é esperto, na minha opinião. — Sem parecer ofendido, Ethan foi até o armário a fim de pegar alguns pratos.

— Trouxe batatas fritas? — Cam tornou a enfiar a mão, desta vez na sacola, e pegou uma. — Está fria! É melhor que um de vocês as esquente. Se eu tentar fazer isso, sei que vão explodir ou se desintegrar.

— Deixe que eu faço isso — ofereceu-se Ethan. — Arrume um prato para colocar a salada, Cam.

Phillip respirou fundo uma vez, e depois de novo. A viagem de Baltimore até ali fora longa, e o tráfego estava horrível.

— Quando acabarem de brincar de casinha, garotas, talvez possam me dizer por que eu desmarquei um lance quente com uma contadora muito gostosa, meu terceiro encontro com ela, um jantar em sua casa, com grandes probabilidades de sexo para encerrar a noite, para ficar duas horas preso na estrada, num engarrafamento, a fim de entregar uma porra de uma tigela de frango frito a uma dupla de manés.

— Para começar, estou farto de cozinhar. — Cam serviu uma porção de salada em seu prato e pegou uma torrada. — E ainda mais cansado de jogar no lixo toda a comida que preparo, porque nem mesmo o cachorro, que regularmente bebe água da privada, consegue tocar nela. Mas isso é apenas o início...

Deu mais uma dentada generosa em outro pedaço de frango e foi até a porta, soltando um berro trovejante para chamar Seth.

— O garoto tem que ficar aqui — completou. — E estamos todos juntos nisso.

— Certo... legal! — Phillip se largou em uma cadeira e afrouxou a gravata.

— Não precisa ficar putinho só porque a contadora não vai passar a noite conferindo os seus dados, meu chapa. — Ethan lhe ofereceu um sorriso amigável e um prato.

— A época da declaração do imposto de renda está chegando. — Com um suspiro de resignação, Phillip se serviu de salada. — Agora vou ter sorte se conseguir um olhar interessado dela antes do dia 15 de abril. E eu estava tão perto!

— É pouco provável que algum de nós vá conseguir um pouco de ação nessa área por algum tempo — disse Cam, e virou a cabeça ao ouvir os passos de Seth, que descia as escadas —, porque o som de passinhos de criança faz desgraças com a vida sexual das pessoas.

Cam controlou a vontade de tomar mais uma cerveja e se contentou com chá gelado quando Seth entrou na cozinha. O garoto deu uma olhada em torno, sentindo o cheiro de frango frito temperado, mas não se lançou sobre a da tigela, como gostaria de fazer.

— Qual é o lance? — quis saber, enfiando as mãos nos bolsos enquanto o estômago roncava de fome.

— Reunião de família. — anunciou Cam. — E com comida! Sente-se. — Pegou uma cadeira para si mesmo, enquanto Ethan colocava as batatas recém-esquentadas, ainda chiando, sobre a mesa. — Senta aí! — repetiu Cam ao ver que Seth continuava onde estava. — Mesmo que não esteja com fome, pode ficar apenas ouvindo.

— Não, eu posso comer alguma coisa sim. — Seth se aproximou da mesa, meio desconfiado, e se deixou escorregar em uma cadeira. — Isso deve estar melhor do que a gororoba que você vem tentando fazer com que eu engula, fingindo que é comida.

— Sabe de uma coisa — disse Ethan com seu jeito arrastado de falar, antes que Cam começasse a rosnar —, acho que eu me sentiria grato se alguém estivesse tentando preparar uma refeição quentinha para mim de vez em quando. Mesmo que fosse uma gororoba... — Com os olhos em Seth, Ethan ofereceu-lhe a tigela, exibindo as opções que havia para comer. — Especialmente se esse alguém estivesse dando o seu melhor.

Por ser Ethan, Seth ficou vermelho, encolheu-se todo e sacudiu os ombros, enquanto pegava um gordo pedaço de peito.

— Ninguém pediu para ele cozinhar — argumentou o garoto.

— Mais uma razão... talvez funcionasse melhor se vocês revezassem.

— Ele acha que não sei fazer nada. — E olhou com escárnio para Cam. — Assim eu não faço mesmo.

— Sabe, é uma ideia tentadora jogar esse peixinho que a gente pescou de volta no lago... — Cam estava colocando sal nas batatas e lutava para manter uma relativa calma. — Assim eu podia estar em Aruba a essa hora, amanhã.

— Vá em frente! — Os olhos de Seth se acenderam, cheios de raiva e desafio. — Vá para o diabo de lugar que quiser, contanto que saia da minha frente. Não preciso de você!

— Seu fedelho com língua afiada. Já aturei muito. Chega! — Cam tinha um braço comprido e o usou para lançar a mão através da mesa e levantar Seth da cadeira. No momento em que Phillip ia abrir a boca para protestar, Ethan balançou a cabeça. — Acha que estou curtindo muito passar as semanas servindo de babá para um monstro melequento cheio de marra que faz onda o tempo todo? Coloquei a minha vida de lado para estar aqui, cuidando de você!

— Grande coisa! — Seth ficou branco como um lenço, e já estava pronto para receber o golpe no rosto que tinha certeza que viria em seguida, mas não retrocedeu. — Tudo o que você faz é correr por aí juntando troféus e comendo mulheres. Pode voltar para o lugar de onde você veio e continuar com a sua vida. Estou cagando e andando.

Cam sentiu as bordas do seu campo de visão ficarem vermelhas. Fúria e frustração fizeram seu sangue ferver, e ele se sentiu como uma cobra pronta para o bote.

Viu as mãos do pai na ponta dos seus braços. Não as de Ray, mas as do homem que usara aquelas mãos para surrá-lo com uma violência que se tornara banal durante toda a sua infância. Antes que fizesse algo imperdoável, colocou Seth de volta na cadeira. Sua voz era calma agora, e todo o aposento vibrava com o seu controle.

— Se acha que estou aqui por sua causa, está muito enganado! Estou aqui por Ray. Tem ideia do lugar para onde o governo vai mandá-lo se um de nós decidir que você não compensa toda essa dor de cabeça?

Abrigos, Seth pensou. Estranhos. Ou, pior, de volta para ela. Ao sentir suas pernas tremerem sem parar, enganchou-as em volta das pernas da cadeira, dizendo:

— Vocês não ligam a mínima para o que possam fazer comigo.

— Essa é outra coisa sobre a qual você está enganado! — reagiu Cam no mesmo tom. — Se não quer se mostrar grato, tudo bem. Não preciso da porcaria da sua gratidão. Mas vai ter que começar a demonstrar um pouco de respeito aqui, e vai começar agora mesmo! Não sou apenas eu que vou estar na área protegendo o seu rabo magro e o tirando da reta, meu chapa. Seremos nós três!

Cam tornou a se sentar, e esperou a serenidade voltar aos poucos, antes de anunciar:

— A assistente social que esteve aqui hoje... Spinelli... Anna Spinelli, tem algumas preocupações com relação ao ambiente em que o menino está.

— O que há de errado com o ambiente? — perguntou Ethan. A pequena altercação, embora desagradável, conseguira limpar o ar. Agora eles podiam entrar nos detalhes. — É uma casa boa, bem sólida, em uma área respeitável. A escola é bem conceituada, a criminalidade é baixa.

— Tenho a impressão de que eu é que sou o ambiente problemático. No momento, sou o único que estou aqui, supervisionando as coisas.

— Nós três vamos ser designados como guardiões, igualmente — explicou Phillip. Serviu um copo de chá gelado e o colocou, com casualidade, junto da mão que Seth colocara sobre a mesa, com o punho fechado. Imaginava que a garganta do menino devia estar pegando fogo naquele exato momento. — Confirmei tudo com o advogado depois que você me ligou. A papelada preliminar vai estar resolvida até o fim da semana. Haverá um período experimental, onde serão avaliadas questões como horas de estudo regulares em casa, reuniões e avaliações. A não ser que surja alguma objeção séria, não me parece que vamos encontrar problemas.

— Anna Spinelli é o problema. — Cam se recusou a deixar que a briga estragasse o seu apetite e pegou mais frango. — É a clássica "Dona Certinha". Pernas fabulosas, muito competente, mas com jeito de séria... Sei que conversou com o garoto, mas ele não está muito disposto a compartilhar conosco o que foi falado. Então vou contar sobre a conversa que eu tive com ela. Para começar, ela demonstrou dúvidas sobre minhas qualificações como guardião. Um cara solteiro, sem emprego fixo ou residência permanente.

— Mas somos três. — Phillip franziu a testa e comeu mais uma garfada de salada. Sentiu uma fisgada de culpa se insinuando por dentro, mas não ligou.

— Foi o que eu argumentei. Pois a Srta. Spinelli, com seus deslumbrantes olhos italianos, contra-argumentou com o triste fato de que, por acaso, sou o único que está realmente morando com o garoto. E deixou tacitamente implícito que, de nós três, eu era o menos recomendável como guardião. Foi quando lancei para ela a ideia de nós todos virmos morar aqui.

— O que quer dizer com "virmos todos morar aqui"? — perguntou Phillip, pousando o garfo. — Trabalho em Baltimore. Tenho um apartamento na cidade, como vai ser eu morando aqui e trabalhando lá?

— Isso seria um problema — concordou Cam —, e um problema maior ainda seria como espremer todas as suas roupas dentro daquele closet pequenininho do seu antigo quarto.

Enquanto Phillip se engasgava, sem conseguir dar uma resposta, Ethan batia com o dedo na ponta da mesa. Pensou na casinha em que morava. Era pequena, mas perfeita, só para ele. Lembrou-se da calma e da solidão gostosa que havia lá. E notou o jeito com que Seth olhava de cabeça baixa para seu prato com os olhos sombrios e confusos.

— Quanto tempo acha que isso pode levar?

— Não sei. — Cam passou as mãos pelos cabelos. — Seis meses, um ano talvez...

— Um ano! — Tudo o que Phillip conseguiu fazer foi fechar os olhos. — Meu santo Cristo!

— Converse com o advogado a respeito disso — sugeriu Cam. — Discuta esse assunto com ele. Só que temos que apresentar um front unido para a assistência social do governo, senão eles vão tirar o garoto da gente. A outra novidade é que vou ter de arrumar um trabalho...

— Trabalho?! — O ar arrasado de Phillip se transformou em um sorriso. — Você? Fazendo o quê? Não há pistas de corrida aqui em St. Chris. E a baía de Chesapeake, que Deus a guarde, não é exatamente o Mediterrâneo.

— Encontro alguma coisa. Trabalho fixo não significa um emprego bacana. Não estou buscando um emprego no qual eu tenha que trabalhar em um terno Armani.

Ele estava enganado, percebeu Cam. Aquela porcaria de papo ia acabar com seu apetite.

— Pelo que estou vendo — continuou ele —, a tal de Spinelli vai voltar amanhã ou depois de amanhã no mais tardar. Temos que combinar como as coisas vão ser e tentar mostrar a ela que sabemos o que diabos estamos fazendo.

— Posso antecipar as minhas férias — sugeriu Phillip, dando adeus às duas semanas que planejara no Caribe. — Isso nos dá algumas semanas. Durante esse tempo, posso trabalhar junto com o advogado e lidar com a assistente social.

— Eu lido com ela — disse Cam e sorriu ligeiramente. — Gostei do jeito dela, e mereço me dar bem de alguma forma nessa história. É claro que tudo vai depender do que o garoto disse a ela hoje.

— Eu disse a ela que queria ficar aqui — murmurou Seth, mastigando as palavras. Seu estômago estava embrulhado. A comida continuava intocada no prato. — Ray disse que eu podia ficar. Disse que eu podia ficar aqui. Prometeu ajeitar as coisas para que eu pudesse ficar.

— E somos tudo o que sobrou dele. — Cam esperou até que Seth levantasse os olhos. — Portanto, vamos ajeitar as coisas, como ele prometeu.

Mais tarde, quando a lua já ia alta e as águas escuras eram cortadas na diagonal por seus raios brancos, Phillip estava em pé na doca. O ar estava mais frio àquela hora, o vento úmido carregava um restinho do inverno que lutava para não ceder espaço à primavera.

Aquilo combinava com o seu estado de espírito.

Havia uma guerra sendo travada dentro dele, entre a consciência e a ambição. Em duas curtas semanas, a vida que planejara para si mesmo, traçando tudo com minúcias e incrementando cada ato com muita determinação e a decisão de trabalhar duro, esfacelara-se por completo.

Agora, ainda entorpecido de pesar pela morte do pai, estavam lhe pedindo que transplantasse toda a sua vida para ali, comprometendo seus cuidadosos planos.

Tinha treze anos quando Ray e Stella Quinn o acolheram. A maior parte daqueles treze anos fora passada nas ruas, com ele tentando se desviar do juizado de menores. Era um ladrão muito hábil, um lutador entusiasmado e bom de briga, que usava as drogas e a bebida para apagar um pouco da falta de beleza em sua vida. Os projetos e as jogadas suspeitas feitas em Baltimore eram a sua praia. Um dia, ao ser atingido no meio de um tiroteio, foi abandonado sangrando na rua, e se preparou para morrer... estava pronto para ver tudo simplesmente acabar.

Na realidade, a rotina que levava até então, e que o fizera ser ferido em uma sarjeta no meio do lixo, acabara naquela mesma noite. Ele sobreviveu. Por motivos que jamais compreendeu, os Quinn o queriam. E abriram inúmeras portas fascinantes para ele, não importando com que frequência e ar de desafio ele tentasse novamente fechá-las para si mesmo, eles jamais o permitiram.

Ofereceram escolhas, deram esperança e uma família; a chance de obter uma boa educação, o que salvara sua alma. E ele usou as ferramentas que lhe foram dadas para se transformar no homem que era. Estudou e trabalhou até enterrar aquele menino miserável bem no fundo do passado.

Seu cargo na Innovations, a agência de publicidade mais importante na área metropolitana de Baltimore, era bem sólido. Ninguém duvidava que Phillip Quinn estava caminhando a toda velocidade para o topo. E ninguém que conhecesse o homem que envergava os ternos mais elegantes e feitos sob medida, o sujeito sofisticado que sabia pedir uma refeição em um perfeito francês e sempre escolhia com precisão o vinho mais apropriado, conseguiria acreditar que ele, no passado, já vendera o próprio corpo em troca de um baseado.

Orgulhava-se do que conseguira, talvez até demais, mas considerava isso seu testamento para os Quinn.

Ainda havia um pouco do menino egoísta e autoindulgente dentro dele, a ponto de fazê-lo se rebelar diante da ideia de abrir mão de apenas uma das coisas que conseguira. Mas havia muito mais do homem que Ray e Stella moldaram para que considerasse a possibilidade de agir de outra forma que não a que eles lhe haviam ensinado.

De algum modo, precisava encontrar um meio-termo.

Virando-se, olhou para a casa. O andar de cima estava às escuras. Seth já devia estar na cama, refletiu Phillip. Não tinha a menor ideia de como se sentia com relação ao garoto. Ele o reconhecia, o compreendia e se ressentia um pouco ao ver algumas partes de si mesmo no jovem Seth DeLauter.

Será que era filho de Ray Quinn?

Ali, Phillip pensava, com os dentes rangendo, havia ainda mais ressentimento diante da simples possibilidade daquilo ser verdade. Teria o homem que ele idolatrara por mais da metade de sua vida realmente desabado de seu pedestal, sucumbido à tentação, traído a mulher e a família? E, se tinha feito isso, como pôde virar as costas para alguém que carregava seu próprio sangue? Como era possível que aquele homem que transformara estranhos em filhos tivesse ignorado por mais de uma década um filho verdadeiro, que saíra do próprio corpo?

Já estamos com problemas demais, lembrou Phillip a si mesmo. O primeiro deles era manter uma promessa: ficar com o menino.

Foi caminhando de volta, usando a luz da varanda de trás da casa para guiá-lo. Cam estava sentado nos degraus; Ethan, na cadeira de balanço.

— Vou voltar para Baltimore amanhã de manhã — anunciou Phillip. — Ver o que o advogado pode esclarecer sobre o caso. Você disse que a assistente social se chama Spinelli?

— Isso. — Cam estava com uma xícara de café nas mãos. — Anna Spinelli.

— Ela deve trabalhar na repartição municipal que controla esta área, provavelmente em Princess Anne. Vou passar essa informação para o advogado. — Detalhes, pensou. Devia se concentrar nos fatos. — Pelo que estou vendo, teremos que desempenhar o papel de cidadãos perfeitos, figuras modelares. Eu já passei. — Sorriu Phillip, de leve. — Vocês dois é que vão ter de lapidar muito bem esse jeito pouco sofisticado que têm, meus caros.

— Eu disse à Srta. Spinelli que arrumaria um emprego. — Só aquele pensamento já deixava Cam enjoado.

— Eu esperaria mais um pouco, Cam. — Estas palavras vieram de Ethan, que se balançava suavemente nas sombras. — Tive uma ideia. Preciso pensar um pouco mais nela. Ao meu ver, porém, parece que, se Phillip e eu vamos estar por aqui, e ambos trabalhando, você poderia muito bem ficar cuidando da casa.

— Ah, meu Deus! — Foi tudo o que Cam conseguiu dizer.

— Pode funcionar assim... — Ethan fez uma pausa, balançando-se um pouco mais na cadeira antes de continuar: — Você seria o que eles chamariam de guardião primário. Aquele que está sempre disponível quando a escola liga para conversar sobre algum problema, se Seth passar mal ou coisas desse tipo.

— Faz sentido — concordou Phillip, sentindo-se melhor e sorrindo para Cam. — Vai ser a mamãe...

— Vá se foder!

— Olha... isso não são modos de uma mamãe falar...

— Se acham que vou ficar preso aqui dentro, lavando as suas meias sujas e limpando a privada com uma escovinha, podem colocar de lado toda aquela finesse da qual se orgulham tanto e ir tirando o cavalinho da chuva.

— É só por algum tempo — disse Ethan, embora se divertisse com a ideia de ver seu irmão usando um avental e dando pulinhos para limpar as teias de aranha nos cantos do teto com um espanador. — Podemos fazer um rodízio. Seth vai ter algumas tarefas também. Sempre foi assim aqui em casa. De qualquer modo, nos primeiros dias, a coisa vai ficar mais em cima de você, enquanto Phillip segura as pontas jurídicas e eu vejo como reajustar os meus horários.

— Mas eu também tenho assuntos para resolver. — O café começava a abrir um buraco no seu estômago, mas Cam engoliu tudo de qualquer jeito. — Minhas coisas estão espalhadas por toda a Europa!

— Bem, Seth fica na escola o dia todo, não é? — De modo distraído, Ethan esticou a mão para acariciar o cão que roncava de leve ao lado da cadeira.

— Certo. Ótimo! — Cam desistiu. — Você — disse, apontando para Phillip —, traga algumas coisas da mercearia quando voltar. Estamos com a despensa quase vazia. E Ethan pode juntar as coisas que você trouxer e preparar uma refeição. E todo mundo vai fazer a própria cama, droga. Não vou ser a empregada da casa.

— E quanto ao café da manhã? — perguntou Phillip, de forma seca. — Não pode mandar seus homens para o trabalho de manhã sem uma refeição quentinha e nutritiva, não é?

— Você está curtindo isso tudo, não está? — Cam lançou-lhe um olhar de ódio.

— Bem que podia curtir... — E se sentou nos degraus da varanda, ao lado de Cam, recostando-se no piso, apoiado nos cotovelos. — E alguém precisa conversar com Seth a respeito do seu linguajar.

— Ah, sim... — riu Cam, debochado. — Isso vai adiantar muito!

— Se ele falar palavrões daquele jeito na frente dos vizinhos, da assistente social, dos professores, isso pode pegar mal, vai causar má impressão. Por falar nisso, como vão os deveres dele da escola?

— Como que eu posso saber?

— Ora, mamãe... — grunhiu Phillip, e depois caiu na risada quando o cotovelo de Cam atingiu-lhe as costelas.

— Fique me zoando assim, gostosão, e vai acabar com outro terno arruinado.

— Então espere até eu mudar de roupa e podemos disputar alguns rounds. Ou, melhor ainda... — Phillip levantou uma sobrancelha, olhou meio de lado para Ethan e depois novamente para Cam.

Aprovando o plano, Cam coçou o queixo e colocou a xícara vazia no chão. Pularam dos degraus ao mesmo tempo, tão depressa que Ethan mal teve tempo de piscar.

Seu punho se arremessou para a frente, mas foi bloqueado, e ele foi rebocado da cadeira pelas axilas e tornozelos, xingando o tempo todo. Simon se levantou, pulando e latindo alegremente, e começou a andar em círculos em volta dos homens que carregavam seu dono, que se debatia violentamente, para fora da varanda.

Dentro da cozinha, o cão menor se sacudia, agitado, ganindo em resposta. Para mantê-lo lá dentro, Seth pegou um pedaço do frango que o animal viera buscar e o deixou cair no chão. Enquanto Bobalhão engolia o presente com gulodice, Seth observava intrigado e surpreso as silhuetas que se encaminhavam para a doca.

Ele descera para encher a barriga ainda vazia. Estava acostumado a se mover silenciosamente. Enfiara o máximo possível de frango na boca e ficara ouvindo os homens conversando na varanda.

Parecia que realmente estavam pensando em deixá-lo ficar. Mesmo sem saber que ele estava ouvindo tudo, falavam como se já fosse um fato consumado. Pelo menos por enquanto, analisou, até se esquecerem da promessa que haviam feito ou simplesmente não se importarem mais com ele.

Ele sabia que promessas não tinham valor algum.

Exceto a de Ray. Acreditara em Ray, mas ele se fora, morreu e tudo ficou arruinado. Assim, sabia que cada noite que passava naquela casa, entre lençóis limpos e com o cão enroscado ao seu lado, era um escape. Quando decidissem se livrar dele, Seth estaria pronto para fugir.

Porque preferia morrer a voltar para o lugar onde vivera antes de Ray Quinn.

O cão farejava por baixo da porta, atraído pelo som dos risos, latidos e gritos. Seth lhe deu mais um pedaço de frango para distraí-lo.

Seth também estava doido para sair, correr pelo gramado e se unir àqueles risos, àquela diversão... àquela família. Mas sabia que não seria bem-vindo. Os irmãos parariam com a brincadeira na mesma hora, olhando para ele e se perguntando uns aos outros de onde diabos ele surgira, e o que deviam fazer a respeito.

Então o mandariam de volta para a cama.

Ah, Deus, como gostaria de ficar! Queria apenas ficar ali. Seth apertou o rosto contra a tela da porta da varanda, desejando, de todo o coração, poder fazer parte daquilo.

Ao ouvir a voz de Ethan, que praguejava em voz alta e ria ao mesmo tempo, seguida pelo barulho de água sendo espalhada e os estrondos de satisfação dos risos masculinos que surgiram logo a seguir, ele sorriu.

E ficou parado ali, sorrindo, sem notar a lágrima que lhe escapara pelo canto do olho e descia serpenteante pelo rosto.

Capítulo Cinco

Anna chegou ao trabalho mais cedo. As chances da sua supervisora ter chegado antes dela eram grandes. As pessoas sempre podiam contar com Marilou Johnston sentada em sua mesa ou ali por perto.

Marilou era uma mulher que Anna admirava tanto quanto respeitava. Quando precisava de um conselho, não havia ninguém cuja opinião valorizasse mais.

Ao enfiar a cabeça pela porta aberta da sala da chefe, Anna sorriu de leve. Como esperava, Marilou estava lá, enterrada atrás de pastas e da papelada que eternamente lhe entulhavam a mesa. Era uma mulher baixa, com pouco mais de um metro e meio de altura. Usava o cabelo cortado bem curto, por praticidade e estilo. Seu rosto era liso como ébano polido, e a expressão que sempre exibia conseguia se manter composta mesmo durante as piores crises.

Uma ilha de calma, era como Anna frequentemente imaginava Marilou, embora o modo pelo qual conseguia se manter calma, tendo uma vida atribulada por uma carreira exigente, dois filhos adolescentes e uma casa que, Anna já notara, vivia cheia de gente, escapava totalmente à sua compreensão.

Sempre refletia que queria ser como Marilou Johnston quando ficasse mais velha.

— Tem um minutinho?

— Claro! — respondeu Marilou, com a voz agitada e cheia de vida, enfeitada pelo sotaque sulino que mantinha as palavras presas entre o fraseado arrastado e o tom agudo no fim das frases. Convidou-a a se sentar em uma cadeira e balançou a pequena argola de ouro que usava como brinco na orelha esquerda. — É o caso Quinn-DeLauter?

— Acertou em cheio! Havia uns dois fax esperando por mim, enviados ontem pelo representante dos Quinn, de um escritório de advocacia em Baltimore.

— E o que o nosso advogado de Baltimore tinha a dizer?

— O ponto principal é que estão requerendo a guarda do menino. Ele vai enviar uma petição à corte. Parece que a família está levando a sério o objetivo de manter Seth DeLauter na casa deles, sob seus cuidados.

— E...?

— É que esta é uma situação incomum, Marilou. Até agora só consegui conversar com um dos irmãos. Aquele que morava na Europa até recentemente.

— Cameron? E quais foram as suas impressões?

— Ele certamente impressiona... — E como Marilou era também uma amiga, Anna se permitiu dar um sorriso e girar os olhos. — Um colírio de homem! Quando cheguei, estava consertando os degraus da varanda dos fundos. Não me pareceu exatamente feliz com a situação, mas demonstrou uma grande determinação. Senti um bocado de raiva nele e muito pesar. O que me impressionou mais, porém...

— Além da aparência dele?

— Além da sua aparência — concordou Anna, com uma risada —, foi o fato de que nem sequer por um momento ele questionou a guarda de Seth. Era um fato simples e decidido. Referiu-se a Seth como seu irmão. E falava sério. Não tenho certeza quanto a ele saber exatamente como se sente a respeito disso, mas realmente falava sério.

Continuou a contar a história, enquanto Marilou ouvia, sem comentar nada. Anna relatou em detalhes tudo sobre o que falaram, a determinação de Cam em mudar o seu estilo de vida e a sua preocupação sobre a possibilidade de Seth fugir se fosse levado daquela casa.

— E — continuou ela —, depois de falar com Seth, estou tendendo a concordar com ele.

— Acha que o menino é fujão?

— Quando sugeri um abrigo na casa de alguém, durante o processo para a sua possível adoção, ele ficou zangado e mostrou um ar de ressentimento. E medo... Se se sentir ameaçado, ele fugirá sim. — E se lembrou de todas as crianças que acabavam nas ruas pobres das cidades do interior, sem casa e desesperadas. Pensou no que faziam para sobreviver. E também em quantas delas simplesmente não sobreviviam.

Seu trabalho era manter pelo menos aquela criança, aquele menino, a salvo.

— Ele quer ficar lá, Marilou. Talvez precise disso. Seus sentimentos a respeito da mãe são muito fortes e negativos. Suspeito de abuso, mas ele não estava pronto para conversar sobre isso. Pelo menos não comigo.

— E há alguma notícia sobre o paradeiro da mãe?

— Não. Não temos a mínima ideia de onde ela está ou do que vai fazer. Ela assinou os documentos que permitiam que Ray Quinn desse entrada no pedido de adoção, mas ele morreu antes que o processo fosse finalizado. Se ela aparecer e quiser pegar o filho de volta — Anna balançou a cabeça —, os Quinn vão se ver diante de uma boa briga.

— Você me parece estar do lado deles.

— Estou do lado de Seth — disse Anna com firmeza. — E é onde vou ficar. Conversei com seus professores. — Pegou uma pasta enquanto falava. — Trouxe um relatório a respeito. Vou voltar lá hoje para falar com alguns dos vizinhos, e espero me encontrar com os três Quinn. É possível interromper o processo de guarda temporária até que eu complete as investigações iniciais sobre o caso, mas estou inclinada a não fazer isso. Aquele menino precisa de estabilidade. Precisa se sentir querido por alguém. E, mesmo que os Quinn o queiram só por causa de uma promessa, é mais do que ele teve até hoje, na minha opinião.

Marilou pegou a pasta e a colocou de lado.

— Eu a designei para cuidar deste caso porque sei que você não olha apenas na superfície. E a mandei lá sem prepará-la de antemão porque queria saber quais eram as suas impressões. Agora deixe que eu lhe conte o que sei a respeito dos Quinn.

— Você os conhece?

— Anna, nasci e fui criada aqui, nesta parte do litoral — disse e sorriu de forma maravilhosa. Era um fato simples, mas algo do qual ela tinha imenso orgulho. — Ray Quinn foi um dos meus professores na faculdade. Eu o admirava tremendamente. Quanto tive meus dois meninos, Stella Quinn foi a pediatra deles, até que nos mudamos aqui para Princess Anne. Nós a adorávamos!

— Quando estava indo para lá ontem, dirigindo pela estrada, fiquei pensando em como seria bom ter tido a chance de conhecê-los.

— Eram pessoas excepcionais — disse Marilou com naturalidade. — Gente comum, até mesmo simples em certos aspectos. Excepcionais, porém... Vou contar uma história — acrescentou, recostando-se na cadeira. — Saí formada da faculdade há dezesseis anos. Os três irmãos Quinn eram adolescentes na época. A gente ouvia histórias a respeito deles de vez em quando. Talvez fossem um pouco rebeldes, e as pessoas se perguntavam o motivo de Ray e Stella terem adotado os três meninos, já quase rapazes e com maus hábitos. Eu estava grávida de Johnny, o meu filho mais velho, batalhando como uma louca para conseguir me formar a fim de ajudar meu marido, Ben, a pagar o aluguel. Ele trabalhava em dois empregos. Queríamos uma vida melhor para nós, e com certeza sonhávamos com algo ainda melhor para o bebê que eu carregava.

Fazendo uma pausa, puxou o porta-retratos duplo que havia em sua mesa para mais perto dela, para poder ver os dois filhos sorrindo.

— Eu também me questionava sobre aquilo — continuou. — Achava que eram loucos ou que estivessem apenas bancando os bons samaritanos. O Professor Quinn me chamou em sua sala certo dia. Eu faltara a duas aulas seguidas. Passara pela pior crise de enjoo matinal que já vira na vida.

Só de se lembrar daquilo fez uma careta, comentando:

— Juro que não compreendo o porquê de algumas mulheres se lembrarem com saudades de momentos como aqueles. Enfim, achei que ele me recomendaria interromper as aulas, o que significaria perda de créditos e a impossibilidade de obter o diploma. Isso quando eu já estava na reta final do curso... Nadei tanto, estava chegando à praia e ia ser a primeira pessoa da minha família a ter um diploma universitário. Fui até lá preparada para brigar com ele, a fim de defender o meu sonho. Em vez disso, ele me perguntou o que poderia fazer para me ajudar. Fiquei sem fala.

Tornando a sorrir ao se lembrar do fato, ela ampliou ainda mais o sorriso e olhou para Anna, dizendo:

— Você bem sabe como uma universidade pode ser impessoal e distante. Aquelas imensas palestras onde cada aluno é apenas um rosto a mais na multidão... Pois bem, ele reparara em mim! E se dispusera a usar seu precioso tempo, a fim de pesquisar alguns fatos a respeito da minha situação. Comecei a chorar. Deviam ser os hormônios — disse ela, com um sorriso irônico. — Bem, ele deu algumas palmadinhas na minha mão, entregou-me uns lenços de papel e deixou que eu chorasse tudo o que tinha para chorar. Eu tinha uma bolsa de estudos, e se minhas notas baixassem ou se eu ficasse reprovada em alguma disciplina, poderia perdê-la. Faltava só mais um semestre. Ele me disse para não me preocupar, porque resolveríamos tudo e eu conseguiria o meu diploma. Começou a falar de uma coisa e outra, a fim de me acalmar. De repente, contava algo sobre estar ensinando seu filho a dirigir. Aquilo me fez rir. Só mais tarde é que me dei conta de que ele estava falando sobre um dos meninos que adotara. Porque, para ele, os filhos não eram adotados. Eram dele...

Como tinha um fraco por finais felizes, Anna suspirou, afirmando:

— E você conseguiu o seu diploma.

— Ele fez de tudo para que eu conseguisse. Devo isso a ele. Esse é o motivo de eu não ter lhe contado nada disso até que você tivesse formado suas próprias impressões. Quanto aos três Quinn, não os conheço de perto. Encontrei-os apenas nos dois funerais. Vi Seth DeLauter com eles no enterro do Professor Quinn. Por motivos pessoais, gostaria de vê-los ter a chance de formar uma família. Porém... — Ela juntou as palmas das mãos — ...o que for melhor para o menino tem que vir antes disso, e a estrutura do sistema tem de ser respeitada. Você tem consciência, é minuciosa em seu trabalho, Anna, e acredita nas estruturas da sociedade e do sistema. O Professor Quinn gostaria que Seth tivesse o melhor e, para pagar uma antiga dívida de gratidão, entreguei o caso a você.

— Sem pressões, hein? —Anna deu um grande suspiro.

— Pressão é o que mais temos por aqui. — Como que para confirmar isso, o telefone tocou. — E o tempo está passando...

— É melhor eu ir trabalhar, então. — Anna se levantou. — Parece que farei trabalho de campo a maior parte do dia.

Era quase uma da tarde quando Anna entrou dirigindo pelo portão da propriedade dos Quinn. Conseguira entrevistar três dos cinco nomes que Cam lhe indicara na véspera e tinha a esperança de aumentar a lista antes que mais tempo se passasse.

Ao ligar para o escritório de Phillip Quinn em Baltimore, recebera a informação de que ele tirara duas semanas de licença. Assim, Anna esperava encontrá-lo ali para ver se conseguia formar uma impressão de outro dos Quinn.

Só que foi o cãozinho que veio recebê-la. Ladrava com ferocidade, mas recuava com rapidez à medida que ela avançava. Anna riu quando ele se urinou todo de terror ao ver que ela continuava andando em sua direção. Rindo, agachou-se e estendeu-lhe a mão.

— Venha cá, fofinho, não vou machucá-lo. Você não é mesmo uma gracinha, tão bonitinho? — E continuou a murmurar palavras carinhosas para ele, até que o pequeno cão veio se chegando, farejou a mão dela e então rolou de lado, deitando-se de barriga para cima em êxtase enquanto ela o acariciava.

— Pelo que conhece desse cachorro, pode ser que ele tenha pulgas e raiva.

Anna levantou o olhar e viu Cam na porta da frente.

— Pelo que conheço do senhor, posso pensar o mesmo de você.

Com uma gargalhada gostosa e as mãos enfiadas nos bolsos da calça, ele saiu para a varanda. A roupa dela naquele dia era um terno marrom. Ele não fazia a menor ideia do motivo de ela escolher usar cores tão sem vida.

— Imagino que esteja disposta a correr riscos, já que voltou. Não a esperava de volta tão depressa.

— O bem-estar de um menino está em jogo, Sr. Quinn. Não acho que deva levar mais tempo do que o necessário, diante das circunstâncias.

Obviamente encantado por sua voz, o cãozinho pulou e lambeu o rosto de Anna. Uma risadinha lhe escapou antes que ela conseguisse evitar, um som que fez Cam levantar as sobrancelhas. Tentando se defender das lambidas do cão, ela se levantou. Ajeitou o paletó, puxando-o para baixo com força, tentando retomar a dignidade.

— Posso entrar?

— Por que não? — Dessa vez ele esperou por ela e até lhe abriu a porta com delicadeza, convidando-a a entrar antes dele.

Ela viu uma sala de estar bem grande e razoavelmente arrumada. A mobília dava mostras de ter sido muito usada, mas parecia confortável e era bem colorida. Um piano antigo parecido com um cravo em um dos cantos da sala chamou a sua atenção.

— O senhor toca?

— Na verdade, não. — Sem perceber, Cam passou a mão sobre a madeira. Nem reparou que seus dedos deixaram marcas sobre a superfície empoeirada. — Minha mãe tocava, e Phillip também toca um pouco, de ouvido.

— Procurei por ele no escritório onde trabalha, hoje de manhã.

— Ele saiu para fazer compras no supermercado. — Satisfeito por ter ganhado aquela batalha, Cam sorriu de leve. — Ele vai morar aqui... no futuro próximo. Ethan também.

— O senhor trabalha rápido...

— O bem-estar de um menino está em jogo — disse ele, ecoando as palavras dela.

Anna concordou com a cabeça. Ao ouvir o ribombar distante de um trovão, olhou para fora e franziu a testa. A luz do dia estava mudando, tornando-o mais escuro, e o vento começava a soprar.

— Gostaria de discutir o caso de Seth com o senhor — disse, e trocou a pasta de mão, olhando para uma cadeira.

— Vai levar muito tempo?

— Não sei, talvez.

— Então vamos conversar na cozinha. Quero um pouco de café.

— Tudo bem.

Ela o seguiu, aproveitando a ocasião para estudar melhor a casa. O ambiente estava arrumado o suficiente para fazê-la imaginar que Cam na verdade a estava esperando. Passaram por um escritório onde a sujeira estava toda espalhada em cima das mesas, o sofá coberto de jornais abertos e o chão cheio de sapatos.

Você se esqueceu de arrumar esse cômodo aqui, não foi?, pensou ela ao passar, com um sorriso esperto. Mesmo assim, achou o fato comovente.

Então ouviu as pragas terríveis e os xingamentos que ele começou a soltar e que quase a fizeram pular.

— Que droga! Merda! Que porra é essa? O que falta me acontecer agora? Caramba! — Ele já estava caminhando através da cozinha completamente encharcada, cheia de bolhas de espuma que cobriam tudo, e deu um soco na máquina de lavar pratos.

Anna deu um passo para trás, a fim de evitar pisar no chão alagado.

— Se eu fosse o senhor, desligaria a máquina.

— Ah, é... sim, sim... agora vou ter que desmontar essa droga de lavadora — disse, abrindo a porta da máquina. Um mar de espuma branca como neve foi expelido na mesma hora.

Anna mordeu a bochecha, pigarreou e, por fim, perguntou:

— Ahn... que tipo de sabão o senhor usou?

— Detergente! — Com o corpo vibrando de frustração, Cam pegou um balde que estava guardado debaixo da pia.

— Detergente comum ou sabão para lava-louças?

— E qual é a diferença? — Furioso, começou a encher o balde com espuma. Do lado de fora da casa, a chuva começou a cair como se atirasse lanças de forma violenta.

— Esta aqui... — Mantendo o rosto admiravelmente sério, ela apontou para o rio que continuava escorrendo por toda a cozinha. — Esta é a diferença. Quando a gente usa detergente de pia em lava-louças, este é o resultado inevitável.

Ele se levantou, ficou parado com o corpo reto, o balde ainda na mão e um olhar de irritação tão grande que dava pena, e ela não conseguiu segurar o riso.

— Desculpe, desculpe... escute, vire-se para o outro lado.

— Por quê?

— Porque não estou a fim de estragar meus sapatos nem as minhas meias. Portanto, vire-se para o outro lado enquanto eu os tiro para lhe dar uma mãozinha.

— Tá legal... — Pateticamente grato, ele se virou de costas e tentou fazer o possível para não imaginá-la despindo as meias bem atrás dele. Não foi bem-sucedido nisso, mas o esforço é que contava. — Ethan cuidava da maior parte das tarefas de cozinha quando a gente era mais novo. Eu fazia a minha parte, mas acho que nunca peguei muito bem o jeito.

— O senhor parece alguém fora do seu ambiente. — Enfiando as meias com cuidado dentro dos sapatos, ela os colocou de lado. — Pegue um esfregão, por favor. Eu limpo tudo enquanto o senhor prepara o café.

Abrindo uma porta alta e estreita, ele pegou um esfregão de cabo longo e o entregou a ela, dizendo:

— Obrigado.

Aquelas pernas, reparou Cam enquanto ela limpava todo o piso, não precisavam de meias. Eram um pouco pálidas, mas tinham um fascinante tom de dourado e pareciam lisas como seda. Quando ela se inclinou, ele passou a língua sobre os dentes. Não fazia ideia de que uma mulher passando um esfregão no chão pudesse ser assim tão... atraente.

Era tão surpreendentemente agradável, refletiu ele, estar ali, com a chuva tamborilando no telhado, o vento rugindo lá fora e uma mulher bonita e descalça lhe fazendo companhia na cozinha.

— A senhorita parece estar em seu ambiente — comentou ele, e então sorriu quando ela virou a cabeça e olhou para ele com cara de ódio. — Não estou insinuando que isso é trabalho de mulher. Minha mãe arrancaria minha pele se achasse que eu estava sequer pensando nisso. Estou apenas dizendo que parece saber o que está fazendo.

Como ela trabalhara durante todo o período da faculdade fazendo faxina na casa das pessoas, realmente sabia muito bem, e confirmou:

— Sei lidar com um esfregão, Sr. Quinn.

— Já que está esfregando o chão da minha cozinha, deveria me chamar de Cam.

— A respeito de Seth...

— Sim, a respeito de Seth. Importa-se se eu me sentar?

— Não, vá em frente. — Ela quase se pegou cantarolando. A tarefa descontraída, a chuva e a sensação de isolamento eram ligeiramente relaxantes. — Certamente o senhor já sabe que conversei com ele ontem.

— Sei, e sei também que ele falou que queria ficar aqui.

— Falou, e coloquei isso no relatório. Conversei também com os professores dele. O quanto o senhor sabe a respeito dos deveres de casa de Seth?

Cam se mexeu na cadeira, desconfortável.

— Bem, ainda não tive muito tempo para acompanhar isso.

— Hum-hum... Quando ele se matriculou na escola, teve alguns problemas com os outros alunos. Houve algumas brigas. Ele quebrou o nariz de um dos colegas.

Que bom para ele, pensou Cam, com uma surpreendente fisgada de orgulho, mas fez o possível para exibir uma cara de desaprovação.

— Quem começou a briga? — perguntou ele.

— Isso não vem ao caso. De qualquer modo, o seu pai foi até lá e resolveu o problema. A partir desse episódio, segundo me informaram, Seth passou a se manter mais isolado. Não participa das tarefas em sala, o que é outro problema. Quase nunca leva os deveres de casa feitos, e os poucos que se dá ao trabalho de fazer são muito malfeitos.

Cam começou a sentir uma dor de cabeça se insinuando de leve.

— Quer dizer então que o garoto não é muito inteligente...

— Pelo contrário! — Anna se esticou toda e se apoiou no esfregão. — Se ele participasse mais das aulas, mesmo que não muito, e se seus trabalhos e pesquisas fossem feitos e entregues a tempo, ele seria um estudante nota dez, com conceito A em todas as matérias. Apesar do jeito que leva a escola, consegue B em tudo...

— Então, qual é o problema?

Anna fechou os olhos por um momento.

— O problema é que os testes de QI e todos os outros testes de avaliação de Seth são incrivelmente altos. Ele é uma criança brilhante!

Embora tivesse dúvidas a respeito daquilo, Cam balançou a cabeça, dizendo:

— Então isso é uma coisa boa. Está obtendo boas notas e se mantendo longe de problemas.

— Certo. — Anna resolveu tentar uma abordagem diferente: — Imagine que o senhor estivesse em uma corrida de Fórmula Um...

— Já estive em uma — falou ele, com um olhar sonhador. — Já fiz isso.

— Muito bem, e então o senhor estava com o carro mais bem ajustado, o mais rápido, o melhor da pista.

— É... — suspirou. — Estava mesmo.

— Pois bem, e mesmo assim imagine que jamais levou o carro à sua capacidade total, nunca forçou a barra nas curvas ou emendou uma quinta nas retas, aproveitando as vantagens do traçado da pista.

Cam levantou uma sobrancelha.

— A senhorita acompanha corridas de automóveis?

— Não, mas dirijo um carro.

— Um carro muito bom por sinal. Até que velocidade já foi com ele?

Cento e quarenta quilômetros por hora, pensou ela, com um júbilo secreto, mas jamais admitiria aquilo.

— Considero o carro apenas um meio de transporte, Sr. Quinn — disse, mentindo de forma descarada —, e não um brinquedo...

— Não há motivos para ele não ser as duas coisas. Por que não me deixa levá-la para dar uma volta no Corveta? Aquilo é que é uma grande forma de transporte e de lazer.

Embora adorasse a oportunidade de se deixar levar pela fantasia de se ver atrás do volante daquele projétil branco e veloz, precisava terminar o raciocínio, e falou:

— Olhe, procure se concentrar na analogia que estou fazendo. O senhor está pilotando uma máquina superior... se não dirigir o carro da forma como ele foi feito para ser dirigido, estará desperdiçando o seu potencial, e talvez até consiga algum dinheiro com ele, mas não seria o vencedor do campeonato.

Ele entendeu o que ela estava querendo dizer, mas não pôde evitar o sorriso e afirmar:

— Eu geralmente vencia as corridas.

— Seth! — Anna balançou a cabeça, com uma paciência admirável. — Estamos falando de Seth! Ele se sente socialmente tolhido e desafia a autoridade das pessoas o tempo todo. Vive levando suspensões na escola. Precisa de uma supervisão em casa, bem de perto, quando se trata dessa área da sua vida. O senhor terá de assumir um papel ativo no acompanhamento dos seus deveres de casa e no seu comportamento.

— Pois a mim parece que, se o garoto consegue conceito B em tudo, devia ser deixado em paz — disse, e levantou a mão para impedi-la de falar. — Potencial, eu sei! Tive o meu potencial exercitado o tempo todo, pelo melhor dos professores. Nós três vamos trabalhar nisso...

— Ótimo! — E continuou a passar o esfregão. — Recebi um comunicado do seu advogado com relação ao pedido de guarda do menino. É quase certo que consigam a guarda legal que estão requerendo, pelo menos temporariamente. Mas podem se preparar para visitas regulares e acompanhamento do Serviço Social do governo.

— Isso significa inspeções feitas pela senhorita...

— Sim, significa.

Cam fez uma pausa por um momento, e então perguntou:

— Você também sabe lavar janelas?

Ela não se conteve e caiu na gargalhada enquanto despejava água cheia de espuma na pia.

— Também andei conversando com alguns dos seus vizinhos, e vou conversar com outros. — Ela se virou. — A partir desse momento, sua vida será um livro aberto para mim.

Cam se levantou, pegou o esfregão da mão de Anna e, só para se divertir com aquilo, ficou parado em pé bem junto dela, mais do que seria socialmente adequado, enquanto falava:

— Gostaria de saber o momento em que você chegar a um capítulo do livro que a interesse em nível pessoal.

O coração dela martelou suas costelas. Aquele era um homem perigoso, pensou, em nível pessoal.

— Sr. Quinn, não tenho muito tempo para ler ficção.

E deu um passo para trás, mas ele a tomou pela mão.

— Gosto de você, Srta. Spinelli. Ainda não descobri por quê, mas gosto.

— Então nosso contato ficará bem mais fácil.

— Errado. — disse, esfregando o polegar sobre as costas da mão dela. — Ficará muito mais complicado. Mas não me importo de enfrentar complicações. Além do mais, já estava na hora da minha sorte voltar a dar o ar da sua graça. Gosta de comida italiana?

— Tendo um sobrenome como Spinelli?

— Certo. — Ele riu. — Bem que eu curtiria uma refeição calma, em um restaurante decente, acompanhado por uma linda mulher. Que tal hoje à noite?

— Não vejo nenhum motivo para o senhor não aproveitar a sua refeição calma, em um restaurante decente, acompanhado por uma linda mulher esta noite — disse ela e, deliberadamente, puxou a mão que estava sob a dele. — Porém, se está me convidando para sair, a resposta é não. Primeiro, porque não seria adequado; segundo, porque já tenho outro compromisso.

— Mas que droga, Cam, não me ouviu buzinando que nem um louco?

Anna se virou e viu um homem encharcado, com uma expressão extremamente zangada, carregando duas sacolas de supermercado transbordando de compras, entrando pela porta. Era alto, muito bronzeado, quase lindo... e parecia soltar fumaça pelas orelhas de tanta raiva.

Phillip balançou os cabelos para tirá-los da frente dos olhos e os focou em Anna. A troca de expressão em seu rosto foi rápida e sutil. Mudou de rabugento para charmoso em menos de um segundo.

— Olá! Desculpem... — Largando as compras sobre a mesa, sorriu para ela. — Não sabia que Cam estava com alguém aqui em casa. — Observou o balde, o esfregão que ainda estava entre eles e imediatamente chegou à conclusão errada. — Nem sabia que ele ia contratar uma empregada. Até que enfim, graças a Deus! — Phillip pegou na mão de Anna e a beijou. — Já estou adorando você ter vindo...

— Este é o meu irmão Phillip — apresentou Cam, secamente. — Esta é a Srta. Anna Spinelli, assistente social do governo. Agora você já pode tirar esse sorriso de grife da sua cara, Phil.

O charme não desapareceu nem se modificou.

— Srta. Spinelli, é um prazer conhecê-la. Acredito que o nosso advogado já tenha entrado em contato com a senhorita.

— Sim, já sim. O Sr. Quinn me disse que o senhor vai se mudar para cá por algum tempo.

— Já lhe pedi para me chamar de Cam. — E foi até o fogão para tornar a encher a caneca de café. — As coisas vão começar a ficar meio confusas por aqui se você ficar chamando todos nós de Sr. Quinn. — Cam ouviu a porta dos fundos batendo e pegou mais uma caneca. — Especialmente agora — completou no instante em que a porta se escancarava de repente, dando passagem a um imenso cão todo encharcado acompanhado por um homem.

— Puxa, essa porra de chuva caiu de repente! — Enquanto Ethan tirava a capa de chuva, o cão se firmou nas quatro patas e se sacudiu violentamente. Anna simplesmente recuou um pouco ao ver os respingos que atingiram sua roupa. — Mal deu para sentir o cheiro do toró chegando antes de...

Ao avistar Anna, ele automaticamente tirou o boné ensopado da cabeça e passou a mão pelos cabelos úmidos e encaracolados. Vendo a mulher, o balde e o esfregão, sentiu-se culpado pelas botas enlameadas.

— Boa-tarde, senhora...

— Meu irmão Ethan. — Cam entregou a Ethan uma fumegante caneca de café. — Esta é a assistente social que o seu cão acabou de cobrir de água e pelos.

— Desculpe. Simon, sente-se!

— Está tudo bem — continuou Cam. — Bobalhão já havia babado todo o rosto da visita, e Phillip já começava a jogar um charme pra cima dela.

Anna sorriu de forma suave, comentando:

— Achei que fosse o senhor que estivesse jogando um charme pra cima de mim.

— Eu a convidei para jantar — corrigiu Cam. — Se estivesse a fim da senhorita, não teria sido tão sutil — disse, e bebeu um pouco do café. — Bem, agora você já conhece todos os personagens.

Ela se sentiu em desvantagem e pouco profissional ali de pé na cozinha fracamente iluminada, descalça, olhando para três homens fortes e escandalosamente bonitos. Em sua defesa, tentou recolher todas as migalhas de dignidade que lhe restaram e pegou uma cadeira.

— Cavalheiros, podemos nos sentar? Este parece ser o momento ideal para discutirmos a respeito dos seus planos para cuidar de Seth. — Ela colocou a cabeça meio de lado ao olhar para Cam. — Pelo menos no futuro próximo.

— Bem — comentou Phillip uma hora depois —, acho que nos demos bem nessa etapa.

Cam estava na porta da frente, observando o lindo carro esporte desaparecer na estrada em meio à garoa.

— Ela tem a nossa ficha completa — murmurou. — Não é de perder tempo.

— Gostei dela — admitiu Ethan, esticando-se na espreguiçadeira e deixando que o cãozinho subisse em seu colo. — Deixe de encucar com isso, Cam — sugeriu ao ver o irmão dar um riso abafado. — Falando sério, gostei dela. É inteligente e muito profissional sem ser fria. Parece que se importa com os casos que acompanha.

— E tem umas pernas maravilhosas — acrescentou Phillip. — Apesar de tudo isso, ela vai anotar no livrinho sempre que a gente pisar na bola. No momento, temos a faca e o queijo na mão. Temos o garoto, e ele quer ficar conosco. A mãe fugiu sabe Deus para onde e não está nos perturbando, pelo menos por agora. O problema é que, se a linda Anna Spinelli conversar com muita gente aqui em St. Chris, vai acabar ouvindo os boatos.

Enfiando as mãos nos bolsos, começou a caminhar de um lado para outro, completando:

— Não sei se isso vai contar a favor ou contra a gente.

— São apenas boatos — disse Ethan.

— Sim, mas são horríveis. Temos uma boa chance de ficar com Seth por causa da boa reputação do papai. Se essa reputação ficar manchada, vamos ter batalhas pelas quais brigar em diversas frentes.

— Qualquer um que queira manchar a reputação do papai vai enfrentar bem mais do que uma briga.

— Mas é justamente isso que a gente tem de evitar! — Phillip virou-se, olhando para Cam. — Se sairmos por aí botando pra quebrar, só vamos piorar as coisas.

— Então você fica sendo o diplomata — convidou Cam, encolhendo os ombros e se sentando no braço do sofá — e eu boto para quebrar!

— Pois eu achava melhor a gente lidar com o que está acontecendo, em vez de com o que pode vir a acontecer. — Com ar pensativo, Ethan fez um cafuné no cãozinho. — Andei pensando sobre a situação. Vai ser muito puxado para Phillip morar aqui e ficar indo e voltando de Baltimore para trabalhar. Mais cedo ou mais tarde, Cam vai encher o saco de brincar de dona-de-casa.

— Vai ser antes disso, porque já aconteceu!

— Estava pensando em contratar Grace para fazer uma parte do trabalho doméstico. Talvez vir aqui duas ou três vezes por semana.

— Agora sim! Essa é uma ideia com a qual eu concordo cem por cento — disse Cam, deixando-se cair no sofá.

— O problema é que não vai sobrar muita coisa para você fazer. A ideia é que nós três estejamos aqui em casa, dividindo as responsabilidades de cuidar de Seth. É isso que o advogado recomenda, e o que a assistente social quer.

— Já disse que vou procurar trabalho.

— E o que pensa em fazer? — perguntou Phillip. — Trabalhar como frentista em um posto de gasolina? Abrir ostras? Você só aguentaria uns dois dias.

— Garanto que aguento. — Cam se inclinou para a frente. — E você, aguenta? O mais provável é que, depois da primeira semana indo e voltando, comece a ligar de Baltimore dando desculpas para não voltar naquele dia. Por que não fica aqui, enchendo tanques no posto ou abrindo ostras por um tempo?

A discussão foi inevitável. Em poucos segundos os dois já estavam se estranhando, quase encostando o nariz um no outro. Foram necessárias várias tentativas, até que a voz de Ethan conseguiu berrar mais alto. Cam recuou e se virou para ele com a testa franzida, perguntando:

— O que você disse...?

— Disse que a gente devia tentar construir barcos.

— Construir barcos? — Cam balançou a cabeça. — Para quê?

— Para vender, fazer negócios. — Ethan pegou um charuto no bolso, mas ficou girando-o entre os dedos, em vez de acendê-lo. Sua mãe nunca permitira que eles fumassem na sala. — Temos visto um monte de turistas vindo para esses lados nos últimos anos. E ainda mais pessoas que estão se mudando para cá, a fim de escapar da cidade grande. Eles gostam de alugar barcos. No ano passado, eu construí um no meu tempo livre, para um cara de Washington. Um pequeno esquife de quatorze pés. Há alguns meses, ele me ligou para ver se eu estaria interessado em construir outro. Está querendo um maior dessa vez, com cabine, lugar para dormir e uma pequena cozinha.

Ethan tornou a enfiar o charuto no bolso e continuou:

— Estive pensando em aceitar. Só que levaria muitos meses para fazer tudo sozinho no meu tempo livre.

— Então você quer que a gente te ajude a construir um barco? — Phillip apertou os olhos fechados com os dedos.

— Não apenas um barco. Estou falando de negócios, abrir uma firma para isso.

— Já tenho uma ocupação — murmurou Phillip. — Trabalho com propaganda!

— E vamos precisar de alguém que manje dessas coisas se formos começar um negócio. A construção de barcos é uma atividade tradicional nesta região, mas ninguém mais faz isso aqui em St. Chris.

— Já lhe ocorreu que talvez exista uma boa razão para isso? — perguntou Phillip, sentando-se.

— Já, sim. Pensei bastante sobre isso e cheguei à conclusão de que é porque ninguém quer se arriscar. Estou falando de barcos de madeira... veleiros... um trabalho especial e exclusivo. E já temos o primeiro cliente.

— Puxa, Ethan — Cam esfregou o queixo —, eu não faço esse tipo de trabalho desde que construímos o barco de pesca. Isso já faz... nossa, quase dez anos!

— E ele está aguentando bem, não está? Significa que fizemos um bom trabalho ao construí-lo. É uma espécie de aposta — acrescentou, sabendo que aquela simples palavra acertava bem o coração de Cam.

— Já temos a grana para os custos iniciais — murmurou Cam, começando a se animar com a ideia.

— Como você sabe? — interveio Phillip. — Não faz a mínima ideia de quanto vamos precisar para o custo inicial.

— Pois então calcule! — Era como jogar dados, pensou Cam. Não havia nada de que gostasse mais. — Deus é testemunha de que prefiro estar manejando um martelo à porcaria de um aspirador de pó. Estou nessa!

— Simples assim? — Phillip levantou as mãos. — Sem nem pensar nos custos indiretos, perdas e ganhos, licenças, impostos, seguros? Onde vamos comercializar os barcos? Como vamos colocá-los no mercado?

— Esse problema não é meu — respondeu Cam, com um sorriso. — Essa é a sua área...

— Mas já tenho um emprego! Em Baltimore!

— E eu tinha uma vida toda montada — disse Cam, calmamente. — Na Europa!

Phillip começou a andar de um lado para outro sem parar. Só conseguia pensar que estava preso em uma armadilha.

— Bem... — disse por fim. — Farei o que puder para a coisa começar a funcionar. Pode ser que tudo acabe se transformando em um erro gigantesco que vai nos custar um bocado de dinheiro. E é melhor vocês dois considerarem o fato de que a assistente social não verá com bons olhos iniciarmos um negócio arriscado a essa altura do campeonato. Não vou abrir mão do meu emprego. Pelo menos ele é uma fonte de renda certa.

— Vou conversar com a Srta. Spinelli a respeito de tudo isso — decidiu Cam, por impulso —, para ver como ela reage. Você pode ver com a Grace se ela pode nos dar uma mãozinha na casa? — perguntou a Ethan.

— Posso. Vou até o bar e bato um papo com ela.

— Ótimo! Com isso, sobrou a função de lidar com Seth hoje à noite — sorriu suavemente para Phillip —, para forçá-lo a fazer os deveres de casa.

— Ai, meu Deus!

— Agora que já está tudo combinado — recostou-se Cam —, quem vai preparar o jantar?

Capítulo Seis

Tentar localizar Anna Spinelli era a desculpa perfeita para escapar do caos pós-jantar em casa. Significava, na prática, que os pratos iam ser problema de outra pessoa, e ele não seria sugado pela briga que acabava de começar entre Phillip e Seth por causa dos deveres de casa, briga essa que já estava esquentando.

Na verdade, no que dizia respeito a Cam, dirigir no meio da chuva em uma noite escura até outra cidade, no caso Princess Anne, era divertimento puro; embora, pensando bem, fosse algo patético para um homem que se acostumara a ir de Paris para Roma de avião.

Tentou não pensar nisso.

Conseguira que o seu barco de corrida fosse guardado em um local apropriado e que as suas roupas fossem embaladas e enviadas. Ainda tinha que resolver o problema do carro, que ele pensou em trazer para os Estados Unidos. Isso, porém, seria como assinar um compromisso de permanência ali. Entre o tempo que passara consertando degraus e lavando roupa, distraíra-se regulando e aprimorando o motor do supervalorizado Corveta de sua mãe.

Dirigir aquele carro lhe proporcionava muito prazer, tanto que aceitou a multa por excesso de velocidade que recebeu na entrada de Princess Anne sem reclamar.

A cidade já não era a grande colmeia ativa que fora durante os séculos XVIII e XIX, época em que o tabaco reinara nos mercados e fortunas foram feitas na região. No entanto, ainda era bem bonita, avaliou Cam, com as casas antigas restauradas e preservadas, além das ruas serem limpas e calmas. Agora que o turismo começava a se transformar na nova riqueza daquela parte da costa, o charme e a graça das cidades históricas traziam um enorme crescimento para a economia local.

O apartamento de Anna ficava a menos de um quilômetro das salas nas quais funcionava o Departamento de Serviço Social do governo. Ficava a uma caminhada de distância do trabalho e do fórum. As lojas próximas eram variadas e convenientes. Cam ficou imaginando se ela escolhera morar em uma velha casa em estilo vitoriano adaptada para abrigar vários apartamentos por todos aqueles motivos ou também pela atmosfera que evocava.

A construção ficava encravada entre imensas árvores, com os galhos já exibindo folhas novas. O piso da entrada estava rachado, mas era flanqueado por narcisos prontos para florescerem e cobrirem a entrada de um amarelo vivo. Pequenos degraus levavam a uma varanda coberta. A placa ao lado do portal informava que a casa era tombada pelo patrimônio histórico.

A porta da frente estava destrancada e Cam entrou em um pequeno vestíbulo. O piso de madeira também estava bem gasto. Alguém se dera ao trabalho de poli-lo, embora o brilho apresentasse pontos foscos. As caixas de correspondência instaladas na parede eram de latão, também polido, e indicavam que a casa fora convertida em quatro apartamentos. Anna Spinelli ocupava o 2-B.

Cam subiu com determinação os degraus que o conduziam ao segundo andar entre rangidos e estalos. O corredor era estreito e a iluminação, fraca. O único som que ouviu foi um eco abafado do que lhe pareceu um seriado cômico que vinha da tevê do 2-A.

Bateu na porta de Anna e aguardou. Então, tornou a bater, enfiou as mãos nos bolsos e franziu a testa. Esperava encontrá-la em casa. Nem pensara em outra possibilidade. Já eram quase nove horas da noite, em um dia de semana, e ela era funcionária pública.

Devia estar acomodada, bem quietinha em sua casa, lendo um livro ou preenchendo formulários e relatórios. Era assim que mulheres práticas e dedicadas à própria carreira passavam as noites, embora ele tivesse a esperança de mostrar a ela formas mais divertidas de passar o tempo.

Provavelmente fora a alguma reunião em um clube feminino, decidiu, já aborrecido com ela. Procurou, nos bolsos de sua jaqueta de aviador, um pedaço de papel onde pudesse escrever um recado. Estava prestes a incomodar o morador do 2-A para pedir uma caneta e um papel quando ouviu o clique-clique rítmico que um homem experiente reconhecia de imediato como sapatos de salto alto pisando em madeira.

Olhou para a ponta do corredor, satisfeito por sua sorte ter mudado.

Mal notou que o seu queixo caiu.

A mulher que caminhava na direção dele estava vestida dentro dos mais delirantes padrões das fantasias masculinas. E era altruísta o bastante para exibir um corpo de arrasar espremido em um vestido azul forte com decote generoso e bem curtinho, que não escondia quase nada, mas deixava muita coisa por conta da imaginação de um homem.

O clique-clique era cortesia dos saltos em estilo agulha dos sapatos na mesma cor forte do vestido, que transformavam as longas pernas em um foco de satisfação infinita.

Seus cabelos, úmidos da chuva, caíam-lhe em cachos revoltos sobre os ombros, formando uma juba grossa de ébano que imediatamente lhe trouxe à mente imagens de ciganas e sexo junto a uma fogueira. Seus lábios eram vermelhos e úmidos, os olhos, imensos e escuros. Seu perfume chegou dez segundos antes, golpeando-o entre as virilhas com a força de um soco de tirar o fôlego.

Ela não disse nada, simplesmente apertou os olhos surpreendentes, apoiou o corpo em um dos gloriosos quadris e esperou.

— Bem... — Ele teve de fazer um esforço para conseguir retomar a respiração. — Aposto que nunca ouviu aquela expressão sobre manter ocultos os próprios talentos.

— Já ouvi sim! — Ela estava furiosa por encontrá-lo na porta de sua casa, furiosa por estar sem a sua armadura profissional e mais furiosa ainda por ele ter estado dentro da sua cabeça a noite inteira, por muito mais tempo do que o rapaz com o qual saíra. — O que deseja, Sr. Quinn?

Nesse momento, ele sorriu abertamente, rápido e certeiro como um lobo que exibe os dentes.

— Essa é uma pergunta capciosa, se considerarmos as circunstâncias, Srta. Spinelli.

— Não seja vulgar, Quinn. Conseguiu evitar isso até agora.

— Juro que não tenho um pensamento vulgar sequer na cabeça. — Sem conseguir resistir, esticou o braço e brincou com as pontas do cabelo dela. — Por onde andou, Anna?

— Escute aqui, já passa muito do meu horário de expediente, e a minha vida pessoal não lhe diz... — E parou de falar na mesma hora, tentando não praguejar nem gemer de irritação ao ver a porta em frente se abrir.

— Ora, já voltou do seu encontro, Anna?

— Já, Sra. Hardelman.

A mulher de uns setenta anos estava toda enrolada em um roupão de chenile cor-de-rosa e observava tudo por cima dos óculos espetados na ponta do nariz. Uma explosão de gargalhadas e aplausos flutuou da tevê para o corredor. A vizinha sorriu para Cam, iluminando o rosto simpático enquanto comentava:

— Ora, esse aí é muito mais bonito do que aquele seu último namorado.

— Obrigado. — Cam deu um passo na direção da senhora e sorriu de volta, querendo saber: — Ela tem muitos namorados?

— Ah, eles vêm e vão... — A Sra. Hardelman deu uma risadinha e afofou com a mão os cabelos brancos. — Nunca fica muito tempo com eles.

Cam se encostou ao portal de um jeito cúmplice, adorando os sons de frustração que Anna fazia por trás dele, e falou:

— Sra. Hardelman, eu aposto que é porque ela ainda não encontrou um que valha a pena manter, porque muito bonita, com certeza, ela é!

— E uma moça tão boa... Traz coisas do supermercado para a gente, quando eu e minha irmã não estamos com disposição para ir até lá. Sempre se oferece para nos levar até a igreja de carro aos domingos. E, quando o meu pobre Petie faleceu, ela mesma o enterrou e cuidou de tudo.

A Sra. Hardelman olhou para Anna com tanta afeição e doçura que ela só conseguiu dar um suspiro, avisando:

— A senhora está perdendo o seu programa, Sra. Hardelman.

— Ah, é. — Olhou para o interior do apartamento, onde a tevê continuava a todo o volume. — Adoro esses seriados cômicos. Podem ficar à vontade. — disse a Cam, e fechou a porta com delicadeza.

Como Anna sabia perfeitamente que a sua vizinha não ia resistir à tentação de ficar espiando pelo olho mágico, na esperança de presenciar um romântico beijo de despedida, começou a procurar as chaves.

— É melhor entrar de uma vez, já que veio até aqui.

— Obrigado. — Ele atravessou o corredor, esperando-a destrancar a porta. — Quer dizer que você enterrou o marido da sua vizinha?

— Não, foi o periquito dela — explicou Anna. — Petie era um passarinho. Ela e a irmã já são viúvas há uns vinte anos. Tudo o que fiz foi arrumar uma caixa de sapato e fazer um buraco na terra lá atrás, perto de uma roseira.

Cam passou novamente a mão sobre os cabelos dela enquanto ela abria a porta, comentando:

— Significou muito para ela.

— Cuidado com a mãozinha, Quinn! — avisou ela, acendendo as luzes.

Para se mostrar sensato, Cam afastou a mão e a enfiou no bolso da calça enquanto avaliava a sala. Sofá com almofadas macias, fofas e em cores fortes. Decidiu que tais escolhas significavam que Anna tinha um lado sensual bem pronunciado.

Agradou-o chegar a essa conclusão.

A sala era espaçosa e pouco mobiliada. O sofá era grande e acolhedor o bastante para se dormir nele, mas apenas uma poltrona larga e alta o acompanhava, além de duas mesinhas.

No entanto, ela cobrira todas as paredes com arte. Quadros, pôsteres, esboços a bico de pena. Todos mostravam lugares, em vez de pessoas, e muitas paisagens que ele reconheceu. As ruas estreitas de Roma, os atordoantes penhascos da Costa Oeste da Irlanda, os aconchegantes cafés cheios de classe de Paris.

— Já estive aqui! — comentou ele, dando um tapinha na gravura do café parisiense.

— Bom para você — reagiu ela, seca, tentando não se ressentir pelo fato de que as figuras eram a única forma que tinha de viajar. Por enquanto. — Muito bem... o que veio fazer aqui?

— É sobre isso que eu queria conversar com você... — E cometeu o erro de se virar e tornar a olhar para ela com atenção. Anna parecia muito aborrecida, o que só lhe acrescentava charme e sensualidade. Seus olhos e sua boca eram grandes e ela cruzara os braços em posição de desafio. — Nossa, você é uma beleza de se olhar, Anna! Já me sentia atraído por você antes, acho que deu para perceber, mas agora... quem diria?

Ela não queria se sentir bajulada. Certamente também não queria que o coração disparasse e perdesse o ritmo. Mas era difícil controlar essas reações quando um homem como Cameron Quinn estava ali, parado em pé diante dela, lançando-lhe olhares de quem parecia ter vontade de mordiscar cada parte do seu corpo e continuar desfrutando-a lentamente, até tê-la devorado por inteiro.

Respirando fundo, ela perguntou:

— Queria conversar comigo sobre...? — incentivou-o a continuar.

— Sobre o garoto, e outras coisas. Que tal um café? Isso é bem civilizado, certo? — Decidiu testar a ambos caminhando até onde ela estava. — Percebi que espera que eu me comporte de forma civilizada. Estou disposto a tentar.

Ela considerou suas palavras por alguns instantes, e então deu uma volta quase completa sobre os sapatos de salto alto azuis e sensuais. Cam apreciou a vista da parte de trás do seu corpo e levantou os olhos para o céu, antes de segui-la até o balcão limpíssimo que separava a sala de estar da cozinha. Encostou-se ali, satisfeito pelo fato de que a localização lhe oferecia uma perfeita visão das pernas dela.

De repente, ouviu o ruído de um moedor elétrico e sentiu o surpreendente aroma de café fresco.

— Você mói os grãos de café na hora?

— Já que vamos tomar café, é melhor preparar um bom.

— É... — Fechou os olhos para poder curtir melhor o aroma. — É mesmo... precisaremos casar para que me prepare um café como esse todo dia ou podemos simplesmente morar juntos?

Ela olhou para ele por cima do ombro, levantou uma sobrancelha diante do sorriso largo e vitorioso que notou em seus lábios, e então voltou ao que fazia.

— Aposto que já usou esse olhar antes para dar um corte em algum homem e com enorme sucesso. Pessoalmente, eu gosto. E então, onde esteve esta noite?

— Tive um encontro.

Ele foi para o outro lado do balcão. A cozinha era pequena, pouco mais que um corredor estreito. Gostava de estar tão perto dela que seu perfume se misturava com o cheiro do café.

— Então voltou cedo para casa — comentou ele.

— Era a ideia. — Ela sentiu os cabelos da nuca se arrepiarem. Ele estava perto demais. Por instinto, usou o método usual para afastar homens que colavam nela. Deu-lhe uma cotovelada na barriga.

— Quanta prática — murmurou ele, massageando o estômago e recuando um pouco. — Já teve que usar esse golpe quando está fantasiada de assistente social?

— Raras vezes. Como quer o seu café?

— Bem forte.

Ela o colocou para coar, virou-se e bateu de frente com Cam. Seu radar, decidiu, enquanto as mãos dele a ampararam pelos braços, estava realmente desligado. Ou, foi forçada a admitir, ela não o ligara porque queria saber como eles iam se encaixar.

Bem, agora já sabia.

Cam, de forma proposital, manteve os olhos em seu rosto, e não os deixou baixar até a pequena cruz de ouro que se aninhava entre seus seios. Não era particularmente devoto, mas ficou com medo de ir para o inferno por ter pensamentos lascivos sobre a localização de um símbolo religioso.

Além disso, gostava do rosto dela.

— Quinn — disse ela, com um suspiro longo e irritado. — Chegue pra lá!

— Desistiu de me chamar de senhor Quinn. Isso quer dizer que já somos amigos?

Por ele dizer isso rindo e por ter se afastado, ela se viu soltando uma risada e dizendo:

— O júri ainda está em deliberação...

— Gosto do seu perfume, Anna. Sensual, provocante. Desafiador. É claro que gosto do perfume da Srta. Spinelli também. Suave, prático e sutil.

— Então está bem... Cam. — Ela se virou para pegar duas xícaras no armário. — Vamos deixar de dançar um em volta do outro e aceitar o fato de que sentimos atração um pelo outro.

— Mas eu tinha a esperança de que, depois de reconhecer essa atração, a gente ia começar a dançar...

— Pois teve a esperança errada. — Jogando os cabelos para trás, serviu o café. — Sou a responsável pelo caso de Seth. Vocês estão requerendo a guarda legal dele. Seria incrivelmente inadequado para qualquer um de nós começar a agir baseado em atração física.

Ele pegou a xícara e se recostou de volta no balcão, replicando:

— Não sei quanto a você, mas eu adoro fazer coisas inadequadas. Especialmente se for uma coisa gostosa. — Levou a xícara aos lábios e sorriu lentamente. — E aposto que agir de acordo com essa atração física seria gostoso demais!

— É uma sorte que eu seja mais sábia, então... — Com um sorriso que espelhava o dele, ela se recostou no balcão em frente, do outro lado da cozinha. — E agora, parece que você queria conversar a respeito de Seth... e de outras coisas, como acho que você afirmou.

Seth, os outros irmãos e a situação haviam desaparecido completamente da sua cabeça. Ele descobriu que usara aquilo apenas como pretexto para vê-la. Isso era algo sobre o que ele teria que refletir mais tarde.

— Tenho que admitir que vir até Princess Anne hoje para conversar com você foi um ótimo motivo para fugir. Estava prestes a enfiar a mão na pia para lavar a louça... Phil e o garoto já estavam na primeira rodada da luta que é o dever de casa.

— Fico contente em ver que alguém o está ajudando nos deveres. E quanto a você, por que jamais se refere ao Seth usando o nome dele?

— Uso sim, claro que uso.

— Não, pelo menos não normalmente. — Colocou a cabeça de lado. — É um hábito seu, Cameron, evitar o envolvimento pessoal de usar nomes para se comunicar com pessoas com as quais não pretende manter um relacionamento importante ou permanente?

Ponto para ela, ele teve que admitir, mas levantou uma sobrancelha, em defesa.

— Eu uso o seu nome.

E a viu piscar, ouviu-a suspirar e balançar a mão, colocando o assunto de lado.

— E quanto a Seth? — perguntou ela.

— Não se trata dele, diretamente. O caso é que acho que estamos começando a dividir as responsabilidades com ele de forma mais equilibrada. Phil é o melhor para acompanhar o garoto... acompanhar Seth — corrigiu ele, enfático — nas tarefas da escola, porque, por algum motivo, Phil realmente gostava de estudar. Além disso, resolvemos chamar uma pessoa para limpar e lidar com a maior parte dos trabalhos domésticos duas vezes por semana.

Ela ainda tinha na memória a imagem dele parado de pé sobre uma poça de água e espuma, exibindo um olhar de fúria. Ficou com uma imensa vontade de sorrir ao se lembrar daquilo, mas disse apenas:

— Você vai se sentir mais feliz.

— Espero nunca mais ver um saco imundo de aspirador de pó na vida. Já aconteceu de um deles rasgar em cima de você? — E estremeceu com força, fazendo-a rir. — Enfim, Ethan teve uma ideia genial. Estou desempregado, e

Phillip precisa de algo para ocupá-lo, já que vai ficar aqui, embora pretenda ir e voltar para Baltimore por enquanto. Assim, vamos abrir um negócio.

— Negócio? Que tipo de negócio?

— Construção de barcos.

— Vocês vão construir barcos? — Ela abaixou a xícara.

— Já trabalhei muito com isso, e Ethan também. Para falar a verdade, até mesmo Phil, que enveredou por essa vida de terno e gravata, fez isso por algum tempo. Nós construímos o barco de pesca que Ethan usa até hoje.

— Mas isso é muito bom para recreação, para uso pessoal, para ter como hobby. Abrir um negócio, e um negócio arriscado por sinal, no mesmo momento em que estão tentando registrar um menor como dependente...

— Ei, ele não vai passar fome! Pelo amor de Deus, Ethan se dá muito bem com o trabalho de pesca na baía, e Phil tem aquele emprego burocrático em Baltimore. Pode ser que eu acabe trabalhando demais, mas qual o problema?

— Estou apenas comentando que um empreendimento arriscado dessa natureza vai consumir uma grande quantidade de dinheiro e tempo, particularmente durante os primeiros meses. A estabilidade...

— Não é tudo! — cortou ele. Aborrecido, pousou o café e começou a andar de um lado para outro. — Será que o garoto não deveria aprender que há mais na vida do que trabalhar de nove às cinco da tarde em um escritório? Que existem outras escolhas e que as pessoas podem se arriscar? Que bem vai fazer a ele se eu ficar enfiado dentro de casa espanando a mobília e detestando cada segundo dessa atividade enlouquecedora? Ethan já conseguiu o primeiro cliente, e se ele mesmo trouxe o assunto à baila e lançou a ideia é porque já a analisou por todos os ângulos, pode acreditar. Ninguém pensa tanto nas coisas, nem de forma tão completa quanto ele.

— E, já que você achou que devia discutir o assunto comigo, estou simplesmente tentando fazer o mesmo. Pesar a situação e analisá-la por todos os ângulos.

— E acha que seria melhor se eu saísse por aí e arrumasse um emprego legal e estável, de horário integral, e trouxesse um contracheque igualmente legal e estável todos os meses para casa? — Parou diante dela. — É esse o tipo de homem que atrai você? O tipo de cara que bate o ponto às nove da manhã, cinco dias por semana, e depois a leva para jantar em uma noite chuvosa para finalmente trazê-la de volta para casa em uma hora bem razoável, sem nem ao menos tentar convencê-la a despir o pouco de pano que tem nesse vestido?

Ela não respondeu nada por um instante, lembrando a si mesma que não adiantaria nada os dois perderem a batalha por estarem com raiva.

— O que me atrai, a roupa que eu uso e a forma como escolho passar as minhas noites não vêm ao caso aqui. Como responsável pelo caso de Seth, estou apenas preocupada e querendo me certificar de que o seu lar é o mais feliz e estável possível.

— E por que construir barcos o tornaria infeliz?

— Meus questionamentos em relação a essa nova ideia é que a atenção de vocês poderá ser afastada do menino e direcionada para o novo negócio. Um negócio que iriam, imagino, achar excitante, desafiador e interessante, pelo menos por algum tempo.

— Você simplesmente pensa que não consigo ficar no mesmo lugar por muito tempo, não é? — Os olhos dele se estreitaram.

— Isso ainda precisa ser provado. Acho que são capazes de tentar. O que me preocupa é saber que não estão tentando por Seth, mas por causa do pai de vocês. Pelo seu pai e por sua mãe. Não acho que seja um ponto contra vocês, Cam — explicou ela, com mais gentileza na voz —, só não é um ponto a favor de Seth.

Como, diabos, a gente consegue discutir com uma mulher que quer colocar todos os pingos nos is?, perguntou Cam a si mesmo.

— Quer dizer, Anna, que você acha que ele ficaria melhor entre estranhos?

— Não, acho que ele vai ficar melhor se permanecer com você e seus irmãos. — Ela sorriu, feliz por ter conseguido fazer com que ele calasse a boca por um instante. — Foi o que coloquei no meu relatório. Essa ideia de dar início a um negócio de construção de barcos é algo novo sobre o qual tenho que pensar, e espero que nenhum de vocês se precipite com relação a isso.

— Você veleja?

— Não, nunca experimentei isso. Por quê?

— Eu jamais havia entrado em um barco em toda a minha vida, até Ray Quinn me adotar.

Por se lembrar de como os olhos dela eram capazes de se aquecer com compaixão, decidiu lhe contar como havia sido para ele.

— Eu estava completamente apavorado, mas era muito durão para admitir isso — explicou ele. — Estava com eles havia poucos dias, e jamais imaginei que acabaria ficando. Ele me levou para velejar em um pequeno barco que possuía na época. Disse que o ar me faria bem.

Tudo o que Cam tinha de fazer era pensar na cena, e as imagens daquela manhã lhe voltavam à cabeça límpidas e claras como a luz do sol.

— Meu pai era um homem corpulento. O Poderoso Quinn. Tinha a compleição de um touro. Eu sabia que aquele barquinho acabaria emborcando e que eu me afogaria, mas ele tinha um jeito especial de conseguir que a gente fizesse as coisas.

Amor, pensou Anna. Era amor puro e simples o que havia em sua voz naquele momento. Isso a atraía, forçou-se a admitir para si mesma, tanto quanto cada pedacinho daquele rosto lindamente rude.

— Você sabia nadar?

— Não, mas mesmo assim odiei quando ele me obrigou a usar um colete salva-vidas — comentou. — Achava que era coisa de maricas.

— Preferia ter se afogado?

— Não, ora, mas precisava fazê-lo achar que sim. Enfim, sentei-me na popa, com o estômago embrulhado. Usava um dos óculos escuros que a minha mãe... Stella — corrigiu, pois naquela época ela ainda era Stella para ele — achou em algum lugar, porque meus olhos ainda estavam muito inchados e a luz do sol incomodava.

Ele havia sido surrado, sofrera diversos tipos de agressão e fora negligenciado, lembrou ela, quando os Quinn o encontraram. Seu coração se comoveu ao pensar no menino do passado.

— Você devia estar apavorado!

— Até o fundo da alma, mas teria mordido a língua antes de admitir isso. Ray deve ter sacado — disse Cam baixinho. — Ele sempre soube o que se passava na minha cabeça. Estava muito quente, e a umidade do ar estava tão alta que, cada vez que eu inspirava, parecia que engolia água. Ele avisou que o ar refrescaria um pouco assim que a gente saísse do estreito junto do cais e entrasse no rio, mas não acreditei nele. Achei que simplesmente ficaríamos ali até fritar os miolos. O barco nem sequer tinha motor! Nossa, como ele riu quando falei isso... Foi quando me disse que tínhamos algo muito melhor do que um motor.

Cam se esqueceu por completo do café. Até a finalidade de ele estar contando aquela história foi levada embora, engolfada pelas lembranças.

— Seguimos em frente rio abaixo, de modo lento e suave a princípio. A embarcação balançou um pouco quando chegamos à curva, e imaginei que o barco ia virar. Fim de jogo. Foi quando uma garça saiu do meio das árvores. Eu já a tinha visto antes. Pelo menos achava que era a mesma. Ela voou até ficar bem acima do barco, e então abriu as asas, como se quisesse aprisionar o ar. Foi quando nós também pegamos o vento que soprou, a pequena vela se inflou e começamos a voar. Ray se virou para trás e sorriu para mim. Eu nem reparei que estava sorrindo abertamente de volta, até reabrir as feridas dos lábios. Jamais me sentira daquele jeito em toda a minha vida. Nem uma vez...

Sem pensar, levantou a mão e ajeitou o cabelo dela, prendendo-o atrás da orelha.

— Nunca me senti assim em toda a minha vida — repetiu.

— Aquilo mudou você por dentro. — Ela sabia que momentos comuns como aquele, simples e dramáticos, eram capazes de alterar o curso de uma vida para sempre.

— Sim, começou a mudar ali. Um barco sobre a água e pessoas que me ofereciam uma chance. Nada muito mais complicado do que isso. As coisas não precisam ser muito complicadas aqui também. Vamos colocar o garoto para usar o martelo, colocar um pouco de suor e esforço na construção de um barco. Vai ser uma operação da família Quinn, e isso também o inclui.

O sorriso dela veio rápido, generoso, e, para surpresa de Cam, ela lhe deu uma palmadinha na bochecha.

— Essa sua última frase explica tudo. É uma espécie de jogo. Não estou bem certa se este é o momento ou o lugar para isso, mas... deve ser interessante de observar.

— É isso o que você vai fazer? — Ele se insinuou, aproximando-se mais, até encostá-la com as costas no balcão. — Ficar me observando?

— Pretendo não tirar os olhos de você, em nível profissional, até me certificar de que você e seus irmãos são capazes de fornecer a Seth proteção e uma casa adequada.

— Parece justo — disse, e se aproximou mais alguns centímetros dela, até que seus corpos roçaram de leve um no outro. — E quanto ao nível pessoal?

Ela fraquejou o bastante para deixar o olhar descer lentamente, pelo rosto dele, até parar. Sua boca definitivamente era uma tentação. Era perigosa e estava muito próxima.

— Manter o olho em você em um nível pessoal não é um sacrifício. É um erro, talvez, mas não um sacrifício.

— Pois sempre achei que, quando a gente está disposto a cometer um erro — ele colocou as duas mãos no balcão, deixando-a presa —, deve ser um bem grande. O que acha disso, Anna? — Abaixou um pouco a cabeça, pairando sobre ela.

Ela tentou pensar, medir as consequências. Mas havia momentos em que a necessidade, o desejo e a atração simplesmente suplantavam a lógica.

— Então, que seja... — murmurou ela, envolvendo-lhe a nuca com uma das mãos e puxando-lhe a boca para baixo, até encontrar a sua.

Era exatamente o que ela queria. Faminta, feroz e descuidada. Sua boca era quente, cheia e quase pagã ao se esmagar na dela para devorá-la. Ela se deixou levar, entregou-se por completo à sensação, um momento de loucura em que o corpo mandava na mente e o sangue governava a razão. E a emoção foi estalando por dentro dela como um chicote, forte e doloroso, até se transformar em uma queimação rápida e chocante.

— Caramba! — A respiração dele se fora, e sua cabeça girava. Por reflexo, suas mãos apertaram ainda mais a borda do balcão, antes que ele as arrancasse dali e as preenchesse com o corpo dela.

O que quer que ele estivesse esperando, o que quer que tivesse imaginado, não chegou perto do vulcão que entrou subitamente em erupção junto dos seus braços. Colocou uma das mãos por entre a massa cacheada que eram os cabelos dela e seus dedos se fecharam ali, agarrados aos cachos como se sua vida dependesse disso.

— Não posso... — Foi o que ela conseguiu balbuciar, mas seus braços continuavam moldados a ele, até parecer que seu coração não estava apenas martelando o seu peito de encontro ao dela, mas batendo dentro dela. Seu gemido foi como um grunhido leve de desespero e prazer delirante que lhe escapou da garganta no exato instante em que os dentes dele a mordiscaram, arranharam e, por fim, se enterraram avidamente em sua carne.

A borda do balcão apertou-lhe a base das costas, e os dedos dela se enterraram nos quadris dele puxando-o mais para junto de seu corpo. Ah, Deus, ela queria contato, fricção, queria mais. Sentiu a boca junto da dela novamente, mergulhando cegamente em mais um beijo profundo.

Só mais um, prometeu a si mesma, acolhendo-o e lançando-se de encontro aos seus insaciáveis desejos.

O perfume dela o seduziu por completo. Seu nome foi um murmúrio, um leve sussurro em sua cabeça. O corpo dela parecia um banquete, e estava totalmente moldado ao seu. Nenhuma mulher jamais o preenchera tão depressa e tão completamente, excluindo todo o resto de forma tão definitiva.

— Deixe-me... — Era um apelo, e ele jamais, em toda a sua vida, implorara por uma mulher — ...pelo amor de Deus, Anna, deixe-me ter você... — Suas mãos subiram ávidas pelas pernas dela, por sobre aquelas coxas intermináveis — Agora.

Ela queria. Seria tão fácil possuir e ser possuída. Mas o fácil, ela sabia, raramente era o correto.

— Não... agora não. — O arrependimento a sufocou no mesmo instante em que levantou as mãos para emoldurar o rosto dele. Por um instante a mais, sua boca permaneceu sobre a dele. — Ainda não. Não desse jeito.

Os olhos dela estavam escuros e enevoados. Ele conhecia o bastante os desejos de uma mulher e os seus próprios atributos para acreditar que os deixaria cegos de tanto prazer.

— Mas está perfeito desse jeito — argumentou.

— O momento é errado, e as circunstâncias também. Espere mais um pouco. — Alguém tinha que se mover, pensou ela, para quebrar o contato físico. Arrastou-se de lado, ao longo da borda do balcão, até soltar um suspiro entrecortado. Fechou os olhos e levantou a mão para mantê-lo afastado. — Bem — conseguiu falar depois de outro instante —, isso foi uma insanidade.

Ele pegou a mão que ela levantara, levou-a aos lábios e lhe mordiscou o dedo indicador.

— E quem precisa de sanidade? — quis saber.

— Eu preciso! — E quase conseguiu dar um sorriso genuíno enquanto puxava a mão. — Não que eu me arrependa tanto assim do que acabou de acontecer, mas preciso de sanidade. Uau! — Tornou a sugar o ar com força, longamente, e levou as mãos aos cabelos. — Sabe, Cameron. Você é mesmo tão poderoso quanto eu esperava.

— E olhe que ainda nem comecei.

— Aposto que sim! — O sorriso se ampliou. Ela se afastou dele um pouco mais e pegou o café, que esfriara rapidamente. — Não sei se isto vai fazer com que qualquer um de nós dois durma com mais facilidade esta noite, mas foi necessário ser assim. — E entortou ligeiramente a cabeça quando viu os olhos dele se estreitarem. — O que foi?

— A maioria das mulheres, especialmente em uma posição como a sua, inventaria desculpas.

— Para o quê? — Levantando um dos ombros, lembrou a si mesma que o seu organismo acabaria voltando ao normal. — Isso foi tanto culpa minha quanto sua. Fiquei pensando em como seria colocar as mãos nesse corpo desde a primeira vez em que vi você.

Cam compreendeu que talvez jamais tornasse a ser o mesmo outra vez.

— E acho que estou louco por você — disse ele.

— Não, não está — Ela riu, entregando-lhe o café. — Está intrigado comigo, sente-se atraído e está às voltas com um saudável acesso de tesão, mas todas essas questões são totalmente diferentes. Você nem ao menos me conhece...

— Mas quero conhecer. — Soltou uma risada curta. — Essa é a grande surpresa para mim. Geralmente não dou a mínima, de um jeito ou de outro.

— Sinto-me lisonjeada. Não sei se isso representa um tributo ao seu charme ou à minha própria estupidez, mas a verdade é que me sinto lisonjeada. Só que...

— Droga, eu sabia que vinha alguma coisa!

— Só que... — repetiu ela, colocando a xícara dentro da pia. — Seth é a minha prioridade. Tem que ser. — O calor que representava tanto compaixão quanto compreensão surgiu em seus olhos e tocou alguma coisa dentro dele que estava enterrada bem fundo, por baixo do saudável acesso de tesão. — E deveria ser a sua prioridade também. Espero estar por perto se e quando isso acontecer.

— Estou fazendo o que posso para chegar lá.

— Sei que está. E sei que está fazendo mais do que a maioria dos homens faria. — Tocou o braço dele com carinho, rapidamente, e depois tornou a se afastar. — Tenho o pressentimento de que há mais ainda dentro de você. Só que...

— Lá vem você de novo!

— É melhor ir embora agora.

Ele queria ficar, mesmo que fosse apenas para conversar, estar com ela.

— Ainda não acabei de tomar o meu café... — Foi a desculpa dele.

— Já esfriou. E está ficando tarde. — Olhou para a vidraça, por onde pingos de chuva escorriam como lágrimas. — A chuva me faz pensar em coisas nas quais não deveria pensar.

— Não acredito que tenha dito isso só para me fazer sofrer — disse ele, fazendo uma careta.

— Claro que disse! — Ela riu novamente, encaminhando-se para a porta e a abrindo de todo para confirmar sua posição. — Se vou sofrer, por que você não deve também?

— Ah, estou gostando de você, Anna Spinelli. Você é uma mulher que me agrada.

— Você não está interessado em uma mulher que agrade você — rebateu ela, enquanto ele atravessava a sala. — Quer uma que agrade o seu corpo.

— Viu só? Já estamos começando a nos entender.

— Boa noite! — Ela não o evitou quando ele a pegou para mais um beijo ao passar junto à porta. Evitá-lo seria fingimento para si mesma, e ela não era de se iludir.

Sendo assim, correspondeu ao beijo com um calor crescente e um entusiasmo honesto... e bateu a porta na cara dele.

Então, recostou-se na porta fechada, sentindo-se fraca.

Poderoso? Aquela palavra não expressara nem a metade. Sua pulsação era capaz de continuar disparada por horas. Talvez dias.

Só não queria estar se sentindo tão feliz por causa disso.

Capítulo Sete

Cam olhava de cara feia para uma cesta cheia de meias e cuecas cor-de-rosa quando o telefone tocou. Sabia muito bem que as meias e cuecas eram brancas, ou mais ou menos brancas, quando ele as enfiara na máquina de lavar. Agora estavam todas em um tom de rosa-bebê.

Talvez por ainda estarem molhadas.

Continuou colocando-as no cesto para enfiá-las em seguida na secadora, quando viu uma meia vermelha escondida no meio das cor-de-rosa. E rangeu os dentes.

Phillip, jurou, podia se considerar morto.

— Merda! — Colocando tudo de lado e dando um soco na secadora em um acesso de mau humor, foi atender ao telefone.

Lembrou-se a tempo de baixar o volume da tevê portátil ligada sobre o balcão da cozinha. Não que estivesse assistindo a alguma coisa com atenção, e certamente não dava a mínima para o torvelinho de paixões e traições da novela da tarde.

Ligara o aparelho apenas pela companhia das vozes.

— Aqui é Quinn falando. O que é?

— Oi, Cam! Puxa, foi a maior dificuldade localizar você, campeão! Aqui é o Tod Bardette.

Cam viu uma embalagem aberta de biscoitos Oreo sobre a mesa e encheu a mão.

— Como vão as coisas, Tod?

— Bem, posso garantir que estão melhores do que nunca. Estou passando algum tempo aqui, ancorado ao largo da Grande Barreira de Corais.

— Hum... lugar legal! — murmurou Cam, com a boca cheia. E então levantou as sobrancelhas ao ver uma mulher maravilhosa se lançar na cama sobre um homem ridiculamente bonito na telinha do outro lado da cozinha. Talvez passasse algo de interessante na programação diurna, afinal.

— Dá pro gasto! — afirmou Tod. — Ouvi falar que você botou pra quebrar no circuito do Mediterrâneo algumas semanas atrás.

Algumas semanas?, refletiu Cam, enfiando outro biscoito na boca. Ele jurava que já haviam passado anos desde que voara acima da linha de chegada com o seu hidrofólio. A água azul, a velocidade arrebatadora, as multidões delirando e um monte de dinheiro para torrar.

Agora teria sorte se conseguisse achar um restinho de leite na geladeira para acompanhar o Oreo já meio esfarelado que tinha nas mãos.

— É verdade, Tod, também ouvi essa notícia.

Tod deu uma risada gostosa.

— Bem, Cam, aquela oferta para comprar o seu brinquedinho continua de pé. Mas estou ligando para lhe fazer outra proposta.

Tod Bardette sempre tinha alguma proposta na ponta da língua. Era o filho rico de um texano ainda mais rico, e fazia do mundo o seu playground. Adorava barcos. Participava de corridas, patrocinava-as, comprava e vendia máquinas de voar sobre a água. E juntava mulheres, troféus e pedaços da sua herança com espantosa regularidade.

Cam sempre achara que a estrela de Tod começara a brilhar desde o momento da sua concepção. Já que não fazia mal algum ouvir, e a cena de cama fora substituída por um comercial que mostrava uma escova gigante para lavar privadas, ele desligou o aparelho.

— Estou sempre pronto para ouvir uma boa proposta.

— Estou montando uma equipe para a disputa da La Coupe Internationale.

— A One-Ton Cup, para embarcações de grande porte? — Cam começou a sentir os hormônios se agitarem e perdeu subitamente todo o interesse por biscoitos e leite. Aquele campeonato internacional era um dos mais importantes do mundo aquático. Tinha cinco etapas, lembrou ele, sendo que a final era uma corrida em mar aberto através de trezentas milhas náuticas terrivelmente exaustivas, mas emocionantes.

— Essa mesmo... lembra que os australianos venceram no ano passado? Por isso, a disputa deste ano vai ser sediada aqui na Austrália. Quero dar uma surra neles, e já consegui um barco que é uma joia! Ágil e rápido como você nunca viu, campeão. Com a equipe certa, conseguiremos trazer a taça de volta para os Estados Unidos. Preciso de um líder de equipe. Quero o melhor. Quero que seja você. Em quanto tempo pode vir aqui para a Austrália?

Em cinco minutos, era o que Cam queria responder. Poderia arrumar uma mochila em menos de um minuto; na verdade, entrar em um avião e se lançar para lá. Para participantes de corridas de barco, aquela era uma das maiores oportunidades da vida. Ao abrir a boca para responder, seu olhar pousou na cadeira de balanço que ficava na varanda, bem perto da janela da cozinha.

Então, fechou os olhos e ouviu com um estranho ressentimento o zumbido constante das meias cor-de-rosa que rolavam dentro da secadora no cômodo ao lado.

— Vou ter que ficar de fora dessa, Tod. Não posso sair daqui agora.

— Olhe, escute só... estou disposto a lhe dar algum tempo para colocar todas as suas transas aí, todas elas mesmo — assinalou ele, com uma gargalhada de gozação —, em ordem. Posso esperar umas duas semanas. Se você receber alguma outra oferta, eu cubro.

— Não vai dar não, Tod. Eu estou com... — O quê?... roupa para lavar? Um garoto para criar? De jeito nenhum ele se humilharia oferecendo de graça esse tipo de informação — ...é que os meus irmãos e eu estamos abrindo um negócio — respondeu em um impulso. — Estou cheio de compromissos aqui.

— Você? Abrindo um negócio? — Dessa vez o riso de Tod foi mais longo e divertido. — Não goze tanto assim com a minha cara, Cam, que isso até me deixa bolado.

Agora eram os olhos de Cam que se estreitavam. Não tinha dúvidas de que Tod Bardette, do Texas, se juntaria a outros dos seus amigos e conhecidos de outros lugares e todos morreriam de rir diante da ideia de Cameron Quinn ter se transformado em um homem de negócios.

— Estamos construindo barcos — disse entre os dentes. — Bem aqui, no litoral leste, na baía de Chesapeake. Barcos de madeira. Serviços personalizados e de alta qualidade — acrescentou, determinado a manter o seu terreno. — Cada embarcação é única. Em seis meses as pessoas vão ter que gastar uma grana alta para ter um barco projetado e construído pela Quinn Embarcações. Como somos velhos amigos, posso tentar encaixar você na fila.

— Barcos... — O interesse na voz de Tod aumentou. — Bem, você sabe muito bem como conduzi-los. Então imagino que também saiba construí-los.

— Não há dúvida alguma a respeito disso.

— Olhe, é um empreendimento interessante, mas encare os fatos, Cam, você não é um homem de negócios... não vai conseguir ficar enfiado o tempo todo em uma linda baía no litoral de Maryland, comendo caranguejo e martelando em tábuas compridas, enchendo-as de pregos. Sabe que consigo fazer com que essa corrida valha mais a pena para você. Dinheiro, fama e sorte. — E deu mais uma risada. — Então, depois que a gente vencer, você pode voltar para casa e começar a construir algumas corvetas.

Ele conseguiria aguentar, prometeu a si mesmo. Conseguiria lidar com os insultos e com a frustração de não poder fazer as malas e ir para onde escolhesse. O que ele jamais faria, entretanto, era dar a Tod Bardette a satisfação de saber que se sentia confuso e com as ideias desordenadas.

— Vai ter que arrumar outro líder de equipe, Tod. Se quiser comprar uma embarcação de primeira, pode me ligar.

— E se você realmente conseguir terminar de construir um barco, me dê uma ligada. — Suspirou profundamente. — Você está perdendo a maior chance da sua vida, Cam! Se mudar de ideia nas próximas horas, entre em contato comigo. O problema é que preciso montar toda a equipe ainda nesta semana. A gente se fala...

Cam o ouviu desligar, ficando com o sinal de ocupado apitando no cérebro.

Não jogou o telefone pela vidraça. Bem que teve vontade de fazer isso, mas reconsiderou a ideia e descobriu que ele mesmo teria que varrer os cacos do vidro quebrado; portanto, de que lhe serviria o chilique?

Assim, colocou o fone no gancho com uma deliberação cuidadosa. Chegou a respirar fundo. E, se os pratos que colocara na máquina de lavar louça não tivessem escolhido aquele momento em particular para fazer a lavadora começar a girar e sacudir, dando pequenos pulos, não teria socado a parede com o punho.

— Por um momento, ainda agora, achei que você ia desistir.

Cam girou o corpo e viu o pai sentado à mesa da cozinha, rindo.

— Ah, que ótimo, só faltava essa para completar o dia!

— Por que não pega um pouco de gelo para colocar nos seus dedos?

— Meus dedos estão bem! — reagiu Cam, analisando-os atentamente. Havia apenas alguns arranhões leves. E a dor aguda que sentia era uma boa maneira de mantê-lo preso à realidade. — Pensei a respeito disso, pai, pensei muito mesmo... simplesmente não acredito que esteja aqui.

— Você está aqui, Cam. — Ray continuava a rir. — É isso o que importa. Foi muito duro dispensar uma competição como essa. Sou grato por isso. Estou orgulhoso de você!

— Bardette disse que está com um barco maravilhoso. Com o dinheiro dele por trás da equipe... — Cam apertou as mãos na borda do balcão e olhou para fora da janela, em direção às águas plácidas — ...eu poderia ganhar esse campeonato. Fui chefe de uma equipe que chegou em segundo lugar na Copa da América, há cinco anos, e venci o circuito Chicago-Mackinac no ano passado.

— Você é um grande marinheiro e excelente competidor, Cam.

— É... — Uniu os dedos lentamente, até ficar com o punho fechado. — O que estou fazendo aqui? Se continuar assim, vou acabar viciado nas novelas da tarde na tevê. Vou começar a achar que Lilac e Lance não são personagens de folhetim, mas gente de verdade, amigos pessoais. Vou recortar cupons de desconto no jornal para os produtos do supermercado, colecionar receitas e acabar fodendo de vez com a minha sanidade.

— Estou surpreso com você falando a respeito de como cuidar de uma casa nesses termos. — A voz de Ray era cortante agora e exibia desapontamento. — Organizar uma casa e cuidar de uma família é um trabalho importante. O mais importante que existe!

— Mas não é o meu trabalho.

— Parece que, por ora, é... sinto muito por tudo isso.

Cam tornou a se virar. Já que levaria em frente a conversa com uma alucinação, era melhor olhar de frente para ela.

— O senhor sente muito pelo quê, exatamente? Por morrer e me deixar na mão?

— Bem, na verdade, isso foi inconveniente para todos.

Cam quase riu da resposta, pois o comentário e o tom irônico eram típicos de Ray Quinn. Só que ele precisava esclarecer as coisas que o estavam incomodando.

— Tem gente por aí dizendo que o senhor jogou o carro contra o poste de propósito.

O sorriso de Ray desapareceu e seus olhos se tornaram sérios e tristes.

— Você acredita nisso?

— Não. — Cam soltou um longo suspiro. — Não, eu não acredito nisso.

— A vida é um presente. Nem sempre ela funciona às mil maravilhas, mas é algo precioso. Jamais magoaria você ou os seus irmãos jogando a minha vida fora.

— Sei disso — murmurou Cam. — Ajuda muito ouvi-lo afirmar, mas sei disso.

— Talvez eu pudesse ter interrompido o fluxo dos acontecimentos. Talvez devesse ter feito as coisas de forma diferente — suspirando, Ray girou a aliança de ouro em volta do dedo —, mas não fiz isso. Agora, tudo depende de você. De você, de Ethan e de Phillip. Havia uma razão para que vocês três viessem até nós, até mim e Stella. Havia também uma razão para terem chegado quase juntos. Sempre acreditei nisso. Agora compreendo tudo.

— E quanto ao garoto?

— O lugar de Seth é aqui. Ele precisa de vocês. Está em apuros neste exato momento e precisa que você se recorde de como era estar no lugar em que ele está agora...

— Como assim está em apuros neste exato momento?

— Atenda ao telefone — sugeriu Ray, sorrindo, segundos antes de o aparelho começar a tocar.

E então desapareceu.

— É melhor começar a dormir mais do que tenho dormido — decidiu Cam, e pegou com força o fone do gancho, gritando:

— Sim, sim, o que foi?

— A-alô? Sr. Quinn?

— Certo. Aqui é Cameron Quinn falando.

— Sr. Quinn, aqui fala Abigail Moorefield, vice-diretora da Escola St. Christopher.

— Hã-hã... — Cam sentiu o estômago afundar.

— Estamos com um pequeno problema aqui. Seth DeLauter está em minha sala.

— Que tipo de problema?

— Ele se meteu em uma briga com um dos colegas. Vai ser suspenso, Sr. Quinn. Agradeceria muito se o senhor pudesse comparecer à escola, a fim de podermos explicar tudo, antes do senhor levá-lo para casa.

— Ótimo! Maravilha! — Já quase fora de si, Cam passou a mão pelos cabelos. — Já estou indo.

A escola não mudara muito, notou Cam, desde que ele cumprira pena ali. Na primeira vez em que passara por aquelas pesadas portas, Stella Quinn só faltou arrastá-lo.

Agora, quase dezoito anos mais velho, percebeu que o seu entusiasmo pelo prédio não aumentara.

O piso era de linóleo desbotado, e a luz era forte, entrando pelas janelas largas. O cheiro era de doces contrabandeados no fundo das calças e suor infantil.

Enfiando as mãos nos bolsos, Cam se encaminhou para a administração. Já conhecia o caminho. Afinal, fizera aquele mesmo percurso inúmeras vezes, durante o tempo que passara na Escola St. Christopher.

A secretária mudara. Não era a mesma velha com olhos de águia que estava do outro lado da mesa. Essa aqui era mais jovem, mais agitada e o cobriu de sorrisos.

— Posso ajudá-lo? — perguntou ela, alegre.

— Vim pagar a fiança de Seth DeLauter.

Ela piscou ao ouvir isso, sem entender, e seu sorriso pareceu mais intrigado.

— Como disse?

— Sou Cameron Quinn. Vim falar com a vice-diretora.

— Ah, o senhor quer dizer a Sra. Moorefield. Sim, ela o está aguardando. Segunda porta à direita, seguindo por aquele pequeno corredor. — O telefone tocou e ela o atendeu de imediato. — Bom dia! — cantarolou. — Escola St. Christopher, Kathy falando.

Cam decidiu que preferia a megera que guardava as salas da diretoria no seu tempo àquela recém-chegada toda alegrinha. No momento em que se viu diante da porta, levantou os ombros, manteve o queixo firme... e sentiu as palmas das mãos começarem a suar.

Havia coisas, pensou ele, que jamais mudavam.

A Sra. Moorefield estava sentada à sua mesa, alimentando seu computador com dados na maior calma. Cam notou que seus dedos se moviam sobre o teclado com muita eficiência, e aquilo combinava com ela. Estava bem arrumada e tinha uma aparência impecável, apesar dos aparentes cinquenta e poucos anos. Seu cabelo era curto, liso e castanho-claro, e seu rosto era sereno e suavemente atraente.

Sua aliança de ouro refletia a luz enquanto seus dedos se moviam velozes sobre as teclas. A única outra joia que usava era um par de brincos discretos em forma de concha.

Do outro lado da sala, Seth estava meio largado em uma cadeira, olhando para o teto. Tentava parecer entediado, imaginou Cam, mas só conseguia mostrar que estava irritado. O garoto precisava cortar o cabelo, notou, pondo-se em seguida a pensar em quem teria de lidar com isso. Usava uma calça jeans desfiada nas bainhas, uma camiseta de Jersey dois números maior que ele e botinas incrivelmente sujas.

Para Cam, tudo pareceu perfeitamente normal.

Bateu no portal. Tanto a vice-diretora quanto Seth olharam para ele, com expressões dramaticamente diferentes. A Sra. Moorefield lançou-lhe um educado sorriso de boas-vindas. Seth fez cara de deboche.

— Sr. Quinn?

— Sim... — Então se lembrou de que, ali, deveria representar o papel de um guardião responsável. — Espero que possamos esclarecer tudo isso, Sra. Moorefield. — E pregou um sorriso igualmente educado no rosto, enquanto caminhava até a mesa para cumprimentá-la.

— Agradeço por ter vindo tão depressa. Quando somos obrigados a tomar medidas disciplinares, tais como essa, queremos que os pais ou responsáveis tenham a oportunidade de compreender a situação. Por favor, Sr. Quinn, sente-se.

— Qual foi o problema? — Cam se sentou em frente a ela e descobriu que não gostava daquilo nem um pouco a mais do que em sua época.

— Infelizmente Seth atacou fisicamente um colega esta manhã, durante o intervalo. O outro menino já está sendo tratado na enfermaria da escola, e seus pais já foram informados.

— Então, onde é que eles estão? — Cam levantou uma sobrancelha.

— Os pais do Robert estão ambos no trabalho neste momento. De qualquer modo...

— Por quê?

— O que deseja saber, Sr. Quinn? — O sorriso voltou, menos radiante e mais atento, questionador.

— Por que Seth bateu em Robert?

A Sra. Moorefield suspirou, explicando:

— Compreendo que só recentemente o senhor assumiu a guarda de Seth; portanto, talvez não esteja a par do fato de que esta não é a primeira vez que ele briga com outro aluno.

— Sim, já sei disso. Estou perguntando a respeito do incidente de hoje.

— Muito bem... — Ela cruzou as mãos. — De acordo com Robert, Seth exigiu que ele lhe desse um dólar, e quando Robert se recusou a lhe entregar o dinheiro, Seth o atacou. Até o momento — acrescentou ela, desviando o olhar para o menino — Seth não confirmou nem negou o ocorrido. A política da escola exige que os alunos sejam suspensos por três dias, como ação disciplinar, quando eles se envolvem em brigas no recinto da escola.

— Certo. — Cam se levantou, mas quando Seth fez menção de se levantar também, ele apontou-lhe um dedo, ordenando que ficasse sentado. Foi até junto do menino, agachou-se até ficar na altura dos seus olhos e perguntou: — Você tentou obrigar esse garoto a lhe dar dinheiro?

— Foi o que ele disse. — E Seth levantou um dos ombros.

— E você enfiou o cacete...

— Sim, enfiei o cacete nele. Mirei direto no nariz — acrescentou, sorrindo de leve, e afastou o cabelo cor de palha da frente dos olhos. — Assim dói mais.

— E por que fez isso?

— Talvez por não gostar daquela cara gorda.

Com a paciência tão esfarrapada quanto o jeans de Seth, Cam o apertou pelos ombros. Quando viu que o garoto recuava e se encolhia todo, um sinal de alarme soou em sua cabeça. Antes que Seth conseguisse fugir, Cam o segurou pela gola e expôs um dos braços do menino, puxando-o para fora da camiseta imensa. Viu pequenas marcas roxas que Cam sabia que haviam sido feitas por nós de dedos e desciam do ombro de Seth até o cotovelo.

— Me larga! — Com o rosto vermelho de vergonha, Seth tentou se desvencilhar, mas Cam simplesmente o virou de costas. Havia arranhões vermelhos feitos com força por toda as costas do menino.

— Pare de se mexer! — Cam soltou Seth e pousou as mãos nos braços da cadeira. Seus olhos continuavam encarando o menino. — Agora me conte o que aconteceu. E nem pense em mentir!

— Não quero falar sobre isso!

— Não perguntei o que você quer! Estou mandando você contar tudo. Ou será... — disse ele, baixando tanto a voz que só Seth conseguiu ouvir — ...que quer deixar esse moleque safado sair dessa limpinho?

Seth pensou em falar, mas pareceu mudar de ideia. Teve que se certificar de que seu queixo estava bem firme para não gaguejar.

— Ele estava puto comigo. Fizemos um teste de História no outro dia e eu me dei bem. Qualquer idiota teria se dado bem, porque o teste estava muito fácil, mas ele é menos do que um idiota, e tirou nota baixa. Desde então ficou me pentelhando, me chamando para brigar no corredor e me dando socos. Eu sempre saía fora, porque já estou de saco cheio de levar SE.

— Levar o quê?

— Suspensão Escolar — explicou Seth, girando os olhos. — É muito chato... Eu não queria mais ser suspenso, então não entrava na pilha dele. Só que ele continuava a me socar e xingar: cu-de-ferro, baba-ovo, queridinho da professora e um monte de merdas desse tipo. Eu não esquentava, mas, quando ele me empurrou contra os armários do corredor e disse que eu não passava de um filho da puta e que todo mundo na escola sabia disso, enfiei-lhe o cacete e o pus a nocaute.

Envergonhado e se sentindo enjoado, tornou a levantar um dos ombros, de forma desafiadora, e completou:

— Pronto! Ganhei três dias de férias. Grande coisa!

Cam assentiu com a cabeça e se levantou. Quando se virou para a vice-diretora, seus olhos estavam quase pretos de tanta fúria.

— A senhora não vai suspender esse menino durante três dias por ele ter se defendido de um boçal ignorante... e se tentar fazer isso passo por cima da senhora e vou reclamar na Secretaria de Educação.

Completamente chocado, Seth levantou o olhar para Cam. Ninguém jamais tomara o partido dele em toda a sua vida. Ele jamais esperaria que alguém pudesse defendê-lo.

— Sr. Quinn...

— Ninguém pode chamar o meu irmão de filho da puta, Sra. Moorefield! E, se vocês não têm uma política de repressão a xingamentos e assédios, deveriam ter! Portanto, estou avisando que é melhor analisar com mais atenção este caso. É melhor reavaliar quem merece suspensão aqui. Pode também dizer aos pais do pequeno Robert que, se não quiserem ver o filho chorando por causa de um fiozinho de sangue escorrendo do nariz, seria bom dar-lhe um pouco mais de educação.

A Sra. Moorefield pensou por alguns instantes antes de falar. Já era professora e conselheira há quase trinta anos. O que viu no rosto de Seth naquele momento foi esperança. Estava misturada com perplexidade e cansaço, mas, ainda assim, era esperança. Era um olhar que ela não gostaria que se extinguisse.

— Sr. Quinn, pode ter certeza de que vou investigar este assunto a fundo. Não fui informada de que Seth estava machucado. Se levá-lo até a enfermaria enquanto converso com Robert e os outros alunos...

— Não, eu posso cuidar dele.

— Como quiser. Vou cancelar a ordem de suspensão, por enquanto, até ficar satisfeita com os fatos.

— Pois faça isso, Sra. Moorefield. Por mim, estou plenamente satisfeito com os fatos. Vou levar Seth de volta para casa. Ele já suportou muito para um dia.

— Concordo com o senhor.

O menino não lhe pareceu abalado ao entrar na sala da diretoria, pensou ela. Pareceu atrevido. Não pareceu abalado quando ela mandou que ele se sentasse enquanto ela ligava para a sua casa. Pareceu hostil.

Naquele momento, porém, ele estava abalado, finalmente, com os olhos arregalados e perplexos, e suas mãos agarravam com força os braços da cadeira. O escudo que mantivera em torno de si mesmo, um escudo que nem ela nem nenhum dos professores conseguiria sequer arranhar.

Agora, decidiu, veriam o que poderia ser feito por ele.

— Se o senhor mesmo trouxer Seth para a escola amanhã de manhã, pode se encontrar comigo aqui para resolvermos de vez esta questão.

— Estaremos aqui! Agora vamos! — disse a Seth, e saíram da sala com determinação.

Enquanto caminhavam pelos corredores, indo em direção à porta da frente, seus passos ecoavam nas paredes de forma assustadora. Cam olhou para o lado e notou que Seth encarava as botinas.

— Até hoje isso me causa arrepios — disse ele.

— O quê? — perguntou Seth, empurrando a porta.

— O som dos passos quando você segue o longo caminho que vai dar na diretoria.

Seth deu uma risada, encurvou um pouco os ombros e continuou a caminhar. Seu estômago parecia ter milhares de borboletas guerreando entre si.

A bandeira americana no mastro junto do estacionamento drapejava ao vento. De uma janela atrás deles, os sons patéticos e desafinados de uma aula de música ecoavam. A área da primeira à quarta série era separada da área da quinta à oitava por um espaço gramado e alguns arbustos tristes.

Do outro lado de um pequeno caminho ficava o prédio do ensino médio, todo revestido em tijolinhos. Parecia-lhe menor agora, notou Cam. Tinha um charme quase estranho, e não dava a impressão de ser a prisão que um dia ele imaginou ser.

Viu a si mesmo, recostado preguiçosamente contra o capô do seu carro de segunda mão, parado ali naquele mesmo estacionamento, observando as garotas que passavam. Viu a si mesmo caminhando por aqueles corredores barulhentos, indo de uma aula para outra... e observando as garotas que passavam. Veio-lhe a imagem de estar sentado em cadeiras de assento tão duro que deixavam seu traseiro dormente enquanto assistia a aulas tão chatas que deixavam seu cérebro dormente... enquanto observava as garotas.

O fato da sua experiência do ensino médio estar voltando à sua memória naquele instante, como um desfile de variadas formas femininas, o fez se sentir quase sentimental.

Uma sineta tocou, estridente, e o nível do ruído que saía pelas janelas aumentou como se entrasse em erupção. O sentimentalismo sumiu na mesma hora. Graças a Deus, foi tudo o que conseguiu pensar, aquele capítulo da sua vida já estava encerrado.

Só que não estava encerrado para o garoto, lembrou. E, já que ele estava ali, poderia ajudá-lo a superar aquilo. Abriram as portas nos lados opostos do Corveta e Cam parou, esperando até que os olhos dos dois se encontrassem.

— E então... — perguntou — Acha que quebrou o nariz do babaca?

— Talvez. — A sombra de um sorriso pareceu surgir em torno da boca de Seth.

— Ótimo. — Cam entrou e bateu a porta do carro. — Ir direto ao nariz é legal, mas, se não quiser um monte de sangue escorrendo por toda parte, mire no estômago. Um soco curto e sólido bem na boca do estômago não deixa muitas evidências.

Seth analisou o conselho e explicou:

— É que eu queria que ele sangrasse.

— Bom, você que faz as suas escolhas na vida. Hoje está um dia legal para velejar — decidiu ele, ligando o carro. — A gente bem que podia fazer isso.

— Acho que sim. — Seth ficou beliscando a calça na altura do joelho. Alguém ficara do lado dele, era só o que a sua mente confusa conseguia pensar. Alguém acreditara nele, o defendera e tomara o seu partido. Seu braço estava machucado, seus ombros doíam, mas alguém tomara o seu partido. — Obrigado — murmurou.

— Tudo bem, não precisa agradecer. Se alguém sacaneia um Quinn, sacaneia todos eles. — Olhou de lado enquanto saía do estacionamento e viu que Seth estava com os olhos fixos nele. — É assim que as coisas funcionam. Bem, agora vamos comprar uns hambúrgueres ou algo assim para levar com a gente no barco.

— É... eu estou com fome. — Seth passou a mão sob o nariz. — Você me arruma um dólar?

Quando Cam deu uma gargalhada e pisou fundo o acelerador, aquele foi um dos melhores momentos da vida de Seth.

O vento soprava do sudeste e estava bem firme, de forma que as pontas dos arbustos que saíam do pântano acenavam preguiçosamente. O céu estava claro e muito azul, formando uma perfeita moldura para a garça que alçou voo saindo da grama oscilante e seguindo por cima da água brilhante para se lançar como uma flecha branca sobre a água, buscando um almoço antecipado.

Por impulso, Cam jogara alguns apetrechos de pesca no barco. Com um pouco de sorte, eles teriam peixe frito para o jantar.

Seth sabia mais coisas a respeito da arte de velejar do que Cam suspeitara. Não devia se surpreender com isso, refletiu. Anna dissera que o menino tinha um raciocínio rápido, e Ethan devia ter lhe ensinado muito bem e com paciência.

Ao ver a facilidade com que Seth lidava com as cordas, confiou a ele a tarefa de aprumar a bujarrona. As outras velas pegaram o impulso do vento e Cam se viu velejando em alta velocidade.

Nossa, como sentira falta daquilo! A rapidez, o poder, o controle. Tudo aquilo lhe corria por dentro, limpando a sua mente de preocupações, obrigações, desapontamentos e até mesmo pesar. A água abaixo, o céu acima, e suas mãos no timão persuadindo o vento, provocando-o, desafiando-o a soprar com mais força.

Atrás dele, Seth sorria e teve que se segurar para não gritar de puro deleite. Jamais velejara a uma velocidade tão alta. Com Ray os passeios foram lentos e estáveis. Com Ethan, tratava-se de trabalho e busca. Com Cam era uma corrida louca, livre e selvagem, com o barco subindo e descendo junto com as ondas, arremessando-se veloz como uma bala branca que seguia sem rumo sobre as águas.

O vento quase lhe arrancou o boné da cabeça, obrigando-o a colocar a aba para trás para evitar que fosse carregado por um pé-de-vento mais esperto e brincalhão.

Navegaram ao longo do litoral, passaram diante das docas, que representavam o coração de St. Chris, até finalmente diminuírem a velocidade. Um velho barco abandonado estava ancorado ali, um símbolo do estilo de vida dos pescadores de água doce.

Homens e mulheres que saíam bem cedo pela baía para pescar traziam o produto conseguido no dia para aquele local. Linguados, trutas e vermelhos naquela época do ano, além de...

— Que dia do mês é hoje? — perguntou Cam, olhando para Seth por sobre os ombros.

— Trinta e um. — Seth levantou os óculos escuros, colocando-os na testa, e olhou para a doca. Tinha a esperança de ver Grace. Queria acenar para alguém que conhecesse.

— A estação da pesca de caranguejo começa amanhã. Caramba! Garanto que Ethan vai trazer para casa um cesto cheio dessas maravilhas. Vamos comer como reis. Gosta de caranguejo, não gosta?

— Não sei.

— Como assim não sabe...? — Cam abriu uma lata de Coca-Cola e bebeu quase tudo de uma vez só. — Nunca experimentou caranguejo na vida?

— Não.

— Então é melhor preparar o paladar para um manjar dos deuses, garoto, porque é o que vamos comer amanhã.

Imitando o gesto de Cam, Seth pegou um refrigerante e o abriu, comentando:

— Nada do que você cozinha é um manjar dos deuses.

Isso foi dito com um sorriso e recebido com outro.

— Caranguejo eu sei preparar, e muito bem... É fácil! Basta colocar a água para ferver, misturar um monte de temperos e depois jogar aqueles canalhas lá dentro, de preferência antes que eles belisquem e...

— Vivos?!

— É o único jeito.

— Isso é nojento!

Cam simplesmente mudou de posição e argumentou:

— Eles não ficam vivos por muito tempo. Viram jantar logo, logo... Acompanhe tudo com umas latas de cerveja e temos um banquete. Daqui a umas duas semanas estaremos experimentando caranguejos azuis de carapaça fina. É só colocar um deles entre dois pedaços de pão e morder.

Dessa vez Seth sentiu o estômago revirar de verdade.

— Eu não...

— Por quê? Você é muito enjoado?

— Não, sou muito civilizado.

— Frescura! Às vezes, aos sábados, no verão, mamãe e papai traziam a gente até as docas. Nós pegávamos uns sanduíches de caranguejo de carapaça fina, um sacão de batatas fritas em óleo de amendoim e ficávamos vendo os turistas tentando descobrir como comer aquilo. Quase nos mijávamos de tanto rir.

A lembrança o deixou subitamente triste, e ele tentou afastar o sentimento ao continuar a contar:

— Às vezes velejávamos por aí, exatamente como agora. Ou descíamos mais abaixo pelo rio, para pescar. Mamãe não era muito de pescar. Então ficava só nadando, depois vinha até a beira, sentava-se na margem e lia um livro.

— Por que simplesmente não ficava em casa?

— Porque gostava de passear de barco — explicou Cam baixinho. — E gostava de ficar com a gente.

— Ray falou que ela enjoava.

— É verdade, às vezes ela enjoava. — Cam expirou com força. Stella fora a única mulher que ele amara e a única que perdera. A saudade dela ainda se arrastava por dentro dele e parecia amputá-lo dos joelhos para baixo.

— Vamos lá! — ordenou ele. — Vamos seguir rio Anne-Messex abaixo para ver se está dando peixe por lá...

Não ocorreu a nenhum dos dois que aquelas três horas que passaram juntos na água representaram a trégua mais longa que haviam experimentado em várias semanas.

E, quando voltaram para casa com seis percas gordas num isopor, estavam, pela primeira vez, em total harmonia.

— Sabe como limpá-las? — perguntou Cam.

— Talvez... — Ray o ensinara a fazer aquilo, mas Seth não era bobo. — Só que fui eu que pesquei quatro das seis. Então é você que vai ter que limpar.

— É... manda quem pode... — começou Cam, mas parou de falar na mesma hora, quando viu lençóis pendurados para secar no antigo varal do quintal. Não via nada pendurado no varal desde que sua mãe ficara doente. Por um momento, temeu estar tendo outra alucinação, sua boca ficou seca.

De repente, a porta dos fundos se abriu e Grace Monroe saiu na varanda.

— Oi, Grace!

Aquela era a primeira vez que Cam ouvia a voz de Seth se elevar demonstrando felicidade e puro prazer de menino. Ficou tão surpreso que olhou para trás de repente e quase deixou o isopor cair em cima do seu pé quando Seth largou a outra ponta e saiu correndo e direção à casa.

— Oi, pessoal! — Ela possuía uma voz morna que contrastava com seu aspecto comum. Era alta, magra e tinha longas pernas que, um dia, sonhara em aproveitar como bailarina.

Só que Grace já aprendera também a colocar a maioria dos sonhos de lado.

Seus cabelos eram tão curtos que pareciam os de um garoto, e ela os mantinha assim porque era prático. Não tinha tempo nem energia para se preocupar com estilo. Era um cabelo louro-escuro que exibia fios mais claros, especialmente no verão. Seus olhos eram de um verde suave e frequentemente apresentavam olheiras.

Seu sorriso, porém, era puro, solar e nunca deixava de iluminar seu rosto e exibir covinhas bem ao lado da boca.

Uma linda mulher, pensou Cam, com rosto de fada e voz de sereia. Ficava surpreso pelo fato dos homens não estarem se atirando aos seus pés.

O menino só faltava fazer isso, notou Cam, surpreso ao ver que Seth praticamente correu ao encontro dos seus braços. Ele a abraçou e deixou ser abraçado, logo aquele garoto irritadiço, que não gostava de ser tocado. Então ficou vermelho de vergonha, deu um passo para trás e começou a brincar com o cãozinho que seguira Grace quando ela saiu de casa.

— Boa tarde, Cam. — Grace protegeu os olhos do sol com as costas da mão. — Ethan deu uma passada no bar ontem à noite e disse que vocês estavam precisando de uma mãozinha por aqui.

— Você vai assumir os cuidados com a casa?

— Bem, posso vir aqui por umas três horas, duas vezes por semana, até...

Não conseguiu acabar a frase, pois Cam pousou o isopor no chão, subiu a escada três degraus de cada vez e a agarrou com um beijo estalado, bem alto e entusiasmado. Ver aquilo deixou Seth com os dentes rangendo, enquanto Grace apenas gaguejava e ria.

— Isso foi legal — conseguiu dizer por fim —, mas vocês terão que pagar pelo meu trabalho do mesmo jeito.

— Pois diga qual é o seu preço. Adoro você! — E agarrou as mãos dela, plantando mais beijos ali. — Minha vida é toda para você.

— Já vi que meu trabalho vai ser apreciado por aqui, e é muito necessário. Deixei aquelas meias cor-de-rosa de molho na água sanitária. Talvez dê certo.

— A meia vermelha era de Phil. Ele foi o responsável. Isto é, qual cara que se preze é capaz de comprar um par de meias vermelhas?

— Pois conversaremos mais a respeito de como separar as roupas para lavar... e esvaziar os bolsos. Um caderninho preto de alguém se desfez todo na última enxaguada.

— Merda! — Cam notou o olhar de reprovação dela ao olhar para o menino, que pigarreou. — Desculpe o palavrão. Acho que o caderninho era meu.

— Fiz um pouco de limonada, e ia preparar um ensopado, mas me parece que vocês já trouxeram o jantar.

— Para hoje sim, mas gostaríamos do ensopado também.

— Certo. Ethan não tinha certeza do que vocês precisavam que eu arrumasse ou fizesse. Talvez fosse melhor a gente conversar sobre isso.

— Querida, faça o que achar que estamos precisando, e já vai estar muito além do que jamais vamos poder recompensá-la.

Ela já percebera isso por si mesma. Cuecas cor-de-rosa, refletiu, um dedo de poeira em uma das mesas e substâncias não identificadas grudadas umas nas outras. E o fogão? Só Deus era capaz de informar quando havia sido limpo pela última vez.

Era bom se sentir necessária, pensou ela. Bom saber exatamente o que precisava ser feito.

— Vamos resolver tudo com o tempo, então. Pode ser que eu tenha que trazer o bebê comigo de vez em quando. Julie toma conta dela para mim à noite, quando estou trabalhando no bar, mas nem sempre consigo achar alguém para ficar com ela em outros momentos. Ela é boazinha.

— Eu posso ajudar a tomar conta dela — ofereceu Seth. — Volto da escola às três e meia.

— Desde quando? — quis saber Cam, e Seth encolheu os ombros.

— Quando não tenho SE.

— Aubrey adora brincar com você, Seth. Ainda tenho mais uma hora de trabalho pela frente aqui — avisou ela, porque era uma mulher que organizava seus horários o tempo todo. — Vou preparar logo o ensopado e deixá-lo no freezer. Tudo o que vocês têm de fazer é esquentar quando quiserem comer. Vou deixar uma lista dos produtos de limpeza que estão faltando, ou posso comprar tudo e trazer para vocês, se preferirem.

— Trazer para a gente? — Cam só faltou se ajoelhar a seus pés. — Quer um aumento?

Ela riu e voltou para dentro, avisando:

— E você, Seth, fique de olho para que o cãozinho permaneça longe das tripas do peixe quando vocês forem prepará-lo, senão depois ele vai feder por uma semana.

— Tudo bem, está certo. Acabarei em alguns minutos, depois vou entrar. — Levantou-se, saiu da varanda para que Grace não pudesse ouvi-lo pela porta e seguiu Cam, com jeito de homem feito, perguntando: — Você não vai ficar atiçando a Grace, tentando dar em cima dela, vai?

— Atiçando... dar em cima dela? — Cam ficou pasmo por um momento, e então balançou a cabeça. — Pelo amor de Deus! — Levantando o isopor, começou a contornar a casa, em direção à mesa para limpar peixe. — Conheço Grace há muitos anos, metade da minha vida, e não atiço nem dou em cima de toda mulher que encontro.

— Tudo bem, então.

Foi o tom de voz do menino que fez com que Cam começasse a passar a língua sobre os dentes enquanto pousava o isopor no chão. Era um tom possessivo, de quem era dono de alguma coisa, e pareceu satisfeito com a resposta.

— Quer dizer então que você está de olho nela, não é?

Seth ficou vermelho e abriu a gaveta da mesa para pegar um raspador de escamas.

— Apenas fico vigiando Grace para protegê-la... só isso.

— Ela é mesmo muito bonita — disse Cam de forma casual, e teve a satisfação de ver os olhos de Seth brilharem de ciúme por um instante. — Só que, por acaso, estou atiçando e dando em cima de outra mulher no momento, e a coisa pega quando a gente tenta ficar com mais de uma ao mesmo tempo. O pior é que essa mulher de quem estou falando, em particular, vai me dar o maior trabalho para ser convencida.

Capítulo Oito

Ele resolveu começar a forçar a barra com Anna. Já que estava com ela na cabeça, Cam deixou Seth lidando com os dois últimos peixes por conta própria e ficou circulando por dentro da casa. Emitiu ruídos de satisfação ao ver o que Grace preparava para colocar no fogão, e então subiu as escadas.

No telefone do seu quarto ele teria um pouco mais de privacidade, e o cartão de Anna estava em seu bolso.

Ao chegar à porta, parou e quase chorou de gratidão. Sua cama estava feita, os travesseiros arrumados, com as fronhas trocadas, e a colcha verde alisada de forma profissional, viu que alguns dos lençóis pendurados no varal eram seus.

Naquela noite ele dormiria em lençóis limpos e passados que ele não tivera que lavar. Aquilo tornou a perspectiva de dormir sozinho um pouco mais tolerável.

A superfície da sua antiga cômoda de carvalho não estava apenas livre da poeira. Ela brilhava! As prateleiras que ainda exibiam a maior parte dos seus troféus e alguns dos seus romances favoritos haviam sido limpas e arrumadas, e a cadeira entulhada que ele trouxera lá de baixo para usar como porta-tudo estava vazia. Ele não tinha a menor ideia de onde ela colocara suas coisas, mas imaginou que as encontraria em seus devidos lugares.

Talvez tivesse ficado mal-acostumado por passar os últimos anos em hotéis, mas lhe fazia bem ao coração entrar em seu quarto sem ter meia dúzia de pequenas tarefas desagradáveis à espera.

As coisas estavam melhorando. Ele se jogou na cama, espreguiçou-se e pegou o telefone.

— Aqui fala Anna Spinelli. — Sua voz era baixa, neutra e profissional.

Cam fechou os olhos para fantasiar melhor a forma como ela estava vestida. Gostou da ideia de imaginá-la por trás de alguma mesa bem burocrática usando aquele vestidinho azul da véspera.

— Srta. Spinelli, como se sente com relação a caranguejos?

— Ahn...

— Deixe-me reconstruir a frase. — E se recostou ainda mais, até ficar completamente deitado, sentindo que poderia cair no sono em cinco minutos mesmo sem querer. — O que acha da ideia de comer caranguejos cozidos?

— Acho boa.

— Ótimo! Que tal amanhã à noite?

— Cameron...

— Aqui em casa — especificou ele. —A casa que nunca fica vazia. Amanhã é o primeiro dia da temporada de pesca do caranguejo. Ethan vai trazer uma tonelada deles para casa. Vamos cozinhá-los. Você vai poder assistir ao vivo e a cores como os Quinn... como foi mesmo que você falou? Se relacionam e interagem. Vai poder ver como Seth está se sentindo aqui, como está se aclimatando a este ambiente doméstico em particular.

— Isso é muito bom.

— Ei, já lidei com assistentes sociais antes. É claro que nenhuma que usasse sapatos azuis de salto alto, mas...

— Eu estava fora do horário de serviço — lembrou ela. — Entretanto, acho que o jantar seria uma ideia aceitável. A que horas?

— Seis e meia, mais ou menos. — Ele ouviu um farfalhar de papéis e se sentiu ligeiramente irritado ao notar que ela estava consultando sua agenda.

— Tudo bem, poderei ir, sim. Seis e meia, então.

Ela realmente parecia uma assistente social marcando uma reunião profissional para um momento adequado ao cliente.

— Está sozinha aí?

— Na minha sala? Sim, no momento, sim... Por quê?

— Só para saber. Andei pensando em você. Várias vezes, o dia inteiro. Por que não me deixa ir até onde você mora e pegá-la de carro amanhã? Assim, eu a levo de volta para casa depois. Podíamos parar no caminho e... eu ia falar que poderíamos passar para o banco de trás, mas o Corveta não tem um. Mesmo assim, acho que a gente conseguiria se ajeitar.

— Estou certa de que sim, por isso mesmo prefiro dirigir até aí eu mesma, em meu carro.

— Mas eu preciso colocar as mãos em você novamente...

— Não duvido que isso possa voltar a acontecer... eventualmente. Enquanto isso...

— Eu quero você.

— Eu sei.

Ao sentir que a voz dela se tornou mais densa e que já não parecia tão formal, ele sorriu.

— Por que não deixa que eu lhe diga o que gostaria de fazer com você? Passo a passo. Você pode até mesmo fazer anotações em seu caderninho para futura referência.

— Acho que seria melhor adiarmos isso. Embora eu não descarte a ideia de discutir o assunto alguma outra hora. Sinto muito, mas tenho um compromisso marcado para daqui a poucos minutos. Vou vê-lo, e à sua família, amanhã à noite.

— Dê-me apenas dez minutos a sós com você, Anna — sussurrou ele. — Apenas dez minutos para eu poder tocá-la.

— Eu... podemos tentar encaixar isso no nosso horário de amanhã. Agora preciso ir. Até lá, então...

— Até. — Feliz por tê-la balançado, ele colocou o fone lentamente no gancho e se deixou mergulhar em uma merecida soneca.

Foi acordado mais ou menos uma hora mais tarde pela porta da frente batendo com força e pela voz de Phillip, que falava alto e parecia furioso.

— Lar, doce lar... — murmurou Cam, rolando para fora da cama. Cambaleou de sono até a porta e seguiu pelo corredor até as escadas. Era péssimo de cochilo e, quando se permitia tirar um, acordava zonzo, irritado e louco por um café.

Ao chegar ao pé da escada, Phillip já estava na cozinha, abrindo uma garrafa de vinho.

— Onde, diabos, todo mundo se meteu? — quis saber, enquanto lutava com a rolha.

— Sei lá! Saia da minha frente! — Esfregando a mão no rosto, Cam despejou o resto do bule de café em uma caneca, enfiou-a no microondas e apertou algumas teclas.

— Acabei de ser informado pela seguradora que vão prender o dinheiro do seguro do papai até fazer uma investigação completa.

Cam olhou fixamente para o microondas, desejando ardentemente que aqueles dois minutos infindáveis passassem depressa para que ele pudesse ingerir cafeína. Seu cérebro enevoado ouviu os termos seguro, pagamento e investigação, mas não conseguia correlacioná-los.

— Hein?

— Se liga, droga! — Sacudiu-o Phillip, impaciente. — Não querem pagar o seguro de vida do papai porque suspeitam de suicídio.

— Isso é papo furado! Ele me garantiu que não se matou.

— Ah, foi mesmo? —Apesar de enjoado e furioso, Phillip ainda conseguiu levantar uma sobrancelha, com ar de ironia. — E você teve essa conversa com ele antes ou depois de ele morrer?

Cam ia falar, mas se segurou a tempo e quase ficou vermelho. Em vez disso, tornou a xingar e abriu com força a porta do microondas.

— O que quero dizer é que ele não teria feito isso de jeito nenhum, e estão falando isso só para atrasar o processo, porque no fundo não querem liberar a grana.

— O fato é que não vão liberar nada mesmo, pelo menos por enquanto. O investigador deles anda conversando com as pessoas, e algumas delas, pelo jeito, ficaram deliciadas com a oportunidade de contar a ele os detalhes mais desagradáveis da situação. Eles sabem a respeito da carta da mãe de Seth e dos pagamentos que papai fez a ela.

— Então... — Cam provou o café, queimou a língua e xingou — ...para o inferno com os caras da seguradora! Vamos deixar que fiquem com a porra do dinheiro.

— Não é simples assim. Para começar, se não pagarem, ficará sacramentado que papai cometeu suicídio. É o que você quer?

— Não. — Cam apertou o ponto entre os olhos, em uma tentativa de aliviar um pouco da pressão em sua cabeça. Passara a maior parte da sua vida sem dores de cabeça, mas agora parecia ser perseguido por elas.

— Então, isso significa que teremos de aceitar as conclusões a que eles chegarem ou vamos ter de levá-los diante de um tribunal para provar que ele não se matou. Vai ser uma tremenda confusão, especialmente porque será aberto ao público. — Lutando para se acalmar, Phillip experimentou o vinho. — De qualquer modo, seu nome vai ficar manchado. Acho que precisaremos achar essa mulher, a tal Gloria DeLauter, afinal. Temos que esclarecer tudo direitinho.

— E o que o faz pensar que, se a gente a encontrar e conversar com ela, as coisas vão se esclarecer?

— Temos que arrancar a verdade dela.

— Como, através de tortura? — Não que a ideia não o agradasse. — Além do mais, o garoto tem pavor dela — acrescentou Cam. — Se ela aparecer, pode melar todo o processo da guarda do filho.

— E, se não aparecer, pode ser que a gente jamais descubra a verdade, toda a verdade. — Phillip precisava saber de tudo, pensou, para poder aceitar o que acontecera.

— Pois aqui está a verdade, ao meu ver — Cam bateu com a caneca sobre a mesa —, essa mulher estava em busca de um alvo fácil e encontrou um. Papai se apegou ao garoto e quis ajudá-lo. Assim, saiu em campo para lutar por ele, do mesmo jeito que fez conosco, e ela ficou forçando a barra para sugar mais grana dele. Imagino que ele estava chateado ao voltar para casa naquele dia, preocupado, distraído... Estava dirigindo em alta velocidade, calculou mal, perdeu o controle do carro, sei lá! Foi o que aconteceu.

— A vida não é tão simples quanto como você a leva, Cam. As pessoas não saem de um ponto e chegam a outro da maneira mais rápida que conseguem. Existem curvas, desvios e bloqueios no caminho. Seria bom se começasse a pensar nisso.

— Por quê? É desse jeito que você encara tudo, e me parece que nós dois acabamos exatamente no mesmo lugar.

Phillip soltou um suspiro. Era difícil argumentar contra aquilo. Decidiu que um segundo cálice de vinho cairia bem.

— Não importa o que você pensa, estamos com um problemão nas mãos, e vamos ter que lidar com ele. Onde está Seth?

— Não sei onde ele está. Por aí...

— Por Deus, Cam, por aí onde? Você é o responsável por ficar de olho nele.

— E fiquei de olho nele o dia inteiro. Agora ele está por aí. — Foi até a porta dos fundos, deu uma olhada no quintal e franziu a testa quando não viu Seth. — Provavelmente está na parte da frente da casa, dando uma volta no jardim ou algo desse tipo. Não vou colocar uma coleira no garoto.

— A essa hora do dia ele deveria estar fazendo o dever de casa. Você só precisa ficar de olho nele durante umas duas horas depois da escola.

— Só que as coisas não aconteceram desse jeito. Ele tirou uma folga da escola hoje.

— Como assim? Ele matou aula? Você deixou que ele matasse aula quando estamos com o Serviço Social do governo farejando tudo por aqui?

— Não, ele não matou aula. — Indignado, Cam se virou. — Um babaca na escola andava sacaneando ele, dando pequenos socos, deixando o garoto cheio de marcas roxas e chamando-o de filho da puta.

A postura de Phillip mudou na mesma hora, de ligeira irritação para imensa fúria. O brilho em seus olhos aumentou e ele apertou os lábios.

— Quem é esse babaquinha? Quem é esse cara?

— Um garoto gordinho chamado Robert. Seth enfiou a porrada nele, e queriam suspendê-lo por três dias por causa disso.

— Aqui que vão fazer isso! Quem é o palhaço do diretor agora, algum nazista?

Cam teve que sorrir. Em se tratando de briga, sempre se podia contar com Phillip.

— É uma mulher, e ela não me pareceu nazista. Depois que eu fui até lá e consegui arrancar toda a história de Seth, ela mudou de postura. Vou levá-lo na sala dela amanhã para outra pequena conferência.

Ao ouvir isso, Phillip sorriu, um sorriso debochado e cruel.

— Você? Cameron Esquentadinho Quinn vai bancar o responsável por um aluno em uma reunião na escola? Ah, eu queria ser uma mosquinha só para ver isso.

— Não precisa, porque você vai junto.

Phillip engoliu o vinho depressa e engasgou.

— Como assim eu vou junto?

— E Ethan vai também — decidiu Cam naquele momento. — Vamos todos. Frente unida. Sim, é desse jeito que vai ser.

— Eu tenho um compromisso às...

— Cancele. É pelo garoto. — Avistou Seth saindo do bosque com Bobalhão ao seu lado. — Viu? Ele só estava circulando por aí com o cachorro.

Ethan deve estar chegando a qualquer momento, e vou convocá-lo para essa reunião também.

Phillip olhou para o vinho e franziu a testa.

— Odeio quando você tem razão. Nós todos vamos...

— Vai ser uma manhã divertida. — Satisfeito, Cam deu um soco amigável no ombro de Phillip. — Dessa vez, seremos os adultos. E, depois de vencermos essa pequena batalha com as autoridades, podemos celebrar à noite com uma batelada de caranguejos.

Phillip se animou.

— Primeiro de abril. A abertura da temporada de pesca de caranguejo. Legal!

— E temos peixe fresco para hoje à noite. Eu mesmo pesquei e preparei. Agora, vou para o chuveiro. — Cam movimentou os ombros. — A Srta. Spinelli vem jantar aqui amanhã.

— Hã-hã... bem, você... o quê? — Phillip se virou enquanto Cam saía da cozinha. — Você convidou a assistente social para jantar? Aqui?

— Isso mesmo. Já disse que gostei do jeito dela.

— Pelo amor de Deus — Phillip só conseguiu fechar os olhos —, está a fim da assistente social?

— E ela está a fim de mim também. — Cam deu um sorriso. — Estou gostando disso.

— Cam, sem querer cortar o barato da sua ideia distorcida de romance, use um pouco a cabeça. Estamos com esse problema com a companhia de seguros. E estamos com problemas com Seth na escola. Como isso vai combinar com o Serviço Social?

— Quanto ao primeiro problema, a gente não conta nada para eles, e, quanto ao segundo, a gente conta a história da forma correta. Acho que vai funcionar muito bem com a Srta. Spinelli. Ela vai adorar a ideia de nós três indo até a escola para defender o Seth.

Phillip abriu a boca, considerando o argumento, e acabou concordando:

— Tem razão. Isso vai ser bom. — Então, quando novos pensamentos começaram a surgir em sua cabeça, ele a virou meio de lado. — Talvez você possa usar o seu... poder de influência sobre ela, para fazer com que ela coloque nosso caso na frente e tire a burocracia da nossa cola.

Cam não disse nada por um momento, surpreso por se sentir tão zangado só de ouvir uma sugestão como aquela. Sua voz saiu baixa ao responder a Phillip:

— Olhe, não vou usar coisa alguma com ela, e as coisas vão ficar desse jeito. Uma situação não tem nada a ver com a outra. E isso vai continuar assim também.

Quando Cam saiu, Phillip apertou os lábios, pensativo. Ora, ora, pensou, aquilo não era interessante?

Enquanto Ethan manobrava o barco para atracar na doca, avistou Seth no pequeno porto. Por trás de Ethan, Simon soltou um latido forte e alegre. Afagou seu pelo.

— Sim, meu chapa, estamos quase em casa.

Enquanto trabalhava com as velas, Ethan observava o garoto, que atirava gravetos para o cão. Quando era menor, sempre havia um cão naquele porto para correr atrás de gravetos ou bolas... ou para rolar na grama junto com ele. Lembrou-se de Dumbo, o labrador de focinho meigo por quem ele se apaixonara loucamente assim que chegou à casa dos Quinn.

Aquele fora o primeiro cão com quem ele brincou e o primeiro que o consolou em toda a sua vida. Com Dumbo, aprendera o significado do amor incondicional, e confiara no cão muito antes de confiar em Ray e Stella Quinn ou nos meninos que se tornariam seus irmãos.

Imaginava que Seth se sentia exatamente da mesma forma. Sempre se pode confiar em um cão.

Ao chegar ali, tantos anos atrás, ferido no corpo e na alma, não tinha esperança alguma de que sua vida pudesse realmente mudar. Promessas, afirmações de confiança, refeições saborosas e pessoas decentes não significavam nada para ele. Assim, pensou em acabar com aquela vida.

A água já o atraía naquela época. Imaginava-se caminhando dentro dela, afundando aos poucos até que lhe cobrisse a cabeça. Ainda não tinha aprendido a nadar; portanto, tudo seria bem simples. Era só se deixar afundar, afundar e afundar até que não houvesse mais nada.

Mas, na noite em que escapara silenciosamente da cama para fazer isso, o cão resolveu acompanhá-lo. Dumbo lambeu sua mão, pressionou o corpo peludo nas suas pernas e lhe trouxe um graveto, abanando o rabo, os olhos castanhos esperançosos. Da primeira vez, Ethan atirou o graveto bem alto e bem longe, com toda a fúria. Mas Dumbo foi à procura dele alegremente e o trouxe de volta, abanando o rabo.

Ethan tornou a atirar o graveto, e de novo, e dezenas de vezes... Então, simplesmente se sentou na grama e, sob a luz do luar, chorou muito, colocando o coração para fora e apertando o cão como se fosse uma tábua de salvação.

A necessidade de acabar com tudo passou.

Um cão, pensou Ethan naquele instante, enquanto passava a mão na cabeça de Simon, podia ser algo glorioso.

Viu quando Seth se virou e avistou o barco. Sentiu uma leve hesitação, e então o menino levantou a mão, acenando para ele e, sempre acompanhado pelo cãozinho, correu para a doca.

— Segure as cordas, companheiro.

— Sim, capitão! — Seth habilmente pegou as cordas que Ethan lhe atirou, enrolando-as e dando um nó, amarrando-as na estaca do cais. — Cam me disse que você vai trazer caranguejos amanhã.

— Disse, é? — Ethan sorriu ligeiramente e girou o boné de beisebol para trás. Pelos grossos e escuros se emaranhavam ao redor do colarinho da sua camisa de trabalho manchada. — Vai lá, garoto — murmurou para o cão, que estava sentado, vibrando o corpo sem sair do lugar, à espera do comando para abandonar o barco. Soltando um latido para celebrar, Simon pulou na água e foi nadando até a beira. — Para falar a verdade, Cam tem razão. O inverno não foi muito forte, e a água já está esquentando. Acho que vamos pegar muitos caranguejos sim. Amanhã deve ser um bom dia de trabalho.

Inclinando-se para o lado, puxou uma armação de metal para pegar caranguejos que estava pendurada na doca e afirmou:

— Ela está sem fiapos.

— Fiapos? Ora, por que haveria fiapos em uma velha gaiola feita com tela de galinheiro?

— Armadilha. Isto é uma armadilha para pegar caranguejos. Se eu levantasse isso da água e ela estivesse cheia de fiapos, parecendo cabelo, algas alouradas, significaria que a água ainda estava fria demais para os caranguejos. Isso acontece, às vezes, quando estamos quase em maio e se o inverno foi muito bravo. Isso sempre traz uma primavera muito dura para quem tira o sustento da água.

— Mas não este ano, porque a água está bem quente para pegar caranguejos — concluiu o menino.

— Parece que sim. Pode colocar a isca nessa armadilha aqui mais tarde: pescoço de frango ou pedaços de peixe servem bem para isso. E, de manhã, pode ser que a gente encontre alguns caranguejos muito aborrecidos aí dentro. Eles caem direitinho todas as vezes.

Seth se ajoelhou, querendo ver mais de perto.

— Eles são meio burros, né? Parecem besouros cascudos gigantes. Então acho que devem ter uma burrice gigante também.

— São mais famintos do que espertos, eu diria.

— E Cam me contou que vocês os cozinham vivos! Não vou comer isso, de jeito nenhum!

— Você que sabe, fique à vontade. Quanto a mim, acho que vou encarar umas duas dúzias deles amanhã à noite. — Deixando cair a armação de arame de volta na água, Ethan pulou com destreza do barco para a doca.

— Grace esteve aqui. Ela limpou a casa e arrumou as coisas.

— Foi? — Ethan imaginou que a casa toda devia estar com um suave perfume de limão. A casa de Grace sempre tinha esse cheiro.

— Cam a beijou... bem na boca.

— O quê? — Ethan parou de caminhar e olhou para o rosto de Seth.

— Foi um beijo estalado. Ela ficou rindo. Acho que foi uma espécie de brincadeira.

— Brincadeira... sei! — Ethan encolheu os ombros e ignorou o bolo que sentiu no estômago. Não era da sua conta quem Grace beijava. Não tinha nada a ver com ele. Mas sentiu os dentes rangendo quando Cam, com os cabelos ainda escorrendo, saiu na varanda dos fundos.

— Como acha que vai ser a temporada dos caranguejos, Ethan?

— Vai dar pro gasto — respondeu ele, secamente.

Cam levantou as sobrancelhas ao sentir o tom da voz do irmão.

— Qual é, Ethan? Um deles escapou da armadilha mais cedo e pinçou o seu traseiro?

— Quero só tomar uma chuveirada e pegar uma cerveja. — Passou direto por ele e entrou em casa.

— Amanhã teremos uma mulher jantando conosco.

Isso fez Ethan parar novamente, e ele se virou, mantendo a porta telada entre eles.

— Uma mulher? Quem?

— Anna Spinelli.

— Merda! — Foi o único comentário de Ethan enquanto se afastava.

— Por que ela vem aqui? O que ela quer? — O pânico surgiu dentro de Seth como uma fonte borbulhante, que transbordou em sua voz antes que ele conseguisse impedir.

— Ela vem porque eu a convidei, e porque quer comer caranguejo. — Cam enfiou os polegares nos bolsos e se balançou para trás, apoiado pelo calcanhar. Por que era sempre ele que tinha de encarar aquela carinha pálida de medo? — Deve estar querendo verificar se tudo o que a gente faz por aqui é peidar, coçar o saco e cuspir no chão. Acho que dá para segurar tudo isso por uma noite. Mas você vai ter que se lembrar de levantar a tampa da privada para mijar e depois tornar a abaixá-la. Mulheres detestam quando a gente não faz isso. Fazem um pronunciamento social e político se você não levanta a tampa do vaso. Vá entender!

Um pouco da tensão desapareceu do rosto de Seth.

— Então ela está vindo aqui só para observar se somos porcalhões? Bem, Grace limpou a casa toda, e não é você que vai cozinhar. Então acho que vai correr tudo bem.

— Vai correr melhor ainda se você ficar com essa boca suja e metida a engraçada bem fechada.

— A sua é tão suja quanto a minha.

— Sim, mas você é muito mais baixo do que eu. E não pretendo pedir que me passe a porra das batatas na frente dela.

Seth soltou uma gargalhada, e seus ombros, que estavam duros como pedra, relaxaram.

— Cam, você vai contar para ela a merda que deu na escola hoje?

— Olhe, comece a treinar uma palavra alternativa para "merda", pelo menos até amanhã à noite. — Bufou Cam. — Sim, vou contar para ela o que aconteceu na escola. E vou contar também que Phil, Ethan e eu fomos com você até lá para resolver o problema.

— Todos vocês? — Dessa vez tudo o que Seth conseguiu fazer foi piscar. — Vocês todos vão lá mesmo?

— É isso aí! Como eu falei, quando alguém sacaneia um Quinn, sacaneia todos eles.

Foi um choque e uma surpresa que deixou ambos aterrorizados quando lágrimas começaram a aparecer nos olhos de Seth. Ficaram ali por um momento, enevoando aqueles olhos azuis profundos e brilhantes. Na mesma hora, os dois enfiaram as mãos nos bolsos e se viraram para o outro lado.

— Eu preciso resolver... um lance aí... — disse Cam, sem saber o que falar. — É melhor você ir... lavar as mãos ou algo desse tipo, porque a gente já vai jantar.

No momento em que conseguiu coragem para se virar de novo, com a intenção de colocar a mão no ombro de Seth, a fim de dizer algo que, sem dúvida alguma, deixaria os dois com cara de idiotas, o menino saiu correndo para a cozinha.

Cam apertou os olhos com os dedos, massageou as têmporas e baixou os braços, falando em voz alta:

— Puxa, tenho que voltar depressa a disputar corridas, pelo menos lá eu sei o que estou fazendo. — Deu um passo em direção à porta, mas balançou a cabeça e resolveu recuar na mesma hora. Não queria entrar em casa com toda aquela emoção e carência que pairavam no ar.

Deus, tudo o que queria era a sua liberdade de volta; acordar e descobrir que tudo aquilo fora apenas um sonho. Melhor ainda, acordar em algum quarto imenso, na cama de um hotel anônimo em uma cidade bem exótica com uma mulher nua e excitada ao seu lado.

Só que, quando tentava imaginar a cena, a cama era a mesma em que dormia agora, e a mulher era Anna.

Como substituta, até que a fantasia não era má, só que não fazia com que o resto das coisas desaparecesse. Olhou para cima, para a janela do segundo andar, enquanto andava ao redor da casa. O garoto estava lá, tentando se recompor. E ele estava ali fora, tentando fazer o mesmo.

O olhar que ele lhe lançara, pensou Cam, pouco antes das coisas começarem a ficar lacrimosas... aquilo mexera com ele por dentro. Ele jurava ter vislumbrado confiança, e uma patética e quase desesperada gratidão, que o fazia se sentir sem graça e aterrorizado.

Que diabos ele faria com aqueles sentimentos? E quando as coisas todas se assentassem e ele conseguisse tocar a própria vida? Isso precisava acontecer, garantiu a si mesmo. Precisava acontecer! Ele não podia continuar à frente das coisas daquele jeito. Ninguém podia esperar que continuasse a levar a vida naquele ritmo para sempre. Tinha lugares para ir, corridas para disputar e vencer, riscos a correr.

Assim que tudo estivesse sob controle, assim que eles fizessem o que precisava ser feito em prol do garoto e colocassem de pé esse negócio de construção de barcos que Ethan sugerira, estaria livre para ir e vir para onde bem entendesse.

Só mais alguns meses, avaliou, talvez um ano, e poderia cair fora dali. Ninguém esperava outra coisa dele.

Nem mesmo ele próprio.

Capítulo Nove

A vice-diretora, Sra. Moorefield, observava os três homens de pé na sua sala, como uma muralha humana. A aparência deles jamais indicaria que eram irmãos. Um usava um terno impecável e uma gravata com nó perfeito. Outro vestia uma camisa preta e jeans. O terceiro usava calças cáqui desbotadas e uma camisa de trabalho em brim toda amassada.

Mas dava para ver que, naquele momento, eles estavam tão unidos como trigêmeos no útero.

— Sei que todos vocês têm horários de trabalho apertados e uma agenda lotada. Agradeço que tenham vindo juntos.

— Queremos esclarecer tudo, Sra. Moorefield. — Phillip mantinha um sorriso leve, de negociador. — Seth precisa estar na escola.

— Concordo. Depois da declaração de Seth ontem, fiz algumas averiguações. Parece que realmente foi Robert quem instigou o incidente. Analisamos com cuidado a motivação que levou ao problema. Quanto à questão da tentativa de extorsão...

Cam levantou a mão.

— Seth, você exigiu que esse tal de Robert lhe desse um dólar?

— Não. — Seth enfiou os polegares nos bolsos da frente, como vira Cam fazer. — Não preciso do dinheiro dele. Nem ao menos falo com ele, a não ser quando aparece na minha frente.

Cam tornou a olhar para a Sra. Moorefield.

— Seth afirma que ele gabaritou aquele teste e Robert se deu mal na prova. Foi isso o que aconteceu?

A vice-diretora cruzou as mãos sobre a mesa, confirmando:

— Sim. Os testes foram devolvidos ontem, corrigidos, pouco antes do fim da aula, e Seth foi quem conseguiu a maior nota. Agora...

— A mim parece — Ethan a interrompeu, com a voz mansa — que Seth falou a verdade, então. Desculpe, dona, mas, se o outro menino mentiu em uma parte da história, pode ser que esteja mentindo em todo o resto também. Seth afirmou que o menino veio atrás dele, e foi o que aconteceu. Disse que o motivo foi a sua nota no teste. Então imagino que tenha sido mesmo.

— Já considerei isso, e a minha tendência é concordar com o que está argumentando, Sr. Quinn. Conversei com a mãe de Robert. Ela não está mais satisfeita do que os senhores a respeito desse incidente ou sobre o fato de que ambos os meninos devem ser suspensos.

— A senhora não vai suspender o Seth. — Cam afastou as pernas para ganhar firmeza. — Não por causa disso e não sem muita briga!

— Compreendo como os senhores se sentem. Entretanto, socos foram trocados. Violência física não pode ser permitida aqui.

— Eu concordaria com a senhora, Sra. Moorefield, na maioria das circunstâncias. — Phillip colocou a mão no braço de Cam para evitar que ele desse um passo à frente. — No entanto, Seth já vinha sendo atacado, física e verbalmente. Ele apenas se defendeu. Deveria haver um professor monitorando o corredor durante as mudanças de sala, entre os horários das aulas. Seth deveria ter por perto um adulto em quem confiasse e o sistema para protegê-lo. Por que não havia ninguém lá para representar esse papel?

A Sra. Moorefield encheu as bochechas e soltou o ar, afirmando:

— É uma pergunta razoável, Sr. Quinn. Não vou começar agora a me lamentar a respeito de cortes nas verbas, mas o fato é que é impossível, com uma equipe tão pequena quanto a nossa, monitorar todas as crianças em todos os momentos.

— Sou solidário ao seu problema, mas Seth não deveria pagar por isso.

— Ele tem passado por momentos difíceis ultimamente — acrescentou Ethan. — Não concordo com a ideia de que chutar o menino da escola por alguns dias possa ajudá-lo de algum modo. Educação deveria ser mais do que apenas aprender coisas novas... pelo menos, isso é o que nos foi ensinado. Um sistema de educação, supostamente, deveria ajudar um jovem a construir o seu caráter e enfrentar o mundo. Se a senhora diz ao menino que ele está levando um chute no traseiro por ter feito o que era certo e por se defender, então há algo de muito errado com esse sistema.

— Se der a ele a mesma punição que vai dar ao menino que começou tudo — completou Cam —, o que na verdade está dizendo é que não há muita diferença entre o certo e o errado. Essa não é a escola na qual eu quero que meu irmão estude.

A Sra. Moorefield uniu as mãos, formando uma piramide, olhou por cima das pontas dos dedos para os três homens e depois lançou o olhar para Seth.

— Seus testes de avaliação foram excelentes, Seth, e suas notas estão muito acima da média. Entretanto, seus professores informaram que você raramente faz os deveres de casa e mais raramente ainda participa dos debates dentro de sala.

— Já estamos lidando com o problema dos deveres de casa... — Cam deu uma cotovelada de leve no menino — ...certo, Seth?

— Sim, acho que sim. Só que não vejo por quê...

— Você não tem que ver nada — cortou Cam, baixando o olhar para ele. — Simplesmente tem que fazer e pronto! Não podemos sentar na sala de aula ao lado dele para obrigá-lo a abrir a boca e participar dos debates, mas ele vai trazer todos os deveres de casa feitos.

— Imagino que sim — murmurou ela. — Quero combinar uma coisa com você, Seth. Por acreditar em você, não vou suspendê-lo. Mas você vai ficar sob observação aqui na escola durante trinta dias. Se não acontecerem outros incidentes ou tumultos, e seus professores me relatarem que você melhorou na questão da entrega dos deveres de casa, encerraremos esse assunto. No entanto, seu primeiro compromisso com relação aos deveres de casa está sendo determinado neste instante, e por mim: você tem uma semana para escrever uma redação de mais ou menos quinhentas palavras sobre o perigo da violência na sociedade e a necessidade de resoluções pacíficas para os problemas.

— Ah... puxa!

— Cale a boca — ordenou Cam em voz baixa. — Isso é justo, — disse à Sra. Moorefield. — Nós agradecemos muito.

— Até que não foi tão mal assim — comentou Phillip, saindo da escola para a manhã ensolarada, enquanto movimentava os ombros para relaxar.

— Fale por você. — Ethan colocou o boné de volta na cabeça. — Eu estava suando frio. Não quero nunca mais passar por isso na vida. Deixem-me no cais. Dali eu posso arrumar uma carona na embarcação de alguém até onde está o meu barco. Jim está trabalhando nele, e já deve ter pegado um monte de caranguejos a essa altura.

— Não se esqueça de levar para casa a nossa parte, logo mais — lembrou Cam enquanto entrava no Land Rover azul-marinho de Phillip, que brilhava de tão bem polido. — E não se esqueça de que teremos companhia para jantar.

— Não vou esquecer — resmungou Ethan. — Diretoras de manhã, assistentes sociais de noite. Minha nossa, cada vez que eu olho para o lado tenho que conversar com alguém.

— Pretendo manter a Srta. Spinelli ocupada.

— Você não consegue deixar as mulheres em paz, não é? — Ethan virou-se, tornando a olhar para Cam.

— Por que deveria? Elas estão por aí.

— É melhor alguém comprar mais cerveja. — Ethan simplesmente suspirou.

Cam se apresentou como voluntário para comprar a cerveja no final da tarde. Não por altruísmo. Simplesmente achava que não aguentaria ouvir Phillip nem por mais cinco minutos. Ir ao mercado era a melhor forma de escapar de casa e ficar longe da tensão, enquanto o irmão preparava o esboço e aperfeiçoava a carta que enviaria para a seguradora, em seu pequeno computador, um sofisticado notebook.

— Traga algumas coisas para preparar uma salada, aproveitando que você vai lá! — berrou Phillip, fazendo com que Cam voltasse na mesma hora e colocasse a cabeça para dentro da porta da cozinha, onde Phillip continuava trabalhando sem parar, sentado à mesa.

— Como assim algumas coisas para preparar salada?

— Ah... verduras... pelo amor de Deus, não me apareça aqui com uma cebola e dois tomates de estufa sem gosto. Eu fiz um molho vinagrete muito gostoso no outro dia e não tinha nenhuma verdura onde eu pudesse colocar a droga do molho. Traga uns tomates decentes: gordos, vermelhos e bonitos.

— Por que precisamos de saladas e tudo isso?

Phillip soltou um suspiro e parou de digitar.

— Primeiro, porque todos queremos levar vidas longas e saudáveis, e segundo porque você convidou uma mulher para jantar, uma mulher que vai reparar em como estamos lidando com as necessidades nutricionais de Seth.

— Então vai você na droga do mercado!

— Legal, eu vou! E você fica aqui, escrevendo essa droga de carta.

Cam preferia ser queimado vivo, e resmungou:

— Verduras... faça-me o favor!

— E traga pão francês também. E estamos quase sem leite. Ah, e já que vou trazer meu processador de frutas da próxima vez que voltar de Baltimore, pegue também algumas frutas frescas, umas cenouras e abobrinhas. Vá escrevendo que vou ditar uma lista.

— Espere aí, aguenta um instante! — Cam começou a sentir as coisas lhe escapando do controle e lutou para ficar firme. — Vou só pegar uma cerveja.

— Baguetes de pão integral... — murmurou Phillip, usando o teclado para escrever.

Trinta minutos depois, Cam se viu analisando o balcão de verduras do mercado. Qual seria a diferença entre alface lisa, crespa e romana, e por que ele devia se importar com isso? Como defesa, começou a jogar aleatoriamente tudo no carrinho.

Notando que aquilo fez com que se sentisse melhor, repetiu em todos os corredores. No momento em que chegou ao caixa, tinha dois carrinhos transbordando de latas, caixas, garrafas e pacotes.

— Minha nossa... vocês devem estar preparando uma festa!

— Temos grande apetite — contou ele à senhora que estava no caixa. Depois de vasculhar o cérebro tentando se lembrar do nome dela, conseguiu: — Como vão as coisas, Sra. Wilson?

— Ah, está tudo bem. — E começou a correr os produtos com rapidez e eficiência pela esteira, escaneando os preços. Os dedos com unhas pintadas de vermelho moviam-se com a rapidez de um relâmpago. — Só posso lhe dizer que está um dia lindo demais para uma pessoa como eu ficar enfiada em um lugar como este, trabalhando. Meu turno termina daqui a uma hora e vou direto pegar uns caranguejos por aí com o meu neto.

— Pois nós vamos preparar um jantar com caranguejos. Talvez devesse levar uns pescoços de frango para a armação que fica na nossa doca.

— Ethan deve ter alguns no freezer, imagino. Fiquei terrivelmente arrasada pelo que aconteceu com Ray — acrescentou ela. — Não consegui falar com vocês direito depois do funeral. Vamos todos sentir muito a falta dele, com certeza. Ele costumava vir até aqui uma ou duas vezes por semana, depois que Stella se foi, e comprava pilhas de caixas de comida pronta, dessas de microondas, para comer. Eu lhe dizia: "Ray, você tem que se cuidar melhor. Um homem precisa de um bom bife de vez em quando", mas sei que é muito difícil cozinhar apenas para si quando estamos acostumados com família grande.

— É... — Era tudo o que Cam podia dizer. Fazia parte da família. Estivera lá e sabia como era.

— Ray tinha sempre uma história para contar a respeito de um de vocês, os meninos dele. Exibia recortes com fotos e notícias de jornais estrangeiros falando de você. Corridas aqui, corridas ali... e eu perguntava: "Ray, como você pode saber se o menino ganhou ou não essas corridas se está tudo escrito em francês?", e ele simplesmente ria.

Pesando um saco cheio de maçãs, ela digitou um código e continuou:

— E como vai aquele menino, como é mesmo o nome dele? Sam?

— Seth — murmurou Cam. — Ele está bem.

— Um menino muito bonito. Eu disse para o Sr. Wilson, quando Ray o trouxe para casa: "Veja só, Ray é assim mesmo, está sempre com a porta da sua casa aberta." Não sei como um homem daquela idade esperava lidar com um menino novinho como aquele, mas, se alguém sabia como fazer isso, esse alguém era Ray Quinn. Ele e Stella cuidaram muito bem de vocês três.

Como ela sorriu e piscou o olho, Cam sorriu de volta, dizendo:

— Cuidaram mesmo. E olhe que demos um bocado de trabalho.

— Torci muito para que desse tudo certo para eles dois. E esperava que o menino, Seth, fosse servir de companhia para Ray depois que vocês todos cresceram e saíram de casa, cada um com a sua vida. Quero que saiba que não concordo com aquilo que algumas pessoas andam dizendo. Não mesmo!

Sua boca ficou mais fina e firme enquanto registrava três caixas gigantes de cereais. Com um estalar de língua e um balançar de cabeça, continuou:

— Digo bem na cara, quando acontece de eu ouvir essas fofocas degradantes, que se eles têm um pouquinho de espírito cristão no coração deviam cuidar melhor de suas línguas.

Seus olhos brilharam com fúria e lealdade.

— Não preste atenção a nenhuma dessas conversas, Cameron, não preste mesmo... que ideia é essa de que o Ray poderia ter se metido com aquela mulher e que o menino tinha seu próprio sangue e era filho dele... Ninguém que tenha um pingo de decência poderia acreditar nessa história ou achar que ele atirou o carro contra aquele poste de propósito. Fico enjoada só de ouvir essas coisas.

Aquilo estava provocando enjoo era em Cam. Pediu a Deus para nunca mais precisar voltar ali.

— Algumas pessoas acreditam em mentiras, Sra. Wilson. Algumas pessoas preferem acreditar nelas.

— Isso é verdade — concordou com a cabeça, balançando-a para a frente com força duas vezes. — E, mesmo que não acreditem, gostam de espalhar a história por aí... Quero que saibam que o Sr. Wilson e eu considerávamos Ray e Stella bons amigos, e gente muito boa. Qualquer um que diga algo que eu não goste a respeito deles vai ter que aturar alguns desaforos.

— Pelo que me lembro, a senhora era boa nisso. — Cam teve que rir.

Ela riu também, uma espécie de soluço feliz, concordando.

— Eu bem que disse uns desaforos para você, naquela vez em que veio se chegando muito perto da minha Caroline, não foi? Acha que eu não sabia quais eram as suas intenções, garoto?

— Caroline era a menina mais bonita da escola.

— E ainda é uma pintura! É com o filho dela que vou tentar pegar alguns caranguejos daqui a pouco. Ele vai completar quatro anos nesse verão. E ela está esperando o segundo, já vai pelo sexto mês de gravidez... o tempo voa.

Pelo jeito era verdade, pensou Cam entrando em casa, completamente carregado de sacolas. Sabia que a Sra. Wilson falara aquilo tudo por bem, mas certamente conseguiu deixá-lo deprimido.

Se uma pessoa que havia sido amiga tão leal dos seus pais estava ouvindo essas mentiras nojentas, então elas estavam se espalhando mais depressa e eram mais exageradas do que ele imaginava. Quanto mais eles teriam que esperar, fingindo ignorar os boatos, antes de fazer declarações negando tudo, mostrando a todos a posição dos filhos?

Agora ele estava com receio de que não haveria outra escolha senão seguir o conselho de Phillip e procurar pela mãe de Seth.

O garoto ia detestar o fato, e Cam sabia disso. O que aconteceria com o lampejo de confiança que vira em seus olhos?

— Aposto que vai querer uma mãozinha com todas essas sacolas — disse Phillip, entrando na cozinha. — Eu estava ao telefone, com o advogado. A guarda temporária já está garantida. É um passo à frente pelo menos.

— Ótimo. — E começou a relatar a conversa no mercado, mas resolveu deixar para outra hora. Afinal de contas, droga, eles haviam vencido duas batalhas naquele dia. Não ia estragar o resto da noite por causa de algumas línguas afiadas.

— Tem mais no carro — avisou a Phillip.

— Mais o quê?

— Sacolas.

— Mais? — Phillip olhou para a meia dúzia de sacolas que ainda esperavam para serem levadas para dentro.— Nossa, Cam, não havia nem vinte coisas naquela lista.

— É que resolvi aumentá-la — disse e pegou uma caixa, jogando-a sobre o balcão. — Ninguém vai ficar com fome por aqui, pelo menos por algum tempo.

— Você comprou Twinkies? Twinkies? Você é uma das pessoas que acreditam que esses bolinhos recheados com creme estão entre os quatro maiores grupos nutricionais?

— O garoto provavelmente vai voar em cima deles.

— Claro que vai. E você pode pagar a conta do dentista depois.

Com a raiva perigosamente próxima do ponto de explosão, Cam girou o corpo.

— Escute aqui, meu chapa, aquele que vai ao mercado compra o que bem quiser e entender! Essa vai ser a nova norma por aqui! Agora quer fazer o favor de pegar aqueles troços todos no carro antes que a bosta toda apodreça?

Phillip simplesmente levantou uma sobrancelha.

— Já que comprar comida deixa você com um astral tão bom, posso assumir essa pequena tarefa de agora em diante. E é melhor começarmos a separar um pouco de dinheiro, a fim de deixar sempre alguma grana em casa para os artigos do dia a dia.

— Ótimo! — Cam acenou com a mão, dispensando-o. — Você cuida disso.

Quando Phillip saiu, Cam começou a enfiar caixas e latas onde quer que coubessem. Resolveu deixar para alguém organizar tudo com calma depois. Na verdade, preferia que qualquer outra pessoa cuidasse daquilo. Sentiu que estava cheio de tudo, e ficaria assim por algum tempo.

Tornou a sair e, quando chegou à porta da frente, viu que Seth acabara de chegar em casa. Phillip lhe passava algumas sacolas, e os dois conversavam descontraídos, como se não tivessem problema algum no mundo. Assim, decidiu que era melhor sair pelos fundos e deixar os dois cuidarem das coisas por algumas horas. Ao se virar, viu o cãozinho dar um ganido e, em seguida, se agachar para fazer xixi no tapete.

— Imagino que agora esteja esperando que eu limpe essa sujeira, não é? — E, quando Bobalhão balançou a cauda com alegria e deixou a língua pendurada, tudo o que Cam conseguiu fazer foi fechar os olhos.

— Continuo achando que essa história de ter que fazer uma redação foi um mau negócio — reclamava Seth enquanto entrava em casa. — Esse tipo de coisa é um saco! Não vejo em que...

— Mas vai fazer a redação sim. — Cam pegou a sacola das mãos de Seth. — E não quero ouvir mais reclamações a respeito disso! Pode começar logo depois que limpar a mijada que o seu cachorro acabou de dar no tapete.

— Meu cachorro? Ele não é meu.

— A partir de agora é! E é melhor treiná-lo para fazer as necessidades dele no quintal ou ele vai ficar do lado de fora da casa.

E saiu pisando duro em direção à cozinha com Phillip, que tentava desesperadamente prender o riso, seguindo logo atrás.

Seth ficou parado no mesmo lugar em que estava, olhando para Bobalhão.

— Cachorro burro! — murmurou e, ao se abaixar, o cãozinho se atirou nos braços do menino, onde foi recebido com um abraço apertado. — Você é o meu cão agora...

Anna disse a si mesma que poderia e deveria se comportar de forma perfeitamente profissional durante o jantar. Pediu permissão a Marilou, sua chefe, para efetuar a visita informal, só para manter o assunto em nível oficial. A verdade, porém, é que realmente estava querendo rever Seth, tanto quanto queria rever Cam.

Por motivos diferentes, certamente, e em porções diferentes, mas queria rever a ambos. Conseguiria lidar com os dois lados, o coração e a mente. Sempre fora capaz de separar as áreas da sua vida em compartimentos estanques, conduzindo-as de forma satisfatória.

Aquela situação não seria nem um pouco diferente.

Uma ária de Verdi, selvagem e apaixonada, saía dos alto-falantes do carro. Ela levantou o vidro um pouco, o bastante para que a brisa não desmanchasse seu cabelo. Tinha a esperança de que os Quinn lhe permitissem alguns momentos a sós com Seth, para que pudesse julgar por si mesma, sem influência, como ele estava se sentindo.

Tinha a esperança também de conseguir alguns momentos a sós com Cam, para que pudesse julgar por si mesma como ela estava se sentindo.

Formigando, admitiu. Carente.

Todavia, nem sempre era necessário ou possível atuar baseada em sentimentos, por mais forte que eles pudessem ser. Se, depois de tornar a vê-lo, sentisse que seria melhor para todos os envolvidos que desse um grande passo para trás, faria isso.

Não tinha dúvidas de que aquele homem possuía uma determinação de ferro. Mas Anna Spinelli também era determinada. Podia competir com Cameron Quinn nessa área a qualquer momento. E ganhar.

Enquanto se tranquilizava a respeito desse simples fato, virou para a direita com o seu elegante carro, parando na entrada da casa.

Cam saiu para a varanda no mesmo instante.

Os dois ficaram exatamente onde estavam por um momento, os olhos fixos um no outro. Quando ele saiu da varanda e foi até a calçada, com o corpo musculoso coberto por uma roupa preta apertada, os cabelos escuros despenteados e os misteriosos olhos da cor de fumaça, o coração de Anna deu um pulo incontrolável dentro do peito e pareceu cair de volta com um baque surdo.

Ela queria aquela boca robusta colada na sua, aquelas mãos ásperas espalmadas em seu corpo. Queria o corpo másculo sobre o dela, deixando-a imobilizada sobre um colchão e se movendo com a velocidade que era parte tão vital da vida dele. Era idiotice tentar negar tudo isso.

Mas conseguiria lidar com ele, prometeu a si mesma. Só esperava que pudesse lidar consigo mesma.

Saltou do carro, usando um paletó formal cor de palha com ombreiras. Seus cabelos estavam presos atrás da cabeça e pareciam rígidos, sob controle. Seus lábios sem batom se curvaram em um educado sorriso, embora distante, e ela trazia a sua pasta de trabalho.

Por motivos que desconhecia, Cam experimentou exatamente a mesma reação de quando a viu chegar pelo corredor do seu prédio, fazendo barulho no chão com os saltos agulha naquela noite chuvosa: um desejo instantâneo e violento por ela.

Quando caminhou em direção a ela, Anna colocou a cabeça ligeiramente de lado, de forma quase imperceptível, mas o bastante para lhe enviar um aviso. A mensagem de "mãos longe de mim" era clara como um sinal de trânsito.

Ao se aproximar, porém, ele se inclinou um pouco em sua direção e cheirou o seu cabelo, dizendo:

— Você fez isso de propósito.

— Fiz o que de propósito?

— Misturou o terninho de trabalho em estilo "não me toque" com o perfume de deusa do sexo só para me deixar maluco.

— Então se concentre no terninho sério, Quinn, e fique sonhando com o perfume. — Ela passou ao lado de Cam, olhando com frieza para a mão dele quando ela se fechou sobre o seu braço. — Você não está ouvindo...

— Gosto de joguinhos de sedução tanto quanto qualquer cara, Anna. — Apertou-lhe o braço, até que ela se virou e eles ficaram novamente face a face. — Só que acho que você escolheu um momento ruim para o joguinho de hoje.

Havia algo mais nos olhos dele, Anna reparou, algo além do desejo e da irritação. Ao perceber que era infelicidade, amoleceu o coração, perguntando:

— Aconteceu alguma coisa? Há algo de errado?

— Há algo certo? — atirou ele de volta.

— Foi um dia difícil? — E colocou a mão sobre a dele, que continuava agarrada ao seu braço, apertando-a ligeiramente.

— Sim. Não. Um inferno! — Desistindo, ele a soltou e se encostou no capô do carro. Verdade seja dita, ela demonstrou um pouco de compaixão e conseguiu franzir a testa, mesmo depois de ter se mostrado controlada e sem emoções. — Aconteceu um problema na escola hoje de manhã.

— Problema?

— Você provavelmente vai receber algum relatório oficial ou algo assim a respeito disso, portanto eu gostaria de explicar o nosso lado da questão pessoalmente.

— Ô-ôh... o lado de vocês... bem, vamos ouvi-lo.

E ele contou tudo a ela, sentindo-se novamente enfurecido ao mencionar as marcas roxas no braço de Seth. Acabou se afastando do carro e começou a andar de um lado para outro, terminando de contar a história e a forma como tudo havia sido resolvido.

— Você fez muito bem — murmurou Anna, quase rindo quando ele parou e olhou para ela com ar desconfiado. — É claro que agredir o outro menino não era a atitude correta, mas...

— Pois eu acho que foi uma atitude danada de correta!

— Sei que sim, mas vamos deixar isso de lado por enquanto. O que quero dizer é que você agiu de modo responsável e lhe deu apoio. Você se agachou junto dele, ouviu tudo, convenceu Seth a lhe contar toda a verdade e se colocou do lado dele. Duvido que ele esperasse isso de você.

— E por que eu não agiria assim? Seth estava certo.

— Pois, pode acreditar, nem todo mundo encara um confronto para defender os filhos.

— Ele não é meu filho, é meu irmão!

— Então nem todo mundo encara um confronto para defender o irmão — corrigiu ela. — O fato de vocês três terem ido até lá hoje de manhã foi o certo a fazer, foi excelente e, novamente, mais do que muita gente faria, infelizmente. Foi uma barreira ultrapassada por todos juntos, e imagino que compreenda isso. Foi essa história que o deixou chateado?

— Não, isso é bobagem. É que há outras coisas... não importa. — Ele não pretendia contar a ela a respeito da investigação que estavam fazendo sobre a morte do pai nem sobre as fofocas que rolavam na cidade, especialmente em um momento impróprio como aquele. Além do mais, achou que não pesaria muito a seu favor o fato de se sentir preso a uma armadilha e sonhar em escapar dela.

— Como Seth encarou o problema?

— Ele está numa boa. — Cam encolheu os ombros. — Fomos velejar ontem, pescamos um pouco. Farreamos o dia todo.

Ela tornou a sorrir, dessa vez com o coração.

— Eu gostaria de ter estado lá para ver isso tudo acontecendo. Você está começando a se apegar a ele.

— Do que você está falando?

— De você, que está começando a se importar com ele em nível pessoal. Seth está começando a ser mais do que apenas uma obrigação ou uma promessa que deve ser cumprida. Ele é importante para você.

— Prometi que cuidaria dele. É o que estou fazendo.

— Mas ele é importante para você — repetiu ela. — É isso que está deixando você preocupado, Cam. Deve estar tentando descobrir como serão as coisas se você começar a se ligar demais a ele... e como evitar que isso aconteça.

Cam olhou para ela, notou o jeito como o sol baixava lentamente por trás da sua silhueta, reparou como os olhos dela se mantinham focados e quentes nos dele. Talvez estivesse preocupado sim, admitiu, e não apenas com as mudanças nos sentimentos que nutria por Seth.

— Termino tudo o que começo, Anna. E não sou de abandonar a família, deixando-a na mão. Acho que o garoto se qualifica nesse último caso. O problema é que sou um tremendo egoísta. Pode perguntar a qualquer um.

— Certas coisas prefiro descobrir por mim mesma. E agora, vou conseguir comer aquele caranguejo ou não?

— Ethan já deve estar com o panelão preparado. — Ele se moveu na direção dela, como se fosse levá-la para dentro. Então, notando que ela relaxara e baixara a guarda, jogou-a em seus braços e a agarrou, dando-lhe um beijo quente, daqueles de arrasar.

— Viu, isso foi para mim — murmurou ele, quando os dois já estavam sem fôlego e tremendo. — Quando eu quero, eu pego. Avisei a você que eu sou egoísta.

Anna se afastou um pouco, alisando com toda a calma seu paletó, que ficara todo amassado, e passou a mão no cabelo, assegurando-se de que continuava no lugar.

— Desculpe discordar, mas eu curti o que acabou de acontecer tanto quanto você. Portanto, isso não qualifica o ato como egoísmo.

— Então, deixe-me tentar convencer você de novo — riu ele, enquanto sua pulsação começava a acelerar. — Vai ver como realmente sou egoísta.

— Não, fica para outra hora. Quero jantar. — E, dizendo isso, foi caminhando, subindo lentamente os degraus, e deu uma batidinha curta na porta antes de entrar na casa.

Cam continuou no mesmo lugar em que estava, rindo. Ali estava uma mulher, pensou, que tornaria aquele capítulo de sua vida memorável.

No momento em que resolveu segui-la, entrou na casa e foi até a cozinha, viu que Anna já estava batendo papo com Phillip e aceitava um cálice de vinho.

— Com caranguejo a gente bebe cerveja — avisou Cam, e pegou uma pequena garrafa na geladeira para si.

— No momento, não estou comendo caranguejo algum. Além do mais, Phillip me assegurou que este aqui é um vinho excelente — disse, e provou, avaliando a bebida e concordando em seguida. — E está absolutamente certo.

— É um dos meus favoritos. — Vendo que Anna aprovara, Phillip completou o cálice que ela segurava. — Desce suave e não é muito forte.

— Phil é um desses esnobes que manja de vinhos. — Cam girou a tampa e levou a garrafa de cerveja Harp aos lábios. — Mesmo assim, deixamos que ele more aqui com a gente.

— E como as coisas estão funcionando? — Anna perguntou a si mesma se eles tinham noção de como a casa parecia masculina. Arrumadíssima, certamente, mas sem um mínimo toque feminino. — Deve ser estranho vocês três terem que se ajustar uns aos outros novamente para morarem juntos na mesma casa.

— Bem, não nos matamos... — Cam lançou um sorriso para o irmão, com os dentes cerrados — ...ainda.

— E onde está Seth? — perguntou ela, rindo, enquanto ia até a janela.

— Está com Ethan — disse Phillip. — Estão preparando os caranguejos lá no poço.

— No poço?

— É um buraco no chão, lá fora, ao lado da casa. — Cam pegou a mão dela e a levou até a janela. — Mamãe jamais nos permitiu preparar caranguejo dentro de casa. Era médica, mas mesmo assim se impressionava com facilidade. Não gostava de ver. — Puxou-a pela mão até a varanda e desceu os degraus enquanto falava. — Papai construiu esse poço, que despencou no primeiro verão que passei aqui. Ele não sabia muito bem trabalhar com tijolos. Mas nós o reconstruímos.

Assim que chegaram ao canto da casa e viraram, ela viu Ethan e Seth de pé ao lado de uma chaleira gigantesca pendurada sobre uma fogueira preparada dentro de um poço de tijolos meio tortos. A fumaça subia em rolos, e de um imenso barril de aço no chão vinha o som dos arranhões e das batidas das pinças dos caranguejos.

Anna olhou do barril para a chaleira e depois para o barril de novo, informando:

— Sabem de uma coisa? É bem capaz de eu também ficar um pouco impressionada com isso.

Deu um passo para trás e apreciou a vista da água. Nem mesmo se importou quando Cam começou a rir dela, especialmente depois de ouvir a voz de Seth bem alta, demonstrando imensa empolgação.

— Vai jogá-los aí dentro agora? Puta merda, cara, isso é muito nojento!

— Pedi para ele moderar a linguagem hoje à noite, mas ele ainda não reparou que você chegou.

Ela apenas balançou a cabeça, dizendo:

— Ele está me soando bem normal. — Recuou um pouco e franziu a testa ao ouvir o barulho das pinças aumentar e as exclamações selvagens de Seth, que misturavam delírio com nojo. — Eu diria que o que está acontecendo ali adiante é bárbaro o bastante para deixá-lo assim tão empolgado. — Sua mão se levantou depressa, de forma protetora, para segurar os cabelos quando sentiu um puxão neles.

— Gosto mais deles soltos. — Cam atirou bem longe o grampo que acabara de tirar dos cabelos dela.

— Mas eu gosto deles presos — disse ela de forma indulgente, enquanto começava a caminhar na direção da água.

— Aposto que vamos bater de frente por causa de tudo. — Tomou um pouco mais de cerveja e lançou-lhe um olhar de lado conforme caminhavam. — Isso deve manter as coisas bem interessantes.

— Duvido que um de nós vá ter a chance de se sentir entediado com relação a isso. Seth vem primeiro, Cam. Estou falando sério. — Fez uma pausa, ouvindo o bater lânguido e musical da água contra os cascos dos barcos e contra as margens inclinadas. Sobre uma das estacas havia um imenso ninho, e diversas boias subiam e desciam ao sabor da maré.

— Posso ajudá-lo, Cam, e vai ser pouco provável que a gente sempre concorde sobre o que é melhor para ele. Porém, é essencial manter essas questões bem definidas e completamente separadas umas das outras quando acabarmos indo para a cama.

Ele se sentiu grato por não ter tomado outro gole, pois sem dúvida teria se engasgado.

— Acho que consigo fazer isso — afirmou.

Ela levantou a cabeça quando viu uma garça flutuando no ar, acima deles, e se perguntou se o ninho pertencia a ela.

— Quando eu estiver certa de que consigo, podemos usar a minha cama. Meu apartamento é bem mais reservado que a sua casa.

Ele passou a mão sobre o estômago em uma inútil tentativa de se acalmar.

— Moça, você é bem atirada, não é?

— Qual a finalidade de agir de outro modo? Somos adultos e estamos desimpedidos. — Lançou-lhe um olhar engraçado, balançando os cílios e depois levantando uma sobrancelha. — Se é do tipo que preferia que eu fingisse insegurança e me mostrasse relutante até o momento final da sedução, sinto muito.

— Não, não! Para mim está muito bom desse jeito mesmo. — Isso se ele não acabasse superaquecendo e explodindo nesse meio tempo. — Sem joguinhos, sem desculpas, sem fingimentos, sem promessas... De onde, diabos, você veio? — perguntou, fascinado.

— Pittsburgh — disse ela em tom leve, e começou o caminho de volta para a casa.

— Não foi isso o que quis dizer.

— Eu sei. Mas, se pretende dormir comigo, deveria demonstrar algum interesse em fatos básicos. Sem jogos, sem desculpas, sem fingimentos nem promessas. Isso tudo é legal, mas não transo com estranhos.

Ele colocou a mão em seu braço antes que ela continuasse a andar e se aproximasse demais da casa. Queria mais um instante a sós com ela.

— Tudo bem então, Anna... Quais são os fatos básicos?

— Tenho vinte e oito anos, sou solteira, de descendência italiana. Minha mãe... morreu quando eu tinha doze anos, e fui criada basicamente pelos meus avós.

— Em Pittsburgh.

— Isso mesmo. Eles são maravilhosos. Retrógrados, enérgicos, amorosos. Sei preparar um molho para massas com tomate peneirado que é fantástico. A receita vem passando de geração para geração na minha família. Mudei-me para Washington logo depois de me formar, trabalhei lá e fiz mais alguns cursos. Mas a cidade não me satisfez.

— Política demais?

— Sim, e urbana demais. Eu queria algo um pouco diferente, e foi assim que acabei aqui.

Cam olhou para o quintal tranquilo e para as águas plácidas, comentando:

— Aqui é bem diferente de Washington, sem dúvida.

— E eu gosto. Também gosto de romances com suspense, filmes com conteúdo e qualquer tipo de música, com exceção de jazz. Leio revistas começando pela última página, não sei por que, e embora me sinta à vontade com todo tipo de gente, não curto muito recepções grandiosas nem importantes acontecimentos sociais.

Parou de falar, considerando o que já contara. Mais tarde eles veriam, decidiu, o que mais ele queria descobrir a respeito dela.

— Acho que é o bastante sobre mim, por ora, e a minha taça já está quase vazia.

— Você não é nem um pouco parecida com a primeira impressão que tive quando a vi.

— Não? Pois você me parece exatamente o que eu achei que fosse.

— Você fala italiano?

— Fluentemente.

Ele se inclinou e murmurou em italiano uma sugestão bem explícita e sexualmente pesada em seu ouvido. Algumas mulheres teriam lhe dado uma bofetada, outras talvez soltassem risadinhas, e outras certamente ficariam vermelhas de vergonha. Anna simplesmente soltou, em som musical:

— Seu sotaque é medíocre, mas sua imaginação é excepcional. — E deu-lhe um tapinha no braço. — Não se esqueça de voltar a me propor isso qualquer hora dessas.

— Vou sim, com certeza — murmurou Cam, enquanto a observava rir de forma descontraída e aberta para Seth, que vinha desabalado dos fundos da casa.

— Oi, Seth! — cumprimentou ela.

Ele parou de repente, quase escorregando. Aquele olhar desconfiado e distante surgiu em seus olhos, e seus ombros pareceram se encurvar.

— Oi — respondeu ele. — Ethan mandou avisar que podemos começar quando vocês quiserem.

— Ótimo, estou morrendo de fome. — Embora soubesse que ele estava se segurando para se manter longe dela, continuou caminhando em sua direção. — Ouvi dizer que saiu para velejar ontem.

O olhar de Seth se desviou dela e se lançou em Cam, com ar de acusação.

— Foi. E daí?

— E daí que eu jamais velejei — disse depressa, sentindo que o ar que Cam inspirou com força era uma espécie de lembrete para que o menino se comportasse. — Cam se ofereceu para me levar junto com vocês uma hora dessas.

— O barco é dele. — Então, reparando na cara feia que Cam lhe exibiu, Seth encolheu os ombros. — Claro, isso seria muito legal. Agora eu vou ter que forrar o piso da varanda com uma tonelada de jornais. É assim que a gente come caranguejo.

— Certo — concordou ela. Antes que ele tornasse a sair correndo, ela se inclinou e falou em seu ouvido: — Ainda bem para nós dois que não foi Cam quem preparou a comida hoje.

Isso fez com que o menino desse uma risadinha abafada e acabasse soltando um sorriso rápido antes de se virar e correr para dentro da casa.

Capítulo Dez

Até que, para uma assistente social, ela não era tão mal. Seth pensou muito antes de chegar a essa conclusão, quando foi para o seu quarto sob a desculpa de que começaria a preparar a redação antiviolência. Em vez disso, fazia diversos desenhos e esboços, todos de rostos de pessoas. Ele tinha uma semana inteira para preparar a droga da redação, não tinha? Não levaria mais do que umas duas horas, a partir do momento em que resolvesse começar. Era o maior sufoco, mas bem melhor do que deixar o gorducho do Robert e sua cara redonda vê-lo tomar suspensão.

Ele ainda podia fechar os olhos e trazer à mente a imagem dos três Quinn em pé na sala da diretora. Os três homens enfileirados ao seu lado e enfrentando a poderosa Sra. Moorefield. Era tão... legal, decidiu, e começou a rabiscar um esboço daquele instante em seu caderno.

Ali estava Phillip, com seu terno sofisticado, o cabelo bem cortado e seu rosto um pouco estreito. Ele parecia um daqueles caras de anúncios de revistas, pensou Seth, que vendem troços caros para sujeitos ricos.

A seguir, esboçou o rosto de Ethan, muito sério, avaliou Seth, e com os cabelos meio despenteados, embora Seth se lembrasse de como ele passara o pente neles com todo o cuidado antes de entrar na escola. Ele parecia exatamente o que era. Um cara que ganhava a vida e passava todo o tempo ao ar livre.

E foi a vez de Cam, com uma cara de mau, toda amarrada, além de um pouco de dureza no olhar. Os polegares enfiados nos bolsos da frente do jeans. É, era assim mesmo, reconheceu Seth. Ele quase sempre assumia aquela postura quando estava irritado com alguma coisa. Mesmo no esboço feito às pressas, ele parecia alguém que já havia feito de tudo na vida e planejava fazer muito mais.

Por último, desenhou a si mesmo, tentando expressar o modo como os outros o viam. Seus ombros eram estreitos e magros, pensou com um pouco de desapontamento. Mas nem sempre seriam assim. O rosto era magro demais para o tamanho dos olhos, mas sua face ia mudar também. Um dia ele seria mais alto, mais forte, e já não mais pareceria um garoto fraco.

Mesmo assim mantivera a cabeça elevada, não foi? Não demonstrara medo. E não parecia estar sobrando na família. Parecia... quase como se... pertencesse àquele lugar.

Quem sacaneia um Quinn sacaneia a todos. Fora isso que Cam dissera, e ele deve ter falado sério. Mas ele não era um Quinn, pensou Seth, franzindo a testa enquanto avaliava os detalhes do desenho. Ou talvez fosse... simplesmente não sabia ao certo. Não se importaria se Ray Quinn realmente fosse o seu pai, como algumas pessoas andavam falando. Tudo o que importava era que permanecesse longe dela.

Jamais havia se importado com quem era o seu pai. E isso não havia mudado, assegurou a si mesmo. Ele não dava a mínima... Tudo o que queria era permanecer ali, bem ali.

Ninguém usou as costas da mão nem os punhos para agredi-lo, e já havia meses. Ninguém chegara doidão, cheio de drogas, e se largara imóvel junto dele durante tanto tempo que ele achava que a pessoa estava morta — e torcia secretamente para que estivesse. Nenhum cara cambaleante com as mãos suadas tentara agarrá-lo.

Nem mesmo queria pensar naquilo.

Comer caranguejos havia sido bem legal também. Gostoso e tumultuado, lembrou com um sorriso. Era preciso comer o bicho com as mãos. A assistente social não se comportara de forma séria nem fresca diante da comida. Tirou o paletó, arregaçou as mangas e caiu dentro. Não parecia estar vigiando-o para ver se ele arrotava, coçava o traseiro ou algo assim.

E rira muito também, lembrou. Ele não estava habituado a mulheres que riam muito sem estar cheias de cocaína. E o dela era um tipo diferente de riso, notara Seth. O riso da Srta. Spinelli não era rasgado, escandaloso ou desesperado. Era baixo, discreto; sofisticado, ele diria.

E ninguém falou que era proibido repetir a comida. Nossa, ele era capaz de apostar que comera uns cem daqueles bichos feios. E não se importou nem mesmo de comer a salada, embora tivesse fingido que não gostava.

Não tinha aquela sensação de azia e enjoo no estômago causado pela fome desesperada havia bastante tempo... tanto, na verdade, que já parecia ter se esquecido da sensação. Só que, no fundo, não esquecera. Não se esquecera de nada!

Preocupara-se um pouco com a possibilidade da assistente social querer levá-lo dali, de volta para a mãe, mas ela parecia uma pessoa legal. E ele notou que ela dera uns pedaços de caranguejo e pão para Bobalhão, escondido dos outros. Isso provava que não era nem um pouco má.

Teria gostado ainda mais dela se ela fosse uma garçonete ou algo desse tipo, como Grace.

Ao ouvir uma batida leve na porta do quarto, Seth fechou o caderno de desenhos na mesma hora e rapidamente abriu outro, onde as primeiras frases da sua redação de quinhentas palavras estavam rascunhadas.

— Sim?

— Oi. Posso entrar um minutinho? — Anna colocou a cabeça no espaço da porta entreaberta.

Era estranho alguém pedir a ele para entrar em seu quarto, e ele se perguntou se ela simplesmente desistiria e viraria as costas para ir embora se ele dissesse que não. Encolheu os ombros, respondendo:

— Acho que pode...

— Vou precisar ir embora logo, logo — começou ela, dando uma olhada em torno do quarto. Uma cama de solteiro, arrumada com a colcha meio torta, típica de quem não sabe fazer a cama, um armário e uma cômoda em madeira maciça, algumas prateleiras nas paredes com alguns livros, um som portátil que parecia muito novo e um par de binóculos que parecia muito velho. Nas janelas, persianas brancas com lâminas estreitas e, nas paredes, tinta verde-clara.

O cômodo parecia precisar de algumas coisas. Trastes típicos de um menino... Brinquedos antigos quebrados, pôsteres pregados nas paredes. O cãozinho dormindo a sono solto em um canto, porém, já era um bom começo.

— Legal o seu quarto! — Anna foi até a janela. — Você tem uma bela vista daqui: água e árvores. Dá para apreciar os pássaros. Quando me mudei de Washington, comprei um livro sobre os pássaros que vivem nesta região e fazem ninhos perto da água, a fim de poder identificar o nome deles. Deve ser muito legal observar as garças todos os dias.

— Acho que sim.

— Gostei daqui. E difícil não gostar, não acha?

Ele encolheu os ombros e tomou a rota mais cautelosa para responder:

— É bom... não tenho queixas do lugar.

Anna se virou e olhou para o caderno.

— Então, Seth, essa é a terrível redação?

— É... já comecei a preparar. — Por defesa, puxou o caderno para mais perto de si e acabou derrubando no chão o que escondera. Antes que conseguisse se abaixar para recolhê-lo, Anna se agachou e ela mesma o pegou.

— Puxa, olhe só para isso! — O caderno caíra aberto, em uma folha onde havia o desenho da cabeça do cãozinho, e Anna sentiu que o artista conseguira captar a expressão tola e doce do animal de forma perfeita. — Você que fez esse desenho?

— Não é nada de mais! Estou trabalhando na porcaria da redação, não estou?

Ela poderia ter simplesmente suspirado diante da resposta dele, mas estava totalmente encantada com o desenho.

— É maravilhoso! É igualzinho a ele! — Seus dedos coçaram para virar as folhas e ver quem ou o que mais Seth desenhara. Resistiu à vontade, porém, e lhe devolveu o caderno. — Não consigo desenhar de forma decente nem aquele homem feito com palitos de fósforo.

— Não foi nada. Fiz só para me distrair.

— Bem, se não quer ficar com o desenho, pode dá-lo para mim?

Seth achou que aquilo era um truque. Afinal, ela tornara a vestir o paletó e carregava sua pasta. Estava novamente com cara de representante da Secretaria de Serviço Social, em vez da mulher que arregaça as mangas e morre de rir enquanto come caranguejos cozidos.

— Por quê?

— É que não posso ter animais de estimação no meu apartamento. No meu caso, é até bom — acrescentou —, porque não seria justo manter o bichinho preso o dia todo enquanto estou no trabalho. Só que... — E sorriu enquanto olhava para trás para o cãozinho adormecido — Eu adoro cachorros! Quando tiver condições de comprar uma casa com quintal, vou ter uns dois. Até lá, porém, vou ter que me contentar em brincar com os de outras pessoas.

Aquilo pareceu estranho a Seth. Em sua cabeça, os adultos mandavam na própria vida, faziam o que queriam, na hora em que queriam, muitas vezes com punho de ferro.

— Por que não se muda para outro lugar? — quis saber ele.

— O lugar onde moro fica pertinho do trabalho, o aluguel é razoável. — Tornou a olhar na direção da janela, observando a extensão maravilhosa de água e verde. Tudo se escondia nas sombras, à medida que a noite avançava. — Vai ter de servir até que eu consiga a casa com jardim e quintal. — Foi até a janela mais uma vez, atraída pela vista calma. A primeira estrela piscou no leste. Quase fez um pedido. — Gostaria que fosse um lugar bem perto da água. Como este aqui. Enfim...

Anna virou e se sentou na beira da cama, olhando para Seth.

— Só quis subir aqui antes de ir embora para ver se há algo sobre o que você gostaria de conversar ou alguma pergunta que queira fazer.

— Não. Nada...

— Tá legal! — Ela não esperava que ele fosse conversar à vontade, por enquanto. — Seth, talvez você queira saber o que eu vejo aqui e o que penso a respeito. — Avaliou o gesto de levantar um dos ombros como afirmativa. — Eu vejo uma casa cheia de caras adultos que estão tentando descobrir a melhor forma de conviver uns com os outros e fazer a coisa funcionar. Quatro homens diferentes que ainda estão se esbarrando e cometendo alguns erros enquanto tentam acertar, e que certamente estão irritando uns aos outros e discordando em várias questões. Mas acho também que vão conseguir fazer tudo dar certo e funcionar. Porque todos eles querem — acrescentou, com um sorriso gentil —, de formas diferentes, e cada qual a seu modo, basicamente a mesma coisa.

Levantando-se, pegou um cartão em sua pasta.

— Pode me ligar a qualquer hora. Coloquei o meu telefone residencial no verso do cartão. Não vejo nenhum motivo para voltar aqui, pelo menos em visita oficial, por algum tempo. Mas pode ser que eu volte para brincar um pouco com o cãozinho. Boa sorte com a redação.

Quando ela já se encaminhava para a porta, Seth arrancou o desenho de Bobalhão do caderno por impulso e disse:

— Pode levar o desenho, se quiser.

— Sério? — Ela pegou a folha e sorriu, olhando para o desenho. — Nossa, ele é lindo! Obrigada. — Seth se encolheu todo quando ela se inclinou para beijá-lo no rosto. Ela encostou levemente os lábios em sua pele e esticou o corpo em seguida. Deu um passo para trás, ordenando a si mesma para manter a distância emocional. — Dê boa-noite ao Bobalhão por mim.

Guardou o desenho com cuidado na pasta enquanto descia as escadas. Phillip dedilhava o piano e interpretava, de forma bem descontraída, um blues. Aquele era outro dom que Anna invejava. Era um constante desapontamento para ela não possuir nenhum talento especial.

Ethan desaparecera por completo, e Cam andava de um lado para outro na sala, agitado.

Anna reparou que aquilo bem que podia ser considerado como um resumo dos três homens. Phillip passando o tempo de forma elegante, Ethan do lado de fora, em alguma jornada solitária, e Cam descarregando o excesso de energia.

Com o garoto no seu quarto, desenhando e remoendo mil pensamentos.

Cam olhou para cima e, quando seus olhos se encontraram com os dela, Anna sentiu uma bola de calor incendiar-lhe a barriga.

— Cavalheiros, obrigada pelo maravilhoso jantar.

— Nós é que temos que agradecer. — Phillip se levantou e esticou a mão para recebê-la ao pé da escada. — Já faz muito tempo que a gente não recebia uma mulher linda como você para jantar. Espero que volte.

Ora, ele é do tipo galanteador, notou Anna.

— Gostaria muito — respondeu ela. — Diga a Ethan que ele é um gênio da culinária com caranguejos. Boa noite, Cam.

— Vou levá-la até o carro.

Ela já esperava por aquilo.

— Em primeiro lugar — disse para ele assim que colocaram o pé fora de casa —, pelo que pude observar, o bem-estar de Seth está sendo bem mantido. Ele está apropriadamente supervisionado, em uma boa casa, e recebendo apoio nos trabalhos da escola. Bem que poderia ganhar uns calçados novos, mas imagino que esse é um problema de qualquer menino de dez anos.

— Calçados? O que há de errado com os dele?

— Apesar de tudo isso — continuou ela, virando-se para ele ao chegarem ao carro —, todos vocês ainda têm alguns ajustes a fazer, e não há dúvidas de que ele é uma criança muito problemática. Suspeito que tenha sofrido abusos, física e talvez sexualmente.

— Também desconfio disso — disse Cam na mesma hora. — Não vai tornar a acontecer aqui.

— Sei disso. — E colocou a mão em seu braço. — Se eu tivesse a menor dúvida a esse respeito, ele já não estaria mais aqui. Cam, ele precisa de orientação profissional. Vocês todos precisam.

— Psicólogo? Frescura! A gente não precisa despejar os podres em cima de um psicólogo municipal sub-remunerado.

— Pois saiba que muitos psicólogos municipais sub-remunerados são muito bons em seu trabalho — reagiu ela em um tom seco. — Já que eu mesma sou graduada em Psicologia, poderia ser considerada um desses, e sou muito boa no que faço.

— Ótimo! Você está conversando com ele, e agora está conversando comigo. Já estamos sendo orientados.

— Não dificulte as coisas... — Sua voz estava deliberadamente baixa, porque já sabia que aquele assunto iria produzir fagulhas de aborrecimento em seus olhos. Era justo, pensou, já que ele também a deixara perturbada.

— Não estou dificultando nada. Cooperei com você desde o início.

Mais ou menos, avaliou ela, e para não deixar de ser justa, aquilo era mais do que esperara dele.

— Vocês conseguiram começar algo muito bom aqui, mas um conselheiro profissional ajudará todos vocês a alcançar a parte abaixo da superfície, tornando possível lidar com a raiz dos problemas.

— Não temos nenhum problema.

Não imaginava que fosse encarar uma resistência tão elevada assim logo no início, mas compreendeu que deveria ter esperado por aquilo.

— É claro que vocês têm problemas. Seth tem medo de ser tocado.

— Ele não tem medo de ser tocado por Grace.

— Grace? — Anna apertou os lábios, pensativa. — Grace Monroe, da lista que você me deu?

— Essa mesma. Ela está cuidando da casa agora. Ele é louco por Grace. Acho que até se sente atraído por ela.

— Isso é bom, então. E saudável. Mas é apenas o início. Quando uma criança sofre abusos, isso deixa cicatrizes.

Mas por que diabos estavam conversando sobre tudo aquilo?, pensou ele com impaciência. Por que estavam falando de psicólogos, de cavar para desenterrar velhas feridas quando tudo o que ele queria era uns poucos minutos de flerte com uma linda mulher?

— Meu velho me batia o tempo todo, arrancava o meu couro — argumentou ele. — E daí? Eu sobrevivi. — Cam detestava se lembrar daquilo, odiava estar ao lado da casa que transformara em santuário de redenção e se lembrar das surras do pai biológico. — A mãe do garoto também enfiava a mão nele o tempo todo. Pois bem, ela não vai mais ter a chance de fazer isso. Esse capítulo está encerrado.

— Jamais fica encerrado — disse Anna, com paciência. — Qualquer que seja o novo capítulo ao qual você dá início, tem sempre alguma base do anterior a ele. Estou recomendando aconselhamento agora, e vou recomendar também no meu relatório.

— Vá em frente! — Ele não conseguia explicar o porquê daquilo deixá-lo tão enfurecido. Só pensou que não ia, de jeito nenhum, pedir a si mesmo ou a qualquer dos seus irmãos para tornar a abrir as portas trancadas há tanto tempo. — Pode recomendar o que bem entender. Isso não significa que seremos obrigados a concordar.

— Vocês têm que concordar com o que for melhor para o Seth.

— Qual é? Como você pode saber o que é melhor para ele?

— É o meu trabalho — respondeu ela, de modo frio dessa vez, porque seu sangue estava começando a ferver.

— Seu trabalho? Tudo o que tem é um diploma e um monte de formulários. Nós moramos aqui e estamos vivenciando o problema. Você não passou por nenhum desses problemas. Jamais esteve do lado de lá. Não sabe nada a respeito disso, não sabe como é ter a sua cara arrebentada e não ser capaz de impedir. Ou encarar algum burocrata babaca que trabalha para o município e não sabe porcaria nenhuma do que ocorre na sua vida e dentro de você.

Ela não sabia, então? Pensou na estrada escura e deserta, no terror de tudo o que se passara com ela. Na dor e nos gritos. Isso não pode se tornar pessoal, lembrou a si mesma, embora seu estômago reclamasse.

— Sua opinião a respeito da minha profissão foi clara como cristal desde o início.

— Certo, mas eu cooperei. Contei tudo o que aconteceu, e todos fizemos mudanças em nossas vidas para que as coisas funcionassem. — Enfiou os polegares nos bolsos da frente da calça, em um gesto que Seth reconheceria de imediato. — Mesmo assim, tudo isso não parece ser suficiente. Há sempre algo a mais.

— Se não houvesse algo a mais — retrucou ela —, você não estaria tão zangado.

— É claro que estou zangado! Estamos ralando muito aqui! Acabei de desistir da maior corrida da minha carreira e estou com um garoto nas mãos que olha para mim em um momento como se eu fosse um inimigo e, logo depois, como se eu fosse a salvação. É duro!

— E é ainda mais duro ser a salvação do que o inimigo.

Acertou na mosca, pensou ele, com um ressentimento crescente. Como ela podia saber tanto assim das coisas?

— Estou lhe dizendo, Anna, a melhor coisa para o garoto, e para todos nós, é sermos deixados em paz. Se ele precisa de sapatos ou tênis novos, eu compro para ele.

— E o que vai fazer a respeito do fato de que ele morre de medo de ser tocado, mesmo quando a coisa acontece da forma mais casual, por você ou pelos seus irmãos? Também vai conseguir comprar o medo dele?

— Ele vai superar isso. — Cam estava irredutível agora, e se recusava a deixar que ela interferisse naquele assunto.

— Vai superar? — Uma fúria súbita a deixou quase gaguejando enquanto continuava a argumentar. Então, de repente, as palavras começaram a jorrar, quentes como lava, e fizeram a centelha de dor em seus olhos parecer ainda mais pungente: — Vai superar só porque você quer? Porque vai dizer a ele que faça isso? Você sabe, por acaso, como é conviver com esse tipo de terror dentro da gente? Uma vergonha assim tão grande? Ter isso preso dentro de você e sentir que pequenas gotas desse veneno escorrem até mesmo quando alguém que você ama o abraça?

Abrindo a porta do carro com força, jogou a pasta lá dentro e terminou:

— Pois eu sei. Sei exatamente como é. — Cam agarrou o braço dela antes que Anna conseguisse entrar no carro. — E tira a mão de mim!

— Espere um instante.

— Já falei para tirar a mão de mim!

Ao ver que ela estava tremendo, ele tirou. Em algum ponto no meio da discussão ela mudara. Em vez de estar profissionalmente irritada, estava pessoalmente enraivecida. Cam não reparara o momento da mudança.

— Anna, não vou deixar você se sentar atrás desse volante sabendo que está assim. Recentemente perdi uma pessoa que significava muito para mim, e não vou deixar que isso aconteça novamente.

— Eu estou bem. — Embora estivesse quase mastigando as palavras, obrigou-se a respirar bem fundo para se acalmar. — Sou perfeitamente capaz de dirigir até em casa. Se quiser discutir a possibilidade de acompanhamento psicológico para vocês de forma racional, pode ligar para o meu escritório para marcarmos.

— Por que não damos uma volta a pé? Nós dois precisamos esfriar a cabeça.

— Estou perfeitamente calma. — Ao entrar no carro, quase esmagou os dedos dele ao bater a porta. — Você, se quiser, pode dar a sua volta. Ali, bem junto da doca.

Ele soltou um palavrão quando ela saiu dirigindo. Por um momento, considerou a ideia de ir atrás dela, forçando-a a sair novamente do carro, a fim de exigir que terminassem aquela droga de discussão. Seu pensamento seguinte, porém, foi voltar para dentro de casa e esquecer tudo aquilo. Esquecê-la.

Lembrou o olhar sofrido que surgira em seus olhos, o jeito como sua voz mudou ao dizer que sabia muito bem como era sentir medo e vergonha.

Alguém a magoara muito, compreendeu então. E, nesse momento, todo o resto deixou de ter importância.

Anna bateu com força a porta do seu apartamento ao entrar, arrancou os sapatos e os atirou longe. Sua raiva não era do tipo que aumentava, explodia e logo depois esfriava. Era mais parecida com uma panela que vai esquentando devagar, até ferver, borbulhar com fúria e transbordar.

Dirigir de volta para casa não a acalmara nem um pouco; simplesmente dera às emoções que se agigantavam dentro dela mais tempo para atingirem o ponto máximo.

Largando a pasta sobre o sofá, despiu o paletó e o jogou sobre ela. Sujeito ignorante, cabeça-dura e mente estreita! Fechou as mãos e pressionou as têmporas. O que a fizera achar que eles poderiam se entender de alguma forma? O que a fizera pensar que queria isso?

Ao ouvir uma batida leve em sua porta, rangeu os dentes. Já sabia que era a vizinha do outro lado do corredor, procurando-a para trocar novidades e fofocas.

Não estava a fim.

Determinada a ignorar a visita até onde pudesse sem deixar de ser civilizada, começou a tirar os grampos do cabelo.

A batida na porta voltou, mais forte agora.

— Vamos lá, Anna. Abra a porcaria dessa porta!

Nesse momento, tudo o que conseguiu fazer foi olhar com choque e fúria, até seus ouvidos começarem a zumbir. Aquele sujeito a tinha seguido até em casa? Teve a cara de pau de dirigir toda aquela distância até a sua porta e esperava ser bem recebido?

Provavelmente achava que ela estava tão cheia de tesão que pularia em cima dele e transaria de forma selvagem ali mesmo, no chão da sala. Pois bem, ele teria uma grande surpresa.

Andando a passos largos até a porta, Anna a abriu com violência, dizendo:

— Seu filho da mãe!

Cam deu uma olhada naquele rosto afogueado e furioso, nos cabelos soltos que lhe cascateavam pelos ombros, nos olhos que faiscavam com desejo de vingança, e imaginou que talvez fosse algum tipo de perversão achar aquilo excitante.

Mas o que podia fazer se era isso que sentia?

Olhando para a mão fechada que ela levantou, avisou:

— Vá em frente, pode bater. — convidou. — Só que, se me agredir, vai ter que escrever uma redação de quinhentas palavras a respeito da violência em nossa sociedade.

Ela soltou um grunhido de raiva, baixinho, mas ameaçador, e tentou bater a porta na cara dele. Cam, porém, foi mais rápido e espalmou a mão, com força suficiente para fazer a porta se abrir de volta.

— Só queria ter certeza de que você chegou bem em casa — começou a explicar, ainda lutando contra a porta. — E, já que estava por aqui mesmo, pensei em dar uma subidinha.

— Quero que vá embora! Para bem longe! Na verdade, quero que vá direto para o inferno!

— Já deu para perceber isso, mas, antes de começar a viagem, me dê cinco minutinhos.

— Já dei a você muito tempo! Pensando bem, tempo até demais!

— Então que diferença vão fazer mais cinco minutos? — Para acertar aquilo, ele continuou segurando a porta com uma mão só, deixando-a ainda mais enfurecida, e entrou no apartamento.

— Se não fosse por Seth, eu chamaria a polícia agora mesmo e teria o prazer de ver os guardas rebocarem o seu traseiro até uma cela.

Ele concordou. Já lidara com um monte de mulheres enfurecidas e sabia que chegava um instante em que era preciso ser cuidadoso.

— Sim — disse ele —, já consegui sacar isso também. Agora escute...

— Não tenho tempo para ouvir mais nada de você! — Com a palma da mão, ela empurrou o peito dele com força. — Está me insultando, é teimoso e está errado, portanto, eu não tenho que ouvir mais nada de você.

— Não estou errado — rebateu ele. — Você é que está errada! Sei muito bem que...

— Você sabe muito bem todo tipo de coisa! — interrompeu ela. — Acabou aqui depois de ficar saracoteando pelo mundo inteiro, brincando de gostosão que não tem medo de nada, e de repente já sabe tudo sobre o que é melhor para um menino de dez anos que você conhece há menos de um mês.

— Eu não estava brincando de gostosão valente. Estava fazendo disso uma carreira! — explodiu ele, vendo que sua proposta de conciliação para tentar fazer as pazes acabara de ir para o espaço. — E era uma carreira muito boa! E sei sim o que é melhor para o garoto! Sou eu que tem estado ao lado dele, dia e noite. Você passa duas horas com ele e já acha que entende toda a situação melhor do que eu? Só pode estar de sacanagem!

— É o meu trabalho ter uma visão completa da situação.

— Então já deveria saber que cada caso é um caso. Talvez funcione para algumas pessoas despejar seus problemas em cima de um estranho e ter seus sonhos analisados. — Cam trabalhara no discurso com todo o cuidado, de forma lógica, a caminho dali. Estava determinado a ser absolutamente razoável. — Não há nada de errado nisso, não tenho nada contra, se funciona para você. Mas não pode rotular a mesma coisa para todo mundo. Tem que analisar as circunstâncias e as personalidades envolvidas e, sabe, fazer ajustes.

Ela não conseguia manter a respiração sob controle. Então parou de tentar, afirmando:

— Não rotulo as pessoas que o departamento me envia para ajudar. Eu as estudo e avalio e, que droga, eu me importo! Não sou uma burocrata babaca que não sabe porra nenhuma! Sou uma assistente social treinada, com seis anos de experiência, e consegui tudo isso exatamente por saber como é estar do outro lado, como é se sentir machucada, apavorada, sozinha e desamparada. Ninguém cujo caso venha parar nas minhas mãos é apenas um nome em um formulário!

Parou de falar de repente, em um silêncio chocado. Rapidamente deu um passo para trás, apertando a boca com uma das mãos, levantando a outra para sinalizar a Cam que ele devia se manter longe. Sentiu uma sensação surgir por dentro dela e sabia que não conseguiria impedi-la de escapar.

— Saia daqui — conseguiu falar. — Vá embora, agora!

— Não faça isso. — O pânico fez a sua garganta se fechar ao ver as primeiras lágrimas grossas e quentes rolarem pelo rosto dela. Mulheres furiosas ele compreendia, e conseguia lidar com elas. As que choravam, porém, o desarmavam. — Vamos dar um tempo no jogo! Falta! Por favor, não faça isso, Anna!

— Só me deixe em paz! — E se virou, pensando apenas em escapar, mas ele a envolveu em seus braços e enterrou o rosto entre seus cabelos.

— Desculpe, sinto muito. Desculpe! — Teria pedido desculpas por qualquer coisa, por tudo, se isso os colocasse de volta no mesmo nível de antes. — Eu estava errado. Saí da linha, aceito qualquer coisa que você diga, mas não chore, querida. — Ele a virou de frente, puxando-a mais para junto de si. Pousou os lábios em sua testa, em sua têmpora. Suas mãos acariciaram seus cabelos e suas costas.

Então sua boca estava colada à dela, suave a princípio, apenas para confortá-la e tranquilizá-la enquanto continuava murmurando apelos e promessas, sem pensar. Mas ela ergueu os braços e envolveu o pescoço dele, seus corpos pressionados um contra o outro, e os lábios dela se abriram um pouco mais, calorosos.

As mudanças ocorreram muito depressa, e, de repente, estava perdido, mergulhado nela. A mão que acariciara suavemente os seus cabelos agora os apertava e puxava, conforme o beijo se tornava abrasador.

Leve-me para longe daqui, era tudo em que ela conseguia pensar. Não me deixe racionalizar o que está acontecendo, não me deixe pensar. Simplesmente me tome. Queria as mãos dele sobre ela, sua boca sobre a dela, queria sentir seus músculos estremecerem, carentes, sob seus dedos. Com aquele sabor forte e semisselvagem dele em sua boca, preenchendo-a por completo, ela podia se deixar abandonar de todo.

Com o corpo estremecendo junto ao dele e trepidando em seus braços, ela emitiu um som contra a boca desesperada que esmagava a sua, um som de quase lamúria. Ele se afastou como se tivesse sido golpeado e, embora suas mãos não estivessem completamente firmes, manteve-a nos braços, próxima dele.

— Isso não foi... — Ele precisou parar, dar a si mesmo um minuto. Sua mente estava embaçada e não clarearia se ela continuasse olhando para ele com aqueles olhos escuros e úmidos, enevoados de paixão. — Não acredito que estou dizendo isso, mas acho que essa não é uma boa ideia — disse, passando as mãos para cima e para baixo nos braços dela enquanto lutava para readquirir o controle. — Você está muito chateada, provavelmente não está raciocinando direito. — Ele ainda conseguia sentir o gosto dela, e o sabor que ficara em sua língua provocara uma fome escandalosa, que lhe agitava a barriga. — Nossa, preciso de um drinque!

Aborrecida com ambos, ela passou as costas da mão sobre o próprio rosto, secando-o, e anunciou:

— Vou preparar café.

— Eu não estava falando de café.

— Eu sei, mas, se estamos querendo ser sensatos e razoáveis, é melhor ficarmos no café.

Ela foi para a cozinha e procurou se manter ocupada com o moer dos grãos e coar a bebida. Todos os nervos do seu corpo estavam retesados, no limite. Toda a carência que acumulara na vida, ou imaginou ter algum dia, fora brutalmente sacudida.

— Se tivéssemos ido até o fim, Anna, você poderia achar, depois, que me aproveitei da situação.

Ela balançou a cabeça, preparando o café e concordando:

— Ou talvez eu mesma ficasse me perguntando se eu é que tinha me aproveitado. De qualquer modo, teria sido uma má ideia. É muito importante, para mim, jamais misturar sexo e culpa. — Olhou para ele de forma suave, mas firme. — Isso é vital para mim.

Foi nesse momento que ele soube. E, ao saber, sentiu uma raiva impotente e um pesar incontido.

— Meu Deus, Anna. Quando aconteceu?

— Quando eu tinha doze anos.

— Sinto muito. — Aquilo o fez se sentir enjoado, atingindo-o profundamente. — Sinto muito mesmo — repetiu de um jeito que pareceu inadequado. — Não precisa conversar comigo a respeito disso...

— É nesse ponto que a gente discorda... falar sobre o problema me salvou. — Ele saberia ouvir, pensou ela, e a conheceria melhor. — Minha mãe e eu havíamos ido passar o dia na Filadélfia. Eu queria conhecer o Sino da Liberdade, porque estávamos estudando a Revolução Americana na escola. Tínhamos um calhambeque caindo aos pedaços. Fomos até lá, visitamos lugares e monumentos. Tomamos sorvete e compramos um monte de lembrancinhas.

— Anna...

— Está com medo de ouvir? — Ela levantou a cabeça de repente, em um desafio direto.

— Talvez. — Cam passou a mão pelo cabelo. Talvez realmente estivesse com medo de ouvir, do que aquilo poderia mudar entre eles. Era mais uma jogada dos dados, pensou. Olhou para ela, que esperava pacientemente, e sentiu que precisava saber. — Continue...

— Estávamos só nós duas. — Ela se virou e começou a pegar as xícaras no armário. — Sempre havia sido daquele jeito, apenas nós duas. Ela engravidou de mim quando estava com dezesseis anos e jamais quis contar a alguém quem era o meu pai. Levar a gravidez em frente e me ter complicou a sua vida de maneira indescritível, e deve ter lhe trazido grandes problemas, constrangimentos, necessidades e vergonha. Meus avós eram muito religiosos, muito antiquados. — Anna riu um pouco. — Muito italianos... Não excluíram a minha mãe da vida deles, mas imagino que tudo aquilo a deixou muito pouco à vontade, pois se sentia como se estivesse na parte periférica da vida deles. Assim, mudamos para um apartamento que era a quarta parte do tamanho deste aqui.

Trazendo o bule para o balcão, despejou nele o denso e escuro líquido.

— Era um sábado de abril — continuou ela. — Minha mãe faltara ao trabalho para que pudéssemos passear. Tivemos um dia maravilhoso e ficamos até mais tarde do que ela previra, porque estávamos nos divertindo muito. Eu cochilava no carro na viagem de volta, e ela deve ter entrado em uma estrada errada. O que sei é que nos perdemos, mas ela continuou a levar aquilo na brincadeira. Foi então que o carro enguiçou. Nuvens de fumaça começaram a sair do capô. Ela parou o carro na beira da estrada, nós saltamos e começamos a rir. Que confusão, que furada!

Cam sabia o que vinha a seguir, e se sentiu enjoado.

— Talvez fosse melhor você se sentar, Anna.

— Não, estou bem... Minha mãe achou que fosse o radiador que precisasse de água — continuou. Seus olhos pareceram ficar fora de foco enquanto revivia o passado. Conseguia se lembrar do calor que fazia, do silêncio e de como a lua entrava e saía de trás de nuvens escuras esfumaçadas. — Planejávamos pegar uma carona até a casa mais próxima para ver se conseguíamos alguma ajuda. Um carro passou e parou. Havia dois homens, e um deles se inclinou para fora e perguntou se estávamos com algum problema.

Levantando sua xícara, ela tomou um gole de café antes de continuar. Suas mãos já estavam firmes. Ela conseguiria contar e vivenciar tudo mais uma vez.

— Eu me lembro do jeito que a mão dela apertou a minha, com tanta força que até doeu. Mais tarde eu compreendi que ela estava com medo. Eles estavam bêbados. Minha mãe falou alguma coisa sobre não precisar de ajuda, porque iria até a casa do irmão, que ficava ali perto, e que estávamos bem, mas eles saltaram do carro. Ela me empurrou para trás dela. Quando o primeiro deles a agarrou, ela berrou para mim, mandando que eu corresse. Mas eu não consegui. Não consegui me mover. Ele estava rindo e passando a mão sobre ela, e ela estava lutando com ele. E quando ele a arrastou para fora da estrada e a colocou no chão, corri para cima dele e tentei tirá-lo de cima dela. É claro que não consegui. O outro homem me agarrou por trás e rasgou a minha blusa.

Uma mulher indefesa e uma criança frágil. As mãos de Cam se apertaram e seus dedos se fecharam junto do corpo, enquanto a raiva e a sensação de impotência inundavam-no por dentro. Ele queria poder voltar àquela noite, naquela estrada deserta, e usar os punhos de forma implacável.

— Ele continuou rindo — disse Anna, baixinho. — Consegui ver seu rosto com bastante clareza por um instante ou dois. Como se estivesse congelado diante do meu rosto. Continuava ouvindo minha mãe gritando, implorando para que não me machucassem. Ele a estava estuprando, eu conseguia ouvir tudo, mas ela continuava implorando a eles que me deixassem em paz. E deve ter pressentido que isso não ia acontecer, porque começou a lutar com mais força. Eu podia ouvir o homem batendo nela e berrando para que calasse a boca. Nada parecia real. Mesmo quando o outro começou a me estuprar, nada daquilo parecia real. Era como se fosse um pesadelo que continuava e continuava, sem acabar.

Anna respirou fundo e prosseguiu:

— Quando eles já haviam acabado, cambalearam de volta para o carro e foram embora. Simplesmente nos deixaram ali. Minha mãe estava inconsciente. Ele batera muito nela. Eu não sabia o que fazer. Contaram-me que entrei em choque, não me lembro de mais nada até depois, quando já estava no hospital. Minha mãe jamais recuperou a consciência. Ficou em coma por dois dias, e então morreu.

— Anna, não sei o que dizer. Não sei o que pode ser dito.

— Não contei isso para ganhar a sua simpatia ou solidariedade — disse ela. — Minha mãe tinha vinte e sete anos, um ano a menos do que eu tenho agora. Já se passou muito tempo, mas a gente não esquece. A lembrança jamais desaparece por completo. E eu me lembro bem de tudo o que aconteceu naquela noite e de tudo o que houve em seguida, depois que fui morar com os meus avós. Fiz o que pude para magoá-los, para machucar a mim mesma. Era a forma de lidar com o que acontecera. Eu me recusei a receber aconselhamento psicológico — disse, de modo frio. — Não ia contar nada daquilo para um psiquiatra de cara magra e enrugada. Em vez disso, me metia em brigas, vivia buscando problemas e sempre os encontrava. Fiz sexo indiscriminadamente, usei drogas, fugi de casa e bati de frente com um monte de assistentes sociais.

Pegando o paletó que despira mais cedo, ela o dobrou com todo o cuidado, enquanto continuava:

— Odiava todo mundo, e principalmente a mim mesma. Era eu que tinha pedido à minha mãe para que me levasse até a Filadélfia. Era eu o motivo de termos estado lá. Se eu não estivesse com a minha mãe, ela teria conseguido fugir.

— Não. — Ele queria tocá-la, mas tinha medo. Não porque parecesse frágil, não era o caso. Parecia forte, de forma quase impossível. — Não, você não teve culpa de nada do que aconteceu!

— Mas sentia culpa. E quanto mais me culpava, mais descontava em tudo e todos à minha volta.

— Às vezes isso é tudo o que nos resta — murmurou ele. — Reagir com raiva, se rebelar até tirar aquilo de dentro da gente.

— Às vezes não há nada contra o que lutar e nenhum lugar para fugir. Durante três anos eu usei o que aconteceu naquela noite como desculpa para fazer o que me desse na telha. — Olhou para Cam novamente, com um rápido e irônico levantar de sobrancelha. — Só que não soube escolher as coisas direito. Achava que era bem durona quando acabei no juizado de menores. Só que minha assistente social era ainda mais dura. Ela forçou a barra, pegava no meu pé e me atormentava. Por ter se recusado a desistir de mim, acabou conseguindo me endireitar. E pelo fato de meus avós também terem se recusado a desistir da neta, acabei me acertando.

Com todo o cuidado, colocou o paletó de volta sobre o braço do sofá, completando:

— Poderia ter sido diferente. Eu poderia ser apenas mais um número na estatística dos casos perdidos do sistema. Mas não fui.

Ele achou surpreendente o fato de ela ter transformado aquele horror em tanta força. Era surpreendente também o fato de ter escolhido um trabalho no qual teria de conviver todos os dias com as coisas que haviam destruído a sua vida.

— Foi assim que decidiu dar o troco e buscou o tipo de trabalho que ajudaria a dar uma guinada em sua vida — afirmou Cam.

— Eu sabia que podia ajudar as pessoas. E, sim, eu me sentia em débito, da mesma forma que você se sente com o seu pai. Eu sobrevivi — disse ela, olhando fixamente para Cam. — Só que sobreviver não é o bastante. Não foi o bastante para mim nem para você. E não vai ser para Seth.

— Uma coisa de cada vez — murmurou ele. — Quero saber se a polícia conseguiu pegar os canalhas.

— Não. — Há muito tempo ela aprendera a aceitar e conviver com aquilo. — Passaram-se semanas antes que eu dissesse algo coerentes o bastante para fazer uma declaração. A polícia jamais os encontrou. O sistema nem sempre funciona, mas eu aprendi, e acredito, que ele faz o melhor possível.

— Jamais pensei assim, e isso não muda a minha opinião. — Cam começou a estender a mão, hesitou por um instante e acabou por colocá-la no bolso. — Sinto muito ter magoado você e ter dito coisas que fizeram com que se lembrasse de tudo isso.

— As lembranças estão sempre lá — disse ela. — Você aguenta firme e as coloca de lado por longos períodos da sua vida. Mas tudo volta, de vez em quando, porque na verdade jamais foi embora de verdade.

— Você procurou ajuda psicológica?

— Com o tempo, sim. Eu... — Parou de falar, soltando um suspiro. — Tudo bem, não vou dizer que ajuda psicológica faz milagres, Cam. O que estou dizendo é que pode ajudar, pode curar algumas marcas. Eu precisava dessa ajuda e, quando finalmente estava pronta para aceitá-la, me senti melhor.

— Vamos fazer o seguinte... — E ele a tocou, colocando a mão sobre a dela, que continuava pousada no balcão. — Vamos deixar isso como uma opção. Enquanto isso, veremos como as coisas... rolam.

— Veremos como as coisas rolam — suspirou ela, cansada demais para discutir. Sua cabeça doía e sentia seu corpo vazio e fragmentado. — Concordo com isso, mas mesmo assim vou aconselhar ajuda psicológica para vocês no meu relatório.

— Não se esqueça de falar dos calçados que o menino precisa — disse ele, seco, e ficou muito aliviado quando ela caiu na risada.

— Não preciso mencionar os sapatos porque já sei que vai levá-lo às compras ainda esta semana.

— Podemos fazer disso um compromisso. Pelo jeito estou ficando melhor nisso ultimamente.

— Então você devia ser absurdamente obstinado antes.

— A palavra que meus pais usavam era “cabeça-dura”.

— Ah, como é bom ser compreendida! — E olhou para a mão que cobria a dela. — Se hoje você pedisse para ficar, eu não conseguiria dizer não.

— E quero ficar. Quero você. Só não posso pedir isso hoje. Não é o momento certo...

Anna compreendia o modo como alguns homens se sentiam diante de uma mulher sexualmente atacada no passado. Seu estômago retorceu, formando nós. Mas era melhor saber de cara.

— Está dizendo isso por eu ter sido estuprada?

Ele não permitiria que isso acontecesse. Recusou-se a aceitar que o que acontecera com ela afetasse o que poderia acontecer entre os dois.

— Não — assegurou ele. — É por você não conseguir dizer não esta noite, e amanhã pode acordar arrependida por ter cedido.

— Você nunca é exatamente o que eu espero. — Levantando a cabeça, surpresa, ela tornou a olhar para ele.

Ele também não era exatamente o que esperava de si mesmo, pelo menos ultimamente.

— O que está acontecendo entre nós, o que quer que seja, também não é o que eu esperava, Anna. Que tal um encontro sábado à noite?

— Tenho um encontro marcado para sábado. — Seus lábios se curvaram lentamente, formando um sorriso. Os nós no estômago haviam diminuído, e ela nem notara. — Mas vou desmarcar.

— Sete horas. — Ele se debruçou por sobre o balcão, beijou-a, continuou com a boca junto do rosto dela e tornou a beijá-la. — Vou querer levar isso adiante.

— Eu também.

— Bem — ele soltou um suspiro, encaminhando-se para a porta enquanto sabia que ainda podia aguentar —, isso vai fazer com que a minha volta para casa seja bem mais fácil.

Fazendo uma pausa, ele se virou para fitá-la e disse:

— Você disse que sobreviveu, Anna, mas não foi bem assim. Você triunfou. Tudo em você é um testemunho à sua coragem e sua força. — Quando ela olhou fixamente para ele, obviamente espantada, Cam exibiu um sorriso. — Você não consegue superar isso com a ajuda de uma assistente social ou de um psicólogo. Eles podem apenas ajudar a usar a força que já havia aí dentro. Imagino que você herdou isso da sua mãe. Ela deve ter sido uma mulher admirável.

— Era, sim... — murmurou Anna, quase às lágrimas.

— E você também é. — Cam fechou silenciosamente a porta atrás de si.

Decidiu que voltaria para casa bem devagar. Tinha muitas coisas nas quais pensar.

Capítulo Onze

Lindas manhãs de sábado em plena primavera não haviam sido feitas para se passar em lugares fechados ou ruas apinhadas. Para Ethan, elas deviam ser curtidas sobre a água. A ideia de fazer compras em um shopping, fazer compras de verdade, era quase aterrorizante para ele.

— Não vejo por que precisamos fazer isso.

Por ter entrado no jipe antes, Cam ia no banco da frente. Virou ligeiramente a cabeça para lançar um olhar para Ethan e argumentar:

— Porque estamos todos juntos nessa. O celeiro do velho Claremont está para alugar, não está? Pois bem... precisaremos de um lugar grande, já que vamos construir barcos. Temos que conseguir um acordo com ele.

— Isso é loucura. — Foi tudo o que Phillip teve a acrescentar enquanto entrava na rua do Mercado, no centro de St. Chris.

— Não podemos montar um negócio sem ter um lugar para ele funcionar — devolveu Cam. Achava aquele fato simples e lógico, sem contra-argumentos. — Sendo assim, a gente dá uma olhada no lugar, faz um acordo com Claremont e começa a trabalhar.

— Licenças, impostos, controle de materiais, pelo amor de Deus! — começou Phillip. — Além de ferramentas, propaganda, linhas de telefone, linhas de fax, livro-caixa e contadores.

— Você pode cuidar disso. — Cam encolheu os ombros, com ar descontraído. — Assim que assinarmos o contrato de aluguel, vamos comprar sapatos para o garoto, e depois você faz o que quiser.

— Posso cuidar disso? — reclamou Phillip, ao mesmo tempo que Seth resmungava que não precisava de porcaria nenhuma de sapatos novos.

— Ethan já conseguiu a nossa primeira encomenda, eu encontrei o lugar, e você, Phillip, cuida da papelada. Quanto a você, Seth, vai ganhar a porcaria dos sapatos sim — avisou ao menino.

— Não sei como você consegue mandar em todo mundo por aqui.

— Eu também não. — Cam deu um sorriso curto e sombrio.

O prédio que pertencia a Claremont não era exatamente um celeiro, mas era tão grande quanto um. Em meados dos anos 1700, servira de depósito de tabaco. Depois da Guerra da Independência, os navios britânicos já não paravam em St. Chris para trazer sua imensa variedade de mercadorias e os grandes negócios que haviam florescido na região acabaram falindo.

A revitalização que ocorrera no final dos anos 1800 surgiu diretamente da baía. Com métodos mais modernos para enlatar e empacotar, o mercado nacional para consumo de ostras acabou se abrindo para St. Chris e fez com que a cidade prosperasse novamente. O antigo depósito de tabaco foi reformado e virou local de empacotamento.

Depois que a rápida prosperidade no mercado de ostras também acabou, a construção se transformou em um celebrado galpão para estocagem de diversos produtos. Nos últimos cinquenta anos, ele estivera vazio em algumas ocasiões e cheio em outras, de acordo com a necessidade do mercado imobiliário.

Vista por fora, era uma construção simples. Toda feita de tijolinhos desgastados pelo sol e pelo clima, com buracos no cimento das paredes onde dava para enfiar o polegar. O telhado, caindo aos pedaços, precisava desesperadamente de telhas novas. Algumas janelas eram pequenas demais, a maioria estava quebrada e todas pareciam imundas.

— Ora, puxa, isso me parece muito promissor! — Já desgostoso, Phillip estacionou no terreno decadente e sujo que ficava ao lado do prédio.

— Precisaremos de espaço — lembrou Cam. — O prédio não precisa ser bonito.

— Ainda bem, porque ele está muito longe de ser bonito.

Um pouco mais interessado agora, Ethan saltou do jipe. Indo até a janela mais próxima, usou o lenço colorido que pegou no bolso de trás da calça para limpar o vidro, a fim de poder espiar.

— O espaço é muito bom. Tem portas largas para cargas grandes, nos fundos, e uma doca. Precisa de alguns reparos.

— Alguns? — Phillip olhou pela janela, por cima do ombro de Ethan. — O piso está podre. Deve estar bichado! O lugar provavelmente está cheio de cupins e ratos.

— Talvez seja uma boa ideia mencionar esse fato para Claremont — sugeriu Ethan —, para manter o aluguel bem baixo. — Ouvindo o barulho de vidro quebrando, viu que Cam dera uma cotovelada forte em uma janela já rachada. — Acho que a gente vai entrar.

— Arrombamento e invasão de propriedade privada — resmungou Phillip, balançando a cabeça. — Vamos começar com o pé direito.

Cam atirou longe o patético fecho que segurava a janela e a levantou, afirmando:

— Já estava quebrada. Dá um tempo, Phillip! — Enfiando-se através da moldura da janela, desapareceu lá dentro.

— Legal! — decidiu Seth e, antes que alguma coisa pudesse ser dita para impedi-lo, enfiou-se lá dentro também.

— Que grande exemplo estamos oferecendo a ele! — Phillip passou a mão no rosto e desejou ardentemente não ter parado de fumar.

— Bem, veja de outro modo... você podia ter apanhado as chaves, mas não fez isso.

— Certo. Escute só, Ethan, temos que pensar melhor a respeito disso. Não há motivos para que você não possa... para que nós não possamos construir esse primeiro barco no terreno da sua casa. A partir do momento em que começarmos a alugar galpões, abrir uma firma e preencher formulários de impostos, estaremos comprometidos.

— E qual é a pior coisa que pode acontecer? Perdermos um pouco de tempo e alguma grana. A mim, parece que temos o bastante dos dois — disse, e ouviu a mistura das gargalhadas de Cam e Seth que vinham ecoando lá de dentro. — Quem sabe até nos divertimos um pouco com tudo isso?

E se encaminhou para a porta da frente, sabendo que Phillip resmungaria, mas o seguiria.

— Eu vi um rato — anunciou Seth, com pura alegria, quando Cam escancarou a porta da frente. — Foi um barato!

— Ratos... — Phillip avaliou o sombrio interior, antes de se aventurar lá dentro. — Que adorável!

— Vamos precisar de alguns gatos por aqui — decidiu Ethan. — Não, têm que ser fêmeas... gatas. Elas são mais cruéis com os ratos do que os machos.

Olhando para cima, avaliou o teto bem alto. Danos provocados pela água estavam visíveis nas vigas e caibros. Havia um andar em cima, mas os degraus que levavam a ele estavam quebrados. Totalmente podres e, provavelmente, haviam sido comidos por ratos.

Aquilo exigiria um bocado de trabalho, tanto para a limpeza quanto para os reparos, mas o espaço era generoso. Ethan se permitiu sonhar.

O cheiro da madeira sob os dentes do serrote e o aroma penetrante do óleo, o barulho do martelo sobre os pregos, o brilho do latão, o rangido do cordame. Já conseguia ver o ângulo pelo qual a luz do sol penetraria através das janelas novas e limpas para banhar o esqueleto de uma corveta.

— Podemos levantar algumas paredes ali e fazer um escritório — dizia Cam. Seth corria de um lado para outro, explorando e soltando gritos e exclamações empolgadas. — Afinal, precisaremos de um local para desenhar as plantas, os esboços dos barcos ou algo assim.

— Este lugar é uma espelunca — assinalou Phillip.

— Sim, é por isso que vai sair bem barato. Separando uns dois mil dólares para arrumar tudo, a gente...

— Era melhor colocar tudo abaixo e começar do zero.

— Phil, tente controlar esse otimismo exagerado. — Cam se virou para Ethan. — O que achou?

— Vai servir.

— Vai servir para quê? — Phillip levantou as mãos. — Para despencar em cima das nossas cabeças? — Nesse momento, uma aranha, que Phillip estimava ter o tamanho de um chihuahua, começou a escalar lentamente a ponta dos seus sapatos. — Peguem um revólver — murmurou ele.

Cam simplesmente riu e deu-lhe um tapinha nas costas, dizendo:

— Vamos lá! Vamos conversar com Claremont.

Stuart Claremont era um homem de pequena estatura e uma boca irrequieta. As pequenas porções da cidade de St. Christopher que ele possuía estavam, em sua maioria, largadas, sem manutenção e decadentes. Quando os inquilinos reclamavam com muita insistência, ele, ocasionalmente e com muita má vontade, mandava um bombeiro consertar o encanamento, cuidar do aquecimento ou remendar um telhado.

Acreditava em economizar os centavos para uma emergência. Na cabeça de Claremont, nenhuma emergência era suficiente para fazê-lo se separar de uma moedinha que fosse.

Mesmo assim, sua casa na travessa da Concha era um espetáculo. Como qualquer um em St. Chris já sabia muito bem, sua mulher, Nancy, tinha um gênio miserável e era quem cantava de galo dentro de casa.

O carpete no piso era macio e a sala era toda decorada com papel de parede. O padrão dos tecidos das grossas cortinas combinava cuidadosamente com as poltronas, o sofá e as almofadas, todos elegantes. Revistas estavam em exposição sobre a mesinha de centro em cerejeira envernizada, todas enfileiradas com um cuidado militar. A mesa central, por sua vez, formava conjunto com as duas mesinhas laterais, no mesmo material.

Nada parecia fora do lugar no lar dos Claremont. Cada cômodo lembrava uma foto de revista de decoração. Eram parecidos com as fotos, avaliou Cam, mas nem um pouco com a vida real.

— Então, vocês estão interessados no celeiro. — Com um sorriso esticado que não deixava os dentes aparecerem, Claremont os levou até o escritório. O cômodo era decorado em estilo aristocrático inglês. As paredes, recobertas com madeira, exibiam gravuras de caçadas. Havia ainda poltronas confortáveis, estofadas em couro vinho, uma escrivaninha com puxadores de latão trabalhado e uma lareira de tijolos convertida para gás. A televisão de tela imensa parecia deslocada, como era de se esperar.

— Mais ou menos — respondeu Phillip. Os irmãos haviam decidido no caminho que era Phillip quem iria conduzir as negociações. — Só estamos começando a procurar por um local espaçoso aqui na região.

— Pois aquele é um lugar fabuloso. — Claremont se sentou atrás da escrivaninha e lhes ofereceu as poltronas. — Tem muita história!

— Estou certo que sim, mas não estamos interessados no passado histórico da construção. Vimos que há muita coisa podre por lá também.

— Um pouco. — Claremont afastou a ideia com a mão de dedos muito curtos. — Vocês moram por aqui, sabem como são as coisas, o que poderiam esperar? E então, estão planejando montar um negócio?

— Estamos considerando a ideia, mas ainda nos estágios iniciais, pensando nas possibilidades.

— Uh-uh... — Claremont não pensava assim, pois de outro modo não estariam os três ali, sentados diante da sua mesa. Enquanto considerava quanto conseguiria arrancar de aluguel de um imóvel que ele julgava ser apenas um irritante peso morto, olhou para Seth. — Bem, podemos discutir o assunto, então. Talvez o menino queira brincar lá fora.

— Não, não quer não — disse Cam, sem sorrir. — Estamos todos juntos para conversar sobre negócios.

— Se é assim que vocês querem... — Então, pensou Claremont, era verdade. Mal podia esperar para contar a Nancy. Afinal, ele tivera a chance de dar uma boa olhada, bem de perto, no garoto, e até um cego poderia ver Ray Quinn naqueles olhos. O santo Ray, pensou com maldade. Pelo jeito, a fama do poderoso Ray ruíra, ora se não... e ele adoraria espalhar para todo mundo em que pé as coisas estavam.

— Estou querendo um contrato de cinco anos — disse a Phillip, imaginando, acertadamente, que era ele o responsável pela parte burocrática do negócio.

— E estamos querendo apenas um ano, no momento, com opção para sete. É claro que esperamos que alguns reparos sejam efetuados, a fim de que tenhamos condições de ocupar o imóvel.

— Reparos? — Claremont recostou-se na cadeira. — Ora, aquele lugar é sólido como uma rocha!

— E vamos exigir também inspeção sanitária para avaliação de cupins e seu extermínio. A manutenção regular será, é claro, responsabilidade nossa.

— Mas não há cupins lá!

— Bem, então — sorriu Phillip, com suavidade —, o senhor terá de providenciar apenas a inspeção. Quanto está pedindo pelo aluguel?

Por estar aborrecido com aquilo e por sempre ter menosprezado Ray Quinn, Claremont chutou um valor bem alto:

— Dois mil dólares por mês!

— Dois... — Antes de Cam ter chance de soltar os bichos em cima do homem e externar sua opinião, Phillip se levantou, dizendo:

— Não há razão para fazer o senhor perder seu tempo. Obrigado por nos receber.

— Esperem! Esperem! — Claremont deu uma risada nervosa, tentando afastar a fisgada de pânico que sentiu ao ver um bom negócio escapar por entre seus dedos de forma tão rápida. — Eu não disse que esse valor era inegociável. Afinal de contas, eu conhecia o pai de vocês... — E mirou o sorriso afetado diretamente para Seth. — Tive contato com ele por mais de vinte e cinco anos. Não seria justo se não desse aos seus... filhos uma colher de chá.

— Ótimo. — Phillip voltou a se acomodar na poltrona, resistindo à tentação de esfregar as mãos. Esqueceu-se até das objeções que levantara a respeito do plano como um todo em troca da deliciosa arte de negociar. — Vamos entrar num acordo, então.

— Meu Deus, o que foi que eu fiz? — Trinta minutos mais tarde, Phillip estava sentado em seu Land Rover, lançando a cabeça sistematicamente de encontro ao volante.

— Um tremendo acordo, eu diria. — Ethan lhe deu umas palmadinhas no ombro. Conseguira chegar ao carro antes de Cam e se sentara com cara de vencedor no banco da frente. — Cortou o valor cobrado pela metade, logo de cara, obrigou-o a concordar em pagar pela maior parte dos reparos que nós mesmos vamos efetuar, e o deixou confuso o bastante para fazê-lo aceitar aquela cláusula de... como é que é? Congelamento do valor do aluguel, caso a gente pegue a opção de sete anos.

— O lugar é uma espelunca! Vamos gastar doze mil dólares por ano, sem contar os equipamentos e a manutenção... tudo por um buraco!

— Sim, mas agora é o nosso buraco! — Satisfeito, Cam tentou esticar as pernas. — Empurre um pouco esse banco para a frente, Ethan, estou espremido aqui atrás!

— Não! Phillip, se me deixar no galpão, posso começar a fazer alguns cálculos e projeções. Depois arrumo uma carona para casa.

— Vamos fazer compras — lembrou Cam.

— Não preciso de porcaria de sapato nenhum — repetiu Seth, mais por reflexo do que por aborrecimento.

— Você vai ganhar a droga dos sapatos e, já que vamos estar lá, vai cortar a droga dos cabelos. Todos nós vamos à droga do shopping.

— Eu preferia levar uma tijolada na cabeça a ir ao shopping em um sábado! — Ethan se encolheu no banco e puxou a aba do boné para cobrir os olhos. Não aguentava nem pensar naquilo.

— Pois quando começar a trabalhar na ratoeira que é aquele galpão — comentou Phillip —, provavelmente vai ser atingido por uma tonelada de tijolos que vão despencar na sua cabeça.

— Se eu for obrigado a cortar o cabelo, todo mundo vai ter que cortar também — anunciou Seth.

Cam olhou meio de lado para o rosto de Seth, que exibia um ar de motim.

— Qual é a sua, garoto? Tá achando que isso aqui é uma democracia? Cai na real! Você só tem dez anos!

— Você bem que está precisando cortar esse cabelo, Cam. — Phillip olhou para Cam pelo espelho retrovisor enquanto dirigia para o norte de St. Chris. — O seu está maior do que o de Seth.

— Cale a boca, Phillip! E você, Ethan, que droga, coloque o banco mais para a frente!

— Detesto ir ao shopping! — Em um gesto de desafio, Ethan esticou as pernas e abaixou um pouco mais o encosto do banco. — Vive lotado! Pete ainda mantém a barbearia na rua do Mercado.

— É verdade, e todo mundo que corta o cabelo com ele sai de lá com cara de mauricinho. — Frustrado, Cam deu um chute com força nas costas do banco de Ethan.

— Ei, tira as patas do meu estofamento — avisou Phillip —, senão vai ter que ir até o shopping a pé.

— Então diga a ele para me dar mais espaço!

— Se eu for obrigado a ganhar esses sapatos, eu é que vou escolher, e você não vai dar palpite — anunciou Seth.

— Já que sou eu que vou pagar pelos sapatos, vai ter que usar o que eu gostar e mandar.

— Então eu mesmo compro esses sapatos fedidos. Tenho vinte dólares.

— Rá! — Cam deu uma gargalhada de deboche. — Você precisa mesmo cair na real, meu chapa. Hoje em dia não dá para comprar nem meias decentes com vinte dólares.

— Dá sim, se não for algum modelo desses cheios de onda, com grife — rebateu Ethan. — Não estamos em Paris.

— É por isso que você não tem um sapato decente há dez anos — retrucou Cam. — E, se não colocar a porra desse banco mais pra frente, eu vou...

— Parem com isso vocês dois! — explodiu Phillip. — Parem com isso agora mesmo ou juro que vou parar o carro e bater a cabeça de vocês dois uma contra a outra. Ai, meu Deus! — E tirou uma das mãos do volante para passar sobre o rosto. — Olhem só! Estou parecendo a mamãe brigando com vocês. Podem esquecer o que eu disse. Esqueçam! Podem se matar e se estrangular! Eu largo os corpos no estacionamento do shopping e vou dirigindo para o México. Aprendo a tecer tapetes e os vendo na praia, em Cozumel. Vou estar bem, feliz, em paz! Troco meu nome para Raoul e ninguém jamais vai desconfiar de que, no passado, eu tive uma ligação com um bando de idiotas.

Seth coçou a barriga e se virou para Cam, perguntando:

— Ele sempre fala essas coisas?

— Sempre... quero dizer, quase sempre. Às vezes ele troca o nome para Pierre e pretende se mudar para um sótão em Paris, mas dá no mesmo.

— Que cara estranho. — Foi o único comentário de Seth. Pegou um chiclete no bolso, desembalou-o com cuidado e o atirou na boca. Comprar sapatos novos estava se transformando em uma aventura.

A coisa teria parado nos sapatos se Cam não tivesse reparado que os fundilhos da calça de Seth estavam quase puídos. Não que ele se incomodasse com aquilo, afirmou a si mesmo. Mas era melhor, já que estavam lá, comprar uns dois pares de calças jeans para o garoto.

Cam tinha certeza de que, se Seth não tivesse reclamado tanto por ter de experimentar os jeans, ele não teria se sentido compelido a empurrar camisas, shorts e um casaco. No fim, acabaram comprando ainda três bonés, um agasalho Orioles e um frisbee fosforescente.

Ao tentar se lembrar exatamente do momento em que aquela primeira excursão começou a escapar do controle, Cam viu tudo se misturar em um borrão de araras de roupas, vozes reclamando em seu ouvido e o tilintar de caixas registradoras.

Os cães fizeram a maior festa, recebendo-os com um entusiasmo selvagem e desesperado no minuto em que passaram pelo portão. Teria sido uma recepção comovente se não fosse pelo fato de que os dois animais estavam fedendo a peixe morto.

Com xingamentos, empurrões e ameaças, os homens conseguiram fugir para dentro de casa, deixando os cães e seus sentimentos feridos do lado de fora. O telefone estava tocando.

— Alguém atende aí, por favor — implorou Cam. — Seth, leve esse lixo todo lá para cima e depois vá dar um banho naqueles cachorros.

— Nos dois? — A ideia o deixou empolgado, mas ele achou melhor reclamar: — Por que sou eu quem tem que fazer isso?

— Porque eu estou mandando! — Ah, como Cam detestava cair no lugar-comum de uma frase como essa, tão idiota e tão adulta. — A mangueira está lá nos fundos. Por Deus, preciso de uma cerveja!

Por não ter energia nem mesmo para isso, deixou-se largar na poltrona mais próxima e fitou o vazio com os olhos vidrados. Se tivesse que enfrentar novamente um shopping, prometeu a si mesmo, daria um tiro na cabeça e resolveria o problema.

— Era a Anna — avisou Phillip, voltando para a sala, caminhando devagar.

— Anna? Hoje é sábado! — Não conseguiu reprimir um gemido de estafa. — Preciso de uma transfusão.

— Ela mandou dizer que ela mesma cuidará do jantar.

— Ótimo, legal! Preciso me recuperar um pouco. O garoto vai ficar com você e com Ethan hoje à noite.

— Só com Ethan — corrigiu Phillip. — Também tenho um encontro. — Mas se deixou afundar em outra poltrona e fechou os olhos. — Não são nem cinco da tarde e tudo o que quero fazer é rastejar até a cama, cair no sono e me lançar no esquecimento. Como as pessoas fazem essas coisas consigo mesmas?

— Agora ele tem roupas para um ano. Se tivermos que fazer isso apenas uma vez por ano, até que não é tão mau.

Phillip abriu um olho.

— Ele tem roupas para a primavera e o verão. E quando o outono chegar? Vão ser suéteres, casacos e botas. E pode ser que ele cresça depressa demais e perca antes do tempo toda essa porcaria de roupa que a gente comprou hoje.

— Não podemos deixar que isso aconteça. Deve haver uma pílula que possamos dar a ele para fazê-lo parar de crescer. E talvez ele já tenha um casaco pesado.

— Não, ele chegou aqui só com as roupas do corpo. Papai não conseguiu receber o pacote completo, mais uma vez...

— Tudo bem, pensaremos nisso depois. Bem depois. — Cam pressionou os dedos sobre os olhos. — Reparou no jeito como Claremont olhou para ele, não foi? Viu o jeito nojento com que aqueles olhinhos miúdos brilharam?

— Vi. Ele vai espalhar coisas por aí, vai contá-las do jeito que quiser, e não há nada que possamos fazer a respeito.

— Acha que, de um jeito ou de outro, o garoto sabe de alguma coisa?

— Não sei ao certo o quanto Seth conhece a história. Posso tentar descobrir. Vou arrumar uns investigadores na segunda-feira para averiguar e tentar localizar a mãe dele.

— Você vai arranjar problema.

— Já estamos com problemas. A única forma de lidar com eles é reunir informações. Se ficar provado que Seth pertence à família Quinn por sangue, então lidaremos com o fato.

— Papai jamais magoaria a mamãe dessa forma. O casamento não era apenas uma diversão para ele. Era o grande lance na vida. E eles eram muito unidos.

— Se ele tivesse pulado a cerca, teria contado a ela. — Nisso Phillip acreditava com firmeza. — Teriam analisado o problema e tentado superá-lo. Só que essa parte da vida deles não é da nossa conta, aliás, continuaria a não ser se não fosse por Seth.

— Ele jamais pularia a cerca — murmurou Cam, determinado a acreditar naquilo. — Vou contar uma coisa que aprendi com eles. Se você se casa e faz aquelas promessas, é definitivo! Acho que é por isso que nós três continuamos solteiros.

— Talvez. Mas não podemos ignorar os boatos e as suspeitas. E, se a seguradora cismar com essa ideia de não pagar o seguro do papai, isso vai nos colocar em um grande rolo. Especialmente agora que acabamos de assinar um contrato de locação para aquele buraco caindo aos pedaços.

— Vai dar tudo certo. A sorte está começando a virar na nossa direção.

— Ah, está? — perguntou Phil, enquanto Cam se levantava. — E como você descobriu isso?

— Porque estou prestar a passar a noite com uma das mulheres mais sensuais do planeta e pretendo usar essa sorte para me dar muito bem. — Olhando para trás enquanto subia as escadas, avisou: — Não me espere acordado, mano.

Assim que entrou no quarto, Cam ouviu a barulhada que vinha do quintal. Foi até a janela e observou Seth e os cães. Simon estava sentado sobre as patas traseiras, com ar estoico, enquanto o menino o ensaboava. Bobalhão estava rodando em círculos como um idiota, latindo empolgado e aterrorizado diante da mangueira que cuspia água, onde ela havia sido jogada descuidadamente sobre a grama.

É claro que o garoto estava usando seus sapatos novinhos, que já estavam encharcados e enlameados. E ria como louco.

Cam não supunha que o garoto fosse capaz de rir daquele jeito, analisou, ainda observando. Jamais imaginou que ele pudesse se sentir daquele jeito, tão feliz, sem reservas, jovem e tolo.

Simon se levantou e sacudiu o corpo com violência, lançando água e sabão para todos os lados. Recuando, Seth escorregou na grama molhada, caiu de bunda no chão e continuou a gargalhar, dando urros de alegria enquanto os dois cães pulavam em cima dele. Brincaram de brigar sobre a água, a lama e o sabão até os três ficarem completamente ensopados e imundos.

No andar de cima, Cam simplesmente ficou apreciando o enorme sorriso que continuava estampado no rosto do menino.

A imagem pulou de volta em sua cabeça quando caminhava pelo corredor em direção ao apartamento de Anna. Estava louco para contar tudo a ela durante o jantar. Queria compartilhar aquilo, acreditando que isso ajudaria a diminuir a resistência dela tanto quanto uma refeição tranquila à luz de velas em um restaurante.

As rosas que comprara pelo caminho também não cairiam mal. Ele as cheirou. Se continuava a ser tão bom conhecedor da alma e do coração feminino, como imaginava, apostaria que Anna Spinelli tinha um fraco por rosas amarelas.

Antes mesmo de ter a chance de bater à porta do apartamento de Anna, a porta do outro lado do corredor se abriu.

— Olá para você, deve ser o novo namorado...

— Oi, Sra. Hardelman. Nos conhecemos há alguns dias.

— Não, nós não! Você conheceu a minha irmã.

— Ah... — Cam sorriu, cauteloso. Ela parecia exatamente igual à mulher que colocara a cabeça do lado de fora da outra vez, e até mesmo usava o mesmo roupão cor-de-rosa em chenile. — Bem... como vai a senhora?

— Você trouxe flores! Ela vai gostar disso. Meu namorado costumava me trazer flores, e o meu Henry, que Deus o tenha, me trazia lilases todo maio. No mês que vem traga lilases, meu rapaz, se Anna continuar deixando que a visite. Ela bota a maioria deles para correr, mas talvez fique com você.

— É... — Cam conseguiu sorrir, embora seu coração tenha parado de bater ao ouvir as palavras "fique com você". — Talvez... — Por impulso, puxou uma das rosas e entregou-a à vizinha em um floreio galante.

— Oh! — Um rubor de menina surgiu em seu rosto enrugado. — Puxa, minha nossa! — Seus olhos brilharam de prazer enquanto cheirava a rosa. — Que adorável! Que gracinha! Olhe, se eu fosse uns quarenta anos mais nova, disputaria com Anna para ficar com você. Piscou, flertando abertamente. — E aposto que venceria.

— Não, sem disputas! — Retribuiu-lhe o sorriso luminoso e dando uma piscadela. — Hã... diga olá para a sua... irmã.

— E vocês, tenham uma noite muito agradável. Podiam ir dançar... — sugeriu ela, enquanto fechava a porta.

— Boa ideia. — Rindo para si mesmo, Cam bateu na porta.

Quando Anna atendeu, parecendo sexy o bastante para ser devorada em três rápidas dentadas, Cam decidiu que a sessão de dança deveria começar de imediato. Agarrou-a pela cintura e girou com ela ao som latejante da batida básica de uma canção clássica de Bruce Springsteen e a E Street Band que vinha do som. Lançou o corpo de Anna para baixo e para trás, enquanto ela ria e tropeçava.

— Ora, olá... — Adorando se sentir ligeiramente tonta, gargalhou. — Coloque-me de pé, você me deixou desequilibrada.

— É exatamente como quero você... desequilibrada. — Baixou a boca de encontro à dela, fundindo-as em um beijo que a fez sentir todos os seus ossos derreterem. Com a cabeça girando, ela agarrou os ombros dele.

— A porta ainda está aberta — conseguiu dizer, e lançou a mão para a frente com esforço, para fechá-la.

— Bem pensado. — Ele a levantou lentamente, centímetro por centímetro, a boca ainda trabalhando agitadamente sobre a dela. — Sua vizinha disse que eu deveria levá-la para dançar.

— Ah... — Estava surpresa por não ver vapor saindo dos seus poros. — Então isso foi uma dança?

— Não, apenas uma amostra — disse, prendendo o lábio inferior dela entre seus dentes. Apertou-o mais um pouco e depois o liberou. — Quer dançar um tango, Anna?

— Acho melhor deixar para depois. — Mas pressionou a mão sobre o coração para mantê-lo no lugar, enquanto se desvencilhava dos braços dele. — Você me trouxe flores! — E enterrou o rosto nelas ao pegá-las da mão dele. — Achou que eu era louca por botões de rosa, não foi?

— Foi.

— Pois acertou. — E sorriu por entre as flores. — Vou colocá-las na água. Enquanto isso, pode nos servir um pouco de vinho. Deixei uma garrafa decantando sobre o balcão. As taças estão bem ao lado.

— Certo. Eu... — Cam olhou para trás dela e viu uma panela brilhante com algo borbulhante sobre o fogão e uma tigela com canapés e aperitivos sobre o balcão. — O que significa tudo isso?

— Jantar — disse, procurando um vaso para as flores na parte de baixo do armário da cozinha. — Phillip não deu o meu recado?

— Quando ele disse que você ia cuidar do jantar, achei que já tinha escolhido um lugar para jantar e havia feito as reservas. — Pegou um canapé de champignon na bandeja de tira-gostos, experimentou e suspirou em puro êxtase gustativo. — Não achei que fosse cozinhar para mim.

— Gosto de cozinhar — disse ela com naturalidade, enquanto enchia um vaso rosa-bebê com água. — E também queria ficar a sós com você.

— Difícil rebater esse argumento. — E engoliu em seco. — O que vamos comer?

— Linguini, com o famoso molho especial da família Spinelli.

Ela se virou para pegar a taça de Merlot que ele lhe oferecera. Seu rosto parecia ligeiramente afogueado pelo calor da cozinha. O vestido que escolhera era da cor de pêssegos maduros, e moldava seu corpo como as mãos de um amante. Seus cabelos estavam soltos em cachos abundantes, e seus lábios estavam com um batom quase da mesma cor que o vinho que tomava.

Cam decidiu que, se planejava ter uma conversa de mais de três segundos com ela antes de tornar a agarrá-la, era melhor permanecer do outro lado do balcão.

— O cheiro está fantástico!

— E o sabor, melhor ainda.

Sua pulsação martelava em todo seu corpo ao mesmo tempo. O jeito como olhara para ela, apenas um longo, intenso e significativo fixar de olhos antes de sorrir, a deixara carente, com uma espécie de dor insistente de pura necessidade, latejando sem parar. Por puro impulso, virou-se para trás e apagou o fogo sob a panela. Mantendo os olhos nos de Cam, caminhou em volta do balcão na direção dele.

— Então vamos lá — disse ela. Deixou a taça de lado, depois pegou a dele e colocou sobre o balcão. Balançou os cabelos, jogando-os para trás, levantou ligeiramente o rosto em direção ao dele e sorriu suavemente, dizendo:

— Venha me experimentar...

Capítulo Doze

Seu sangue já pulsava com força, uma batida primitiva, forte e animal, quando Cam deu um passo à frente. Olhou bem fundo nos olhos dela, esperando guardar cada mudança e lampejo de emoção.

— Vou querer fazer mais do que simplesmente experimentar. Portanto, prepare-se...

Às vezes, pensou ela, a pessoa tinha que seguir seus instintos e desejos. Naquele momento os dela, todos eles, estavam centrados nele.

— Você não estaria aqui se eu não estivesse preparada. — Com um leve curvar dos lábios que formava um sorriso, ela esticou o braço e enroscou os cabelos dele entre os seus dedos. Saberia como lidar com ele, estava certa disso.

Cam colocou as mãos sobre os quadris dela. Ela não era uma modelo de corpo fino e reto como o de um menino, mas sim uma mulher. E ele a desejava. Sorriu de volta. Saberia como lidar com ela, estava certo disso.

— Gosta de apostar, Anna?

— De vez em quando.

— Então, vamos atirar os dados.

Ele a trouxe para junto de si com um puxão brusco, fazendo sua respiração parar e depois seguir, um instante antes da sua boca estar sobre a dela. O beijo foi rápido, desesperado, extremamente faminto, com as línguas se entrelaçando e os dentes mordiscando. Os pequenos gemidos que sua garganta emitiu subiram direto à cabeça dele, como uísque puro.

Ela puxou a camisa dele para fora das calças e enfiou as mãos por baixo. Carne e músculos, ela precisava sentir aquilo. Com um murmúrio de prazer, amassou, apertou, arranhou e golpeou, até que aquela carne pareceu queimar-lhe os dedos, e os músculos se tornaram duros como ferro.

Anna queria aquela força e músculos esmagados contra os dela.

Ele tateou por trás do vestido dela, buscando um zíper, e ela riu, quase sem fôlego, com a boca junto da garganta dele.

— Não tem zíper — avisou ela, e enterrou os dentes em seu queixo, sem se preocupar em ser gentil. — Você vai ter que... abaixar o vestido.

— Nossa! — Ele apertou o tecido sobre os ombros dela, puxando-o para baixo e substituindo-o por seus dentes enquanto o desejo pelo sabor de carne, da carne dela, deixava-o zonzo.

Começaram a girar como bailarinos, embora seu ritmo estivesse distante do dedilhado onírico do prelúdio de Chopin que vinha do aparelho de som. Ele tirou os sapatos. Ela abriu, ávida, os botões da sua camisa. A cabeça dele flutuava quando passaram, cambaleantes, pela porta do quarto. Ela tornou a rir, mas o som se transfigurou em um gemido no momento em que ele puxou seu vestido com força até a cintura e quando aqueles olhos da cor de aço escovado acompanharam o movimento das suas mãos para, a seguir, abaixar a cabeça e começar a devorar a pele junto da renda preta do sutiã.

Sua língua deslizou por baixo da borda rendada, excitando-a e saboreando-a até que seus joelhos ficaram frouxos e sua cabeça se encheu de luzes piscantes e coloridas. Ela pressentira que ele era capaz de fazer isso com ela, levá-la até o limite entre a razão e a insanidade, e queria que fizesse isso. Mas queria carregá-lo até lá junto com ela.

O desejo era imenso, impiedosamente pungente, impulsivo e primitivo. E, naquele instante, para ambos, era tudo o que importava.

Murmurando sem sentir, arrancou a camisa dele e enterrou as unhas na curva dura dos seus ombros. O peito dele era largo e firme, a carne quente e macia sob suas mãos. Havia cicatrizes sob o ombro e ao longo das costelas. O corpo, pensou ela, de um homem que gostava de correr riscos, alguém que só jogava para ganhar.

Com um leve girar de seus dedos experientes, ele abriu o fecho da frente e fez os seios dela saltarem e encherem suas mãos sedentas. Ela era magnífica. Pele dourada e curvas exuberantes. Ele achou que seu corpo era quase impossivelmente perfeito. No entanto, era eroticamente real, suave, porém firme, liso e perfumado. Queria se enterrar dentro dela, mas, quando ela tentou puxar as calças dele para baixo, Cam balançou a cabeça.

— Hã, hã. Quero você na cama. — E trouxe as mãos dela de volta para cima, até que lhe envolvessem o pescoço, trazendo sua boca para perto, até o beijo se tornar selvagem e atordoante. — Quero você embaixo de mim, em cima de mim, com as pernas ao meu redor.

Anna tirou um dos sapatos, tentando se equilibrar enquanto eles oscilavam para a frente e para trás em direção à cama.

— E eu quero você dentro de mim! — E chutou o outro sapato para longe enquanto os dois caíam sobre o colchão.

Ela rolou por cima dele primeiro, montando nele. A luz do dia já havia quase desaparecido. Apenas a pálida luz amarela do sol que se punha escorria através das janelas. As sombras mudaram de lugar. Os lábios dela estavam famintos, irrequietos, percorrendo-lhe todo o rosto e a garganta. Embora já tivesse desejado outros homens antes, sentiu uma ferocidade e um desejo primitivo inundá-la, de um jeito que jamais experimentara. Ela ia tomá-lo, era só o que conseguia pensar. Tomaria o que queria e aplacaria aquela necessidade quase insuportável.

Quando se arqueou para trás e a parte de cima de seu corpo formou uma silhueta diante daquela luz frágil, o ar pareceu ficar preso dentro dos pulmões de Cam. Ele a queria com uma urgência que não se lembrava de ter sentido antes por ninguém, nem por nada na vida. O desejo de ter, de tomar e de possuir acelerou com violência a sua corrente sanguínea, já totalmente agitada.

Elevou o próprio corpo, agarrando o cabelo dela com uma das mãos e puxando a sua cabeça para trás, expondo aquela longa curva da garganta, que envolveu com a boca. Toparia qualquer coisa com ela. Queria tudo.

Foi mais rude do que planejara ao empurrá-la sobre a cama. Sua respiração já estava ofegante no instante em que enganchou as mãos nas dela. Seus olhos brilhavam, um pouco mais escuros. O tipo de olhos, pensou ele, nos quais um homem era capaz de mergulhar. Seus cabelos se espalharam em uma massa embaraçada de seda negra contra o fundo da colcha de tom bronze. O perfume dela era mais do que um convite provocante. Era uma exigência que ardia lentamente.

Possua-me, o aroma parecia dizer... Se você tem coragem.

— Eu poderia devorar você viva — murmurou ele, esmagando a boca de encontro à dela outra vez.

Manteve-a presa à cama, sabendo que, se ela conseguisse se soltar, tudo acabaria depressa demais. Rápido, por Deus, ele queria que fosse rápido, mas também queria que não acabasse nunca. Pensou que poderia viver toda a vida bem ali, naquela cama, com o corpo vibrante de Anna se contorcendo embaixo do seu.

As mãos dela se flexionaram sob as dele, e seu corpo se arqueou quando ele cobriu um de seus mamilos com a boca. Ele podia sentir seu coração descompassado enquanto usava os dentes, a língua e os lábios para saborear, dando prazer a ambos.

Quando já tinha se preenchido por completo e se alimentado dela, soltou um pouco as suas mãos, permitindo que o tocasse.

Rolaram novamente sobre a cama, tateando e arrancando as roupas que ainda permaneciam entre eles. A respiração de ambos estava acelerada, ofegante, pontuada por meios gemidos e murmúrios baixos que mostravam emoções turbulentas e delírios ocultos. Com as sensações escorrendo uma por cima da outra, camadas trêmulas foram se acumulando em direção ao delírio. Ela estremeceu sob as mãos dele e quase chorou enquanto golpes de prazer a atingiam por dentro, cada um penetrante e único.

Anna lutou, tentando proporcionar a ele a mesma dor excruciante e prazerosa.

Sua mão se fechou sobre a dela, e ela se sentiu quente, úmida e pronta. Seu corpo tornou a se arquear e suas unhas se enterraram nas costas dele uma vez mais enquanto tudo nela parecia explodir, chegando ao pico.

Então os dois enlouqueceram.

Ela apenas se lembraria de querer mais. E mais... mais ainda. Era sexo animal e selvagem, um desejo puro. Mãos ávidas escorregavam sobre a pele úmida, bocas sedentas que se buscavam. Ela gozou mais uma vez, e seu grito de libertação foi um semi-soluço de triunfo e desamparo.

A luz se fora de todo, mas ele ainda conseguia vê-la. O brilho daqueles olhos escuros, o formato generoso daquela boca maravilhosa. O sangue bombeou com mais força, rugindo em sua cabeça, no seu coração, entre suas virilhas. Tudo no que conseguia pensar era no agora, e se lançou com força dentro dela, determinado e profundamente.

Sua visão se embaçou e sua mente revirou. Eles se mantiveram equilibrados por um momento, trêmulos, unidos. Ele não estava nem mesmo consciente de que suas mãos buscavam as dela e de que seus dedos se fechavam, formando punhos.

Começaram a se mover em uma corrida já cheia de velocidade e urgência. Ouviam o barulhinho bom e saudável de carne molhada se esfregando contra carne molhada. Seus olhares se encontraram e permaneceram fixos um no outro. Ele observou os olhos dela ficarem cegos e opacos enquanto ela se agitava, e ouviu o gemido que saiu de seus lábios, rasgando tudo, um instante antes de ele fechar os lábios sobre os dela para engolir o som.

Os quadris dele bombeavam como se fossem pistões, arrebatando-o cada vez mais, levando-o para cada vez mais perto dos seus próprios limites esgarçados. Projetava-se com força dentro dela, parecendo se segurar na beira de um abismo pelas pontas dos dedos. Observando-a, sentiu a necessidade de se soltar, apertar-lhe por dentro, de forma cruel. Então, o corpo dela ficou sem forças, como um arco dobrado pelo choque e prazer.

Foi o último grito dela que ele engoliu ao se aliviar.

Ele não tinha condições de se mover. Parecia certo de que, se alguém empunhasse uma arma junto de sua cabeça naquele momento, ele simplesmente continuaria deitado ali, esperando a bala. Pelo menos morreria satisfeito.

Não conseguia imaginar nenhum lugar melhor para estar do que estirado sobre o corpo curvilíneo de Anna, com o rosto enterrado em seus cabelos. E, se permanecesse ali por algum tempo, seria bem capaz de partir para o segundo tempo.

A música mudara novamente. Quando sua mente conseguiu ficar clara o bastante, reconheceu uma das baladas de Paul Simon, com uma linda melodia. Quase cochilou enquanto ouvia a canção.

— Se pegar no sono em cima de mim, vou ter que socar você.

Ele reuniu toda a energia que tinha para sorrir.

— Não vou dormir... estava só pensando em fazer amor com você novamente.

— Ah... — E apertou as mãos sobre ele, descendo por suas costas até os quadris. — É mesmo?

— Sim... preciso apenas de alguns minutos.

— Eu lhe daria esse tempo, se conseguisse respirar.

— Hã? — Preguiçosamente, ele se levantou meio de lado, apoiando-se nos cotovelos, e olhou para ela. — Sinto muito.

— Não, não sente não. — E sorriu. — Você está todo convencido. Mas eu também estou; então, tudo bem.

— Foi uma grande transa.

— Sim, foi uma grande transa — concordou ela. — Só que agora eu tenho que terminar de fazer o jantar. Vamos precisar de combustível, se quisermos tentar tudo aquilo de novo.

Deliciado e meio desnorteado, ele balançou a cabeça.

— Você é uma mulher fascinante, Anna. Sem jogos, sem desculpas. Com esse seu jeito e o seu corpo, é capaz de ter quantos homens quiser se atropelando para chegar a você.

Ela lhe deu um pequeno empurrão para conseguir se soltar e disse:

— E o que faz você pensar que já não faço isso? Você está exatamente onde eu queria, não está? — Sorrindo, ela se levantou e caminhou nua até o closet.

— Você tem um corpo maravilhoso, Srta. Spinelli!

Ela olhou por sobre o ombro enquanto vestia um roupão vermelho bem curto.

— Você também, Quinn.

E saiu em direção à cozinha, cantarolando baixinho enquanto tornava a ligar o fogo do molho e enchia uma panela com água para colocar a massa. Nossa, era maravilhoso, pensou ela, se sentir tão solta, flexível e liberada. Por mais imprudente que fosse tomar Cameron Quinn como amante, os resultados compensavam todos os riscos.

Ele a fizera tomar consciência de cada centímetro do seu corpo e do dele. Ele a fez se sentir incrivelmente viva. E, o melhor de tudo, refletiu, pegando o pão que queria torrar de leve, é que ele parecia compreendê-la.

Uma coisa era ser desejada e satisfeita por um homem. Mas o que aquecia o seu coração era ter a afeição daquele que a desejava.

Virou-se e pegou a taça de vinho no instante em que Cam saiu do quarto. Ele vestira as calças, mas não se dera ao trabalho de fechá-las. Anna bebia vagarosamente enquanto o analisava por sobre a borda da taça. Ombros largos, peito firme, uma cintura que se afunilava até chegar aos quadris estreitos e pernas compridas. Ele certamente possuía um corpo fabuloso.

E, por ora, era todo dela.

Pegando um canapé de pimenta da bandeja de aperitivos, ela o colocou diante dos lábios dele.

— Isso é muito picante — disse Cam ao sentir a força do condimento encher sua boca de saliva.

— Hum-humm... gosto de coisas picantes — disse, entregando-lhe a taça. — Está com fome?

— Para falar a verdade, sim.

— Não vai demorar muito. — E, como reconheceu o olhar em seu rosto, foi novamente para trás do balcão a fim de misturar bem o molho. — A água já está quase fervendo.

— Você sabe o que costuma-se dizer sobre panelas vigiadas. — E caminhou em volta do balcão, indo na direção dela. Foi o desenho que viu pregado na porta da geladeira que o distraiu e o fez se esquecer do plano semiformado de agarrá-la e tê-la novamente ali, no chão da cozinha. — Ei, esse aqui se parece com o Bobalhão.

— E é ele mesmo. Seth que desenhou.

— Ah, não brinca! — E enfiou um polegar no bolso da calça enquanto olhava mais de perto. — Sério? O desenho está muito bem feito, não está? Não sabia que o garoto podia desenhar assim.

— Pois saberia se passasse mais tempo com ele.

— Eu passo muito tempo com ele, todos os dias — murmurou Cam. — Ele nunca me falou nada sobre isso. — Cam não sabia explicar de onde viera aquela vaga sensação de aborrecimento, mas também não queria saber. — Como conseguiu que ele lhe desse isso?

— Pedindo... — disse simplesmente, e colocou o linguini na água fervendo.

Cam mudou de posição, afastando os pés, e falou:

— Escute, estou fazendo o melhor que posso com o garoto.

— Eu não disse que você não está. Só acho que vai fazer ainda melhor com um pouco mais de prática e esforço.

Anna arrumou o cabelo para trás. Não pretendia tocar naquele assunto. Seu relacionamento com Cam deveria ter dois compartimentos separados, sem que seus conteúdos se misturassem.

— Você está fazendo um bom trabalho — continuou ela. — Estou sendo sincera. Mas há um longo caminho a percorrer, Cam, para ganhar a confiança dele e sua afeição. E para você ter afeição por ele também. Ele é uma obrigação que você está cumprindo, e isso é admirável. Só que ele ainda é um menino. Precisa de amor. Você tem sentimentos por ele, já testemunhei isso. — E sorriu, olhando para trás — Apenas não sabe o que fazer com eles ainda.

— Então, agora eu preciso conversar com ele a respeito de desenhar cães? — Fez uma careta para o desenho.

Anna suspirou e se virou para pegar o rosto de Cam e emoldurá-lo entre as mãos.

— Não, simplesmente converse com ele. Você é um bom homem, com um bom coração. O resto vem por si só.

Novamente aborrecido, ele apertou os punhos dela. Não conseguia explicar por que a compreensão que havia na voz de Anna e a compaixão com ar divertido que via em seus olhos o deixavam nervoso, e afirmou:

— Não sou um homem bom! — Apertou-a um pouco mais, o bastante para fazer com que os olhos dela se estreitassem. — Sou egoísta e impaciente. Corro atrás de emoções porque é disso que eu gosto. Pagar dívidas não tem nada a ver com ter um bom coração. Sou um tremendo filho da mãe e gosto de ser assim.

— Ora, é sempre uma coisa sábia conhecer a si mesmo — disse ela simplesmente, levantando uma sobrancelha.

— Provavelmente vou magoar você, Anna, antes de tudo isso terminar. — Sentiu uma fisgada de pânico na garganta, mas tentou ignorá-la.

— Pois eu acho que talvez eu o magoe primeiro — afirmou ela, colocando a cabeça meio de lado. — Está disposto a correr esse risco?

Ele não sabia se ria ou soltava um palavrão diante disso, e acabou puxando-a seus braços para um beijo ardente, sugerindo:

— Vamos comer na cama.

— Esse também era o meu plano — disse ela.

A massa já estava quase fria quando conseguiram comê-la, o que não os impediu de devorá-la com avidez.

Sentaram-se com as pernas cruzadas sobre a cama, os joelhos encostados, e sob a luz da meia dúzia de velas que Anna acendera. Cam se empanturrou de linguini e fechou os olhos em uma demonstração de puro prazer e elogiou:

— Puxa vida, isso está bom demais!

— Então você devia experimentar a minha lasanha. — Anna enrolou a massa com habilidade em volta do garfo e a colocou na boca.

— Estou contando com isso. — Relaxado e com ar de preguiça, ele partiu ao meio um pedaço do pão crocante que ela colocara em uma cestinha de vime e entregou a ela.

O quarto, ele notou, era diferente do resto do apartamento. Ali ela não buscara o prático nem o convencional. A cama em si era larga e coberta com lençóis cor-de-rosa bem claros e um confortável edredom em tom de ouro velho. A cabeceira da cama era um arco romântico em ferro trabalhado, cheia de curvas, bem comum e cercada por um monte de almofadas coloridas.

Reconheceu que a cômoda era uma antiguidade, uma pesada peça de mogno restaurada e recoberta por um verniz rosado. Estava cheia de lindas garrafinhas, tigelas e uma escova com a parte de trás em prata. O espelho sobre o móvel era comprido, em formato oval.

Havia ainda uma penteadeira com puxadores brilhantes de latão e uma banqueta cheia de babados em frente. Por alguma razão, sempre achara aquele tipo de mobília incrivelmente sexy.

Um vaso cilíndrico de cobre estava cheio de flores com hastes compridas, as paredes cobertas de gravuras e quadros, e as molduras das janelas eram pintadas no mesmo tom de ouro velho do edredom.

Aquele, pensou Cam, distraído, era o quarto de Anna. O resto do apartamento seguia o estilo da Srta. Spinelli. Um lado prático, e o outro, sensual. Os dois combinavam com ela.

Esticou-se para o lado de fora da cama a fim de pegar a garrafa de vinho que deixara no chão e completou a taça dela.

— Está tentando me deixar bêbada?

Ele lhe lançou um sorriso cintilante. Os cabelos dela estavam emaranhados e o roupão, solto o bastante para deixar um dos ombros nus. Seus olhos escuros pareciam rir de tudo aquilo.

— Não pretendia fazer isso, mas até que seria bem interessante.

— Por que não me conta como foi o seu dia? — Sorriu, encolhendo o ombro e tomando o vinho.

— Hoje? — E sacudiu o ombro. — Um pesadelo!

— Sério? — E enroscou mais massa com o garfo, colocando-o na boca de Cam. — Quero detalhes.

— Compras no shopping. Sapatos. Coisa abominável! — Quando ela riu, ele sentiu um sorriso se espalhar em seu rosto também. Nossa, ela tinha uma risada linda. — Obriguei Ethan e Phillip a irem comigo. De jeito nenhum ia encarar essa sozinho. Quase tivemos que algemar o garoto para obrigá-lo a ir. Quem passasse pensaria que estávamos indo comprar uma camisa de força em vez de sapatos novos.

— Muitos homens não apreciam as alegrias, os desafios e as nuances sutis de ir ao shopping.

— Então da próxima vez vá você! Enfim, eu já estava de olho em um galpão à beira d'água. Passamos lá para dar uma olhada, antes de irmos ao shopping. Vai servir.

— Vai servir para quê?

— Para o nosso negócio. Construção de barcos.

— Estão realmente pensando nisso a sério? — Anna abaixou o garfo.

— Totalmente a sério... o lugar vai dar para o gasto. Precisa de alguns reparos, mas o aluguel ficou em um valor razoável, especialmente depois que quase obrigamos o senhorio a pagar pela maior parte dos consertos básicos.

— E você quer construir barcos?

— É algo que vai me tirar de casa e me manter longe das ruas. — Quando viu que ela não riu da piada, Cam simplesmente encolheu os ombros. — Bem, acho que posso abraçar essa ideia... pelo menos por enquanto. Vamos preparar a primeira encomenda, um barco para um cliente com quem Ethan já havia se comprometido, e depois a gente vê no que dá.

— Então vocês já assinaram um contrato de locação?

— Exato. Por que ficar adiando?

— Alguns diriam que o motivo seria cautela ou consideração com os detalhes.

— Eu deixo a cautela e a consideração com Ethan, e os detalhes com Phillip. Se não der certo, perderemos apenas algum dinheiro e o nosso tempo.

Era estranho o modo como aquele temperamento meio espinhoso combinava bem com ele, avaliou Anna. E combinava mais ainda com aquele jeito aborrecido de "que se dane" típico dele.

— E se a coisa der certo? — perguntou ela. — Já pensou a respeito?

— Como assim?

— Se tudo der certo, você vai ter que assumir mais um compromisso. Vai acabar virando um hábito. — E riu dele, pela expressão de aborrecimento e surpresa que apareceu em seu rosto. — Vai ser divertido tornar a perguntar como você se sente a respeito disso daqui a uns seis meses — disse, e se inclinou a fim de beijá-lo de leve. — Que tal uma sobremesa?

A preocupação chata que a palavra "compromisso" colocara em sua expressão desapareceu lentamente enquanto os lábios dela roçavam os dele.

— O que você tem para sobremesa?

— Cannoli — disse ela, enquanto colocava os pratos usados no chão.

— Parece bom.

— Ou... — olhando para ele, desfez o laço do roupão e o deixou escorregar pelos ombros — ...eu.

— Parece melhor ainda — disse ele, e deixou-se puxar na direção dela.

Passava um pouco das três horas da manhã quando Seth ouviu o carro chegando. Dormira um pouco, mas tivera sonhos. Sonhos ruins, nos quais se viu de volta em um daqueles cômodos fedorentos em que as paredes eram manchadas, mais finas do que papel e deixavam todos os sons passarem através delas.

Sons de sexo. Grunhidos, gemidos, camas rangendo e a gargalhada assustadora da sua mãe drogada. Reviver aquilo, ainda que apenas em sonhos, o fez suar. Às vezes ela entrava no quarto dele quando precisava de conforto e dormia sobre o sofá bolorento. Se estivesse bem-humorada, seria capaz de sorrir e lhe dar alguns abraços apertados, acordando-o de um sono eternamente interrompido para trazê-lo de volta aos cheiros e sons do mundo para o qual ela o arrastara.

Se estivesse de mau humor, soltaria palavrões e iria esbofeteá-lo para depois, muitas vezes, acabar sentada no chão, chorando sem parar.

De qualquer jeito, aquilo representava mais uma noite miserável.

O pior, porém, centenas de vezes pior, era quando um dos homens que ela levara para cama saía do quarto dela de mansinho, entrava no quarto entulhado em que ele dormia e tentava tocá-lo.

Não acontecera com muita frequência e, quando ele acordava aos berros, dando socos para todo lado, aquilo os fazia desistir. Mas o medo morava dentro dele como um demônio vermelho. Aprendera a dormir no chão, atrás do sofá, quando ela trazia um homem para casa.

Daquela vez, porém, Seth não acordara do pesadelo para encarar algo pior. Tentou tirar a mente do sonho que o deixara encharcado de suor e se viu sobre lençóis limpos, com um cãozinho que ressonava encolhido ao seu lado.

Chorou um pouco, porque se sentiu sozinho e não havia ninguém a quem procurar. Então se enroscou em Bobalhão, sentindo-se mais calmo pelo seu suave e compassado respirar e seu pelo macio. O som do carro chegando o impediu de mergulhar novamente no sono.

Seu primeiro pensamento foi: é a polícia! Eles haviam chegado para levá-lo dali e carregá-lo para longe. Então disse a si mesmo, enquanto o coração pulava tanto que parecia chegar à garganta, que estava raciocinando como um bebê. Mesmo assim, saiu da cama silencioso e foi, pé ante pé, até a janela olhar.

Já havia preparado um esconderijo para o caso de precisar de um.

Era o Corveta. Seth disse a si mesmo que teria reconhecido o som do motor se não estivesse semiadormecido. Viu Cam saltar e o ouviu assobiar baixinho, satisfeito.

Deve ter ido cutucar e transar com alguma mulher, decidiu Seth com um ar de escárnio. Os adultos eram tão previsíveis. Quando se lembrou, porém, de que Cam havia saído para ir jantar com a assistente social, seus olhos se arregalaram e seu queixo caiu.

Caramba, puxa, cara!, pensou ele. Cam andava transando com a Srta. Spinelli! Aquilo era tão... esquisito. Tão esquisito que ele não sabia nem como se sentir a respeito. Uma coisa era certa, compreendeu enquanto Cam continuava a caminhar em direção à porta: ele estava se sentindo muito bem e parecia todo prosa a respeito daquilo.

Ao ouvir a porta da frente se fechar, foi se esgueirando até a entrada do quarto. Queria dar uma espiada rápida, mas, quando ouviu o som de passos subindo a escada, mergulhou de volta na cama só para garantir.

O cãozinho ganiu baixinho, começou a se mexer e Seth fechou os olhos bem apertados enquanto a porta se abria.

Quando os passos se aproximaram lentamente na direção da sua cama, seu coração começou a martelar no peito. O que ele ia fazer?, pensou, já sentindo um pânico doentio. Deus, o que ele ia fazer? Bobalhão começou a abanar o rabo com força sobre a cama, e Seth se encolheu ainda mais, à espera do pior.

— Acho que você se deu bem, hein, garoto, ficando por aí de bobeira o dia todo, enchendo a pança e com uma cama macia e gostosa para dormir à noite, não é? — murmurou Cam.

Sua voz estava meio arrastada, talvez pela falta de sono, mas, para Seth, aquilo pareceu ser efeito de bebida ou drogas. Lutou para manter a respiração lenta e constante, enquanto o coração continuava socando seu peito como um bate-estacas e a cabeça pulsava.

— Sim, você se deu realmente bem, não foi, garoto? E não precisou fazer nada para ganhar tudo isso... seu cachorro com cara de pateta... — Seth quase piscou, compreendendo que Cam estava falando com Bobalhão, não com ele. — Vai ser um problema, viu, quando você crescer demais e começar a ocupar mais espaço na cama do que o seu dono...

Com cautela, Seth entreabriu os olhos, apenas o suficiente para ver entre os cílios. Viu a mão de Cam descer e fazer um carinho descontraído na cabeça de Bobalhão. Então, sentiu os lençóis e o cobertor serem puxados para cima e ajeitados em volta do seu pescoço. A mesma mão fez um carinho leve em sua cabeça.

Quando a porta tornou a se fechar, Seth ainda esperou uns bons trinta segundos antes de se arriscar a abrir os olhos. Viu-se cara a cara com Bobalhão. O cãozinho parecia sorrir para ele, como se tivessem acabado de compartilhar uma experiência que era só deles. Sorrindo para o cão, Seth atirou um braço em torno do corpo gorducho dele.

— Acho que se deu bem mesmo, hein, garoto? — sussurrou ele.

Como se concordasse, Bobalhão deu uma lambida no rosto de Seth e depois, soltando um enorme bocejo, ajeitou-se para voltar a dormir.

Dessa vez, quando Seth pegou novamente no sono, não houve pesadelos para assombrá-lo.

Capítulo Treze

— Você parece tremendamente feliz esses dias.

Cam recebeu o comentário sagaz de Phillip com um levantar de ombros, e continuou a assobiar enquanto trabalhava. Estavam fazendo bastante progresso no que Cam chamava, brincando, de "estaleiro particular" deles. Era um trabalho pesado, suarento e sujo.

Todas as vezes que Cam comparava aquilo com a tarefa de lavar roupa, agradecia a Deus.

Embora as janelas que não estavam quebradas tivessem sido abertas, o ar ainda carregava um leve cheiro de produtos químicos. Por insistência de Phillip, compraram uma batelada de aerossóis contra insetos e encheram o lugar com uma fumaça assassina. Quando a névoa se dissipou, a limpeza foi pesada. Levaram quase metade de um dia de trabalho só para recolher os animais mortos.

As janelas quebradas seriam substituídas e estavam para ser entregues naquele dia. Claremont reclamara amargamente por causa da despesa, apesar do vantajoso acordo que fizera com o cunhado, que era gerente de uma companhia de madeiras em Cambridge e as vendera para ele a preço de custo. Só pareceu um pouco mais tranquilo quando se lembrou de que os próprios Quinn iam arrancar fora as velhas janelas e instalar as novas, evitando a despesa extra de contratar operários para o serviço.

Se percebeu que os melhoramentos no prédio aumentariam o valor do imóvel, guardou essa pequena satisfação para si mesmo.

Eles haviam arrancado ou destruído a socos e pontapés as tábuas podres e as levaram para o lado de fora do prédio, fazendo uma pilha de refugos que crescia constantemente. O corrimão de metal que acompanhava as escadas até o andar de cima estava totalmente enferrujado, e o arrancaram fora. Claremont teve a fineza de conseguir as licenças exigidas pela Prefeitura, de forma que os Quinn estavam colocando abaixo duas paredes internas para construir um banheiro.

Como considerava aquele tipo de trabalho um hobby, algo que gostava de fazer, e como voltava na maior parte das noites para uma casa limpa, além de ter uma linda mulher disposta a dançar tango com ele sempre que os horários e as circunstâncias permitiam, Cam achou que tinha todo o direito de se sentir feliz.

Ora, o garoto estava até mesmo fazendo os deveres de casa na maior parte dos dias. Já entregara a tão temida redação e estava a meio caminho de se livrar do período de observação da diretoria sem outros incidentes.

Cam reparou que sua sorte estava mudando para melhor em um ritmo constante a partir das duas semanas anteriores.

No que dizia respeito a Phillip, aquelas haviam sido as piores semanas de toda a sua vida. Quase não estivera em seu apartamento, perdera o seu par favorito de sapatos Magli para os dentes de Bobalhão, não vira nenhum restaurante por dentro, nem sequer unzinho que fosse apenas quatro estrelas, e não chegara perto de uma mulher nem o suficiente para sentir seu perfume.

A não ser que considerasse a Sra. Wilson, no mercado, e é claro que essa não contava.

Em vez disso, vivia lidando com detalhes, fazendo malabarismos com números e problemas sobre os quais os outros nem mesmo imaginavam, além de estar com as mãos cheias de bolhas devido ao uso constante do martelo. Passava as noites tentando descobrir onde fora parar a vida que conhecera até ali.

O fato de saber que Cam estava fazendo sexo regularmente o deixava ainda mais revoltado.

Quando uma das tábuas que levantara o presenteou com uma imensa farpa no polegar, xingou com todas as letras:

— Mas que merda! Por que não contratamos carpinteiros?

— Porque você mesmo, que é o guardião de nossos mágicos orçamentos, afirmou que era muito mais barato desse jeito. Além do mais, Claremont nos deu o primeiro mês de aluguel de graça se nós mesmos fizéssemos os serviços de reparação. — Cam pegou a tábua das mãos do irmão, colocou-a no lugar e começou a martelar um prego nela. — Você disse que era um bom acordo.

— Devia estar sofrendo de insanidade nesse dia! — Rangendo os dentes, ele arrancou a farpa e chupou o dedo que doía.

Phillip, então, deu um passo para trás, colocou as mãos nos quadris, acima do cinto de ferramentas, e inspecionou a área. Estava imunda. Sujeira, serragem, um monte de material de refugo, pilhas de tábuas, lâminas de plástico. Aquela não era a vida dele, tornou a pensar, enquanto o martelo de Cam descia sobre a tábua no mesmo compasso de um rock de sucesso de Bob Seger que tocava no rádio, explodindo em seus tímpanos a todo o volume.

— Só posso ter tido um acesso de insanidade. Este lugar está uma zona!

— É...

— Montar esse negócio idiota vai devorar todo o nosso capital.

— Sem dúvida!

— Vamos afundar em seis meses.

— Pode ser...

Phillip olhou com cara feia e esticou o braço para pegar uma jarra de chá gelado, acusando:

— E você não está dando a mínima!

— Se for tudo pro espaço, tudo bem, que vá! — Cam enfiou o martelo de volta na haste do cinto e pegou o metro. — Não vai adiantar nada desistir antes do tempo. E, se a gente se der bem, mesmo que as coisas fiquem meio tumultuadas por algum tempo, vamos conseguir o que precisamos.

— Que na verdade é?

— Um negócio. — Cam pegou a tábua seguinte, analisou o comprimento dela fechando um dos olhos e a colocou sobre a bancada onde ficava a serra elétrica. — Um negócio que Ethan vai poder administrar depois que a poeira assentar. Pode contratar uns dois operários em regime de meio expediente, na época da baixa temporada para a pesca, e dá para construir três ou quatro barcos por ano para manter o negócio numa boa.

Fez uma pausa longa o bastante para marcar a tábua e ligou a serra. Poeira voou para todo lado e o barulho era horrível. Cam desligou o motor da serra ao acabar e testou o peso da tábua. Depois de colocá-la no lugar, continuou:

— Posso dar uma mãozinha para ele de vez em quando, e você vai cuidar da grana. Isso nos dará espaço para retomarmos nossa vida, pelo menos em parte. Posso disputar algumas corridas por ano e você volta ao trabalho de convencer os consumidores a comprar coisas através de anúncios sofisticados. — Tornou a pegar o martelo. — No fim, todo mundo fica feliz.

— Você andou refletindo sobre tudo isso... — Phillip entortou um pouco a cabeça e coçou o queixo.

— Exato!

— E quando acha que essa maravilhosa volta à normalidade vai acontecer?

— Quanto mais rápido colocarmos este lugar para funcionar, mais depressa terminaremos o primeiro barco. — Cam enxugou o suor da testa com as costas da mão.

— O que explica o fato de estarmos aqui ralando a bunda de tanto trabalhar. Mas o problema é: e depois?

— Tenho muitos contatos, o suficiente para nos conseguir uma segunda encomenda, até mesmo uma terceira. — Pensou em Tod Bardette, o canalha, que estava naquele mesmo instante treinando uma equipe para a One-Ton Cup. É, podia convencer Bardette a encomendar um barco das Embarcações Quinn. E ainda havia outros, um monte deles, que tinham condições de pagar, e pagar bem. — Acho que a minha maior contribuição para este empreendimento serão os contatos. Seis meses — afirmou. — Vamos ter de segurar as pontas por uns seis meses.

— Volto a trabalhar na segunda — avisou Phillip, preparando-se para uma discussão. — Preciso voltar. Estou escalonando os meus horários para ficar em Baltimore de segunda a quinta. É o melhor que posso fazer.

— Tá legal... — considerou Cam. — Por mim tudo bem, mas vai ter que ralar muito aqui nos fins de semana.

Por seis meses, pensou Phillip. Mais ou menos. Então, bufou, dizendo:

— Há um fator que você não incluiu no seu plano. Seth.

— O que tem ele? Seth vai ficar aqui. Ele tem um lugar para morar. Vou usar a casa como uma espécie de base.

— E quando você estiver fora, quebrando recordes e corações em Monte Carlo?

— Qual é? O garoto não precisa nem quer ficar grudado dentro do meu bolso o tempo todo. — Cam fez uma cara azeda e começou a bater no prego com mais força do que era necessário. — Vocês vão estar por perto quando eu não estiver. O garoto sempre vai ter alguém tomando conta dele.

— E se a mãe dele voltar? Os investigadores até agora não conseguiram encontrá-la. Ela sumiu. Eu me sentiria melhor se soubéssemos onde ela está e o que anda tramando.

— Não estou nem pensando nela. Ela está fora dessa história. — E tem que ficar, insistiu Cam consigo mesmo, lembrando o olhar de puro terror no rosto de Seth. — Ela não vai querer encarar a gente.

— Mesmo assim, gostaria de saber onde ela está — repetiu Phillip. — E também que diabos ela representava para o papai.

Cam tirou aquilo da cabeça. Sua maneira de lidar com pontas soltas era amarrá-las juntas e se esquecer delas. O problema mais imediato, pelo que via, era colocar o prédio em ordem, comprar equipamentos, ferramentas e suprimentos. Se o negócio era apenas um meio de alcançar um fim específico, as coisas tinham que ser iniciadas.

Cada dia que trabalhava no galpão era um dia a menos para voltar à liberdade. Cada dólar que gastava em suprimentos e equipamentos era investido no futuro... no seu próprio futuro.

Cumpria a sua promessa, afirmou para si mesmo. Do seu jeito.

Com o sol castigando suas costas e uma bandana azul desbotada amarrada na cabeça, arrancava as telhas quebradas do telhado. Ethan e Phillip trabalhavam logo atrás dele, substituindo-as. Seth parecia se divertir atirando as telhas descartadas para o chão, e uma pilha imensa se formava abaixo deles.

Aquele era um lugar legal para se estar, na opinião de Seth. No alto do telhado, com o sol esquentando tudo ao redor e uma gaivota voando ali por perto de vez em quando. Dava para ver tudo dali de cima. A cidade, com suas ruas retas e quarteirões quadrados. As velhas árvores que pareciam brotar da grama como estacas. E as flores, também muito bonitas. Dali, pareciam borrões e pontos isolados em cores fortes. Alguém aparava a grama ao longe, e o som chegava até ele como um zumbido constante.

Dava para ver a margem do rio, com diversos barcos atracados ou navegando pelas águas. Dois meninos velejavam em um pequeno esquife de velas azuis e, como sentiu uma súbita inveja deles, Seth desviou o olhar novamente para as docas.

Havia gente ali fazendo compras, caminhando com descontração ou almoçando em um dos restaurantes com mesas externas cobertas com imensos para-sóis. Turistas observavam o show que os caçadores de caranguejo ofereciam. Seth gostava de esnobar os turistas; quando o fazia, já não tinha tanta inveja dos meninos com seu barquinho esperto.

Desejou estar com os binóculos que Ray lhe dera, para que pudesse enxergar ainda mais longe. Gostaria também de poder ficar ali sentado de vez em quando com o seu caderno de desenhos.

Tudo parecia tão... limpo. O céu e o mar eram tão azuis, a grama e as folhas das árvores tão verdes... podia até sentir o cheiro da água se respirasse fundo, assim como o cheiro de cachorro-quente sobre a grelha em algum lugar.

Aquele aroma fez seu estômago roncar. Deslocou-se um pouco para o lado e olhou para Cam pelo canto dos olhos. Cara, gostaria de ter músculos fortes como os dele. Com músculos como aqueles dava para fazer qualquer coisa, e ninguém poderia impedir. Quando um cara tinha músculos como aqueles, passava a vida toda sem precisar ter medo de nada nem de ninguém.

Testando os próprios bíceps com os dedos, ficou longe de se sentir satisfeito. Pensou que, se ajudasse um pouco com as ferramentas, talvez conseguisse endurecê-los.

— Você disse que eu podia arrancar algumas dessas telhas — lembrou-lhe Seth.

— Depois...

— Você já disse depois antes...

— E estou tornando a dizer. — Aquele era um trabalho pesado, quente, chato, e Cam queria acabar com aquilo bem depressa tanto quanto queria respirar. A camiseta estava toda suada, portanto a despira. Suas costas reluziam de suor e sua garganta parecia seca como o deserto. Arrancando mais algumas telhas, observou Seth, que as varejava lá para baixo.

— Você está jogando todas elas na mesma pilha?

— Estou. Foi isso que você me mandou fazer.

Cam olhou com atenção para o garoto. Seu cabelo saía em tufos debaixo do boné dos Orioles, o famoso time de beisebol de Baltimore. Cam o comprara para Seth quando eles foram assistir a um jogo na semana anterior. Pensando bem, Cam concluiu que não vira o garoto sem ele desde então.

A ida ao jogo acontecera por impulso, lembrou ele naquele instante, uma daquelas coisas que pintam de repente. Mas servira para lhe dar algumas fisgadas de emoção ao ver os olhos de Seth se arregalarem diante do estádio do time, o Camden Yards. E o modo como ficou sentado lá, com um cachorro-quente apertado entre os dedos completamente esquecido, observando atentamente cada movimento em campo.

E Cam morrera de rir no momento em que Seth emitiu uma opinião séria a respeito da experiência, afirmando: "Ver na televisão é uma merda comparado a estar aqui!"

Observando Seth, que jogava mais uma telha lá para baixo, Cam se perguntou se deveria ensinar ao garoto a lançar uma bola de beisebol. Na mesma hora, o fato de ter tido um pensamento como aquele o deixou irritado, e ele reclamou:

— Você não está nem olhando para onde está jogando essas telhas!

— Mas sei onde estão caindo. Se não está gostando do meu trabalho, você mesmo pode atirá-las lá embaixo. Além do mais, você me disse que eu podia arrancar algumas.

Não vale a pena, disse Cam para si mesmo. Não vale a pena discutir.

— Tá legal! Quer aprender a arrancar as telhas da porra do telhado? Olhe aqui, veja como é que se faz. Você usa essa parte aqui do martelo, que serve para arrancar pregos, e depois...

— Estou vendo você fazer isso há mais de uma hora. Não é preciso ser um gênio para arrancar telhas.

— Ótimo — respondeu Cam, falando entre os dentes. — Então faça! — Empurrou o martelo para as mãos ávidas de Seth. — Vou descer um pouco. Preciso beber alguma coisa, estou morrendo de sede.

Cam desceu as escadas parecendo um robô, tentando se convencer de que garotos de dez anos eram todos uns melequentos pé no saco. E, quanto mais telhas o garoto conseguisse arrancar, menos iam sobrar para ele depois. Se sobrevivesse àquele dia, teria outro daqueles encontros de sábado à noite com Anna. Queria aproveitar o máximo que pudesse.

Aquilo que era mulher!, pensou, pegando uma jarra de água gelada e a despejando goela abaixo. Praticamente perfeita! Embora, ocasionalmente, sentisse uma sensação estranha na barriga por pensar nela daquela forma, a verdade é que era difícil encontrar defeitos em Anna.

Linda, inteligente, sexy... e com aquela risada gostosa que soltava de vez em quando. Além dos olhos maravilhosos, quentes e compreensivos. E o espírito livre e selvagem que escondia por baixo das roupas práticas de servidora pública.

E ainda sabia cozinhar!

Rindo consigo mesmo, pegou no bolso outro lenço para enxugar o rosto.

Ora, se fosse o tipo do homem que está a fim de se acomodar, não a deixaria escapar, ele a agarraria na mesma hora. Colocaria uma aliança em seu dedo, recitaria todos os "eu aceito" necessários e a traria para morar com ele na sua casa... na sua cama... em definitivo.

— Comida quente, sexo quente.

Conversas, risos. Sorrisos suaves ao acordar pela manhã. Olhares cúmplices que diziam mais do que um monte de palavras.

Ao se ver olhando para o infinito, com a jarra de água pendurada em um dos dedos e um sorriso idiota no rosto, ele se recompôs na mesma hora e soltou um longo suspiro.

O sol devia ter cozinhado os seus miolos, decidiu. "Em definitivo" não era seu estilo. Nunca fora. E casamento — só a palavra já o fazia estremecer — era para as outras pessoas.

Graças a Deus Anna não estava buscando nada mais do que ele. Um relacionamento fácil, descontraído, sem amarras nem enfeites. Servia para ambos.

Para se assegurar de que sua mente não fumegaria com aquelas ideias de novo, despejou água gelada sobre a cabeça. Seis meses, prometeu a si mesmo enquanto voltava para o lado de fora do galpão. Seis meses e se transferiria novamente para o seu próprio mundo. Um mundo de competição, velocidade, festas suntuosas e mulheres à procura de uma transa rápida.

Quando sentiu que esse pensamento caiu em um vazio e que a imagem de tudo aquilo o deixou com um buraco por dentro, soltou um palavrão. Era aquilo o que ele queria da vida, droga! Era o que ele sabia fazer. O mundo ao qual pertencia. Não era talhado para passar a vida construindo barcos para outras pessoas velejarem, criar um garoto e se preocupar se as meias dele combinavam ou não.

Claro que poderia ensinar o menino a receber uma bola ou rebater com precisão um arremesso para o alto, em curva, mas isso não era nada de mais. Talvez Anna Spinelli estivesse firmemente enganchada em seu cérebro, mas não precisava ser necessariamente um problema também.

Ele precisava de espaço e de liberdade.

Precisava competir e correr com seus barcos.

Seus pensamentos fervilhavam ao sair do galpão. A escada extensora de alumínio quase despencou em sua cabeça. O xingamento que soltou e o grito abafado que veio do alto pareceram um som só.

Ao olhar para cima, seu coração simplesmente parou de bater.

Seth estava pendurado a mais de seis metros de altura pelas pontas dos dedos na moldura quebrada de uma claraboia. No tempo em que seu coração bateu três vezes, Cam viu o desenho das solas dos tênis novos de Seth, os laços desamarrados e as meias largas. Antes de retomar o fôlego, tanto Ethan quanto Phillip já se debruçavam sobre o buraco do telhado, lutando para alcançar Seth.

— Segure firme! — berrou Ethan. — Escutou?

— Não consigo... — O pânico fez a voz de Seth ficar mais fina e ele pareceu muito, muito infantil. — Está escorregando.

— Não dá para alcançá-lo de onde a gente está! — A voz de Phillip parecia completamente sob controle, mas seus olhos, ao se fixarem nos de Cam, brilhavam de medo. — Levante a escada, depressa!

Cam tomou a decisão em segundos, embora lhe parecesse uma eternidade. Calculou o tempo que perderia para recolocar a escada no lugar, para depois subir por ela ou alguém descer até onde Seth estava pendurado. Levaria tempo demais, concluiu, e se colocou com firmeza, abrindo as pernas, bem embaixo de onde o garoto esperneava.

— Pode largar, Seth. Simplesmente solte as mãos. Eu agarro você aqui embaixo.

— Não, não consigo fazer isso! — Seus dedos já estavam doendo e sangrando, e quase se soltaram quando ele balançou a cabeça com firmeza. Sentiu o pânico rastejar rapidamente por sua espinha como se fossem ratos famintos. — Você não vai conseguir me pegar.

— Você consegue, e vou pegar você sim! Feche os olhos e se deixe soltar. Estou bem aqui. — Cam abriu as pernas ainda mais e ignorou o próprio coração, que disparara. — Estou bem aqui embaixo!

— Estou com medo!

— Eu também. Vamos logo com isso. Solte! — disse ele, com a voz tão firme que os dedos de Seth se soltaram por instinto.

Pareceu-lhe que a queda estava durando uma eternidade. O suor escorria pelo rosto de Cam. O ar se recusava a entrar nos pulmões de Seth. Embora seus olhos ardessem por causa do sol e do suor salgado, Cam não piscou e os manteve fixos no menino. Seus braços estavam lá, agarrados um no outro e firmes quando Seth caiu sobre eles.

Cam ouviu a explosão da respiração, a sua ou a de Seth, ele já nem sabia mais, enquanto os dois caíram com força no chão. Cam usou o próprio corpo para amortecer a queda do menino e caiu violentamente com as costas nuas no chão. Um instante depois, porém, já estava de volta, apoiando-se nos joelhos. Girou Seth na direção dele e abraçou o garoto, colando-o junto do seu corpo.

— Deus! Ah, meu Deus!

— Ele está bem? — berrou Ethan lá de cima.

— Sim... não sei. Você está legal?

— Acho que sim... estou. — Ele tremia muito, estava com os dentes batendo, e quando Cam o afastou um pouco, o suficiente para olhar em seu rosto, viu que ele estava mortalmente pálido, com os olhos imensos e vidrados. Sentando-se no chão, colocou Seth em seu colo e empurrou a cabeça do garoto para baixo, a fim de colocá-la entre os joelhos.

— Ele está apenas abalado — berrou para os irmãos lá em cima.

— Grande pegada! — Phillip se sentou novamente no telhado, passou as mãos sobre o rosto e imaginou que seu coração voltaria a bater normalmente logo, talvez em um ou dois anos. — Nossa, Ethan, onde eu estava com a cabeça para pedir ao garoto que descesse para pegar um pouco de água pra gente?

— Não foi culpa sua. — Na esperança de tranquilizar a ambos, Ethan apertou o ombro de Phillip. — Não foi culpa de ninguém. Ele está legal. Nós estamos bem. — Tornou a olhar lá para baixo, com a intenção de pedir a Cam que colocasse a escada novamente no lugar. Mas viu que o irmão estava abraçado ao garoto, com a bochecha colada no topo da cabeça do menino.

A escada podia esperar.

— Respire fundo — ordenou Cam. — Puxe o ar bem devagar. Você ficou completamente sem fôlego, apenas isso.

— Estou bem. — Mas manteve os olhos fechados, aterrorizado e com medo de vomitar e pagar o maior mico. Seus dedos ardiam, mas ele estava até com medo de olhar. Quando finalmente percebeu que estava sendo abraçado, e era um abraço apertado, não sentiu o pânico doentio e notou que não era o velho nojo trêmulo que o percorria por dentro.

Era gratidão, e um doce e quase desesperado alívio.

Cam fechou os olhos também. E aquilo foi um erro. Viu Seth caindo novamente, só que, daquela vez, ele não era rápido o bastante, nem forte o bastante. Ele nem estava lá.

O medo foi vencido pela fúria. Girou Seth, colocando-o face a face com ele, e o sacudiu.

— Que diabos você estava fazendo? O que estava pensando em fazer? Seu idiota, podia ter quebrado o pescoço!

— Eu estava só... — Sua voz ficou mais aguda, fazendo-o se sentir humilhado. — Estava só... sei lá. Meu tênis desamarrou. Devo ter pisado errado. Eu apenas...

Mas o resto das palavras foi abafado de encontro ao peito forte e suado de Cam, que puxou o garoto para junto de si novamente. Seth conseguiu ouvir o coração descompassado de Cam, como um trovão debaixo da sua orelha. Tornou a fechar os olhos. E, como se estivesse testando, seus braços se arrastaram em volta do corpo de Cam para abraçá-lo.

— Tudo bem, tudo bem... — murmurou Cam, ordenando a si mesmo que se acalmasse. — Não foi culpa sua. Você quase me fez borrar as calças.

Cam reparou que suas mãos tremiam. Estava fazendo papel de idiota. Deliberadamente, empurrou Seth para trás e sorriu, perguntando:

— E então, que tal o salto mortal?

— Achei superlegal. — Seth conseguiu dar um leve sorriso.

— Foi realmente de desafiar a morte! — E ao ver que os dois estavam se sentindo pouco à vontade, afastou-se lentamente, cauteloso. — Sorte você ainda ser tão magricela. Se estivesse mais gordo ou forte, teria me derrubado feio.

— Que cagada, hein? — reagiu Seth, porque não conseguiu pensar em mais nada para falar.

— Você machucou um pouco as mãos. — Cam franziu a testa, olhando com atenção para as pontas dos dedos do menino, arranhadas e sangrando. — Acho melhor chamarmos o resto da equipe aqui para consertarmos.

— Não é nada... — Estava ardendo como fogo.

— De que adianta você ficar sangrando até morrer? — Já que suas mãos não estavam muito firmes, Cam resolveu colocá-las para trabalhar e levantou a escada, pondo-a de volta no lugar. — Vá lá dentro e pegue a caixinha de primeiros socorros — ordenou ele. — Parece que Phil acertou em cheio ao nos obrigar a comprar aquela porcaria. Vamos usá-la em você.

Depois de ver Seth sair de sua vista, Cam simplesmente encostou a testa na lateral da escada. Seu estômago continuava pulando, e uma dor de cabeça que não notara até aquele instante começou a rugir em suas têmporas como um trem de carga.

— Você está bem? — Ethan colocou a mão sobre o ombro de Cam no minuto em que pôs os pés no chão.

— Fiquei até sem saliva. Minha boca está completamente seca. Nunca na vida me senti tão apavorado.

— Então somos três... — Phillip olhou em volta. Como seus joelhos ainda tremiam, sentou-se em um dos degraus da escada. — As mãos dele ficaram muito machucadas? Será que não é melhor levá-lo a um médico?

— Os dedos ficaram um pouco arranhados. Nada de grave. — Ao ouvir o som de um carro entrando no terreno do galpão, rodando sobre o cascalho, Cam se virou para ver quem era, e seu estômago já agitado pareceu afundar ainda mais. — Ah, que ótimo! Perfeito! A assistente social chegando...

— O que ela veio fazer aqui? — Ethan enterrou ainda mais o boné sobre a cabeça. Odiava ter mulheres por perto quando estava suado.

— Sei lá! Marcamos um encontro para hoje, mas não antes das sete horas. Garanto que ela vai ter alguma reclamação bem feminina para fazer a respeito de estarmos com o garoto lá em cima do telhado, para começar...

— Então a gente não conta nada para ela — murmurou Phillip ao mesmo tempo em que lançava um sorriso charmoso de boas-vindas. — Ora, agora o dia ficou mais brilhante. Nada melhor do que ver uma mulher maravilhosa após uma pesada manhã de trabalho.

— Cavalheiros... — E simplesmente sorriu quando Phillip pegou em sua mão e a levou aos lábios. Um arrepio divertido passou por dentro dela. Três homens, três irmãos, três reações. A de Phillip, sempre muito educado, o aceno de cabeça vagamente embaraçado de Ethan e a careta irritada de Cam.

Não havia nenhuma dúvida de que todos os três, cada um a seu modo, estavam com uma aparência incrivelmente máscula e atraente, suados e com cintos cheios de ferramentas.

— Espero que não se importem. Eu queria conhecer o galpão, e resolvi passar aqui com presentes. Há uma cesta de piquenique no meu carro. Comida de homens — acrescentou ela — para quem quiser fazer uma pausa para o almoço.

— Puxa, isso foi muito gentil da sua parte. Obrigado. — Ethan trocou os pés de posição. — Vou lá no carro para pegar.

— Obrigada. — Ela examinou o prédio, colocou os óculos escuros com armação grande e redonda em cima da testa e tornou a avaliar o espaço com atenção. Tudo o que conseguiu pensar foi que estava satisfeita por ter se vestido de forma casual para aquela visita improvisada, com jeans surrados e uma camiseta. Não havia jeito de entrar lá dentro, imaginou, e sair limpa. — Então, esse é o local que vocês alugaram...

— O começo do nosso império — começou Phillip, tendo acabado de lembrar que era melhor levá-la em um tour pelo prédio para dar a Cam tempo suficiente para limpar Seth e mandá-lo ficar de bico calado quando o menino voltasse lá de dentro.

A cor voltara ao seu rosto, que ainda estava sujo de suor, sujeira e o sangue que espalhara nas bochechas com os dedos. Sua camiseta branca estava nas mesmas condições, e ele carregava a caixa de primeiros socorros com a mão levantada, agitando-a como se fosse uma bandeira.

Uma onda de alarme surgiu nos olhos de Anna. Logo ela já estava correndo na direção de Seth, agarrando-o com carinho pelos ombros antes que Cam e Phillip tivessem tempo de pensar em uma história convincente.

— Ah, querido, você está todo machucado. O que aconteceu?

— Nada — começou Cam. — Ele apenas...

— Eu despenquei do telhado! — explicou Seth, aumentando o volume da voz. Conseguira se acalmar enquanto estava lá dentro e passara da fase dos joelhos bambos para a de orgulho desenfreado.

— Despencou do... — Chocada a ponto de se sentir tonta, Anna começou na mesma hora, por instinto, a apalpar o menino em busca de ossos quebrados. Seth ficou com o corpo tenso e depois relaxou, mas ela continuou a examiná-lo com ar sério, até ficar satisfeita. — Meu Deus! E o que está fazendo, andando solto por aí? — E virou o rosto por tempo suficiente para lançar um olhar furioso na direção de Cam. — Já chamaram uma ambulância?

— Ele não precisa de ambulância nenhuma. É bem típico das mulheres ficarem aí se desmanchando toda.

— Me desmanchando toda! — Mantendo a mão de forma protetora sobre o ombro de Seth, ela se virou, furiosa. — Me desmanchando toda!

E vocês três ficam circulando por aí feito um bando de babuínos apalermados... a criança pode estar com ferimentos internos. Ele está sangrando!

— Só nos dedos. — Seth os estendeu, admirando-os. Cara, ele ia fazer o maior sucesso na escola na segunda-feira. — Escorreguei da escada quando estava descendo, mas consegui me agarrar na moldura da janela, lá em cima. — E apontou para mostrar a Anna, enquanto a cabeça dela ficou tonta só de pensar na altura em que ele estava. — Então, Cam me disse para largar a janela e me soltar no ar, que ele ia me agarrar aqui embaixo. Eu fiz isso e ele me pegou.

— Esse garoto não fala mais de duas palavras na metade do tempo — sussurrou Cam para Phillip —, e na outra metade não consegue ficar de boca fechada. Ele está bem! — assegurou, elevando a voz. — Foi só um susto.

Anna nem sequer se deu ao trabalho de responder, simplesmente lhe lançou um olhar longo e fulminante antes de se virar de novo, olhando para Seth e sorrindo:

— Por que não me deixa dar uma olhada em suas mãos, querido? Vamos lavá-las para ver se você precisa levar pontos. — E empinou o queixo, mas os óculos escuros não conseguiram esconder a fúria que havia em seus olhos. — Eu gostaria de conversar com você, depois, Cameron.

— Aposto que quer — resmungou ele, vendo-a levar Seth em direção ao carro.

Seth sentiu que não se importava de ser paparicado um pouco. Era uma experiência nova ver uma mulher preocupada só por causa de um pouquinho de sangue. Suas mãos eram gentis e, sua voz, tranquilizadora. Mesmo que seus dedos estivessem latejando e ardendo, era um preço pequeno a pagar pelo que já lhe parecia uma aventura gloriosa.

— Foi um caminho bem longo até chegar aqui embaixo — comentou ele.

— Sim, eu sei. — Pensar naquilo só serviu para fazer o bolo que se formara em seu estômago aumentar ainda mais. — Você deve ter ficado apavorado!

— Só um pouco assustado, por um momento — disse, e mordeu o lado de dentro da bochecha para não gemer enquanto ela enrolava as suas mãos cuidadosamente com uma gaze. — Outros garotos teriam berrado feito meninas e mijado nas calças.

Ele não estava bem lembrado se gritara ou não, essa parte estava enevoada, mas deu uma conferida em suas calças e não viu nada molhado; portanto, estava tudo bem.

— Cam ficou muito pau da vida — continuou ele. — Até parecia que eu tinha chutado a escada debaixo do meu pé de propósito.

— Ele gritou com você? — A cabeça dela se ergueu para olhar para ele.

Seth ia começar a descrever a cena com detalhes, mas sentiu algo nos olhos dela que tornava difícil contar uma mentira completa.

— Bem, só por um instante — respondeu ele. — O resto do tempo ele ficou meio assustado e sentimental. Até parecia que eu tinha perdido o braço, pelo jeito como me carregou, me abraçou para me acalmar e tudo o mais.

E encolheu os ombros, embora lembrasse bem como tinha sido a sensação de um ponto quentinho na barriga quando foi abraçado e apertado com carinho.

— Alguns caras, sabe como é... não aguentam ver um pouco de sangue.

O sorriso de Anna ficou mais relaxado e ela esticou o braço para ajeitar os cabelos do menino para trás.

— Sim, eu sei... bem, você me parece em muito boa forma para um cara que gosta de dar mergulhos do alto do telhado. Não torne a fazer isso. Promete?

— Uma vez já é o bastante.

— Fico feliz em ouvir. Tem galinha frita na cesta que eu trouxe... a não ser que já tenham comido tudo.

— Legal! Cara, sou capaz de comer uns doze pedaços. — Começou a se preparar para sair correndo, mas então sentiu um aperto na consciência. Aquela era outra sensação rara, e fez com que ele se virasse e a olhasse bem nos olhos. — Cam disse que ia me segurar quando eu soltasse, e ele fez isso mesmo. Ele foi muito legal!

E correu em direção ao galpão, berrando para Ethan, pedindo que guardasse alguns pedaços para ele.

Anna simplesmente suspirou. Ficou sentada na ponta do banco do carona enquanto arrumava a caixa de primeiros socorros. Quando viu uma sombra no chão ao lado dela, continuou a mexer na caixa. Conseguia sentir o cheiro dele, doce e másculo, e o aroma já quase imperceptível do sabonete do banho matinal. Conhecia o cheiro dele tão bem agora, assim como o jeito que se misturava ao dela, que conseguiria encontrá-lo em uma sala cheia de homens, mesmo vendada e algemada.

E, embora fosse de certa forma verdade que estava curiosa para ver o galpão, fora apenas uma desculpa cômoda para dirigir de Princess Anne até ali só para ver Cam.

— Acho que não há necessidade de eu lhe dizer que meninos na idade de Seth não deveriam estar subindo e descendo por escadas compridas como aquela sem a supervisão de um adulto — começou ela.

— Não, não há necessidade.

— Ou lembrar a você que meninos nessa idade são descuidados, muitas vezes desajeitados e estabanados.

— Ele não é estabanado. — reagiu Cam, com um pouco de raiva. — É ágil como um macaquinho. É claro que — acrescentou ele, com um ar de desdém na voz —, considerando que o resto de nós forma um bando de babuínos apalermados, tudo se encaixa.

Anna fechou a caixa de primeiros socorros, levantou-se e a entregou a ele.

— Pelo jeito, sim — concordou ela. — Por outro lado, acidentes acontecem, não importa o quanto sejamos cuidadosos nem o quanto a gente faça de tudo para preveni-los. Por isso que se chamam acidentes.

Olhou para o rosto dele. A irritação continuava estampada lá. Irritação com ela e com as circunstâncias. E, é claro, aquela raiva sutil que jamais parecia desaparecer por completo estava naquele momento muito, muito próxima da superfície.

— Então... — perguntou ela, com a voz suave — Quantos anos o susto desse pequeno evento roubou da sua vida?

— Umas duas décadas — respondeu ele, soltando o ar com força. — Mas o garoto se saiu muito bem. — E se virou ligeiramente, a fim de olhar na direção do prédio. Foi nesse instante que Anna viu as manchas de sangue em suas costas. Manchas, compreendeu ela, depois do primeiro impacto, feitas pelos dedos de Seth. O menino tinha sido abraçado, notou ela. E abraçara também.

Ele se virou, pegou-a sorrindo e perguntou:

— O que foi?

— Nada... bem, já que estou aqui e vocês todos estão comendo a minha comida, acho que mereço um tour completo pelo local.

— Quanto do que aconteceu aqui você vai ter que colocar nos seus relatórios?

— Não estou aqui a serviço. — disse ela, mais agressiva do que pretendia. — Estou apenas fazendo uma visita a amigos.

— Não falei por mal, Anna.

— Não mesmo? — Ela se levantou, rodeou a porta do carro e a empurrou com as mãos para trás. Droga, fora ali para vê-lo e estar com ele, não para aproveitar a chance e dar uma incerta. — O que vou colocar no meu próximo relatório, a não ser que perceba o contrário, é que, na minha opinião, Seth está se entrosando muito bem com seus guardiães, e vice-versa. Vou me lembrar de mandar uma cópia para você. O tour vai ficar para outra hora. Pode mandar me entregar de volta a cesta de piquenique quando quiser, não há pressa.

Achou que aquela era uma grande saída de palco, andando a passos largos em torno do carro enquanto lançava seu texto. Fumegava de raiva, mas manteve o ar de autocontrole. Foi nesse instante que ele a agarrou, assim que ela se preparava para abrir a porta do carro, e estragou toda a cena.

Ela se virou com rapidez e com o punho fechado para atingi-lo, mas ele escorregou em seu peito suado e perdeu o impacto.

— Tire as mãos de mim! — avisou ela.

— Para onde você vai? Espere apenas um minuto.

— Não tenho que esperar por nada e não quero que fique me segurando. — Ela o empurrou com as duas mãos. — Nossa, você está imundo!

— Se ficar quieta e me escutar...

— Escutar o quê? Pensa que não percebi? Acha que eu não saquei ao olhar para você e ver o que pensou assim que eu parei o carro? "Ai, que saco! Lá vem a assistente social! Aguentem firme, rapazes!" — Deu-lhe as costas. — Bem, foda-se vocês todos!

Ele poderia ter negado aquilo, podia fazer cara de "não sei do que você está falando" e talvez conseguisse ser convincente. Mas os olhos dela tiveram sobre ele o mesmo efeito que tiveram sobre Seth. Não conseguiram fazê-lo pensar em uma mentira decente para dizer.

— Tudo bem, você tem razão. Mas só falei aquilo por reflexo.

— Pelo menos você tem a decência de ser honesto. — O tamanho da mágoa que aquilo provocou nela a deixou tão enfurecida quanto surpresa.

— Não sei por que ficou tão esquentadinha.

— Não sabe? — Colocou os cabelos para trás. — Então me deixe explicar melhor... Olhei para você e vi apenas um homem que por acaso é meu amante. Você olhou para mim e viu apenas um símbolo de um sistema social no qual não confia nem respeita. Agora que deixei tudo bem claro, saia da minha frente!

— Desculpe. — Ele arrancou a bandana, porque sua cabeça estava quase rachando. — Você tem razão novamente, sinto muito por isso.

— Sinto muito também. — E abriu a porta do carro.

— Quer me dar uma droga de minuto ao menos? — Em vez de colocar a mão nela novamente, passou-a pelos próprios cabelos. Não foi o tom de impaciência que a fez parar, mas o desgaste emocional que ele demonstrou com o gesto.

— Tudo bem... — Ela largou a maçaneta do carro. — Você tem um minuto.

Cam sentiu que não havia nenhuma outra mulher em todo o planeta para a qual ele estivesse disposto a dar explicações, a não ser aquela parada diante dele, olhando-o com a testa meio franzida.

— Nós todos estávamos meio abalados naquela hora. O momento da sua chegada não poderia ter sido pior. Que droga, minhas mãos ainda estavam tremendo!

Detestava admitir aquilo, detestava. Para reunir algum controle, virou--se para o outro lado, deu alguns passos, voltou e continuou:

— Eu me envolvi em um acidente uma vez. Uns três anos atrás, no Grand Prix. Bati na canaleta da pista, calculei mal e comecei a rodar. O carro estava se partindo ao meio enquanto eu rodava. O pior medo é o do vapor invisível do combustível. De repente, tive uma rápida visão de mim mesmo em chamas, até ficar carbonizado. Aconteceu apenas por um segundo, mas foi uma imagem bem vivida.

Enrolou a bandana na mão até transformá-la em uma bola e depois a abriu, alisando-a.

— Pode acreditar, Anna, juro para você... ficar em pé ali bem debaixo daquele garoto e ver os cadarços soltos do seu tênis balançando no ar foi uma sensação pior do que a da corrida. Muito pior!

Como ela podia continuar com raiva? E como poderia deixar de enxergar que ele tinha uma imensa quantidade de amor para dar, se conseguisse se soltar? Ele dissera que provavelmente a magoaria, mas ela não imaginou que aquilo aconteceria tão depressa ou que viria daquela direção.

Não havia olhado para a direção certa. Não percebeu que estava começando a se apaixonar por ele.

— Não posso fazer isso — disse, quase que para si mesma, e cruzou os braços com força, como se quisesse aquecê-los. Uma sensação de frio invadiu-lhe, embora estivesse sob um sol escaldante. Quantos passos já dera em direção ao amor, pensou consigo mesma, e quantos precisaria retroceder para salvar a si mesma? — Não sei o que estava pensando. Estar envolvida com você em nível pessoal só serve para complicar o nosso interesse pela criança.

— Não se afaste de mim, Anna. — Ele experimentava agora um outro tipo de medo, um que jamais conhecera antes. — Tudo bem, a gente deu alguns passos errados, mas podemos alcançar o equilíbrio. Nós nos damos bem juntos.

— Nos damos bem na cama — disse ela, e piscou ao ver mágoa cintilar nos olhos dele.

— Só na cama?

— Não... — disse ela devagar, enquanto ele vinha em sua direção. — Não só na cama, mas...

— Sinto alguma coisa por você, Anna. — Esquecendo que suas mãos estavam sujas, ele as colocou sobre os ombros dela. — Nunca pensei nesse sentimento até agora, mas o que posso lhe dizer é que o que sinto por você... é uma das primeiras vezes na vida em que eu não quis sair desabalado para alcançar a linha de chegada.

Chegariam lá, compreendeu Anna. E ela teria de estar preparada para o momento em que ele alcançasse essa linha e a cruzasse na frente dela.

— Jamais confunda o que eu faço com quem eu sou, Cam — pediu ela, baixinho. — Você precisa ser honesto comigo, senão o resto não vai significar nada.

— Mas tenho sido mais honesto e aberto com você do que jamais fui com outra mulher em toda a minha vida, e sei muito bem quem você é...

— Tudo bem. — Ela colocou a mão em seu rosto quando ele se inclinou para beijá-la. — Vamos ver o que acontece em seguida.

Capítulo Quatorze

Era uma linda tarde de primavera. O ar estava agradável, com uma brisa boa e nuvens finas o suficiente para filtrar o sol e evitar que ele cozinhasse a pele lentamente. Quando Ethan manobrou o seu barco de trabalho para atracar na doca, as margens estavam cheias de turistas apreciando o trabalho dos pescadores e os dedos ágeis dos que pegavam caranguejos.

Já havia alcançado a sua cota do dia mais cedo, o que era bom. Os reservatórios de água sob o toldo listrado e desbotado de seu barco estavam lotados de caranguejos muito agitados e aborrecidos, que acabariam em panelas antes do anoitecer. Ele pretendia entregar sua carga e deixar seu companheiro cuidando das máquinas. As coisas estavam começando a ficar um pouco apertadas. Ethan planejara ir pessoalmente até o galpão, para ver como ia a instalação dos encanamentos.

Estava louco para ver tudo pronto, e Ethan Quinn não era homem de ter essa pressa toda ou, pelo menos, não se permitia achar que fosse. Mas o negócio de construção de barcos era um sonho particular que já vinha acalentando há algum tempo. Agora, parece que a ideia estava bem madura.

Simon soltou um latido forte e alegre quando o barco bateu contra os pilares da doca. Quando Ethan se preparava para amarrar as cordas no cais, viu que as mãos de alguém já as haviam agarrado. Mãos que ele reconheceu antes mesmo de levantar os olhos para ver a quem pertenciam. Mãos compridas, lindas, que não usavam anéis nem esmalte.

— Já peguei, Ethan!

— Obrigado — disse ele, olhando para cima e sorrindo para Grace. — O que está fazendo aqui nas docas no meio do dia?

— Pegando caranguejos. Betsy não estava muito bem hoje de manhã, e eles acabaram ficando desfalcados. E minha mãe queria mesmo passar algumas horas com a Aubrey.

— Você deveria separar algum tempo para si mesma, Grace.

— Ah... — Ela segurou as cordas do barco com habilidade e esticou o corpo enquanto passava a mão pelos cabelos muito curtos. — Qualquer dia desses eu penso nisso. Já acabaram com a caçarola de presunto que deixei pronta no outro dia?

— Teve até briga para ver quem ficaria com o restinho. Estava uma delícia. Obrigado. — Agora que já acabara com o estoque de frases usuais e simples, e estava de pé na doca ao lado dela, não sabia o que fazer com as mãos. Para compensar, acariciou a cabeça de Simon. — Pegamos um bocado de peixes e caranguejos hoje.

— Estou vendo... — Mas o sorriso que exibiu não chegava aos olhos, e Grace parecia estar mordendo o lábio. Um sinal certo, pensou Ethan, de que havia algum problema em sua mente.

— Há algo errado?

— É que detesto alugar seu tempo quando você está ocupado, Ethan — disse, e olhou em torno. — Será que poderia dar uma volta comigo um instante?

— Claro. Bem que preciso tomar alguma coisa bem gelada. Jim, pode dar conta do recado a partir daqui, não pode?

— Claro, capitão.

Com o cão quase correndo entre eles, Ethan enfiou as mãos nos bolsos. Acenou com a cabeça quando uma voz familiar o cumprimentou e passou quase sem reparar nos dedos velozes dos caçadores de caranguejo, que ofereciam um tremendo espetáculo com o seu trabalho. Reparou apenas nos cheiros, porque os adorava: água, peixe, o sal que havia no ar. E a fragrância sutil do sabonete e do xampu que Grace usava.

— Ethan, eu não queria trazer nenhum aborrecimento, nem para você nem para sua família.

— Nem querendo você conseguiria fazer isso, Grace.

— Pode ser que você já saiba. É que se trata de uma coisa que me deixa tão chateada... Eu detesto isso. — Sua voz ficou mais baixa, fervendo com uma raiva que Ethan sabia ser rara. Notou que seu rosto estava sério, sua boca tensa, e decidiu abrir mão da bebida gelada e levá-la para algum lugar fora das docas.

— É melhor me contar logo, para tirar isso da cabeça.

— E colocar na sua — disse ela, com um suspiro. Detestava fazer aquilo. Ethan estava sempre disponível quando ela tinha um problema ou precisava de um ombro amigo. No passado chegou a desejar que ele pudesse lhe oferecer mais do que sua amizade... mas aprendera a aceitar as coisas do jeito que eram. — É melhor que vocês saibam logo — disse ela, quase que para si mesma. — Não vão poder lidar com as coisas, a não ser que saibam o que está acontecendo. Há um investigador da companhia de seguros conversando com as pessoas, fazendo perguntas a respeito do seu pai, e de Seth.

Ethan colocou a mão sobre o ombro dela com delicadeza. Já estavam longe o bastante das docas, das lojas para turistas na beira do cais e do tumulto de gente passando de um lado para outro. Ele achava que tudo aquilo já havia terminado.

— Que tipo de perguntas? — Quis saber.

— Sobre o estado de espírito do seu pai nas semanas que antecederam o acidente. Perguntas a respeito de ele ter trazido Seth para casa. Ele veio me ver hoje, logo de manhã cedo. Achei que era melhor conversar com ele do que me recusar a isso. — E olhou para Ethan, aliviada quando ele assentiu. — Contei a ele que Ray Quinn era um dos melhores homens que eu já conheci, e deixei bem claro o que eu penso sobre ele estar andando por aí pescando fofocas nojentas.

Ao ver que Ethan ria, seus lábios também se abriram em um sorriso.

— Bem, é que ele me deixou tão louca com tudo aquilo... Argumentou que estava apenas fazendo o trabalho dele, e seu jeito era mais suave do que leite desnatado. Mas me deixou muito chateada, especialmente quando me perguntou se eu sabia alguma coisa a respeito da mãe de Seth ou de onde ele tinha vindo. Eu lhe disse que não fazia ideia e que isso também não importava. Falei que Seth estava exatamente onde deveria estar e pronto! Espero ter feito a coisa certa.

— Você fez muito bem.

Seus olhos estavam da cor de mares bravios agora, enquanto as emoções fervilhavam dentro dela.

— Ethan, sei que vocês ficarão magoados se algumas pessoas falarem, se disserem coisas que não lhes dizem respeito. Mas isso não significa nada

— continuou ela, tomando a mão dele entre as suas. — Não significa nada para qualquer pessoa que conheça a sua família.

— Nós vamos superar isso. — Apertou as mãos dela de leve. Em seguida, ficou sem saber se continuava segurando-as ou se as largava. — Fico feliz por ter me contado. — Largou-as, mas ficou olhando para o rosto dela por tanto tempo que um rubor começou a surgir na face de Grace. — Você não anda dormindo bem — afirmou ele. — Seus olhos parecem cansados.

— Ah... — Sem graça e chateada, ela passou as pontas dos dedos sob eles. Por que ele só reparava nela quando alguma coisa estava errada? — Aubrey passou uma noite meio agitada. Tenho que ir — disse, falando depressa, e acariciou a cabeça do paciente Simon. — Vou passar em sua casa amanhã para fazer a faxina.

E saiu apressada, refletindo, sem esperanças, que um homem que só reparava quando ela parecia cansada ou com problemas jamais prestaria atenção nela como mulher.

Mas Ethan a observou se afastar e pensou que ela era bonita demais para trabalhar daquele jeito, como uma mula.

O nome do inspetor era Mackenzie, e era ele que fazia as investigações. Até agora suas anotações continham descrições de um homem que era um santo com uma auréola tão larga e brilhante quanto o sol. Um samaritano desprendido que não só adorava os vizinhos como ajudava-os alegremente a carregar seus fardos; um sujeito que, ao lado da fiel esposa, salvou grande parte da humanidade e manteve o mundo a salvo para a democracia.

Outras das suas anotações denominavam Raymond Quinn como pomposo, intrometido, enxerido, com complexo de superioridade e que colecionava garotos de má fama da mesma forma que outros colecionavam selos, usando-os para usufruir de trabalho escravo, um bálsamo para o ego e, possivelmente, lascivos favores sexuais.

Embora Mackenzie admitisse que a segunda versão era muito mais interessante, essa visão fora fornecida por poucas pessoas espalhadas pela cidade.

Sendo um homem cauteloso e ligado a detalhes, compreendeu que a verdade provavelmente estava em algum ponto entre o santo e o pecador.

Seu objetivo não era canonizar nem condenar Raymond Quinn, apólice número 005-678-LQ2. Estava ali para reunir os fatos, e estes determinariam se o seguro deveria ser pago ou disputado na Justiça.

De um jeito ou de outro, Mackenzie receberia o pagamento pelo tempo e esforço gastos.

Resolveu fazer uma pausa e pegou um sanduíche para viagem em um pequeno lugar ensebado chamado Lanchonete Baby Side. Tinha um fraco por gordura, café de má qualidade e garçonetes com nomes do tipo Lulubelle.

Por isso que, aos cinquenta e oito anos, estava dez quilos além do peso ideal... uns doze, na verdade, quando não colocava o ponteiro da balança do banheiro alguns pontos antes do zero, sem falar no problema crônico de indigestão. Além disso, já se divorciara duas vezes.

Para piorar, estava ficando careca, vivia com o dedão do pé inchado e tinha um dente canino que às vezes o incomodava tanto quanto uma vadia excitada. Mackenzie sabia que não era nenhum Apoio, mas conhecia bem o seu trabalho, já estava na Seguradora True Life há trinta e dois anos e tinha a ficha tão limpa quanto coração de uma freira.

Estacionou o Ford Taurus no esburacado terreno coberto de cascalho que ficava ao lado do galpão. Seu último contato, um pequeno verme chamado Claremont, indicara o caminho. Encontraria Cameron Quinn ali, assegurara Claremont com um sorriso reprimido.

Mackenzie antipatizara com o homem em menos de cinco minutos. Já lidava com pessoas há muitos anos, o bastante para reconhecer ganância, inveja e malícia, mesmo quando tudo isso se apresentava debaixo de uma camada de charme. Claremont sequer tinha essa camada, pelo que Mackenzie reparara. Era totalmente desprezível como ser humano.

Arrotando a lembrança dos picles condimentados com endro com os quais se fartara durante o almoço, balançou a cabeça e pegou o comprimido de Zantac que consumia de hora em hora. Havia um caminhão tipo picape no terreno, um sedã velho e um Corveta clássico sofisticado.

Mackenzie gostou do visual do Corveta, embora não se visse atrás do volante de uma daquelas máquinas mortíferas nem por amor nem por dinheiro. De jeito nenhum. Mas admirava o carrão, e ficou analisando-o por um tempo, antes de sair de seu veículo.

Também era capaz de apreciar o aspecto de um homem, refletiu, quando viu dois deles saindo do galpão. O mais velho, com camisa xadrez vermelha e gravata, era um burocrata, notou de imediato. Era muito bom em reconhecer os diferentes tipos de pessoas.

O mais novo tinha o corpo esbelto, um ar voraz, olhos penetrantes e astutos demais para pertencerem a um burocrata. Podia não trabalhar com as mãos, pensou Mackenzie, mas tinha tudo para isso. Além do mais, parecia o tipo de homem que sabia o que queria, e que sempre arrumava um jeito de conseguir.

Se aquele era Cameron Quinn, decidiu Mackenzie, Ray Quinn deve ter cortado um dobrado com ele quando era vivo.

Cam reparou em Mackenzie assim que saiu para acompanhar o inspetor dos encanamentos até o seu carro. Sentia-se muito bem devido à rapidez com que as coisas avançavam. Calculava que levaria mais uma semana para terminar a construção do banheiro, mas ele e Ethan podiam continuar sem aquele conveniente espaço por muito mais tempo.

Queria começar a trabalhar logo, e, já que as instalações elétricas estavam prontas e também haviam passado pela inspeção, não havia mais necessidade de esperar.

Cam achou que Mackenzie tinha cara de agente de apostas. Vasculhou a memória, tentando se lembrar se combinara de receber mais alguém naquele dia, mas concluiu que não. Devia ser um vendedor, imaginou, enquanto o inspetor e Mackenzie passaram um pelo outro.

O sujeito trazia uma pasta, reparou Cam, desanimado. Quando as pessoas chegavam com pastas, significava que algo logo seria retirado lá de dentro.

— O senhor deve ser o Sr. Quinn — disse Mackenzie com voz afável e olhos avaliadores.

— Devo ser.

— Meu nome é Mackenzie, da Seguradora True Life.

— Já temos seguro. — Ou, pelo menos, ele supunha que sim. — Meu irmão, Phillip, é o responsável pelos detalhes. — Então, algo fez o cérebro de Cam se ligar, e ele trocou o ar descontraído por uma postura defensiva. — O senhor disse Seguradora True Life?

— Essa mesma. Sou investigador da companhia. Precisamos esclarecer algumas dúvidas antes que a apólice do seu pai seja paga.

— Ele está morto. — disse Cam, de forma direta. — Era essa a sua dúvida, Mackenzie?

— Meus pêsames. Sinto muito pela sua perda.

— Imagino que a companhia esteja sentindo pelo fato de desembolsar a grana. Pelo que me consta, meu pai pagou pela apólice com toda a boa-fé.

O único detalhe desagradável é que a pessoa tem que morrer para levar a grana. Ele morreu.

Estava quente ali fora, sob o sol, e o pastrami com centeio acompanhado de mostarda picante não estava caindo muito bem no estômago de Mackenzie, que bufou pesadamente e disse:

— Há questionamentos a respeito do acidente.

Sob outras circunstâncias, Mackenzie até apreciaria o tom direto e sem rodeios de Cam. Assentindo, disse:

— O senhor deve estar a par de que a apólice tem uma cláusula a respeito de suicídio.

— Meu pai não cometeu suicídio, Mackenzie. E, já que você não estava dentro do carro junto com ele no momento do acidente, vai ser muito difícil provar o contrário.

— Seu pai estava sob grande estresse e perturbação emocional.

— Meu pai criou três delinquentes e lidou com um punhado de garotos pentelhos ao dar aula na faculdade. Levou a vida sob grande estresse e passou por muitas perturbações emocionais.

— E tinha acabado de pegar mais um para criar.

— Isso mesmo. — Cam enfiou os polegares nos bolsos da frente da calça e sua postura se transformou em uma ameaça muda. — Esse fato não tem nada a ver nem com o senhor nem com a sua companhia.

— Mas pesa sobre as circunstâncias do acidente do seu pai. Existia a possibilidade de ele estar sofrendo chantagem, além de uma séria ameaça à sua reputação. Tenho uma cópia da carta encontrada no carro após a sua morte.

Assim que Mackenzie abriu a pasta, Cam deu um passo à frente, afirmando:

— Eu já vi essa carta. Tudo o que ela prova é que existe uma mulher por aí com os instintos maternais de uma gata de beco. Se está insinuando que Ray Quinn atirou o próprio carro contra um poste porque tinha medo de uma vadia barata, acabo com a sua companhia de seguros.

Uma fúria que Cam julgava ter superado ressurgiu com toda a força, com dentes à mostra e pronta para dar o bote.

— Mackenzie, estou cagando e andando para a porra da sua grana. Somos capazes de ganhar de forma honesta o nosso próprio dinheiro. Se a True Life quer dar calote e fugir pela tangente, isso é assunto para ser tratado com o meu irmão e com o advogado. Agora, se você, ou alguém por aí, começar a sujar a imagem e a reputação do meu pai, a coisa vai ter de ser resolvida comigo!

O sujeito era uns vinte e cinco anos mais novo do que ele, calculou Mackenzie, era forte como um touro e estava enfurecido como um lobo faminto. Assim, decidiu que seria melhor mudar de tática.

— Sr. Quinn, não tenho interesse nem desejo de manchar a reputação de seu pai. A True Life é uma companhia séria, trabalhei nela a maior parte da minha vida — disse, e tentou exibir um sorriso vitorioso. — Isso tudo é apenas rotina...

— Não gosto da sua rotina.

— Compreendo que não goste. A área obscura nesse caso se refere ao acidente em si. Os relatórios médicos confirmam que seu pai estava em excelente forma física. Não há evidência de enfarte, derrame ou qualquer outro evento físico que o tivesse levado a perder a direção do veículo. Foi um acidente envolvendo apenas um carro, que aconteceu em uma reta, com a estrada vazia, seca e em um dia claro. Os resultados da equipe de especialistas que reconstituiu o acidente são inconclusivos.

— Isso é problema de vocês. — Cam avistou Seth caminhando pela estrada, vindo da escola. E aquele problema ali, pensou na hora, é meu. — Não posso ajudá-lo em nada. O que posso assegurar é que meu pai enfrentava os problemas. Jamais escolheu o caminho mais fácil. Agora me desculpe, mas tenho muito trabalho a fazer. — Deixando o assunto como estava, Cam se afastou e andou em direção a Seth.

Mackenzie esfregou os olhos que ardiam por causa do sol. Quinn deve ter achado que não acrescentara nada de útil ao relatório dele, mas estava errado. Quanto mais não fosse, aquilo servira para Mackenzie adquirir a certeza de que os Quinn brigariam pelo dinheiro do seguro até o fim. Mesmo que não fosse pela quantia, seria por honra à memória de seu pai.

— Quem é aquele cara? — perguntou Seth ao ver Mackenzie voltando ao carro.

— Um babaca da companhia de seguros. — Cam acenou com a cabeça para a parte baixa da rua, onde dois garotos circulavam a meio quarteirão de distância. — E aqueles dois caras ali, quem são?

Seth deu uma olhada despreocupada para trás e levantou o ombro em sinal de desdém, respondendo:

— Sei lá. Apenas garotos lá da escola, ninguém importante.

— Eles estavam importunando você?

— Não, qual é? Vamos trabalhar no telhado hoje?

— Não, o telhado ficou pronto — murmurou Cam e olhou com ar divertido os dois garotos que se aproximavam, fingindo desinteresse. — Ei, vocês dois!

— O que está fazendo? — sussurrou Seth, morto de vergonha.

— Calma, fique frio. Ei, garotos, venham aqui! — ordenou Cam, deixando os meninos paralisados como estátuas de repente.

— Para que você está chamando aqueles dois? São apenas dois babacas lá da escola.

— Estamos precisando de alguns babacas para servir de mão de obra — afirmou Cam, com a voz calma. Também acabara de lhe ocorrer que Seth devia ter alguns companheiros da sua idade. Ficou esperando enquanto Seth se encolhia e os dois meninos trocavam ideias rapidamente, aos sussurros. Por fim, o mais alto dos dois se empinou todo, empertigando os ombros, e veio caminhado com ar arrogante pela rua em seu Nike surrado.

— A gente não estava fazendo nada. — disse o menino, em um tom de desafio que perdia um pouco o efeito pelo sibilar da sua voz ao passar pelo buraco de um dente que faltava.

— Já percebi isso. Estão a fim de fazer alguma coisa?

O menino olhou meio de lado para o garoto mais novo, depois olhou para Seth e então, com cautela, levantou o olhar para Cam, respondendo:

— Talvez.

— E vocês têm nome?

— Claro. Eu sou o Danny. Esse aqui é o meu irmão caçula, Will. Fiz onze anos na semana passada. Ele tem só nove.

— Mas vou fazer dez daqui a dez meses! — defendeu-se Will, dando uma cotovelada no irmão.

— Ele ainda está na quinta série... — explicou Danny, com um risinho de desdém que compartilhou generosamente com Seth. — Uma turma para bebês.

— Não sou bebê!

Como os punhos de Will já estavam fechados e se levantando para socar o irmão, Cam o segurou e apertou de leve os bíceps do garoto.

— Seus músculos me parecem bem fortes — elogiou ele.

— Eu sou forte mesmo! — confirmou Will, sorrindo em seguida com um charme quase angelical.

— Isso é o que vamos descobrir. Estão vendo todo esse lixo espalhado em pilhas por aqui? Telhas velhas e quebradas, pedaços de madeira com piche derretido e lixo? — Cam passou os olhos por todo o terreno. — Ótimo. Estão vendo aquela caçamba para lixo bem ali? Muito bem, o lixo vai para a caçamba e vocês ganham cinco pratas.

— Cinco dólares para cada um? — Danny se empertigou e seus olhos castanho-claros brilharam no rosto muito sardento.

— Não me faça rir, garoto. Mas olhe... ofereço dois dólares de bônus se fizerem o trabalho todo sem eu precisar vir até aqui fora para separar brigas. — E apontou para Seth com o polegar. — Quem vai coordenar os trabalhos é ele.

No minuto em que Cam os deixou sozinhos, Danny se virou para Seth. Avaliaram um ao outro estreitando os olhos, em silêncio.

— Vi o soco que você deu no Robert — disse o menino para Seth.

— E daí? — Seth afastou um pouco as pernas para se equilibrar melhor. Eram dois contra um, calculou, mas ele estava preparado para enfrentá-los.

— Foi muito legal! — disse Danny, começando a recolher telhas quebradas.

Will sorriu alegremente, olhando para Seth e concordando com o irmão:

— Robert é um bundão gordo e desengonçado, e Danny me contou que, quando você socou o nariz dele, o cara sangrou sem parar...

— Parecia um porco esfaqueado... — Seth se pegou sorrindo de volta.

— Oinc! Oinc! — completou Will, deliciado. — Depois que a gente acabar aqui, podemos pegar a grana e ir até o Crawfords tomar um sorvete.

— É... podemos... — Seth começou a juntar lixo também, com Will trabalhando alegremente bem atrás dele.

Anna não estava em um dos seus melhores dias. Começara a manhã desfiando o último par de meias-calças antes mesmo de alcançar a porta da rua. O pão acabara, o iogurte também e, admitiu ela, estava praticamente sem comida em casa porque passara tempo demais com Cam ou pensando nele, e acabara se esquecendo da sua rotina.

Ao parar na caixa de correio para depositar uma carta que escrevera para os avós, lascou uma unha na ranhura. O telefone já estava tocando no momento em que colocou os pés em sua sala às oito e meia, e uma mulher histérica do outro lado da linha tirava satisfação sobre seu cartão médico que ainda não chegara.

Anna a acalmou e assegurou que averiguaria pessoalmente o motivo da demora. Então, aparentemente só por ela ter chegado, a telefonista passou outra ligação, esta de um velho ranzinza que reclamava indignado, insistindo que as crianças da casa ao lado sofriam abusos dos pais, pois estes permitiam que os filhos vissem televisão o dia inteiro.

— A televisão — explicou ele — é a ferramenta da esquerda comunista. Eles só passam cenas de sexo e assassinatos, sexo e assassinatos, e tudo isso são mensagens subliminares para as crianças. Já li tudo a respeito.

— Vou averiguar o caso com atenção, Sr. Bigby — prometeu ela, abrindo a gaveta de cima da sua mesa, onde guardava a aspirina.

— É bom mesmo! Já tentei a polícia, mas eles não fizeram nada. Aquelas crianças estão condenadas. Vai ser preciso desprogramar a cabeça delas.

— Obrigada por nos chamar a atenção para esse fato.

— É o meu dever como cidadão americano.

— Aposto que sim — murmurou Anna, depois que ele desligou.

Sabendo que estava marcada na vara de família às duas horas da tarde, ligou o computador com a intenção de repassar os seus relatórios e anotações. Quando apareceu uma mensagem alarmante em sua tela, avisando que o programa estava com problemas e precisava ser desativado, ela nem se deu ao trabalho de gritar de desespero. Simplesmente se recostou, fechou os olhos e aceitou o fato de que seu dia estava fadado a ser muito atribulado.

E as coisas foram piorando.

Ela sabia que seu testemunho no tribunal era uma peça-chave para o caso. O arquivo dos Higgins pousara em sua mesa há quase um ano. Os três meninos, com idades de oito, seis e quatro anos, haviam sofrido abusos físicos e emocionais em casa. A mãe, com apenas vinte e cinco anos, era um caso clássico de esposa agredida. Abandonara o marido inúmeras vezes ao longo dos anos, mas sempre acabava voltando.

Seis meses antes, Anna trabalhara duro e tentara, com determinação, levá-la, junto com os filhos, para um abrigo. A mulher ficou lá, devidamente protegida, por menos de trinta e seis horas, antes de mudar de ideia. Embora Anna se comovesse com a história dela, a coisa chegara a um ponto em que o bem-estar das crianças estava em jogo.

Os rostos e corpos marcados por beliscões e manchas roxas, o medo e a resignada aceitação que Anna via nos olhos das crianças a atormentavam. Acabaram ficando em uma casa de adoção provisória, com um casal generoso e rico o bastante para acolher a todos. Ao ver os pais adotivos defendendo aqueles três meninos tão sofridos, Anna jurou que faria o que estivesse ao seu alcance para mantê-los lá.

— Aconselhamento psicológico foi recomendado em janeiro do ano passado, quando este caso chegou às minhas mãos pela primeira vez — afirmou Anna, no banco das testemunhas. — Recomendei terapia familiar e individual. O conselho não foi seguido. A situação persistiu em maio do mesmo ano, ocasião em que a Sra. Higgins foi hospitalizada com o maxilar deslocado e outros ferimentos. E se repetiu em setembro, quando Michael Higgins, o irmão mais velho, teve a mão quebrada. Ainda no ano passado, em novembro, a Sra. Higgins e seus dois filhos mais velhos foram parar no pronto-socorro, todos com diversos ferimentos. Abri uma notificação e encaminhei a Sra. Higgins e seus filhos para um local seguro, em um abrigo para mulheres agredidas. Ela ficou no local menos de dois dias.

— A senhorita foi a assistente social designada para cuidar desse caso durante mais de um ano. — O advogado estava de pé diante dela, sabendo por experiência que não era necessário conduzir sua testemunha.

— Sim, acompanhei o caso por mais de um ano. — E sentiu de forma aguda uma sensação de fracasso.

— Qual é a situação atual do caso?

— Em 6 de fevereiro deste ano, uma radiopatrulha chamada por um vizinho encontrou o Sr. Higgins sob forte influência de álcool. A Sra. Higgins estava histérica, segundo o relatório policial, e necessitava de tratamento médico para marcas de soco no rosto, além de vários arranhões. Curtis, a criança mais nova, estava com o braço quebrado. A Sra. Higgins foi levada sob custódia. Nessa ocasião, como responsável pelo acompanhamento do caso, fui notificada do ocorrido.

— A senhorita esteve com a Sra. Higgins e os filhos nesse dia? — perguntou o advogado.

— Sim, fui eu quem os levou de carro até o hospital. Conversei com a Sra. Higgins. Ela me assegurou que Curtis havia caído da escada. Devido à natureza dos seus ferimentos e sua história pregressa, não acreditei nela. O médico que os atendeu concordou comigo. As crianças foram levadas para uma casa de adoção provisória, onde permanecem desde então.

E continuou respondendo as perguntas a respeito da situação atual do caso e sobre as crianças em si. Em determinado momento, conseguiu arrancar um sorriso do menino do meio, ao falar sobre o time de futebol do qual ele estava participando.

Então, Anna preparou o espírito para a irritação e o tédio das perguntas do advogado oponente.

— A senhorita está a par do fato de que o Sr. Higgins se inscreveu voluntariamente em um programa de reabilitação para alcoólatras?

Anna fixou o olhar longamente no advogado, fornecido gratuitamente pelo Estado, que defendia o casal Higgins, e então fitou o pai direto nos olhos, dizendo:

— Estou a par de que, só no ano passado, o Sr. Higgins afirmou ter entrado em um programa desse tipo pelo menos três vezes.

Anna viu o ódio e a fúria surgirem, sombrios, no rosto do homem. Deixe que fique com raiva de mim, pensou. Quero ser mico de circo se ele colocar a mão de novo naquelas crianças.

— Estou a par também — completou ela — de que ele jamais completou o programa.

— O alcoolismo é uma doença, Srta. Spinelli. O Sr. Higgins está buscando tratamento para ela. Não concorda que a Sra. Higgins também é vítima da doença do marido?

— Concordo que ela sofreu muito, tanto física quanto emocionalmente, em suas mãos.

— E a senhorita não acha que seria um sofrimento ainda maior perder os filhos, e eles a ela? Será que acredita que esta corte vai arrancar as crianças e mantê-las longe da mãe?

A escolha, Anna pensou, era dela. De um lado, o homem que a espancava e aterrorizava os filhos, de outro, a integridade física, a saúde e a segurança desses mesmos filhos.

— Acredito que vai sofrer ainda mais até tomar uma decisão que modifique suas circunstâncias. E, na minha opinião profissional, a Sra. Higgins, neste momento, é incapaz de cuidar de si mesma e muito menos dos seus filhos.

— Mas tanto o Sr. Higgins quanto a esposa possuem um emprego fixo agora — continuou o advogado. — A Sra. Higgins declarou, sob juramento, que ela e o marido já se reconciliaram e continuam trabalhando no intuito de resolverem suas diferenças matrimoniais. Separar a família, como ela mesma afirmou, servirá apenas para trazer mais dor e problemas emocionais para todos os envolvidos.

— Sei que ela acredita nisso. — Seu olhar para a Sra. Higgins era de compaixão, mas a voz era firme. — E acredito que há três crianças neste caso cuja segurança física e bem-estar estão em perigo. Acompanhei os relatórios médico-psiquiátricos e as fichas policiais. Nos últimos quinze meses, elas foram atendidas por médicos na emergência um total de onze vezes!

Olhou para o advogado naquele momento, perguntando-se como ele conseguia se manter diante de uma corte de justiça lutando pelo que era, certamente, a destruição de três meninos tão novos.

— Estou ciente de que o bracinho de uma criança de quatro anos foi quebrado como se fosse um graveto — continuou Anna. — Recomendo com firmeza que estes meninos permaneçam sob cuidados supervisionados na casa de adoção provisória na qual já estão instalados, para assegurar a segurança física e emocional dos três.

— Nenhuma queixa foi feita na polícia contra o Sr. Higgins.

— Não, nenhuma queixa foi feita oficialmente. —Anna desviou o olhar para a mãe, e o deixou pesar sobre aquele rosto cansado. — Isso é outro crime — murmurou.

Ao terminar, Anna passou ao lado dos Higgins sem lhes lançar sequer uma olhada. Atrás do parapeito de madeira, porém, o pequeno Curtis estendeu-lhe a mão, pedindo:

— Você tem um pirulito? — sussurrou ele, fazendo-a sorrir.

Ela costumava carregar pirulitos na bolsa para as crianças. O menino os adorava, especialmente os de cereja.

— Talvez eu tenha algum comigo. Vamos ver...

Procurava o pirulito dentro da bolsa quando ouviu a explosão de ódio atrás dela:

— Tire as mãos do que me pertence, sua piranha!

Ao começar a se virar, Higgins a atingiu com toda a força, empurrando-a e a fazendo girar desequilibrada até cair no chão, levando Curtis com ela ao mesmo tempo que surgia um clamor de gritos e reclamações. Sua cabeça parecia badalar como se tivesse sinos lá dentro, e estrelas apareceram diante dos seus olhos. Dava para ouvir os gritos e xingamentos enquanto ela tentava se levantar do chão.

Sua bochecha doía muito no lugar em que batera ao cair, de encontro à madeira do assento de uma cadeira. As palmas das suas mãos ardiam depois de terem escorregado sobre o piso de lajotas, na tentativa de se apoiar. E — droga! — a meia nova que comprara para substituir a que desfiara de manhã estava rasgada na altura dos joelhos.

— Fique quieta! — ordenou Marilou. Ela estava agachada, dentro da sala de Anna. Cuidava dos arranhões com ar sério.

— Estou bem! — De fato, os ferimentos eram bem leves. — Valeu a pena! Aquela pequena demonstração de violência em pleno tribunal vai garantir que ele não consiga nem mesmo chegar perto das crianças por algum tempo.

— Você me deixa preocupada, Anna. — Marilou olhou para cima com os olhos pretos e brilhantes. — Estou quase achando que gostou de ser derrubada por aquele idiota de quase cem quilos.

— Gostei dos resultados disso. Ai, Marilou! — E bufou quando a supervisora se levantou para examinar a marca roxa no rosto de Anna. — Adorei dar queixa de agressão contra ele e, acima de tudo, adorei ver aqueles garotos voltarem para casa com os pais adotivos.

— Foi um bom dia de trabalho, então? — Balançando a cabeça, Marilou deu um passo para trás. — O que me preocupa, também, é que você se apega demais às pessoas envolvidas em seus casos.

— Não dá para ajudar de longe. Grande parte do nosso trabalho consiste em lidar com papelada, Marilou. Formulários e protocolos. Mas, de vez em quando, a gente consegue fazer algo de concreto, ainda que isso signifique ser atacada por um idiota de cem quilos. E aí vale a pena.

— Se você se envolver demais, vai acabar com algo pior do que marcas roxas e um joelho arranhado.

— Se eu não me envolver demais, é melhor arranjar outro trabalho.

Marilou bufou. Era difícil argumentar com Anna, porque ela própria sentia exatamente a mesma coisa.

— Vá para casa, Anna.

— Ainda falta uma hora para o fim do expediente.

— Vá mesmo assim. Considere isso como um prêmio pela sua combatividade.

— Já que você quer colocar dessa forma... Essa hora livre veio a calhar. Vou passar no supermercado, não tenho nada em casa para comer. Se souber de mais alguma coisa a respeito do... — Parou de falar de repente ao ouvir a batida no umbral da porta aberta. Seus olhos se arregalaram. — Cameron!

— Srta. Spinelli, eu queria saber se posso tomar um minuto do seu tempo para... — Seu sorriso de saudação se transformou em raiva. A luz em seus olhos se tornou penetrante e quente como uma espada flamejante. — O que diabos aconteceu aqui? — E entrou na sala como um vendaval, agitando tudo e quase atropelando Marilou em sua ânsia de chegar até Anna. — Quem fez isso em você?

— Ninguém exatamente, é que eu estava...

Em vez de dar a ela uma chance de explicar o que ocorrera, ele girou o corpo e olhou para Marilou. Fascinada e divertida com aquilo, ela recuou levantando as mãos.

— Não fui eu, campeão. Só ataco meus funcionários com o olhar. Jamais coloquei um dedo em cima deles.

— Houve um tumulto no tribunal, só isso. — Anna se levantou, tentando manter a frieza e o espírito profissional apesar das pernas nuas e dos pés descalços. — Marilou, este é Cameron Quinn. Cameron, Marilou Johnston, minha supervisora.

— E um prazer conhecê-lo, apesar das circunstâncias. — Marilou estendeu-lhe a mão. — Fui aluna do seu pai, um milhão de anos atrás. Eu o adorava.

— Sim, obrigado. Quem agrediu você? — insistiu ele, olhando para Anna.

— Alguém que, neste exato momento, está do lado errado de uma cela. — Rapidamente, Anna enfiou os pés nos sapatos de salto baixo. — Marilou, vou aceitar a sua sugestão para ir embora mais cedo. — Seu único pensamento naquele instante era levar Cam para fora dali, para longe dos olhos curiosos e observadores de Marilou. — Cameron, se precisa conversar comigo a respeito de Seth, pode me dar uma carona até em casa — disse, vestindo o paletó cinza-claro e o ajeitando nos ombros. — Não moro longe daqui. Posso lhe oferecer uma xícara de café.

— Certo... Claro. — Quando ele segurou o queixo dela com a mão, um cabo de guerra entre prazer e preocupação foi disputado dentro de Anna. — Vamos conversar então.

— A gente se vê amanhã, Marilou.

— Claro... — Marilou sorriu com satisfação quando Anna pegou, apressada, a sua pasta. — Nós duas vamos conversar também.

Capítulo Quinze

Anna manteve a boca fechada com firmeza até os dois estarem fora do prédio e a salvo de olhares alheios no estacionamento.

— Cam, pelo amor de Deus!

— Pelo amor de Deus o quê?

— Este é o meu local de trabalho! — Ela parou ao lado do carro e se virou para olhar para ele. — É o lugar onde eu trabalho, você se lembra? Não pode entrar daquela maneira na minha sala, como um amante ultrajado.

Ele tornou a pegar o queixo dela com a mão e inclinou o rosto para olhar mais de perto, afirmando:

— Sou um amante ultrajado e quero saber o nome do filho da mãe que colocou as mãos em você.

Ela não podia se permitir o sentimento de empolgação pela violência que saía dele sob a forma de centelhas. Aquilo seria, lembrou a si mesma enquanto o estômago dava um delicioso pulo de alegria, uma atitude completamente antiprofissional.

— A pessoa em questão está detida junto às autoridades policiais. E você não tem permissão para se mostrar como amante, nem ultrajado nem de nenhum outro tipo, durante o meu horário de expediente.

— Ah, é? Pois tente me impedir — desafiou ele e, levado pelo seu gênio forte, beijou-a ardentemente.

Ela tentou se desvencilhar por um momento. Qualquer um no prédio poderia dar uma olhadinha pela janela e pegá-los em flagrante. O beijo era quente e impetuoso demais para um estacionamento à luz do dia.

Mas era também quente e impetuoso demais para ela resistir. Cedendo a ele e a si mesma, Anna enroscou os braços em volta dele.

— Agora, quer parar com isso? — murmurou ela, de encontro à boca dele.

— Não.

— Tudo bem então, mas vamos levar esse fogo todo para um lugar fechado.

— Boa ideia! — Com a boca ainda colada na dela, ele esticou o braço para trás, a fim de abrir a porta do carro.

— Não posso entrar, a não ser que você me largue.

— Bem lembrado... — Ele a liberou e, logo em seguida, surpreendeu-a ao passar os lábios de leve e com carinho sobre a marca roxa em sua face. — Está doendo muito?

— Um pouco... — Com o coração ainda pulando, ela entrou no veículo, pegando o cinto de segurança com cuidado, mantendo os movimentos firmes, de forma eficiente e casual.

— O que aconteceu? — perguntou Cam, enquanto Anna acabava de se ajeitar ao seu lado.

— Um pai que cometia abusos contra os três filhos e espancava a mulher não apreciou muito o meu depoimento contra ele em uma audiência na vara de família. Ele me empurrou com toda a força quando eu estava de costas... Se não fosse por isso, teria dado um chute no saco dele. Do jeito que foi, perdi o equilíbrio e dei de cara no assento de uma cadeira, o que seria embaraçoso, e só não foi pelo fato de que ele agora está preso e as crianças estão com a família adotiva.

— E a esposa?

— Não posso ajudá-la... — Anna deixou a cabeça que latejava recostar no banco. — Cada um tem de lutar suas próprias batalhas.

Cam não disse nada ao ouvir isso. Andara pensando a mesma coisa. Foi por isso que decidiu largar três garotos com Ethan e ir até lá para vê-la. Resolveu contar a ela a respeito da investigação da companhia de seguros, das especulações a respeito da ligação de Seth com seu pai e da busca que Phillip contratara, com o intuito de encontrar a mãe de Seth.

Resolveu lhe contar tudo, pedir conselhos e ver o que ela achava. Naquele instante, porém, pegou-se reavaliando o assunto, e imaginando se aquele era o caminho mais sensato para ela, para ele e para Seth.

De qualquer forma, o problema teria que esperar, disse a si mesmo, e racionalizou o adiamento: ela acabara de passar por maus bocados e precisava de um pouco de atenção.

— Então você apanha muito em seu ramo profissional?

— Hein? Não. — Ela riu da pergunta enquanto ele estacionava o carro diante do seu edifício. — De vez em quando, alguém tenta dar um soco ou joga alguma coisa em cima da gente, mas, na maior parte das vezes, é só abuso verbal e xingamentos.

— Puxa, que trabalho divertido!

— Tem seus momentos. — Anna segurou a mão dele e caminhou ao seu lado. — Sabia que a televisão é a ferramenta da esquerda comunista?

— Não, nunca ouvi falar disso.

— Ainda bem que estou aqui para contar. — Pegou a correspondência de cartas, contas e uma revista de moda. — Vila Sésamo e outros programas infantis são apenas um disfarce.

— Aquele pássaro imenso todo amarelo nunca me enganou...

— Não, não, ele é só a fachada. O líder de todo o movimento é o sapo. — Ela colocou o dedo indicador na frente dos lábios enquanto se aproximavam da porta. Entraram no apartamento sorrateiramente, como dois alunos matando aula. — Não quero que as duas irmãs aí de frente fiquem em cima de mim, me zoando.

— E se importa se eu ficar em cima de você?

— Isso depende de uma definição melhor para o que você pretende.

— Podemos começar a demonstração aqui mesmo. — Enlaçando-a pela cintura, tocou os lábios dela com os dele.

— Acho que dá para aguentar isso... — E o ajudou a aumentar a intensidade do beijo. — O que está fazendo, Cam?

— Estava com um monte de coisas na cabeça. — Seus lábios acariciaram novamente a marca roxa e depois desceram lentamente até o queixo de Anna. — A principal era você. Queria ver você, estar com você, conversar com você. Fazer amor com você.

— Tudo ao mesmo tempo? — Seus lábios abriram um sorriso por baixo dos dele.

— Por que não? Estava planejando levá-la para jantar... mas agora estou achando que talvez fosse melhor a gente pedir uma pizza.

— Perfeito — disse ela com um suspiro. — Por que não nos serve um pouco de vinho, enquanto eu troco de roupa?

— É que tem mais uma coisa... — Levantou a boca para sussurrar no ouvido dela. — Uma coisa que venho sonhando em fazer. Tenho pensado muito em como seria ajudá-la a despir um daqueles ternos do tipo "servidora pública dedicada" que você usa.

— É mesmo?

— Desde a primeira vez em que te vi.

— Então esta é a sua oportunidade. — Sorriu, maliciosa.

— Estava torcendo para você dizer isso. — Colou a boca novamente sobre a dela, mas de forma mais faminta e possessiva. Seu suspiro se transformou em um gemido trêmulo quando ele abriu seu paletó e o puxou um pouco para baixo nas costas, prendendo-lhe os braços. — Desejo você o tempo inteiro, Anna... dia e noite.

— Acho isso muito bom, já que quero você o tempo todo também... — Sua voz estava um pouco rouca agora, baixa de tanto desejo.

— Isso não a apavora?

— Nada que aconteça entre nós me apavora.

— E se eu dissesse que quero que me deixe fazer o que quiser com você? Tudo?

— Eu responderia "quem o está impedindo?". — Seu coração pareceu pular do peito até a garganta, mas os olhos se mantiveram firmes.

Com um perigoso ar de luxúria nos olhos, ele baixou a cabeça e depois tornou a levantá-la, sussurrando:

— Vivo louco para saber o que a Srta. Spinelli usa por baixo daquelas blusinhas formais.

— Não creio que um homem como você vá permitir que alguns botõezinhos o impeçam de descobrir.

— Tem razão. — Ele tirou a mão do paletó e a colocou sobre a blusa de algodão bem passada. E a rasgou. Viu os olhos dela se arregalarem, chocados e estimulados. — Se quiser que eu pare, eu paro. Não farei nada que você não queira.

Ele rasgara a blusa dela, e isso a deixara excitada. Esperou, olhando para ela, para que ela lhe dissesse o que fazer. Isso a excitou ainda mais. Compreendeu então que não fora totalmente sincera ao dizer que nada a respeito deles a apavorava. Naquele momento, temia pelo que acontecia no seu coração.

Em matéria de amor físico, porém, conseguia acompanhá-lo.

— Quero todas as coisas. Tudo — gemeu ela.

O sangue dele acelerou. Mesmo assim, manteve o toque leve, sensual, deixando correr as costas da mão suavemente sobre a superfície lisa e branca do sutiã meia-taça.

— Srta. Spinelli... — falou ele, com a voz arrastada, enquanto os dedos escorregavam por dentro do cetim até chegar ao seu mamilo endurecido — Quanto você aguenta?

Os pequenos beliscões que sentiu fizeram sua cabeça girar e inundaram seu corpo por dentro. O ar a sua volta já estava mais denso quando ela respondeu:

— Acho que estamos prestes a descobrir.

Lentamente, mantendo os olhos em seu rosto, ele a encostou contra a parede.

— Vamos começar por aqui. Prepare-se — murmurou ele, lançando a mão por baixo da sua saia, rasgando a calcinha rendada que encontrou. A respiração dela explodiu, quase fazendo-a rir. Então, acariciando-a, penetrou-a com dois dedos, enviando uma onda de prazer em estado bruto através de todo o seu sistema nervoso. O orgasmo a rasgou por dentro, esvaziando-lhe a mente e roubando-lhe o fôlego. Quando seus joelhos se dobraram, ele simplesmente continuou a pressioná-la de encontro à parede.

— Goze mais! — Estava louco para vê-la sentir aquele prazer plenamente, observar a excitação chocada tomar conta do seu rosto e acompanhar a transformação naqueles olhos maravilhosos, que ficaram ainda mais arregalados e em êxtase.

Ela enterrou os dedos nos ombros dele em uma tentativa de manter o equilíbrio. Com a cabeça atirada para trás, ele podia ver o pulsar em sua garganta, que aumentou rapidamente, e o fez se sentir compelido a saboreá-la bem ali. Ela gemeu sob os seus lábios, movimentou o corpo na direção do dele, e a respiração se tornou ainda mais ofegante no instante em que ele acabou de lhe arrancar o paletó e atirar longe o que restara da sua blusa.

Ela estava indefesa e seu corpo estava mole. O ataque aos seus sentidos a deixara com as pernas bambas e o coração disparado. Ela disse o nome dele, ou pelo menos tentou, mas o som foi engolido por um arfar súbito no momento em que a girou de costas para ele. As palmas das mãos dela, muito suadas, pressionaram a parede.

Ele arrancou o botão de trás da sua saia. Ela sentiu quando a pressão do tecido diminuiu em volta dela e tremeu quando a roupa escorregou aos poucos pelos seus quadris, amontoando-se aos seus pés. As mãos dele estavam em seus seios, segurando-os por trás, moldando-os suavemente, enquanto os dedos escorriam do cetim do sutiã para a pele sensível e depois de volta ao sutiã. Então ele o rasgou também, e ela se excitou ainda mais ao ouvir o som do delicado material ceder sob as mãos decididas.

Os dentes dele lhe mordiscaram o ombro, e suas mãos... ah, suas mãos estavam em toda parte, deixando-a enlouquecida de prazer e lançando-a além. Eram mãos calejadas sobre sua pele lisa e fina, com dedos ousados que apertavam, invadiam e deslizavam por toda a superfície do seu corpo.

A respiração em descompasso que passava sibilante por entre seus lábios começou a se estabilizar. O prazer era intenso, como uma sombra no meio da noite. Sentiu-se deslizar para um mundo paralelo, totalmente erótico, onde só as sensações existiam.

Escorregadias, atordoantes e pecaminosas.

A parede lhe pareceu lisa e fria, o oposto das mãos dele. O contraste era insuportavelmente arrebatador.

Quando ele a virou de frente novamente, os olhos dela foram atingidos pelo pôr do sol. Ele ainda estava totalmente vestido, e ela completamente nua. Aquilo lhe pareceu incrivelmente erótico, e não conseguiu dizer nada no momento em que ele, lentamente, levantou-lhe as mãos acima da cabeça e pareceu grampear seus dois pulsos com apenas uma das mãos.

Observando-a, desceu a outra mão por dentro dos seus cabelos, com força, soltando os grampos que encontrava pelo caminho.

— Quero ver você gozar mais. — Ele mal conseguia falar. — Diga que quer mais.

— Sim, eu quero mais!

Ele pressionou o corpo contra o dela, o algodão macio e o brim rude de sua roupa indo de encontro à carne nua e úmida. O beijo que ele roubou dela a deixou com a cabeça girando.

Então, sua boca desceu lentamente e começou a trabalhar em seu corpo trêmulo.

Queria experimentar todos os sabores dela, o mel espesso em sua boca, a seda úmida em seus seios, chegar à textura quase cremosa de sua barriga e ao cetim polido das suas coxas.

Até alcançar o calor, a fornalha que parecia um vulcão com lava escorrendo, enquanto ele lambia e desbravava cada centímetro de carne entre as suas pernas.

Ele queria tudo, era só o que conseguia pensar. E depois ainda ia querer mais!

Suas mãos agarraram seus cabelos, puxando seu rosto mais para junto dela, fazendo-a alcançar um novo pico de prazer. Foi o clamor dela, o grito abafado, que quebrou o último elo do controle que ele exercia sobre si mesmo. Tinha de ser agora!

Ele se libertou de todas as roupas e se pressionou contra ela.

— Preciso preencher você — disse ele, muito ofegante. — Quero que olhe para mim enquanto faço isso...

E se lançou dentro dela naquele mesmo instante, em pé, e seus gemidos gêmeos se entrelaçaram no ar.

Depois de tudo, carregou-a para a cama e se deitou ao lado dela. Ela se aconchegou junto dele como uma criança no útero, um gesto que ele achou tão doce que se sentiu surpreso. Ficou observando-a enquanto ela dormia. Trinta minutos, depois uma hora. Não conseguia parar de tocá-la, passava a mão por seus cabelos, as pontas dos dedos sobre a marca roxa em seu rosto, dava um empurrão de leve sobre a curva do seu ombro.

Ele dissera que sentia algo diferente por ela. Começou a se preocupar com o que aquele algo poderia ser. Jamais se sentira compelido a permanecer assim, junto de uma mulher, depois do sexo. Jamais sentira a necessidade de simplesmente ficar ali, olhando para seu rosto, enquanto ela dormia, ou de tocá-la simplesmente pelo prazer do toque e não apenas para excitá-la.

Perguntou a si mesmo que nível estranho e volátil era aquele que ambos haviam atingido.

Nesse momento ela se mexeu, soltou um suspiro longo e seus olhos piscaram até focarem nele. Ao vê-la sorrir, seu coração pareceu dar uma cambalhota dentro do peito.

— Oi... — sussurrou ela. — Peguei no sono?

— Parece que sim. — E tentou fazer uma observação improvisada, algo leve e frívolo, mas tudo o que conseguiu exclamar foi o nome dela, "Anna". Abaixou a cabeça até que suas bocas se encontrassem mais uma vez, de forma terna, suave e amorosa.

O sono desaparecera dos olhos dela quando se afastaram, mas ele não conseguiu ler o que estava escrito neles. Ela respirou fundo uma vez, devagar, e depois deixou o ar escapar, perguntando:

— O que foi isso que aconteceu ainda há pouco?

— Não faço ideia. — Ambos recuaram com cautela. — Acho que é melhor pedir aquela pizza.

Alívio e desapontamento travaram uma batalha dentro dela. Anna fez todo o esforço possível para que o alívio vencesse, dizendo:

— Boa ideia. O número está ao lado do telefone da cozinha. Se você não se importa de fazer o pedido, vou tomar uma chuveirada rápida e vestir uma roupa.

— Tudo bem. — Em um gesto de intimidade casual, ele acariciou-lhe o quadril. — Vai querer pizza de quê?

— De tudo o que eles tiverem. — E esperou que ele parasse de rir, ficando aliviada ao ver que ele rolou para fora da cama antes dela. Precisava de mais um minuto sozinha.

— Vou pegar o vinho — anunciou ele.

— Que bom! — No instante em que se viu sozinha, enfiou a cabeça no travesseiro e soltou um grito abafado de frustração. Recuar?, pensou furiosa consigo mesma. Onde ela arrumara a ideia idiota de que poderia recuar do envolvimento com ele quando quisesse? Estava completamente apaixonada!

A culpa é minha, lembrou a si mesma, e o problema é meu também. Sentando-se, apertou o peito com a mão, pressionando o coração traidor. E esse vai ser o meu pequeno segredo, decidiu.

Anna se sentiu um pouco melhor depois de se vestir e colocar uma camada leve de maquiagem. Conversara longamente consigo mesma debaixo do chuveiro. Talvez estivesse apaixonada por ele, mas isso não tinha de ser uma coisa ruim. Pessoas se apaixonam e desapaixonam o tempo todo, e as mais espertas e mais estáveis simplesmente relaxavam e curtiam o passeio.

Ela seria esperta e estável.

Certamente não buscava o velho "viveram felizes para sempre", nem um cavalo branco com um príncipe encantado. Anna já se libertara dos sonhos de contos de fada há muito tempo, e toda a sua inocência fora firmemente cimentada às margens de uma estrada deserta quando tinha apenas doze anos.

Aprendera a se fazer feliz porque, por muitos anos após o estupro, pareceu incapaz de fazer qualquer coisa a não ser trazer infelicidade para si mesma e para todos à sua volta.

Sobrevivera a coisas piores, não havia dúvida de que poderia enfrentar um coração ligeiramente machucado.

De qualquer modo, jamais permitira se apaixonar antes. Desviara-se daquele sentimento, passara direto ou se contorcera para se livrar dele, mas jamais o encarara. Aquilo poderia ser uma aventura maravilhosa, e certamente seria uma experiência com a qual aprenderia algo.

Além do mais, para qualquer mulher, conseguir um amante como Cameron Quinn já estava de bom tamanho.

Sorria quando voltou para a sala de estar, onde encontrou Cam bebendo vinho e olhando para a capa da revista de moda que chegara. Ele colocara uma música para tocar. Eric Clapton estava no ar, suavemente chamando por Laylah.

Quando chegou por trás dele e lhe tascou um beijo na nuca, não esperava a reação de susto nem o pulo que ele deu.

Era sinal de culpa, pura e simples, e Cam detestou aquilo. Quase deixou entornar o vinho e teve de fazer um esforço para manter o rosto impassível.

O rosto sedutor na capa da revista que estava em suas mãos pertencia a uma modelo francesa muito esbelta chamada Martine.

— Não quis assustar você... — E levantou uma sobrancelha ao olhar para a capa da revista nas mãos dele. — Estava absorvido pelas novas tendências em tons pastéis para o verão?

— Não, só passando o tempo... A pizza deve chegar a qualquer momento. — Fez menção de colocar a revista sobre a mesinha, embora quisesse na verdade enterrá-la embaixo das almofadas do sofá, mas Anna a agarrara, afirmando:

— Eu costumava odiar essa mulher.

— Hein? — Sua garganta se mostrou desconfortavelmente seca.

— Bem, não exatamente Martine, a Magnífica, mas modelos como ela, de forma geral. Magras, louras, perfeitas... Sempre fui meio gordinha, com cabelos escuros demais. Isso aqui... — acrescentou, puxando algumas pontas do cabelo molhado e encaracolado — ...me deixava louca quando eu era adolescente. Tentei de tudo para deixar os cabelos lisos.

— Eu adoro o seu cabelo. — Ele queria colocar a porcaria da revista com a capa para baixo. — Você é duas vezes mais bonita do que ela. Não tem nem comparação!

— Que gentil você dizer isso... — Seu sorriso saiu rápido e sedutor nos cantos da boca.

— Estou falando sério — confirmou ele, quase desesperado para convencê-la, mas achou melhor não informar que já estivera diante das duas e sabia muito bem do que estava falando.

— Muito gentil mesmo. Apesar disso, eu era doida para ser magra, loura e menos cadeiruda.

— Você é real — disse ele, sem conseguir se segurar. Pegou a revista e a atirou para trás por sobre os ombros. — Ela não é.

— Essa é uma forma de abordar a questão. — Divertindo-se com a conversa, ela jogou a cabeça para o lado. — Parece-me que tipos internacionais como você, que participam de corridas pelo mundo todo, normalmente preferem as supermodelos. Elas parecem tão à vontade penduradas nos braços dos homens.

— Eu mal a conheço...

— Quem?

— Ninguém... qualquer uma... — Caramba, estava se enrolando todo. — Pronto, chegou a pizza! — exclamou aliviado ao ouvir a campainha. — Seu vinho está em cima do balcão. Vou pegar a encomenda.

— Ótimo. — Sem fazer ideia do que o deixara tão estranho, Anna foi até a cozinha para pegar a sua taça.

Cam reparou que a revista caíra com a capa para cima, de forma que lhe pareceu que Martine apontava aqueles arrasadores olhos azuis diretamente para ele, trazendo-lhe de volta à lembrança as imagens de uma bofetada e de uma mulher furiosa. Lançou um olhar para Anna. Era uma experiência que ele não fazia questão de repetir.

Enquanto Cam pagava o rapaz da entrega, Anna levou o vinho para a pequena sacada.

— Está uma noite gostosa... — comentou. — Vamos comer aqui fora.

Ajeitou as duas cadeiras e uma mesinha dobrável que havia na varanda. Gerânios cor-de-rosa e não me toques brancos enfeitavam o lugar, saindo de vasinhos de cerâmica.

— Se um dia eu conseguir juntar dinheiro bastante para comprar uma casa, vou querer uma varanda. Uma bem grande, como aquela que vocês têm em volta de toda a casa. — Voltou para dentro, pegando pratos e guardanapos. — Vou querer um jardim também. Qualquer dia desses vou começar a aprender a cuidar de flores.

— Uma casa, jardim, varanda... — Sentindo-se mais confortável, no ar fresco, Cam se acomodou. — Eu imaginava você como uma garota da cidade grande.

— É o que sempre fui. Não estou muito certa se morar em um bairro residencial cheio de casas iria me satisfazer. Cercas brancas com vizinhos pendurados nelas. É muito parecido com morar em um apartamento, na minha opinião, sem a vantagem da privacidade. — Colocou uma fatia de pizza no prato. — No fundo, o que eu queria mesmo era tentar comprar uma casa, mas uma que ficasse no campo... Um dia, quem sabe? O problema é que não consigo economizar dinheiro.

— Você? — Cam se serviu também. — Mas a Srta. Spinelli me parece tão prática...

— Ela tenta ser. Meus avós se contentavam com muito pouco, eram obrigados a isso. Eu fui criada desse jeito, contando os centavos. — Deu uma mordida e respirou fundo, com ar pensativo, antes de falar, com a boca cheia de queijo e molho de tomate. — Agora, basicamente, só vejo os centavos irem embora da minha mão.

— Qual é o seu ponto fraco para compras?

— Em primeiro lugar? — suspirou. — Roupas.

Ele olhou por cima do ombro, através da porta até o lugar onde as roupas dela estavam empilhadas de forma irregular no chão.

— Então acho que estou devendo uma blusa para você... e uma saia também, sem falar na roupa de baixo.

— Acho que está me devendo sim... — E riu com vontade, esticando as longas pernas, sentindo-se confortável dentro da calça legging azul e da camiseta GG. — Este foi uma dia horroroso. Fiquei feliz por você ter aparecido e mudado tudo.

— Por que não vem para a minha casa?

— O quê?

De onde tinha vindo aquela ideia?, perguntou-se ele. Os pensamentos mal haviam acabado de chegar em sua mente quando as palavras saltaram da sua boca. Mas a ideia já devia estar lá, escondida em algum canto.

— Para ficar o fim de semana todo com a gente — explicou ele. — Passe o fim de semana lá.

Anna levou a pizza de volta aos lábios e mordeu, cuidadosa.

— Acho que isso não seria muito sensato. Há um menino muito pequeno e facilmente influenciável em sua casa.

— Ele já sabe o que está acontecendo entre nós — começou ele, e então notou o olhar típico de Srta. Spinelli em seu rosto. — Tudo bem, eu posso dormir no sofá da sala. E você pode trancar a droga da porta lá em cima.

— E onde você guarda a chave? — Seus lábios se abriram.

— Nesse fim de semana vou guardá-la dentro do meu bolso. O caso... — continuou ele ao ver que ela caiu na risada — é que você realmente pode dormir no meu quarto. Pelo lado profissional, isso vai lhe dar a oportunidade de passar mais tempo com o garoto. Ele pode passear conosco, Anna. Quero levá-la para velejar.

— Eu apareço lá no sábado, então, e podemos velejar.

— Não, vá sexta à noite. — Pegou a mão dela, levando os nós dos seus dedos aos lábios, acariciando-os de leve. — E fique até o domingo.

— Vou pensar nisso — murmurou ela, e puxou a mão. Gestos românticos como aquele acabariam convencendo-a. — E acho que, se está convidando alguém para ser sua hóspede, deveria primeiro consultar os seus irmãos. Pode ser que eles não queiram ficar um fim de semana inteiro sob a sombra de uma mulher.

— Mas eles adoram mulheres. Especialmente as que sabem cozinhar.

— Ah, então sou eu quem vai cozinhar?

— Talvez apenas uma panelinha de linguini... ou um pirex de lasanha.

— Vou pensar nisso — repetiu, sorrindo e pegando outra fatia de pizza. — Agora, conte-me a respeito de Seth.

— Ele fez dois novos amigos hoje de manhã.

— É mesmo? Que legal!

Os olhos dela se acenderam com tanto prazer e interesse que Cam não se fez de rogado:

— Foi sim... e eu mandei todos para cima do telhado, para ficar treinando agarrá-los enquanto eles se atiravam lá de cima.

— Muito engraçado, Quinn... — E fez uma cara feia depois de fechar a boca, que se abrira de espanto.

— Você acreditou por um segundo! Um dos garotos é da turma do Seth, e o outro é seu irmão caçula. Eu os peguei para usá-los como mão de obra escrava, por apenas cinco dólares. Caíram direitinho no golpe e acabaram ficando lá para jantar. Então eu os empurrei para Ethan e fui vê-la no trabalho.

— Você deixou Ethan tomando conta de três meninos? — Anna arregalou os olhos.

— Ele vai se virar. Eu consegui por algumas horas hoje de tarde. — E se lembrou de que não havia sido tão ruim assim. — Tudo o que ele precisa fazer é alimentá-los e se certificar de que não vão tentar se matar. A mãe dos garotos ficou de buscá-los às sete e meia. É a Sandy McLean... bem, Sandy Miller agora. Frequentei a escola com ela. Dois filhos e uma minivan para toda a família — continuou ele, balançando a cabeça, com ar de surpresa. — Jamais imaginei que isso pudesse acontecer com a Sandy...

— As pessoas mudam — murmurou ela, surpresa por se ver com inveja de Sandy Miller e sua minivan. — Ou, às vezes, as pessoas não são exatamente quem imaginávamos desde o início.

— Talvez... Os garotos dela são uns capetas!

Ao ver que ele falava isso com ar bem-humorado, ela tornou a sorrir e disse:

— Bem, acho que descobri por que você apareceu no meu trabalho. Queria manter a sanidade.

— Foi sim, mas o que eu queria, principalmente, era rasgar as suas roupas e deixar você nua. — Pegou mais uma fatia de pizza. —Acabei conseguindo as duas coisas.

Refletiu, tomando mais um gole de vinho enquanto observava o sol acabar de se pôr com Anna ao seu lado. Sentia-se muito satisfeito com aquilo.

Capítulo Dezesseis

Desenhar não era um dos pontos fortes de Ethan. Para os outros barcos que construíra, usara esboços muito mal feitos e medidas detalhadas. Para o primeiro barco que fizera para aquele mesmo cliente, bolara uma plataforma elevada, e achou que trabalhar de cima dela era mais fácil e preciso.

O primeiro esquife que construíra e vendera era um modelo bem básico, com alguns toques pessoais. Conseguira visualizar o projeto completo em sua cabeça com facilidade, e não teve dificuldades para visualizar a lateral ou o interior.

Compreendia, porém, que dar início a um negócio exigia todos os formulários que Phillip o mandara assinar e sabia que era necessária também uma atitude mais formal e profissional. Eles precisavam criar uma reputação de qualidade e boa qualificação artesanal, e depressa, se pretendiam prosperar.

Assim, passava incontáveis horas durante as noites sobre a sua escrivaninha, lutando com as plantas e os projetos do primeiro trabalho das Embarcações Quinn.

Quando desenrolou seus esboços completos sobre a mesa da cozinha, parecia satisfeito e orgulhoso com o trabalho.

— Isto — disse ele, prendendo com as mãos as pontas que teimavam em permanecer enroladas — era o que eu tinha em mente.

Cam olhou por cima do ombro de Ethan, tomou um gole da cerveja que acabara de abrir e falou em voz grave:

— Imagino que isso seja um barco.

— Gostaria de ver você tentar fazer melhor, Rembrandt — debochou Ethan, sentindo-se ligeiramente insultado, mas não particularmente surpreso pelo comentário do irmão.

Cam encolheu os ombros e se sentou. Olhando mais de perto e assumindo uma atitude neutra, admitiu que não conseguiria fazer melhor. Isso, porém, não fazia com que a tentativa de desenho da corveta se parecesse mais com um barco.

— Acho que o esboço não tem muita importância, contanto que a gente não mostre esse projeto artístico para o cliente. — Colocando o desenho do barco pronto de lado, passou a observar as plantas. Ali, a precisão de Ethan e sua paciência para colocar tudo no papel transpareceram. — Agora sim... estou vendo que planejou um revestimento liso, de encaixes, sem pregos aparentes.

— Sai mais caro — argumentou Ethan —, mas traz algumas vantagens. Vamos ter um barco mais forte e mais rápido quando acabarmos.

— Já andei em alguns barcos construídos dessa forma — murmurou Cam. — É preciso muita habilidade para construir um desses.

— E nós seremos os melhores!

— É. — Cam teve que sorrir.

— O problema — continuou Ethan, empurrando ainda mais para longe o esboço pronto, por simples questão de orgulho — é que a gente precisa de habilidade e precisão para fazer um barco de revestimento liso, todo sem pregos. Qualquer um que manje um pouco do assunto sabe disso. Esse cara é um marinheiro de fim de semana, sabe pouco mais além de bombordo e estibordo. Simplesmente tem grana... mas convive com pessoas que conhecem barcos muito bem.

— Sendo assim, vamos poder usar este primeiro trabalho para construir a nossa reputação — concluiu Cam. — Bem pensado! — Analisou os valores, os desenhos, os cortes frontais e laterais. Ficaria uma beleza, avaliou. Tudo o que tinham de fazer era construí-lo. — Podíamos fazer um modelo elevado.

— É, podíamos...

Construir um modelo elevado era um estágio mais avançado e respeitável em se tratando de construção de barcos. Madeiras de mesma espessura poderiam ser encaixadas juntas e modeladas até tomarem a forma desejada para o casco. Então, o modelo poderia ser todo desmontado, a fim de que as molduras pudessem ser projetadas. A partir daí, os construtores tinham condição de encaixar as tábuas ou moldes, já levando em conta a relação verdadeira entre as forças que atuariam entre eles.

— Podíamos começar a planejar um sistema de plataformas aéreas para a construção — propôs Cam.

— Imaginei de começarmos a trabalhar nisso ainda esta noite e continuar amanhã.

Isso significava marcar o formato do casco em tamanho natural sobre a plataforma, já dentro da oficina, no galpão. Seria um trabalho bem detalhado, mostrando o corte dos moldes, e tais cortes poderiam ser testados fazendo-se as projeções das curvas longitudinais e as linhas que ficariam sob a água.

— É, por que esperar mais? — Cam levantou a cabeça e viu Seth passando, a caminho da geladeira. — Pensando bem, talvez fosse melhor se tivéssemos alguém que soubesse desenhar de forma decente — falou em tom casual, fingindo não perceber o súbito interesse de Seth.

— Contanto que a gente tenha as medidas exatas e o trabalho seja de primeira classe, isso não tem importância. — Defendendo seu trabalho, Ethan alisou a folha onde desenhara a sua interpretação do barco.

— Só estou comentando que seria melhor se pudéssemos exibir ao cliente um desenho bem-feito, impactante. — Cam encolheu os ombros. — Phillip chamaria isso de marketing.

— Não me interessa o nome que Phillip daria a isso. — Uma marca funda que indicava teimosia começou a aparecer entre as sobrancelhas de Ethan, um sinal seguro de que ele faria pé firme em relação àquilo. — O cliente ficou muito satisfeito com o meu outro trabalho, e não vai ficar criticando um desenho. Ele quer a droga de um barco e não um quadro para pendurar na parede.

— Estava só pensando... — Cam deixou o assunto no ar, enquanto Ethan, visivelmente irritado, levantou-se para pegar uma garrafa de cerveja. — Muitas vezes, nas oficinas para construção de barcos que já conheci, as pessoas chegam como quem não quer nada, só para dar uma olhada. Gostam de ver os barcos sendo construídos, especialmente aquelas que não entendem nada sobre o assunto, mas acham que entendem. A gente consegue até arrumar novos clientes desse jeito.

— E daí? — Ethan abriu a garrafa e começou a beber. — Não vou ligar se as pessoas gostarem de me ver encaixando tábuas. — Ele ligava sim, é claro, mas não achava que aquilo fosse acontecer de fato.

— Seria interessante, estou aqui pensando, se tivéssemos bons desenhos emoldurados e pendurados nas paredes, tipo "os barcos que já construímos".

— Mas ainda não construímos barco nenhum!

— Ora, construímos o seu de pesca — assinalou Cam. — Construímos o outro de trabalho. Temos aquele que você já fez para o nosso primeiro cliente. E gastei muito do meu tempo ajudando a construir uma escuna de dois mastros no Maine, há alguns anos, além de um pequeno esquife muito interessante em Bristol.

Ethan bebeu mais um gole, considerando a ideia.

— Talvez ficasse legal, mas não sou a favor de contratar um artista só para pintar barcos prontos. Temos uma lista enorme de equipamentos para comprar, e Phil ainda está terminando de redigir o contrato para esta construção.

— Foi só uma ideia. — Cam se virou. Seth continuava de pé diante da porta escancarada da geladeira. — Quer que eu lhe mostre o cardápio do que tem aí dentro, garoto?

Seth deu um pulo e agarrou a primeira coisa que viu na prateleira. O potinho de iogurte de amora não era exatamente o que ele tinha em mente como lanche, mas ficou envergonhado demais para devolvê-lo. Segurando o que chamava de "lixo saudável de Phillip", pegou uma colher.

— Tenho umas coisas para fazer lá em cima — murmurou, e saiu correndo.

— Aposto dez dólares como ele vai dar aquele iogurte para o cachorro comer — disse Cam, de forma descontraída, imaginando quanto tempo levaria até Seth começar a desenhar barcos.

Ele já havia desenhado um esboço bem detalhado e até romântico do barco de pesca de Ethan na manhã seguinte. Nem precisava da presença de Phillip na cozinha logo cedo para lembrá-lo de que era sexta-feira, a véspera da liberdade. Ethan já saíra para trabalhar. Devia estar, naquele instante, verificando as armações dos caranguejos e recolocando as iscas. Embora Seth tivesse tentado armar um esquema para reunir os três ao mesmo tempo, simplesmente não conseguira bolar um jeito de atrasar a saída de Ethan logo que amanheceu. Pelo menos dois dos três estavam lá, avaliou, ao passar pela mesa onde Cam, em silêncio, olhava sonolento para o café. Não era assim tão mau.

Levava no mínimo duas xícaras de café para que qualquer um dos Quinn conseguisse se comunicar sem ser através de grunhidos. Seth já estava habituado, e por isso não disse nada ao chegar e pousar a mochila no chão. Estava com o caderno de desenhos na mão, os dedos enfiados entre as páginas. Colocou o caderno em cima da mesa como se não se importasse nem um pouco com aquilo, e, com o coração aos pulos, foi procurar uma tigela para colocar os flocos de milho.

Cam viu o desenho na mesma hora. Sorrindo enquanto olhava para o café, não disse nada. Analisava atentamente a torrada que transformara em uma placa de carvão quando Seth voltou para a mesa com a caixa de cereal e a tigela nas mãos.

— Essa droga de torradeira está com defeito — anunciou Cam.

— É que você colocou o botão no máximo de novo — explicou Phillip, enquanto acabava de bater uma omelete só com claras e cebolinha.

— Não me lembro de ter feito isso... vai preparar quantos ovos mexidos aí?

— Não estou preparando nenhum ovo mexido! — Phillip deixou as claras batidas escorregarem para dentro da frigideira especial para omeletes que trouxera da própria cozinha em Baltimore. — Prepare os seus, se quiser.

Puxa, será que o cara era cego?, perguntou Seth a si mesmo. Despejou o leite sobre o cereal e disfarçadamente empurrou o caderno de desenhos alguns centímetros mais para perto de Cam.

— Sua mão não cairia no chão só por colocar mais uns dois ovos na tigela, já que você estava batendo uma omelete. — Cam quebrou um pedaço da torrada carbonizada. Estava quase aprendendo a gostar de torradas daquele jeito. — Afinal, eu preparei o café.

— A gosma preta — corrigiu Phillip. — Não vamos começar com mania de grandeza aqui.

Cam suspirou pesadamente e se levantou para pegar uma tigela. Apanhou a caixa de flocos de milho e se sentou ao lado do caderno de desenhos de Seth, que continuava aberto. Dava quase para ouvir o garoto ranger os dentes, enquanto ele se recostava na cadeira e derramava o leite na tigela.

— É possível que a gente tenha companhia para o fim de semana.

— Quem? — perguntou Phillip, concentrado em dourar perfeitamente a omelete.

— Anna. — Cam deixou a tigela quase transbordar de tanto leite. — Vou levá-la para velejar, e acho que consegui convencê-la a preparar o jantar.

Tudo o que o cara conseguia pensar se resumia em garotas e encher a pança, decidiu Seth, desgostoso. Usou o cotovelo para empurrar o caderno ainda mais para perto. Cam nem levantou os olhos da sua tigela de cereal.

Ao ver que Phillip estava deixando a omelete escorregar da frigideira para o prato, achou que estava na hora de agir. Seth já exibia uma cara de fúria agonizante.

— O que é isso aqui? — perguntou Cam, distraído, virando a cabeça para ver melhor o desenho que estava, a essa altura, bem debaixo do seu nariz.

Seth olhou para cima, desesperado. Já não era sem tempo!

— Nada—murmurou o menino, continuando a comer, mais animado.

— Parece o barco de Ethan. — Cam pegou o café e olhou para Phillip. — Não parece?

Phillip estava em pé, levando à boca a primeira garfada de omelete e aprovando o sabor.

— É — disse ele. — Um bom desenho esse... — Curioso, olhou para Seth. — Foi você que fez?

— Eu estava só brincando de desenhar. — Um rubor de satisfação subiu pelo seu pescoço e deixou seu estômago apertado.

— Olhe, eu trabalho com caras que não sabem desenhar tão bem assim. — Phillip deu alguns tapinhas de congratulações no ombro de Seth. — Bom trabalho!

— Não foi nada... — disse Seth, levantando um dos ombros enquanto a empolgação tomava conta dele.

— Gozado, Ethan e eu estávamos justamente conversando sobre a possibilidade de usar desenhos emoldurados dos barcos que fizermos para enfeitar a nossa pequena fábrica. Você sabe, Phil, tipo uma divulgação do nosso trabalho.

— Você teve essa ideia? — Phillip estava concentrado na omelete, mas levantou uma sobrancelha em sinal de surpresa e aprovação. — Isso me espanta! É uma ótima ideia! — Avaliou o desenho mais de perto, enquanto acabava de comer. — Coloque uma moldura rústica, arranque a folha e deixe as pontas do papel sem cortar com a tesoura. O quadro tem que ficar com cara de trabalho masculino, e não todo bonitinho.

— Só que não vai dar para mostrar muita coisa aos clientes com apenas um desenho. — Cam soltou um som gutural, como se estivesse matutando sobre a ideia. Em seguida, franziu a testa, olhando para Seth. — Acha que consegue fazer outros desse tipo, como o do barco de trabalho do Ethan? Ou desenhar a partir de fotos, se eu trouxer algumas dos barcos que já ajudei a construir?

— Não sei... — Seth lutava para não deixar a empolgação transparecer na voz. Quase conseguiu manter os olhos com ar entediado ao se virar para Cam, mas pequenos pontos brilhantes de prazer dançavam alegremente neles. — Talvez.

Não levou muito tempo para Phillip sacar tudo. Pegando o desenho, esticou a mão para pegar o café e concordou com a cabeça.

— É... uma apresentação bem-feita como essa serviria muito bem para afirmar a qualidade do trabalho. Os clientes que vierem nos procurar vão poder ver os diferentes tipos de barco que já construímos. Seria legal também ter um bom esboço daquele que está começando a ser construído.

— Ethan rabiscou um esboço patético. — Cam soprou o ar com desdém. — Parece até um daqueles desenhos de jardim de infância. Não sei o que podemos fazer a respeito disso. — E então olhou para Seth, estreitando os olhos. — Talvez você pudesse dar uma olhada nele.

Seth sentiu o riso quase transbordar, mas o engoliu, balançando a cabeça.

— Acho que sim — concordou.

— Ótimo! Agora você tem menos de noventa segundos para pegar o ônibus da escola, garoto, senão vai ter que ir andando.

— Merda! — Seth pulou da cadeira, agarrou a mochila e saiu correndo, fazendo um barulhão com os tênis.

Quando a porta da frente bateu, Phillip se recostou.

— Bom trabalho, Cam.

— Tenho meus momentos.

— Muito de vez em quando. Como você descobriu que o garoto sabe desenhar?

— Ele deu a Anna um desenho do cãozinho.

— Humm... e qual é o lance com ela?

— Lance? — Cam voltou à sua torrada lamentável e tentou evitar a inveja que sentiu da omelete de Phillip.

— É... essa história de ela vir aqui para passar o fim de semana, velejar, preparar o jantar. Não vejo você farejar nenhuma outra mulher com tanto interesse desde que ela apareceu em cena. — Phillip riu para o próprio café. — Está me parecendo coisa séria. Quase... doméstica.

— Ih... se liga, cara, sai dessa! — O estômago de Cam reagiu com um pulinho de desconforto. — Estamos só curtindo um ao outro.

— Não sei não... ela me parece o tipo de mulher que gosta de casinha afastada e rodeada por uma cerquinha branca e um rio ao fundo.

— Que nada, é mulher de fazer carreira no trabalho — debochou Cam. — É esperta, ambiciosa e não está a fim de arrumar complicações na vida. — Embora quisesse uma casinha no campo, Cam lembrou, junto da água e com um quintal onde pudesse plantar flores.

— As mulheres vivem buscando complicações — afirmou Phillip, com ar positivo. — É melhor ter cuidado para ver onde pisa.

— Sei para onde estou indo, e sei como chegar lá.

— É o que todos dizem.

Anna estava fazendo o melhor que podia para não procurar nem encontrar complicações. Essa foi uma das razões para ter desistido de se encontrar com Cameron na sexta à noite. Apresentou o trabalho como desculpa e se comprometeu com ele de que apareceria em sua casa bem cedinho no sábado para irem velejar. Quando ele tentou convencê-la do contrário, sua determinação se enfraqueceu e ela prometeu preparar uma lasanha.

Aquela porção dela que sentia tanto prazer em observar os outros comerem o que ela mesma preparava foi herança da avó. Anna acreditava que aquilo era algo do que se orgulhar.

Embora não tivesse se comprometido a passar a noite, ambos sabiam que era algo que ficara subentendido.

Anna separou a noite para cuidar de si mesma, dispensando o terninho e colocando uma calça larga de moletom. Colocou para tocar algumas das suas músicas favoritas, misturando Billie Holiday com Verdi e Cream. Depois, serviu-se de uma taça de um bom vinho tinto e ficou observando o sol se pôr.

Já estava na hora, bem sabia, talvez mais do que na hora, de pensar naquilo seriamente e analisar os fatos com objetividade. Conhecera Cameron Quinn há poucas semanas e se permitira ficar mais envolvida com ele do que com qualquer outro homem que cruzara a sua vida.

Este nível de envolvimento não estava nos seus planos. E ela normalmente planejava as coisas tão bem... Os passos que dava, tanto em nível profissional quanto pessoal, eram cuidadosamente pesados. Anna sabia que era uma atitude de proteção, algo que decidira seguir com frieza, quando ainda era bem nova. Se avaliasse com cuidado aonde cada passo a estava levando ou poderia levar, recuasse por impulso e confiasse no intelecto, seria muito mais difícil cometer um erro.

Sentia que cometera muitos alguns anos atrás. Se tivesse continuado pelo caminho que tomara às cegas, após perder a própria inocência e a mãe, estaria condenada.

Aprendera a não se repreender pelas coisas que fizera durante aquele período escuro e a não permitir se culpar pelas mágoas e problemas que causara às pessoas que a amavam. Culpa era uma emoção negativa. Anna preferia ações positivas, resultados e rumos.

O caminho que escolhera profissionalmente e no qual fora bem-sucedida era um tributo aos seus avós, à sua mãe e àquela criança aterrorizada curvada sobre si mesma no acostamento de uma estrada escura.

Levou muito tempo, uma longa temporada de cura, até descobrir que, embora tivesse perdido a mãe, seus avós haviam perdido a única filha. A quem eles amavam. E, apesar do luto e da dor, abriram as portas para Anna. E depois, a despeito de suas atitudes destrutivas, seus corações jamais hesitaram.

Finalmente ela aprendera a aceitar a perda e os horrores pelos quais passara. Mais do que isso, aprendera a aceitar que tudo o que fizera nos dois anos que se seguiram àquela noite foi resultado de uma alma muito ferida. Era afortunada por ter tido pessoas que a amavam o bastante para ajudar a curá-la.

No momento em que encontrou o caminho certo novamente, prometeu a si mesma que nunca mais seria precipitada.

Guardava o impulso para coisas tolas e sem importância. Gastava horas longas e divertidas em seu carro, dirigindo para lugar algum. Permanecer prática, motivada e racional se tornara tão importante que acabara por enterrar a tendência à precipitação que havia em seu coração. Agora, pensou, fora esse mesmo coração que a levara a isso.

Amar Cameron Quinn era ridiculamente precipitado. E ela sabia que isso teria um preço.

Mas suas emoções eram responsabilidade apenas dela mesma, decidiu. Aprendera isso do modo mais difícil. Conseguiria lidar com elas e sobreviveria a tudo.

Só que era tudo muito estranho, admitiu, encostando-se na porta aberta do pátio, a fim de sentir no rosto um pouco da brisa suave do início da noite.

Ela sempre acreditara que, se algum dia experimentasse o amor, ficaria bem alerta, atenta a todos os estágios do sentimento. Tinha esperança de curtir tudo, a lenta descida, e o conhecimento mútuo dos sentimentos que se aprofundavam.

Só que não acontecera de forma gradual, não fora uma queda suave no caso de Cam. Fora mais uma queda brusca e repentina. Em um instante ela sentia atração, interesse e empolgação. Então, antes que tivesse chance de piscar, já mergulhara de cabeça no amor.

Imaginava que isso o deixaria apavorado, fazendo-o fugir dela como se precisasse salvar a própria pele. A imagem a fez sorrir de leve. Nesse ponto, eles também combinavam, decidiu ela. Bem que também gostaria de escapar de tudo aquilo, correndo na direção oposta. Estava preparada para ter um caso, mas não um de amor.

Portanto, analise as coisas com calma, ordenou a si mesma. O que havia nele que fazia tanta diferença? Sua beleza? Soltando um pequeno murmúrio de prazer, fechou os olhos. Não havia dúvida de que aquilo atraíra a atenção dela logo de cara. Que mulher não pararia para olhar duas vezes e depois tornar a olhar para aquele homem moreno e perigoso? Os olhos irrequietos, da cor de aço, a boca firme tão atraente sorrindo quanto resmungando irritada. E seu corpo era a perfeita fantasia feminina de músculos fortes, mãos viris e silhueta elegante.

É claro que se sentira atraída. E a rapidez com que sua mente funcionava a havia deixado intrigada. Assim como a sua arrogância, admitiu, embora fosse uma característica desabonadora. Foi o coração dele, porém, que fizera tudo mudar. Não esperou encontrar um coração tão generoso, impulsivamente generoso. Ele tinha tanto a dar, e estava tão pouco consciente disso...

Cam se achava egoísta, durão, até mesmo frio. E ela imaginava que ele realmente podia ser tudo isso. Mas, no ponto que contava mais, era acolhedor e generoso. Anna achava que ele nem sequer suspeitava do quanto estava oferecendo a Seth ou do quanto o relacionamento entre eles estava se modificando.

Duvidava sinceramente de que ele compreendesse o quanto amava o menino. E soube então que foi esse ponto cego em Cam que a conquistara.

Anna supunha, quando a análise chegava a esse ponto, que se apaixonar por ele tinha sido a coisa mais sensata e compreensível.

Permanecer apaixonada por ele é que seria desastroso. Precisava trabalhar naquilo.

O telefone tocou, distraindo-a. Levando o seu vinho, voltou e atendeu o telefone sem fio sobre a mesinha lateral.

— Alô...

— Srta. Spinelli, está trabalhando? — Era ele.

— Tentando resolver um assunto importante, sim — respondeu Anna, sem conseguir evitar o sorriso. Uma ária vinha do estéreo no momento em que se sentou, colocando os pés sobre a mesinha de centro. — E você?

— Ethan e eu temos umas coisinhas para acertar ainda esta noite. Depois disso não vou pensar em trabalho até segunda-feira.

Ele também estava usando um telefone sem fio, e fora para fora da casa, conseguindo um pouco de privacidade. Era o dia de Seth lavar os pratos, e Cam ouviu mais um cair no chão e se espatifar.

— Parece que vai fazer um tempo lindo amanhã.

— Vai? Que bom!

— Você bem que podia pegar o carro e vir para cá ainda hoje...

Era tentador, mas já cedera a impulsos demais no que se referia a Cam.

— Vou chegar bem cedinho amanhã de manhã.

— Não creio que você tenha um biquíni vermelho.

— Não, não tenho mesmo. — Empurrou a bochecha com a língua. — O meu é azul.

— Pois não se esqueça de trazê-lo — lembrou, depois de um segundo.

— Se eu levar o biquíni e resolver dormir aí, eu fico com a chave do quarto.

— Você é tão rigorosa! — disse, e observou uma pequena garça planar sobre a água até se acomodar em um ninho sobre um dos pilares do pequeno cais. O pássaro voltava para casa e estava se ajeitando.

— Rigorosa não... apenas cautelosa, Quinn. E muito esperta. Como está indo o empreendimento dos barcos?

— Está indo... — murmurou ele. Gostava de ouvir a voz dela enquanto sentia a noite chegar suave como um beijo sobre a água e as árvores. — Vou mostrar tudo a você neste fim de semana.

Queria mostrar a ela o desenho de Seth, que ele mesmo emoldurara naquela tarde. E queria compartilhar aquele momento com... alguém que fosse importante para ele.

— Provavelmente já vamos começar a construir o primeiro na semana que vem.

— É mesmo? Tão rápido assim?

— Por que esperar mais? Já está na hora de apostarmos a grana e ver como os dados rolam. Venho me sentindo com sorte ultimamente. — De dentro da casa, atrás dele, ouviu o cãozinho latir loucamente, acompanhado pelo ladrar mais grave de Simon. Então ouviu a voz de Phillip ecoar, meio gritando e meio rindo, junto ao raro som da gargalhada de Seth.

Isso o fez se virar para trás e olhar para a casa. A porta dos fundos se abriu e os dois cães saíram como balas, atropelando-se ao descerem os degraus. Atrás deles, emoldurado pelo portal da cozinha e iluminado por trás, estava o menino, ainda rindo.

O que quer que tenha pulado no seu coração naquele instante o fez com força. Por um momento, apenas por um momento louco, pensou ter ouvido o rangido da cadeira de balanço da varanda e a risada baixa de seu pai.

— Caramba, isso é esquisito — murmurou.

— O que é esquisito? — perguntou Anna, ao sentir que a ligação ficou cheia de estática e ruídos, enquanto ele caminhava.

— Tudo. — E se viu apertando o fone com mais força, e um anseio de que ela estivesse ali, um desejo quase desesperado de estar com ela. — Você devia estar aqui. Estou com saudades...

— Não estou conseguindo ouvir você.

Cam reparou que se afastara ainda mais da casa, em uma espécie de negação reflexa da sensação de se achar sendo sugado.

Voltando para um lar... acomodando-se a vida...

Balançando a cabeça com força, voltou alguns passos, até a ligação melhorar, e agradeceu a Deus pelos caprichos da tecnologia.

— Perguntei o que você está vestindo.

Ela riu baixinho, olhou para sua calça de moletom e a camiseta folgada.

— Não estou vestindo muita coisa — ronronou ela, e os dois iniciaram o flerte suave pelo telefone, trazendo-lhes algumas sensações de alívio.

Algum tempo depois, Cam pousou o telefone nos degraus da escada da varanda e caminhou devagar até o cais. A água lambia carinhosamente o casco do barco. Os pássaros noturnos estavam se agitando, e o profundo pio em dois tons de uma coruja ao longe, no bosque, liderava o coro. A água estava com um tom azul-escuro sob a luz frágil de uma lua minguante.

Havia trabalho a fazer. Cam sabia que Ethan devia estar esperando por ele, mas precisava ficar sentado à beira d'água por mais alguns instantes, em silêncio, enquanto as estrelas piscavam e a coruja piava sem parar, chamando, pacientemente, pelo seu companheiro.

Não pulou de susto ao ouvir o movimento atrás dele. Começava a se acostumar àquilo. Não dava para contar quantas vezes se sentara naquele mesmo cais, debaixo daquele mesmo céu, com seu pai. Ocorreu-lhe que devia haver uma pequena diferença em sentar ali acompanhado pelo fantasma de seu pai, mas e daí? Nada em sua vida era exatamente o mesmo de antes.

— Sabia que você estava aqui — disse-lhe Cam baixinho.

— Gosto de ficar de olho nas coisas. — Ray vestia as velhas calças de pescador e uma camiseta de mangas curtas que Cam se lembrava de um dia ter tido um tom forte de azul. Sentou-se ao seu lado e atirou uma linha de pescar na água.

— Já faz algum tempo desde a última vez em que vim pescar, à noite.

Cameron decidiu que se Ray conseguisse fisgar um peixe agitado, seria atirado de vez para o outro lado da sanidade.

— Gosta de ficar de olho nas coisas a que distância? — perguntou Cam, pensando em Anna e no que os dois faziam no escuro.

— Eu sempre respeitei a privacidade dos meus meninos, Cam — respondeu Ray, dando uma risada. — Não se preocupe com isso. Ela é mesmo uma belezura — comentou, em tom casual. — Tenta esconder tudo quando está trabalhando, mas um homem com bom olho consegue ver através das roupas... E você sempre teve um bom olho para as damas.

— E quanto a você? — Cam detestou perguntar aquilo. Era uma noite plácida, perfeita... só que jamais sabia o quanto aquelas visitas, alucinações ou seja lá o que fossem iriam durar. Tinha de perguntar: — Como era o seu olho para as damas, papai?

— Um olho de lince! Acabei pousando em sua mãe, não foi? — Ray suspirou. — Jamais toquei em nenhuma outra mulher depois que fiz meu juramento de casamento diante de Stella, Cam. Eu olhava, apreciava, curtia, mas jamais tocava.

— Tem que me contar a respeito de Seth.

— Não posso. Não é assim que as coisas devem acontecer, filho. Você fez algo bom para o menino, transformando-o em parte do negócio que estão montando ao usar seus desenhos. Ele precisa sentir que tem participação nas coisas. Gostaria de ter tido mais tempo com ele, com todos vocês. Mas também não era assim que as coisas estavam destinadas a acontecer.

— Papai...

— Sabe do que sinto mais falta, Cam? Das coisas simples, bobas... ver vocês três brigando por causa de alguma coisa sem importância. Houve algumas vezes em que sua mãe e eu achamos que você nos levaria à loucura, mas sinto falta disso também agora. Uma pescaria de manhã bem cedinho, quando o sol está começando a evaporar a névoa que se espalhou sobre a superfície da água durante a noite. Sinto falta de dar aulas... sinto falta daquele olhar no rosto de um aluno quando algo que você disse, uma simples frase, faz alguma coisa se conectar em sua mente e abrir a sua cabeça. Sinto falta de ver as lindas jovens desfilando pela rua em seus vestidinhos leves de verão e também de ficar deitado de barriga para cima às três da manhã ouvindo a chuva tamborilar no telhado.

Nesse momento, virou o rosto para Cam e sorriu. Seus olhos eram tão brilhantes e profundamente azuis quanto a camiseta um dia fora.

— Vocês deviam apreciar essas pequenas coisas enquanto as têm, mas nunca fazem isso. Não completamente. Estão sempre ocupados demais, tocando a vida. De vez em quando, deviam parar e apreciar as pequenas coisas. Aos poucos, elas se tornarão cada vez mais importantes, se agirem assim.

— Nesse exato momento, estou com muitas coisas na cabeça para pensar na chuva no telhado.

— Eu sei. Está com um problemão nas mãos, mas está conseguindo resolver as coisas. Só precisa descobrir o que quer, do que precisa e o que existe aí dentro. Há mais em seu coração do que você supõe.

— Quero respostas. Preciso delas.

— E vai obtê-las — disse Ray, complacente — no momento em que desacelerar.

— Diga-me uma coisa: Ethan e Phillip sabem que você está... aqui?

— Saberão. — Ray tornou a sorrir. — Quando chegar o momento. Amanhã vai fazer um belo dia para velejar. Curta essas pequenas coisas — terminou ele, e desapareceu.

Capítulo Dezessete

Ele olhava para o relógio enquanto esperava por ela. Era mais uma coisa que estava acontecendo em sua vida pela primeira vez. Jamais vigiara o relógio ao esperar por uma mulher, pelo menos não que se lembrasse. Mesmo quando adolescente, eram elas que corriam atrás dele. Viviam telefonando, dando uma passadinha em sua casa, circulando perto do seu armário na escola. Pelo jeito, ele se habituara à isso, e acabara ficando mal acostumado.

Jamais sentira o típico terror masculino de convidar uma garota para o primeiro encontro. Ele que tinha sido convidado, aos quinze anos, pela voluptuosa Allyson Brentt, de dezesseis. Ela até mesmo fora apanhá-lo na porta de casa, com o Chevrolet Impala 72 do pai. Não estava certo de como se sentia, rodando pela cidade em um carro guiado por uma garota. Até que Allyson estacionou em um canto da rodovia do Caranguejo Azul e sugeriu que fossem para o banco de trás.

Ele não se importou nem um pouco com isso.

Perder a virgindade para a linda Allyson e suas mãos ágeis aos quinze anos foi uma experiência suada e deliciosa. E, a partir daí, Cam jamais olhara para trás.

Gostava das mulheres, gostava de tudo que tinha relação com elas, até mesmo as partes irritantes. Eram essas que as faziam femininas, e ele concluíra que os homens é que ficavam com a melhor parte da brincadeira. Precisavam apenas olhar, tocar e cheirar. E, a não ser que fossem completos idiotas, conseguiam se desvencilhar dos braços macios que os enlaçavam e seguir em frente para outros braços sem grandes problemas.

Ele jamais fora um idiota.

Mas estava ali, vigiando o relógio e esperando ansioso por Anna. E se perguntando o que havia de tão especial nela que o fazia ter menos vontade de se desvencilhar.

Talvez fosse a falta de pressão, avaliou ele, enquanto vagava do cais e ia até a frente pela lateral da casa tentando ouvir o barulho de seu carro. Mais uma vez. Talvez fosse a falta de qualquer tipo de expectativa. Ela era um ser sexual, e não parecia estar em busca de armadilhas românticas. Viera de uma infância dolorosa, e mesmo assim superara os traumas e se transformara em uma pessoa forte e íntegra.

Ele admirava isso.

O jeito como acentuava ou disfarçava sua esplêndida aparência o deixava fascinado. Essa dualidade o mantinha se perguntando quem seria ela na verdade. No entanto, ambas as partes combinavam de tal maneira que ele mal conseguia ver o ponto em que se encontravam.

Quanto mais pensava nela, mais a desejava.

— O que está fazendo?

Cam quase deu um pulo de um metro de altura pelo susto que levou quando Seth apareceu atrás dele. Estava distraído, olhando para a estrada, louco para ver Anna aparecer. Agora, enfiava as mãos nos bolsos, mortificado.

— Nada. Só dando uma volta.

— Mas você não estava andando — observou Seth.

— Porque tinha parado bem aqui. Agora estou andando novamente... viu?

Seth jogou os olhos para o alto, pelas costas de Cam, e apertou o passo para acompanhá-lo.

— O que eu tenho que fazer? — perguntou o menino.

— A respeito de quê? — Cam fingiu interesse ao olhar para as tulipas vermelhas que estavam sob o sol, junto à lateral da casa.

— De qualquer coisa. Ethan saiu com o barco de trabalho e Phillip está lá em cima, trancado no escritório, fazendo uns troços no computador.

— E daí? — Agachou-se para arrancar uma erva daninha. Pelo menos ele achava que era uma erva daninha. Onde diabos estava Anna? — Onde estão aqueles garotos com quem você anda brincando?

— Foram obrigados a ir almoçar com a avó deles. — Seth fez um ar de desdém ao pensar naquilo. — Estou sem nada para fazer. É chato...

— Bem, vá... arrumar o seu quarto ou algo desse tipo.

— Ah, qual é?

— Ora, cacete, e o que eu sou, seu diretor social? A tevê está pifada?

— Não passa nada de bom nos sábados de manhã, só desenhos merdas para crianças.

— Você é uma criança! — lembrou Cam, e, com grande alívio, ouviu o som de um carro se aproximar. — Vá ensinar alguns truques para aquele seu cachorro palerma.

— Ele não é palerma! — Sentindo-se insultado, Seth se virou e assobiou, chamando o cão. — Olhe só! — Bobalhão surgiu na mesma hora, correndo com o que parecia ser uma lata de cerveja na boca.

— Tô vendo... Mastigando alumínio. Isso é mesmo muito esperto! Olhe, eu não... — Mas Cam parou de falar na mesma hora, ao ver Seth estalar um dedo, apontar e Bobalhão largar tudo e se sentar, ereto.

— Ele faz isso por comando de voz também — explicou Seth para acentuar o feito enquanto fazia carinho na cabeça do cão, como recompensa. — Só que prefiro que ele responda a sinais de mão. — Esticou a mão com a palma para cima e Bobalhão o acompanhou, levantando a pata.

— Isso é muito bom. — Orgulho e surpresa se misturaram em sua voz. — Quanto tempo levou para ensinar isso a ele?

— Só algumas horas, entre um momento vago e outro.

Os três viram Anna chegar e entrar pelo portão. Bobalhão foi o primeiro a correr para cumprimentá-la.

— Ele não aprendeu muito bem a ordem de "parado!", ainda — confidenciou Seth. — Mas a gente ainda não trabalhou muito nisso...

E o cão parecia não responder muito bem ao comando "não pule!" também. No instante em que Anna colocou os pés para fora do carro, ele já estava aos saltos em cima dela, ganindo, com a língua para fora, pronto para lambê-la.

Cam refletiu que o cão demonstrava saber qual era a ideia certa em uma situação como aquela. Teve vontade de pular em Anna também e começar a lambê-la toda, ali mesmo. Ela usava jeans desbotados, em um tom de azul bem pálido e uma camiseta vermelho sangue enfiada por dentro das calças. Uma roupa simples que juntava o prático e o sensual.

E que fez a boca de Cam encher d'água.

— Ela fica diferente com o cabelo solto — comentou Seth.

— Fica... — Tudo o que ele queria era colocar as mãos nela, apenas isso. Ela estava agachada, acariciando o cãozinho, que se jogara de costas para ter sua barriga coçada. Anna levantou a cabeça e, mesmo com os óculos escuros, Cam sentiu seus olhos se arregalarem ao vê-lo e perceber seus impulsos, tomando uma atitude cautelosa ao desviar o olhar para a criança ao lado dele.

Ignorando o sinal, ele a pegou e quase a levantou no ar, fazendo-a tropeçar no cãozinho e perder o equilíbrio. Em seguida, lançou sua boca sobre a dela, acabando com o protesto gaguejante que ela tentou emitir.

Foi como ser engolida pelo sol, Anna conseguiu pensar. O calor foi imenso e ela já estava a ponto de incandescer antes mesmo de ela conseguir tornar a respirar. Uma carência inquieta e voraz parecia ser bombeada dele e a atingia em velocidade alarmante. O batucar selvagem de um pica-pau em busca de seu café da manhã ecoou pelo ar parado e entrou em compasso com o bater frenético do seu coração. Tudo o que Anna conseguiu fazer foi tentar se segurar, até que ele se desse por satisfeito.

Quando a soltou, os lábios ágeis se curvaram em um sorriso orgulhoso do qual ela reclamaria assim que sua cabeça se encaixasse novamente nos ombros.

— Bom dia, Anna.

— Bom dia. — E pigarreou, recuando um passo e obrigando-se a olhar para além dele, em direção ao local em que Seth esperava. O menino estava com um ar mais entediado do que chocado, e Anna tentou sorrir para ele. — Bom dia, Seth.

— É... oi.

— O seu cão está crescendo! — Como precisava de uma distração, olhou para Bobalhão e esticou a mão. Ele se sentou sobre as patas de trás e levantou uma das patas da frente, deixando-a encantada. — Ora, você é muito esperto! — Agachou-se de novo, pegando sua pata para cumprimentá-lo e acariciando suas orelhas. — O que mais você sabe fazer?

— Estamos treinando mais alguns truques. — Bobalhão já acabara com todo o seu repertório, mas Seth não queria confessar isso.

— Vocês formam uma boa dupla. Trouxe algumas coisas para a gente comer. Estão no carro... — disse ela, casualmente. — Ingredientes para o jantar. Pode me dar uma mãozinha?

— Certo, tá legal... — Lançou um olhar ressentido para Cam. — Não tenho mais nada para fazer mesmo...

— Mas vamos todos velejar, não vamos? — E falou isso com a voz alegre, divertindo-se ao ver Cam abrir a boca, sem poder protestar, enquanto Seth olhava para ela com os olhos brilhantes e interessados.

— Eu vou também?

— Claro! — Ela se virou, abriu a porta do carro e entregou-lhe uma sacola de compras. — Assim que guardarmos tudo isso na cozinha. Espero aprender depressa. Não sei quase nada sobre barcos.

— Não é nem um pouco difícil. — Animado, Seth apoiou as sacolas sobre os quadris para se equilibrar melhor. — Só que você devia ter trazido um chapéu — dizendo isso, levou as sacolas para dentro de casa.

— Eu estava planejando esse passeio só para nós dois — disse Cam. Ele fantasiara levá-la até uma curva calma do rio e fazer amor com ela no fundo do barco, no balanço das águas.

— Estava? — Anna pegou uma mala e a empurrou nas mãos dele. — Tenho certeza de que será igualmente divertido com nós três.

Bateu a porta do carro, deu um tapinha na bochecha de Cam e caminhou com toda a calma do mundo até entrar na casa, atrás de Seth.

No final, foram quatro dentro do barco. Seth insistiu em levar Bobalhão, e com Anna apoiando-o o tempo todo, Cam não teve escolha.

Era difícil ficar chateado quando sua tripulação parecia tão contente. Bobalhão se sentou em um dos bancos, usando um surrado salva-vidas canino que pertencera a um dos numerosos cães que Ray e Stella tiveram ao longo dos anos, e latia alegremente para as ondas e para os pássaros.

Já mastigando um dos sanduíches que pegara no isopor, Seth explicava a Anna, com detalhes, os mistérios do cordame.

Ela parecia tão bonita, pensou Cam, com um dos velhos e amarrotados bonés dos Orioles sobre a cabeça, atenta à lição, enquanto Seth identificava cada uma das cordas do barco.

Cam manobrou a embarcação através dos canais, passando pelas boias sinalizadoras até chegar ao ponto que os habitantes do local denominavam o funil do rio, um braço de mar chamado Tangier e, a partir daí, até o centro da baía de Chesapeake.

O mar estava um pouco encapelado, e Cam olhou para trás, para ver como Anna estava se sentindo. Ela estava ajoelhada na popa, debruçada sobre o peitoril do barco, mas ele constatou com um sorriso que não era devido a um enjoo. Seu sorriso era imenso e ela apontava com empolgação para os topos das árvores e os brejos que circundavam a ilha Smith.

Cam chamou por Seth e pediu que içasse as velas.

Aquele era um momento que Anna jamais esqueceria. A vida na cidade não a preparara para os sons, o movimento, a visão das velas brancas sendo içadas e inflando sob o chicote do ar que se movia em torno para então serem preenchidas pelo vento.

Por um instante, o barco pareceu voar, com o vento batendo em suas faces com mais intensidade e enchendo completamente a lona, até quase arrebentá-la. As águas se agitavam ainda mais no rastro do barco, e ela sentiu o gosto de sal no ar.

Queria olhar para todos os lados ao mesmo tempo, para as ondas que se levantavam da água azul-esverdeada, para o mar de velas brancas em torno, os pedaços de terra e as pequenas ilhas. E para o homem e o menino que trabalhavam juntos e de forma tão competente, que quase não precisavam trocar palavras para se comunicar.

Passaram ao lado de um lugar que Seth identificou como uma palhoça para caranguejos. Era pouco mais do que um amontoado de tábuas envelhecidas empilhadas destacando-se da superfície da água, amarradas a uma pequena doca instável. As boias em cor laranja que flutuavam em volta marcavam os pontos onde ficavam as armações para pegar caranguejos e enchiam a superfície de pontos coloridos. Ela observou um barco de pesca balançar com a maré enquanto um pescador, que parecia uma pintura com seus jeans desbotados, um boné muito usado e botas brancas, levantava uma das armadilhas de arame.

Fez uma ligeira pausa em seu trabalho, apenas o suficiente para tocar a aba do boné em uma saudação rápida, antes de jogar dois caranguejos agitados dentro do tanque sobre o deque.

Era a vida no mar, pensou Anna, vendo o barco passar para a boia seguinte.

— Aquele é o Pequeno Donnie — informou-lhe Seth. — Ethan diz que as pessoas continuam o chamando assim mesmo depois de adulto porque seu pai é o Grande Donnie. Esquisito...

Anna riu. Pareceu-lhe que o Pequeno Donnie pesava mais de cem quilos.

— Acho que isso é normal quando se mora em uma cidade pequena. Deve ser maravilhoso viver e trabalhar no mar daquele jeito.

— É legal... — Seth levantou um dos ombros. — Mas eu gosto mais de simplesmente velejar.

Ao levantar o rosto para sentir o vento, refletiu que o menino tinha razão. Simplesmente velejar, veloz e livre, sentindo o barco subir e descer sobre as ondas, com gaivotas circundando acima dele. Cam parecia tão à vontade no leme, pensou ela, com suas pernas compridas plantadas com firmeza, ligeiramente abertas para compensar o balanço do barco, as mãos firmes e os cabelos escuros soltos ao vento... Quando ele virou a cabeça e olhou para ela, era de admirar que seu coração tenha dado um pulo? E, quando ele lhe estendeu a mão, era de estranhar a determinação com que ela se levantou e andou, com cautela, por sobre o deque pouco familiar até conseguir chegar até ele?

— Quer segurar o leme?

— Acho melhor não — disse ela, desesperada, tentando ser prática. — Não vou saber o que estou fazendo.

— Pode deixar que eu sei. — E a apertou diante do seu corpo, colocando as mãos sobre as dela. — Aquele é o Pocomoke. — Mostrou-lhe, apontando com a cabeça para um canal estreito. — Se quiser que a gente diminua a velocidade, podemos seguir por ele e conferir algumas armações de caranguejo.

O vento brincava em seu rosto. Anna observou uma gaivota mergulhar em direção à superfície, agitá-la e alçar voo novamente, soltando o pio típico que misturava grito e gargalhada. Que se dane a praticidade, pensou, afirmando:

— Não, não quero diminuir a velocidade.

— Isso, garota! — Ela ouviu a risada dele atrás de sua orelha.

— Para onde estamos indo? O que vamos fazer?

— Estamos indo em direção ao sul, ou sudoeste, ao sabor da brisa — respondeu-lhe ele. — Seguindo o vento.

— Seguindo? Parece que estamos no meio dele! Não pensei que pudéssemos alcançar tanta velocidade velejando. É maravilhoso!

— Ótimo. Espere aqui, só um instante.

Para seu desespero, Cam deu um passo atrás e chamou Seth para ajudá-lo a fazer alguns ajustes nas velas. Com as mãos grudadas no leme e os nós dos dedos brancos, ela os ouviu rindo. Ouviu o barulho dos mastros e o silvo trêmulo da lona das velas que mudavam de posição. O barco pareceu adquirir ainda mais velocidade. Anna tentou relaxar. Afinal, não havia nada à frente deles, a não ser água.

Podia ver à direita... estibordo, corrigiu a si mesma, um pequeno barco a motor saindo de um dos muitos rios e canais. Longe demais, avaliou ela, para haver perigo de acidentes.

Bem na hora em que se convencera de que podia enfrentar a nova tarefa sem problemas, o barco se inclinou de repente. Ela abafou um grito e quase puxou o leme bruscamente na direção contrária, mas as mãos de Cam cobriram as dela novamente, mantendo-as firme.

— Nós vamos virar!

— Não vamos, não! O barco está bem assentado, com equilíbrio. Mais velocidade.

— Você me deixou sozinha no leme — reclamou ela, com o coração na garganta.

— As velas precisavam de um ajuste. O garoto sabe como lidar com elas. Ethan lhe ensinou muitas coisas, e ele aprende rápido. É um tremendo marinheiro!

— Mas você me deixou sozinha no leme! — repetiu.

— E você se saiu muito bem! — E pousou um beijo rápido no alto de sua cabeça. — Aquela é a ilha Tangier, logo ali adiante. Vamos rodeá-la e depois tomar o rumo norte. Há alguns recantos bem sossegados, perto do rio Little Choptank. Chegaremos lá na hora do almoço.

Parece que eles não estavam virando, afinal, pensou ela, com um suspiro de alívio. E, já que não fizera nada de errado nem levara o barco a encalhar, relaxou o bastante para se recostar em Cam.

Abriu ligeiramente as pernas, como ele fizera, e se deixou levar pelo movimento do barco. Sua mais nova ambição era ter uma pequena corveta, uma chalupa, um esquife, não importava o nome que tivesse, assim que conseguisse aquela casa bem perto da água.

Poderia pedir aos Quinn que construíssem a embarcação para ela, decidiu, sonhando.

— Se eu tivesse um barco, faria o que estamos fazendo em todas as oportunidades possíveis.

— Então vamos ensinar a você as coisas básicas. Logo, logo a veremos em um trapézio.

— Eu? Balançando pendurada no mastro, vestindo um colante cheio de lantejoulas?

— Não é bem assim... — Embora a imagem tivesse um bom apelo, pensou Cam. — Você usa a retranca, uma peça longa presa a uma adriça da vela, que parece um trapézio, e fica pendurada nela, sobre a água.

— Por diversão?

— Bem, eu gosto — disse ele, com uma risada. — Mas a finalidade é aumentar a velocidade e equilibrar a força.

— Ficar pendurada em cima da água — avaliou ela, olhando para bombordo. — Pode ser que eu goste disso também.

Ele a deixou manejar a bujarrona sob o olhar cuidadoso de Seth. Anna gostou da sensação da corda em sua mão e de saber que estava no comando, mais ou menos, da vela branca que drapejava. Circundaram a pequena restinga arenosa da ilha Tangier, e Anna foi brindada com a visão do rápido trabalho de equipe e das manobras necessárias para cambar, girar e manter a velocidade do barco sem mudar de curso.

Cam tirara a camisa e ficara só com o short jeans desfiado nas pontas. Sua pele brilhava com o sol, o suor e a água. Mesmo com as mãos doloridas pelo trabalho pouco familiar, Anna não reclamou. Em vez disso, sentiu um arrepio tolo quando Cam comentou que ela era uma grande auxiliar de tripulação.

Almoçaram no riacho Hudson, junto do rio Little Choptank, bem perto de um embarcadouro abandonado, tendo apenas os pássaros e a languidez da água como companhia. O sol estava forte, o céu muito azul, e a temperatura passava dos trinta graus, oferecendo uma prévia do verão, que só chegaria oficialmente dali a algumas semanas.

Acompanhados pela música que vinha do rádio, todos deram um mergulho refrescante. Bobalhão ficou nadando, balançando as patinhas sem parar, enquanto Seth mergulhava bem fundo na superfície espelhada e nadava por baixo d'água como um verdadeiro golfinho.

— Ele nunca se divertiu tanto — murmurou Anna. A camada pesada que cobria o menino zangado de olhar desafiador com quem conversara pela primeira vez desaparecera por completo. Ela se perguntou se ele tinha consciência disso.

— Então não posso me mostrar tão chateado por você ter insistido em trazê-lo.

Anna sorriu. Prendera o cabelo no alto da cabeça, em uma tentativa malsucedida de mantê-lo seco. Com Seth e o cãozinho espalhando água para todo lado, nada ficava seco.

— Acho que você, no fundo, você não se incomodou. Além do mais, eu jamais teria a oportunidade de ficar no leme se ele não estivesse a bordo.

— Isso é verdade, mas há certas vantagens em virar com o barco e se molhar todo. — Nadou até onde ela estava e a abraçou.

— Nada de empurrar minha cabeça para dentro d'água! — Anna segurou os ombros dele, em um gesto automático de defesa.

— E você acha que eu seria capaz de fazer algo assim tão previsível? — Seus olhos estavam opacos de tanta alegria. — Especialmente quando o que vou fazer agora é muito mais divertido. — E virou a cabeça ligeiramente para beijá-la.

Os lábios dele estavam molhados e escorregadios, e a pulsação de Anna disparou diante da sensação da sua boca deslizando sobre a dela, para afinal capturá-la e prendê-la com força. A água fria pareceu se aquecer enquanto as pernas dos dois se entrelaçavam. Sentiu-se sem peso, suspirando enquanto se deixava flutuar, levada pelo beijo.

De repente, viu-se dentro d'água.

Voltou à superfície espalhando água para todos os lados, tentando tirar os cabelos molhados da frente dos olhos. A primeira coisa que ouviu foi a gargalhada de Seth, e a primeira coisa que viu foi o sorriso de Cam.

— Não consegui resistir — explicou ele, e acabou engolindo água quando ela levantou o corpo e deu um mergulho de barriga, jogando água no rosto dele.

— E você é o próximo! — avisou a Seth, que estava tão atônito diante da ideia de um adulto brincar com ele de igual para igual que foi fácil para Anna pegá-lo desprevenido e dar-lhe um caldo.

Ele se remexeu, cuspiu um pouco de água, mas acabou engolindo o resto ao rir, reclamando:

— Ei, eu não fiz nada!

— Você riu de mim! Além do mais, pelo que estou vendo, vocês dois trabalham em equipe. Provavelmente a ideia foi sua.

— Não mesmo! — Conseguiu se livrar e teve a brilhante ideia de mergulhar e puxá-la para baixo pelos tornozelos.

A água espalhou-se por todos os lados. Quando ficaram exaustos, concordaram em considerar a luta empatada. Foi apenas nesse instante que notaram que Cam já não estava na água, mas sentado confortavelmente no deque do barco, comendo um sanduíche.

— O que está fazendo aí em cima? — berrou Anna, jogando os cabelos ensopados para trás.

— Observando o espetáculo... — E ajudou o sanduíche a descer com um grande gole de Pepsi. — Dois manés espalhando água.

— Manés? — Olhou meio de lado para Seth e, por acordo tácito, os inimigos se transformaram em aliados. — Só estou vendo um mané aqui, e você, Seth?

— Só um — concordou ele, nadando lentamente até o barco.

Qualquer idiota podia ver o que os dois estavam tramando. Cam chegou a pensar em tirar as pernas da água, mas decidiu entrar na pilha e os deixou puxarem-no de volta, espalhando o máximo de borrifos e respingos que conseguiu.

Passaram-se horas antes de Seth reparar que Anna e Cam o tocaram o tempo todo, e que não ficara apavorado em nenhum momento.

Depois do barco estar de volta, devidamente ancorado, as velas recolhidas e o deque limpo, Anna arregaçou as mangas e foi trabalhar na cozinha. Sua missão era fornecer aos Quinn uma refeição que jamais esqueceriam. No mar podia ser marinheira de primeira viagem, mas ali era uma cozinheira de mão-cheia.

— O cheiro está glorioso! — elogiou Phillip ao passar, como quem não quer nada.

— Pois o sabor está ainda melhor — garantiu ela, montando as camadas da lasanha com um toque artístico. — É uma velha receita de família.

— São as melhores — concordou ele. — Também tenho uma receita secreta do meu pai para fazer waffles. Vou preparar um pouco para você amanhã de manhã.

— Eu adoraria. — Levantou a cabeça, sorrindo para ele, e notou o que lhe pareceu preocupação nos olhos de Phil. — Está tudo bem?

— Claro. Só uns probleminhas meio complicados no trabalho. — Sua preocupação não tinha nada a ver com trabalho e sim com o último relatório do detetive particular que contratara. A mãe de Seth fora avistada em Norfolk, e isso era perto demais dali. — Está precisando de alguma ajuda?

— Não, obrigada, está tudo sob controle. — E deu um toque final no prato que preparara, cobrindo-o com uma fina camada de mussarela antes de enfiá-lo no forno. — Se quiser, pode abrir o vinho.

De forma casual, Phillip pegou a garrafa que abrira e a deixara decantando sobre o balcão, seu interesse imediatamente estimulado.

— Nebbiolo, o melhor vinho tinto italiano — informou ele.

— Acho que sim, e posso garantir que a minha lasanha é páreo para ele.

Phillip sorriu ao servir duas taças. Os olhos dele tinham um tom dourado que, por algum motivo, trouxeram-lhe à mente a imagem de arcanjos.

— Anna, meu amor, por que não se livra do Cam e foge comigo?

— Porque ela sabe perfeitamente que eu perseguiria os dois até o fim do mundo para matá-los — afirmou Cam, entrando na cozinha. — Fique longe da minha mulher, mano, antes que eu seja obrigado a machucar você. — Embora a frase tivesse sido dita de forma leve, Cam não estava inteiramente convencido de que era apenas uma piada. Não ficou muito satisfeito ao sentir uma leve fisgada de ciúme.

Afinal, não era do tipo ciumento.

— Esse aí não sabe nem a diferença entre um Barolo e um Chianti — continuou Phillip, servindo mais uma taça. — Você vai se dar muito melhor comigo.

— Minha nossa — disse ela, com um razoável sotaque sulista. — Eu adoro ser disputada por dois homens fortes. E vem chegando mais um... — acrescentou, quando viu Ethan entrar pela porta dos fundos. — Você quer participar da disputa para ver quem fica comigo, Ethan?

Ele piscou e coçou a cabeça. Mulheres o deixavam confuso, mas ele tinha quase certeza de que aquilo era algum tipo de piada.

— Depende... É você que está preparando isso que estou cheirando?

— Com minhas próprias mãos — assegurou-lhe Anna.

— Então vou lá fora pegar minha arma para entrar na briga.

Quando ela riu, ele lhe lançou um sorriso meio sem graça e saiu depressa da cozinha para limpar os peixes que pescara.

— Puxa, você viu, Cam? Ethan praticamente flertou com uma mulher. — Estupefato, Phillip levantou a taça, propondo um brinde. — Vamos ter que manter você por perto, Anna.

— Se alguém colocar a mesa enquanto eu preparo uma salada rápida, talvez eu fique por aqui o bastante para deixá-los experimentar o meu cannoli.

— Está na vez de quem pôr a mesa? — Cam quis saber, olhando para Phillip.

— Não sei. Deve ser a sua vez.

— Não mesmo! Coloquei a mesa ontem. — Os dois se olharam por mais um instante, e então, ao mesmo tempo, se viraram para a porta e berraram, chamando Seth em uníssono.

Anna simplesmente balançou a cabeça. Irmãos mais novos, imaginou, foram feitos para serem explorados em certos momentos.

Soube que o jantar foi um sucesso quando viu Seth terminar o terceiro prato. Já perdera a magreza de gato de beco, reparou. E a palidez. Talvez seus olhos ainda mostrassem desconfiança de vez em quando, espiando por trás das pestanas, na expectativa do golpe que desde muito novo aprendera a receber. Mas, mais frequente, pensou Anna, era o humor que havia em seus olhos. Era um menino brilhante, aprendendo a se divertir com as pessoas.

Seu linguajar era rude, e ela não esperava grandes progressos naquela área já que ele morava em uma casa só de homens. Apesar disso, reparou que Cam lhe dava alguns chutes por baixo da mesa de vez em quando, quando ele exagerava nos palavrões.

Estavam fazendo a coisa funcionar. A princípio, ela tinha muitas dúvidas de que três homens adultos, já com suas vidas formadas e bem acomodados, pudessem arrumar um jeito de se ajustar, ou abrir espaço para um menino. E especialmente abrir o coração para um garoto que lhes havia sido imposto.

Mas realmente estavam fazendo a coisa funcionar. Quando fosse preparar seu relatório na semana seguinte a respeito do caso Quinn, declararia que Seth DeLauter estava em casa; exatamente no lugar ao qual pertencia.

Levaria algum tempo para a guarda ser trocada de temporária para definitiva, mas ela pressionaria um pouco. Nada aquecia o seu coração de forma tão profunda quanto ver o jeito como Seth olhou para Cam depois de levar outro chute por baixo da mesa, e sorrir exatamente como um menino normal de dez anos ao ser apanhado fazendo algo errado.

Cam seria um pai formidável, pensou. Firme na medida certa, com seu jeito meio rude, mas também divertido. O tipo de homem que carrega o filho por aí montado nos ombros e brinca de luta no quintal. Quase podia ver a cena: um lindo menininho de cabelos escuros e uma linda menina de bochechas rosadas.

— Está na profissão errada, Anna — comentou Phillip ao se recostar na cadeira, alisando a barriga e pensando em afrouxar o cinto em um ou dois furos.

— Estou? — perguntou ela, piscando e quase ficando vermelha ao notar que estivera longe dali por alguns instantes, perdida em devaneios.

— Você deveria dirigir um restaurante. Se resolver mudar de rumo na sua vida, quero ser o primeiro na fila de investidores. — Ele se levantou para ligar sua máquina de fazer cappuccino, a fim de complementar a sobremesa. Aproveitando que estava de pé, atendeu ao telefone que acabara de tocar, logo após o primeiro toque.

Ao ouvir uma voz rouca de mulher, com forte sotaque italiano, levantou as sobrancelhas, dizendo:

— Sim, ele está aqui sim. — E passou a língua sobre os dentes da frente, esticando o fone na direção de Cam. — É para você, meu chapa.

Cam pegou o fone e, depois de ouvir uma certa frase sussurrada em seu ouvido, reconheceu quem falava.

— Olá, querida... — respondeu ele, tentando se lembrar do nome da amiga. — *Come va?*

Porque amava de verdade o irmão, Phillip fez o possível para distrair Anna.

— Comprei essa cafeteira especial há pouco tempo, tem menos de seis meses — disse-lhe ele, puxando um pouco a cadeira dela para que Anna se levantasse da mesa, já planejando levá-la para longe do telefone. — É uma maravilha!

— É mesmo? — Anna não estava nem um pouco interessada no funcionamento de uma cafeteira sofisticada. Principalmente depois de reparar a forma carinhosa como Cam cumprimentara a pessoa ao telefone e que, obviamente, era uma mulher.

Nem passou pela cabeça de Cam diminuir o volume da voz ou censurar o conteúdo da conversa. Lembrou-se do nome e ligou-o à voz sussurrante: Sophia, a morena cheia de curvas e olhar do tipo "vamos para a cama". Batiam papo furado a respeito de amigos em comum. Ela gostava de corridas — de qualquer tipo —, e era muito quente, uma verdadeira dinamite na cama.

— Não, não... vou dispensar o resto da temporada este ano — explicou a Sophia. — Não sei quando voltarei a Roma. Claro, você será a primeira a saber, *bella* — respondeu, quando ela lhe perguntou se ele a avisaria sobre seu retorno. — Claro, claro que me lembro... a pequena trattoria perto da Fontana di Trevi... sim, com certeza!

Cam se encostou no balcão. A voz dela lhe trouxe lembranças. Não dela, particularmente, pois mal se lembrava do seu rosto. Eram lembranças de Roma em si, das ruas estreitas e movimentadas, dos aromas, dos sons, das emoções...

Das corridas.

— O quê? — A pergunta que ela lhe fez a respeito do seu Porsche o trouxe de volta para o presente. — Sim, é verdade, ele está guardado em uma garagem em Nice até... — Parou de falar, os pensamentos se espalhando em várias direções enquanto ela lhe perguntava se ele estava querendo vender o carro. Havia um amigo dela, Cario... Ele se lembrava de Cario, não lembrava? Cario queria saber se Cam tinha interesse em vender o carro, uma vez que já estava há tanto tempo nos Estados Unidos.

— Eu não havia pensado nisso. — *Vender o carro?* Uma fisgada de pânico o atingiu como uma faca. Seria o mesmo que admitir que não voltaria mais. Não só para a Europa, mas para a sua antiga vida.

Sophia falava depressa, de forma persuasiva, com o italiano e o inglês se misturando e deixando-o confuso. Ele tinha o número dela, *si?* Podia ligar a qualquer hora. Ela diria a Cario que ele estava pensando sobre o assunto. Todos lá estavam com saudades de Cam. Roma ficava tão *noiosa* sem ele. Ouvira dizer que ele recusara uma grande corrida na Austrália e temia que houvesse uma mulher por trás de tudo, que o estava segurando... Será que ele finalmente havia se apaixonado?

— Sim... não... — Sua cabeça girava. — É meio complicado para explicar, docinho, mas vou manter contato. — Então ela o fez rir mais uma vez ao sussurrar uma sugestão sobre como podiam passar a primeira noite quando ele voltasse a Roma. — Pode deixar, não vou me esquecer do convite. Claro que não! Querida, como eu poderia esquecer? Tá legal. Ciao!

Phillip, bastante atarefado enquanto batia o leite, tentava, com ar de desespero, envolver Anna em uma conversa sobre os diversos tipos de grãos de café. Ethan, com aguçado instinto de sobrevivência, já desertara da cozinha.

E Seth continuava sentado à mesa, amassando um pedacinho de pão de alho para dar a Bobalhão, que se mantinha escondido embaixo da cadeira.

Sem desconfiar de coisa alguma, Cam levantou a sobrancelha, com ar desconfiado, ao olhar para a máquina de fazer cappuccino.

— Vou querer café comum — avisou ele, e sorriu ao ver Anna se aproximar. — Vou cobrar o seu cannoli quando... — Sentiu o ar ser sugado dos seus pulmões quando ela o golpeou com um soco na barriga. Antes que conseguisse respirar, ela passou por ele e saiu da casa, batendo a porta.

— O que foi isso? — Massageando o estômago, Cam arregalou os olhos para Phillip. — Puxa, o que você disse para ela?

— Você é um imbecil mesmo — murmurou Phillip, servindo a primeira xícara com muita habilidade.

— Ela me pareceu muito irritada — comentou Seth, cheirando o ar. — Posso experimentar um pouco desse lixo que você está preparando?

— Claro! — Phillip preparou um *cappuccino a latte*, com bastante leite, enquanto Cam seguia para fora.

Avistou Anna no cais, onde ela parecia fumegar, os braços cruzados com força sobre o peito.

— Por que diabos você fez isso? — quis saber ele.

— Ah, sei lá, Cam... porque me deu vontade! — Ela girou o corpo para ficar de frente para ele. — Mulheres são criaturas muito peculiares. Ficam chateadas quando o homem com quem estão, teoricamente, flerta ao telefone, bem diante delas, com uma italiana qualquer.

Tudo começou a ficar claro na cabeça de Cam, porém, para tentar consertar as coisas, ele se encolheu todo, dizendo:

— Ora, querida, pare com isso... — E parou de falar, sem saber se achava graça ou se ficava assustado quando a viu levantar novamente o punho, dizendo:

— Não me chame de querida, eu tenho nome! Acha que sou idiota? Docinho, querida, lindona, gatinha... esses são apelidos que os homens usam quando não conseguem nem mesmo lembrar o nome da mulher que está debaixo deles na cama.

— Ei, droga, espere um minuto!

— Não, *você* que espere um minuto! Faz ideia de como é insultante ter de ficar ali parada, ouvindo você marcar um encontro com a sua italiana em Roma quando a minha lasanha mal acabou de chegar à sua barriga?

Pior ainda, pensou ela, muito pior foi ele ter feito isso poucos segundos depois de ela ter construído aqueles tolos castelos no ar, imaginando os dois com filhos... Seus filhos. Ah, era de matar! Era de deixar qualquer uma enfurecida!

— Eu não estava marcando encontro nenhum — defendeu-se ele, e logo em seguida parou de falar, fascinado ao ouvir um monte de palavrões em italiano ser despejado da boca de Anna. — Ei, você não aprendeu esses aí com seus avós. — Ao ver que ela rangeu os dentes e bufou, Cam não conseguiu evitar o sorriso. — Você está com ciúme.

— Não é questão de ciúme. É questão de falta de elegância... sua! — E jogou a cabeça para trás, tentando se acalmar. Estava conseguindo apenas se constranger com a súbita explosão de cólera, compreendeu. E o pior é que ainda não colocara tudo para fora. — Você é um homem livre, Cameron, e eu sou livre também. Sem fingimentos, sem promessas... tudo bem. Mas não vou tolerar você fazendo sexo pelo telefone enquanto estou bem ao seu lado, no mesmo cômodo.

— Não era sexo por telefone, era só uma conversa!

— E a pequena trattoria perto da Fontana di Trevi? — perguntou ela, com a voz mais fria agora. — Como pude esquecer? Você não seria o primeiro... fatalmente ia querer arrumar alguma *zucchera* italiana quando estivesse em Roma, Cam, esse é o seu lance. Só não quero que torne a fazer isso na minha cara. — Respirou fundo para depois levantar a mão, impedindo-o de falar. — Sinto muito ter dado aquele soco em você.

— Não, não sente não — reagiu ele, colocando em dúvida seu pedido de desculpas, de forma agitada, embora tentasse permanecer calmo.

— Certo, tem razão, não sinto mesmo... você mereceu!

— O que aconteceu ao telefone não significou nada, Anna.

Significou sim, pensou ela, sentindo-se cansada, é claro que significou. Para ela significou muito. E a culpa era toda dela, seu pequeno desastre pessoal.

— Foi falta de respeito, Cam.

— Boa educação nunca foi o meu ponto forte. Não estou interessado nela. Nem consigo me lembrar do rosto dela!

— Acredita honestamente que uma declaração como essa vai ajudá-lo de alguma forma? — perguntou Anna, deixando a cabeça pender ligeiramente para o lado.

Mas que diabos ela queria que ele falasse?, perguntou a si mesmo, com um ofegar de impaciência. Às vezes a verdade era o melhor argumento.

— É o seu rosto, Anna, que não consigo tirar da cabeça.

— Olha aí... agora está tentando me distrair do assunto — disse, e suspirou.

— Está funcionando?

— Talvez. — Suas emoções, lembrou a si mesma, eram um problema só dela. — Vamos apenas deixar bem claro que mesmo os relacionamentos casuais como o nosso têm limites que não devem ser ultrapassados.

Ele não estava bem certo se a palavra "casual" era a correta para descrever o que estava acontecendo entre eles. Naquele momento, porém, qualquer coisa que a deixasse feliz serviria para ele.

— Certo — concordou. — A partir de agora você vai ser a única gata italiana com quem vou flertar. — Seu olhar afável sem sombra de humor o levou a sorrir de leve. — A lasanha estava demais! Nenhuma das minhas outras gatas sabia cozinhar.

Ela desviou o olhar para a água, e depois de volta para ele, parecendo refletir. Em seguida, olhou novamente para a água, como se estivesse considerando alguma possibilidade. Cam tinha certeza de que estavam começando a aparecer sinais de humor em seus olhos e avisou:

— Pense bem... nós dois vamos acabar dentro d'água... só que eu não me importo com isso, se você também não se importar.

— Acho que prefiro permanecer seca. — E olhou em direção à casa, onde música vinha através das janelas abertas, enchendo o ar. — Quem está tocando violino?

— Deve ser Ethan. — Era uma melodia rápida e animada, uma das favoritas dos seus pais. Um piano entrou, acompanhando o violino, e Cam sorriu. — E esse deve ser Phillip.

— E você, toca o quê?

— Um pouco de violão.

— Eu gostaria de ouvir. — Em um gesto de paz, estendeu-lhe a mão. Ele a pegou, puxando-a mais para perto dele e levou seus dedos aos lábios.

— É você que eu quero, Anna. É só em você que eu penso.

Por ora, aquilo bastava, pensou ela, deixando-o fazê-la escorregar para seus braços. Aquele momento era tudo o que importava.

Capítulo Dezoito

Anna não tinha certeza de como se sentiu ao ver Cam franzir a testa, concentrado, enquanto afinava um velho violão Gibson. Aquele era um lado dele que ela jamais imaginara existir.

Ficou surpresa e satisfeita ao ver a forma suave e descontraída com a qual os três homens interagiram e passaram a executar uma velha canção. Vozes fortes, avaliou, dedos ágeis e competentes. Trabalho de equipe, mais uma vez. E laços de família inquebráveis.

Sem dúvida houvera muitas noites como aquela na vida dos irmãos. Conseguia imaginar os três, bem mais novos, fundindo a sua arte e o som de suas músicas, diante das duas pessoas especiais que se sentavam naquela mesma sala junto com eles. Os pais que os ensinaram a tocar trouxeram uma finalidade para suas vidas e lhes proporcionaram a chance de ter uma família.

Anna levou aquela imagem e a música para o andar de cima quando finalmente foi para a cama. A cama de Cam.

Lembrando a si mesma de que havia uma criança na casa, trancou a porta para o caso dele resolver se levantar do sofá da sala e subir nas pontas dos pés para ficar com ela. E decidiu que não abriria a porta se ele batesse de leve. Independente do quanto ele fosse sexy ao dedilhar aquele velho violão, trazendo-o de volta à vida.

Quase todas as músicas eram baladas irlandesas antigas e canções típicas de bar que Anna não conhecia. Achou-as um pouco tristes e melancólicas, mesmo quando as melodias que envolviam as letras eram animadas. Eles misturaram um pouco de rock e olharam com desdém para Seth quando o menino sugeriu que tocassem alguma coisa deste século.

Foram momentos doces e harmoniosos, pensou Anna, despindo-se. Eles jamais veriam isso dessa forma, e ficariam horrorizados se alguém encarasse aqueles instantes como açucarados. Mas doçura e suavidade foi exatamente o que ela sentira. Quatro homens... quatro irmãos... não de sangue, mas de coração. Era fácil perceber o quanto eles compreendiam uns aos outros, e como haviam conseguido não apenas aceitar o menino em suas vidas, mas acolhê-lo.

Quando Seth comentou que violino era um instrumento para meninas e maricas, Ethan simplesmente riu e passou na mesma hora para um ritmo quente e agitado, tentando captar o interesse e a imaginação de Seth. E o seu comentário seco sobre "quero ver se um maricas consegue um som de arrasar como esse" foi recebido por Seth com um levantar de ombro e um sorriso cúmplice.

Quando Seth pegou no sono, eles o deixaram bem ali onde estava, esparramado sobre o tapete, com a cabeça do cãozinho recostada em seu traseiro. Mais um quadro harmonioso, avaliou Anna.

Vestiu a camisola de algodão larga e comprida e pegou sua escova de cabelos. Aquela casa fornecia às pessoas um tranquilo sentimento de harmonia. Quartos grandes e simples, mobília muito usada, canos barulhentos. Percebeu alguns toques femininos na decoração que não havia notado antes. Um brilho mais forte no polimento dos móveis, um vaso cheio de flores primaveris. Detalhes introduzidos pela diarista, imaginou Anna, e que provavelmente sequer foram notados pelos ocupantes.

Se aquela casa fosse dela, não modificaria quase nada, decidiu, voltando a sonhar acordada enquanto escovava os cabelos. Talvez levasse apenas um pouco mais de cor para o lugar, um toque aqui e ali com a ajuda de almofadões coloridos e flores mais chamativas. Com certeza cuidaria melhor dos jardins, expandindo-os. Andara lendo algumas coisas sobre plantas que floresciam o ano inteiro, que se davam melhor no sol e as que preferiam a sombra. Havia um recanto simpático no quintal que as árvores haviam começado a invadir. Anna achou que lírios-do-vale, alguns copos-de-leite e uns arbustos de murta-das-noivas ficariam muito bem ali, aproveitando o espaço e atraindo a atenção.

Não seria maravilhoso, refletiu, passar uma manhã de sábado inteira mexendo com terra, enfileirando mudas uma ao lado da outra, planejando a combinação certa de cores, texturas e plantas com as alturas mais harmoniosas?

E observá-las e ajudá-las a crescer, espalhar-se e florescer ano após ano?

Um leve movimento do lado de fora da janela chamou a sua atenção pelo espelho. O coração quase lhe veio na garganta quando viu uma sombra se movimentar por trás do vidro opaco. Quando ouviu a janela ranger e ser levantada, Anna se virou devagar e segurou a escova com força na mão, como se fosse uma arma.

Foi quando Cam apareceu no peitoril.

— Oi — disse ele. Espiara ela pentear os cabelos, e detestava interromper a cena. — Trouxe um presente para você.

E lhe estendeu um pequeno buquê de violetas para as quais ela olhou desconfiada, perguntando:

— Como conseguiu subir até aqui?

— Escalando... — E deu um passo em direção a ela, que deu um passo para trás.

— Escalando o quê?

— A lateral da casa, basicamente. Antigamente eu subia pelo cano e me agarrava na calha do telhado, mas naquela época eu pesava muito menos. — E chegou mais perto, fazendo-a ir mais para trás.

— Muito esperto! E se você tivesse despencado lá embaixo?

Ele já escalara rochas íngremes em Montana, no México e na França, mas sorriu triunfante diante da preocupação dela.

— Você lamentaria e ficaria preocupada comigo se eu tivesse caído?

— Acho que não. — Já que ele conseguira chegar até a um passo dela, Anna agarrou as flores meio amassadas. — Obrigada pelas violetas. Agora, boa noite!

Interessante, notou ele. A voz e a expressão dela pareciam formais, apesar do fato de ela estar diante dele usando apenas uma camisola comprida de algodão fino. Por algum motivo, achou o tecido bem prático e ridiculamente sexy. Pelo jeito, finalmente teria a chance de seduzi-la.

— Não consegui pegar no sono. — Esticando o braço, desligou o interruptor do quarto, deixando aceso apenas o suave abajur da mesinha de cabeceira, que lançava uma luz embaçada, dourada e ligeiramente quente.

— Aposto que nem tentou — disse ela, tornando a ligar o interruptor da luminária do teto.

— Tentei sim, parecia que já estava deitado há horas. — E levantou a mão, fazendo os dedos deslizarem pelo seu braço, do pulso até o cotovelo. Sua pele parecia mais morena, como se estivesse bronzeada, em contraste com o branco imaculado da camisola comprida. — Não conseguia pensar em mais nada, a não ser em você, a maravilhosa Anna... — disse baixinho — ...com esses olhos.

Seus dedos dos pés pareceram se curvar para cima em resposta àquela mão que a acariciava e se movimentava lentamente, agora acompanhando a curva de seu maxilar. Seu coração começou a se agitar. Não, era o estômago... Não, era tudo.

— Cam, há um menino dentro desta casa.

— Sim, e ele está dormindo feito pedra. — Seus dedos lhe tocaram a garganta, sentindo a pulsação rápida. — Está até roncando no tapete da sala.

— Você devia tê-lo carregado para a cama.

— Por quê?

— Porque... — Devia haver alguma boa razão, mas como ela podia pensar com clareza quando ele estava ali, olhando para ela com aqueles olhos cinzentos parecendo rocha viva, focados com intensidade em seu rosto? — Você planejou isso... — disse, com a voz fraca.

— Não exatamente. Primeiro, pensei em convencê-la a dar um passeio pelo bosque assim que a casa ficasse em silêncio. E aí eu faria amor com você lá fora, ao ar livre... — Pegou a mão dela, virou a palma para cima e pressionou os lábios sobre ela. — Sob a luz das estrelas. Só que vai chover...

— Chover? — Olhando na direção da janela, Anna viu as cortinas se inflando de leve sob o efeito da brisa refrescante. Ao olhar de volta para ele, Cam já estava mais perto, com os braços em volta dela, as mãos largas e ágeis acariciando-lhe as costas.

— E, para falar a verdade, eu queria ter você na cama. Na minha cama. — Cutucou-a com a cabeça, aplicando-lhe beijos beliscados ao longo do maxilar, até chegar ao ponto atrás da orelha onde a pele era mais fina, frágil como água. — Quero você, Anna... dia e noite.

— Amanhã... — tentou ela.

— Hoje... esta noite... amanhã também... — E a palavra "sempre" chegou à ponta da língua no instante em que sua boca se encontrou com a dela.

Ela murmurou um som que parecia de agonia quando a língua dele forçou passagem por entre seus lábios para tornar o beijo ainda mais profundo. E foi mais e mais fundo, até que ela não teve outra escolha senão a de se deixar submergir na sensação. As pequenas violetas caíram como se estivessem em câmera lenta quando seus dedos ficaram moles e sem energia.

Ele só a beijara daquela forma uma vez antes, com uma ternura tão indescritível que pareceu desnudar-lhe a alma. Se tivesse conseguido formar as palavras, teria balbuciado o quanto o amava. Mas seus joelhos pareciam geleia, seu coração andava perdido e as palavras estavam além de suas forças.

Ele quase não a tocou, as mãos apenas amparavam de leve as suas costas, enquanto a boca sugava tudo o que havia dentro dela, desmontando-a.

— Dessa vez não é uma corrida. — Ele se ouviu murmurar, sem saber ao certo se falava consigo mesmo ou com ela. Tudo o que sabia é que a queria de forma lenta, dolorosamente lenta, infinitamente lenta, para conseguir saborear cada instante, cada movimento, cada gemido.

Esticando o braço, apagou a luz, murmurando:

— Quero este pedacinho de pele aqui... — E deixou a boca percorrer-lhe a pele frágil que ficava por baixo do maxilar — ...e este aqui. — Desceu pela elegante coluna que era a garganta dela, onde seu perfume era mais quente e inebriante.

Quando deu um passo para trás e arrancou a própria camisa por cima da cabeça, ela parou de respirar. Tentou se firmar novamente sobre os pés e resolveu oferecer de volta um pouco do que ele estava lhe dando. Esticou o corpo, colocando-se nas pontas dos pés, até seus olhos e bocas ficarem na mesma altura.

Ele beijou suas têmporas, suas sobrancelhas e seus olhos quando eles se fecharam, trêmulos.

— Adoro olhar para você — disse ele e, pegando a ponta da camisola entre os dedos, começou a levantá-la lentamente, centímetro por centímetro. — Gosto de olhar tudo em você. Mesmo quando não está perto, tenho uma imagem completa de você na minha cabeça.

Quando a camisola foi parar no chão, ele manteve os olhos sobre os dela e a ergueu nos braços, sentindo-a estremecer.

E soube, no instante exato em que o ar lhe fugiu, que jamais desejara uma mulher tanto quanto desejava Anna. Dessa vez, quando a pousou com suavidade sobre a cama, foi ele quem se deixou mergulhar perdidamente no beijo.

Não precisava ordenar às suas mãos que fossem gentis e se arrastassem lentamente. Não era necessário segurar a urgência de possuí-la. Nada disso era preciso, pois ela suspirava suavemente sob o toque dele, se movia lânguida e fluida sob suas mãos e se entregava por completo antes mesmo de ele pedir.

Ele a explorava com uma espécie de assombro, parecendo maravilhado, como se estivessem a ponto de fazer amor pela primeira vez. A primeira mulher, a primeira carência. De certo modo tudo era novo, como aquele anseio de prolongar o momento... sorver aos poucos em vez de engolir tudo de uma vez só... deslizar em lugar de correr. Quando as mãos dela o tocaram em toda parte, sua pele estremeceu e pareceu se aquecer.

Nenhum dos dois ouviu os primeiros pingos grossos da chuva nem o gemido longínquo e pungente do vento.

Anna elevou o corpo, como se cavalgasse uma onda alta e agitada, e deixou-se cair novamente até se sentir flutuando enquanto sussurrava o nome dele.

O prazer era líquido, suave como o orvalho da manhã, imenso como o mar escuro. Ela podia sentir o êxtase deslizar por dentro de si, movendo-se, espalhando-se, elevando-a até a crista de uma onda ainda mais alta que se avolumava e onde apenas ele existia.

Pressionou a boca de encontro à garganta dele, mordeu-lhe os ombros, e o teria absorvido por completo se soubesse como fazer isso. Ninguém jamais a levara tão longe, de forma tão plena. E, quando lhe emoldurou o rosto entre as mãos, trazendo sua boca de encontro à sua, deixando-se despejar no beijo, sentiu que ele a acompanhava e era todo seu.

Quando Cam arremeteu e a preencheu, foi só mais um elo que se moldou entre eles. Ela deixou-se abrir, tomou-o por completo e também se deu. Os dois começaram a se mover de forma lenta e ritmada, com as respirações se entrelaçando e os olhares fixos um no outro. Continuaram se movendo, deslizando um de encontro ao outro como seda, as pulsações completamente sincronizadas para extrair todo o prazer possível.

A sensação se avolumou ainda mais, deixando-a zonza e ofuscada, fazendo seus lábios se abrirem em um sorriso ao mesmo tempo em que seus olhos pareciam flutuar em um mar de brilho.

— Beije-me! — exigiu ela em um último e trêmulo arfar.

Então suas bocas se encontraram e se acoplaram, enquanto a última onda estourava sobre os dois, inundando-os.

Ele não falou nada, nem sequer ousou, quando as mãos dela pareceram desfalecer sobre a cama. Sentiu como se tivesse despencado de um precipício e atingido o chão. Sentiu o coração inchado e completamente exposto. E todo dela.

Talvez aquilo fosse amor, e ele estava apavorado.

Mesmo assim, não conseguia se afastar, não podia deixá-la ir embora. Tudo parecia estar no lugar certo. Ela por baixo dele e seu próprio corpo fraco, saciado, sua mente quase vazia. Só seu coração parecia ainda pulsar trêmulo.

Cam resolveu que se preocuparia com aquilo mais tarde.

Sem dizer nada, absolutamente nada, saiu de cima dela. Puxou-a mais para junto de si, de forma possessiva, e deixou que a chuva o embalasse até adormecer.

Anna acordou com o sol batendo em seus olhos e se assustou ao notar que ainda estava abraçada a Cam. Seus braços continuavam a segurá-la com firmeza, e os dela estavam confortavelmente enlaçados a ele. Suas pernas estavam entrelaçadas, e a perna direita dela parecia estar enganchada nos quadris dele, como uma âncora.

Se sua mente estivesse mais alerta, teria lhe ocorrido que, mesmo os dois afirmando que o caso era informal e fortuito, ainda que de forma sofisticada, quando dormiam, seus corpos afirmavam o contrário.

Puxou o pé um pouco para baixo, tentando desfazer o nó de suas pernas, mas ele simplesmente se mexeu e tornou a apertá-la com mais força.

— Cam — sussurrou ela, sentindo-se tola e culpada. Ao ver que não recebeu resposta, desvencilhou-se dele e falou com mais firmeza: — Cameron, acorde!

Ele grunhiu, aninhou-se mais perto dela e murmurou algo contra os seus cabelos.

Ela suspirou e, decidindo que não havia escolha, levantou ligeiramente a perna presa entre as dele, até seu joelho apertar com firmeza o espaço entre suas virilhas. Então, deu-lhe uma rápida cutucada.

— Ei... que foi?

— Acorde!

— Estou acordado! — E seus olhos recém-abertos exibiram um ar aborrecido. — Você se incomodaria de afastar o joelho do meu... — Quando sentiu a pressão diminuir, soltou o ar preso em seus pulmões. — Obrigado.

— Você tem que sair daqui — voltou a sussurrar. — Não devia ter passado a noite toda comigo.

— Por que não? — sussurrou ele de volta. — Estou na minha cama.

— Você sabe do que estou falando — sibilou ela. — Um dos seus irmãos pode acordar a qualquer momento.

Ele se esforçou para levantar a cabeça alguns centímetros, a fim de espiar o relógio na mesinha-de-cabeceira.

— Já passa das sete — informou. — Ethan já se levantou e, a essa altura, deve ter esvaziado a primeira armação de pegar caranguejos. E por que estamos cochichando?

— Porque você não devia estar aqui.

— Mas eu moro aqui! — Um sorriso sonolento apareceu em seu rosto. — Puxa, você é linda demais, com o rosto assim todo amarrotado e o cabelo despenteado. Está me dando vontade de transar com você mais uma vez...

— Pare com isso! — Ela quase caiu na risada, até o momento em que sua mão deslizou por baixo dela e cobriu-lhe o seio. — Agora não.

— Mas já estamos aqui, nus e tudo... além do mais, você está tão macia e quentinha. — Enfiou o nariz em seu pescoço.

— Não comece!

— Tarde demais... já saí na frente e estou no meio da primeira volta.

E, realmente, quando ele se mexeu um pouco, ela percebeu que o tiro de largada já havia sido disparado. Com um movimento ágil ele entrou nela, e tudo pareceu tão suave, tão natural e adorável, que ela conseguiu apenas suspirar.

— Sem gemidos! — disse ele, soltando uma risada no ouvido dela. — Assim você vai acabar acordando meus irmãos.

Anna deu uma gargalhada e, pega entre a surpresa e a excitação, girou o corpo e se colocou por cima dele. Cam pareceu sonolento, perigoso e estimulante. Quase sem fôlego, ela prendeu a cabeça dele entre as mãos. Abaixando o rosto e se inclinando, sugou o lábio inferior dele com ardor.

— Certo, espertinho, vamos ver quem vai gemer primeiro — disse e, arqueando o corpo para trás, começou a cavalgá-lo.

Depois de tudo, decidiram que houve um empate.

Ela o obrigou a descer novamente pela janela, o que ele assegurou ser ridículo, mas a fez se sentir um pouco menos depravada. A casa estava em silêncio quando desceu calmamente as escadas, depois de um banho refrescante. Sentia-se muito à vontade, usando calças cáqui e uma camiseta. Seth continuava dormindo sobre o tapete. Bobalhão se mantinha de guarda ao seu lado.

Assim que avistou Anna, o cãozinho se remexeu todo, ganindo baixinho enquanto a seguia até a cozinha. Ela imaginou que seu problema devia ser barriga vazia ou bexiga cheia. Assim que abriu a porta dos fundos, ele voou como uma bala, mostrando que seu aperto era do segundo tipo ao se aliviar demoradamente em um arbusto de azaleia que começava a florescer.

Pássaros gorjeavam alegremente, emitindo sons fortes e melodiosos. Orvalho cobria a grama, que precisava ser aparada. Ainda havia uma leve névoa acima da linha d'água, mas estava se desfazendo rapidamente, como fumaça. Através dela podia ver pequenos diamantes cintilando no reflexo do sol sobre a água calma.

O ar refrescara com a chuva que caíra à noite, e as folhas pareciam mais verdes e cheias do que na véspera.

Anna imaginou uma pequena fantasia que incluía café fumegante e um passeio até o pequeno cais. No instante em que entrou na cozinha, pensando em preparar o café, Cam também entrou pela outra porta, vindo do corredor.

Ele não fizera a barba, ela notou, e achou que a barba por fazer combinava com a imagem que tinha de um domingo preguiçoso no campo. Levantou uma sobrancelha.

Anna pegou duas canecas no armário e levantou uma delas em saudação.

— Bom dia, Cameron.

— Bom dia, Anna. — Resolvendo levar a brincadeira em frente, aproximou-se dela e deu-lhe um casto beijo na testa. — Como passou a noite? Dormiu bem?

— Muito bem, e você?

— Como uma pedra. — Ele enroscou um cacho dos cabelos dela entre os dedos. — Não achou o ambiente silencioso demais?

— Silencioso?

— Sabe como é, garota da cidade encontra o silêncio da vida no campo.

— Ah... não, eu gostei. Na verdade, acho que jamais havia dormido tão bem.

Os dois estavam rindo um para o outro no instante em que Seth entrou, cambaleando de sono e esfregando os olhos.

— Tem alguma coisa aí para comer?

— Phillip andou se gabando dos waffles que sabe preparar. Vá até lá acordá-lo — respondeu Cam, mantendo os olhos grudados em Anna.

— Waffles? Legal! — Saiu correndo, os pés descalços fazendo barulho no piso de madeira.

— Phillip não vai gostar nem um pouco disso — comentou Anna.

— Foi ele que veio com essa história de waffles.

— Eu poderia prepará-los.

— Não, você fez o jantar. Aqui fazemos rodízio de tarefas, para evitar o caos e o derramamento de sangue. — Um terrível baque surdo ecoou sobre suas cabeças e fez Cam sorrir. — Por que não pegamos esse café puro e damos uma volta por aí para ficar longe da linha de fogo?

— Estava pensando a mesma coisa.

Por impulso, ele pegou uma vara de pescar, dizendo:

— Segure isso aqui! — E, depois de uma pequena caçada na geladeira, pegou um pedaço do queijo brie de Phillip.

— Pensei que íamos comer waffles.

— E vamos. Isso aqui é para usar como isca. — Enfiou o pedaço de queijo no bolso e pegou a caneca de café.

— Você usa queijo brie como isca?

— A gente pega o que está à mão. Quando um peixe está a fim de morder, é capaz de abocanhar qualquer coisa. — Entregou a ela a outra caneca de café. — Vamos ver o que conseguimos agarrar.

— Eu não sei pescar — avisou ela, enquanto se encaminhavam para fora da casa.

— É moleza! Você espeta uma minhoca, ou, nesse caso, um pedaço de queijo metido a besta, e espera para ver o que acontece.

— Então por que vocês, homens, inventam de comprar todo aquele equipamento caro e complicado, além dos chapéus engraçados?

— São só enfeites. Não vamos caçar peixes-voadores em alto-mar. Vamos só atirar uma linha na água. Se não conseguirmos arrumar pelo menos uns dois gatos até Phillip acabar de preparar os waffles, é porque eu realmente devo estar fora de forma.

— Gatos? — Por um momento de assombro, Anna se sentiu completamente horrorizada. — Você não vai usar gato como isca, vai?

Ele piscou ao olhar para ela e notou que ela continuava com a expressão totalmente séria, e então quase se dobrou de tanto rir.

— Claro que vou. A gente levanta o gato pela cauda, faz um buraco com a faca na barriga dele e joga na água. — Cam só começou a ficar com pena dela quando viu que ela empalidecera por completo. Mas isso não impediu que ele continuasse a rir. — Peixe-gato, querida. Vamos pescar alguns peixes-gato antes do café, aqueles com bigodes compridos. Em alguns lugares são conhecidos como bagres.

— Muito engraçado — fungou ela, e voltou a caminhar. — Esses peixes são muito feios. Já vi em fotos.

— Está me dizendo que jamais provou peixe-gato, ou bagre?

— Por que provaria? — Sentindo-se um pouco irritada e meio ofendida, Anna se sentou na beira do cais, com os pés balançando e a caneca presa entre as mãos.

— É só fritá-los, deixá-los bem sequinhos e você vai ver que não existe nada melhor. Sirva com uns pãezinhos de milho também fritos com cebola e especiarias, junte umas espigas de milho cozidas e vai ter um banquete.

Ela olhou de lado para ele, que se sentou ao seu lado e começou a prender o pedaço de brie no anzol. Sua barba estava por fazer, os cabelos, desalinhados e os pés, descalços.

— Bagre frito com pãezinhos de milho e espigas? — zombou ela. — Isso vindo do arrojado Cameron Quinn? O homem que arrasa nas corridas de barco e nas estradas e destrói os corações da Europa? Acho que a sua pequena guloseima que mora em Roma não conseguiria reconhecê-lo.

— Não vamos começar de novo com essa história, vamos? — perguntou ele, de cara feia, enquanto jogava a linha na água.

— Não... — respondeu ela, rindo e se inclinando para beijar-lhe o rosto. — Eu quase não me reconheço também, mas acho que estou gostando.

— Bem, você certamente não se parece com uma funcionária pública sóbria e dedicada esta manhã, Srta. Spinelli.

— É que aos domingos eu tiro folga. E agora, se um peixe fisgar, o que eu faço?

— Puxe a linha, enrolando-a.

— Como?

— Eu ensino quando acontecer. — E se inclinou para puxar a armação para caranguejos que estava amarrada em um dos pilares do cais, bem perto deles. Dois bichos com cara zangada fizeram Cam abrir um sorriso. — Bem, pelo menos passar fome hoje à noite não iremos...

As pinças dos caranguejos, que começaram a fazer barulho, fizeram Anna levantar os pés, disfarçadamente, até deixá-los um pouco acima da linha d'água. Estava contente por estar sentada ali, bebendo café enquanto assistia à manhã se abrir como uma flor. Quando Mamãe Pata e seus seis patinhos cobertos por uma fina penugem passaram nadando diante deles, ela teve o que Cam considerava a típica reação de uma garota da cidade.

— Ah, olhe, olhe ali... Patinhos! Não são uma gracinha?

— Eles fazem ninho bem ali na curva, junto do bosque, todo ano. — Ao ver que ela estava com olhar sonhador, não resistiu e completou: — Vão nos proporcionar uma boa caçada quando chegar o inverno.

— Caçada? — murmurou ela, ainda encantada e já imaginando como seria colocar uma daquelas coisas fofinhas na palma da mão. De repente, seus olhos se arregalaram, horrorizados. — Você atira naqueles patinhos?

— Bem, no inverno eles já estão bem maiores, não são mais patinhos. — Cam jamais atirara em um pato nem em qualquer outro animal em toda a sua vida. — A gente fica sentado bem aqui e derruba uns dois antes do café.

— Você devia ter vergonha disso!

— Sua criação de menina da cidade está aparecendo...

— Eu chamo de humanidade. Se fossem meus patos, eu não deixaria ninguém matá-los. — O risinho que ele deu a fez estreitar os olhos. — Você estava só zombando de mim, não é?

— E funcionou. Você fica linda quando está indignada. — Beijou-lhe o rosto para acalmá-la. — O coração da minha mãe também era mole demais para permitir a caça por aqui. Pescaria nunca a incomodou. Dizia que era uma covardia menor. Além do mais, detestava armas.

— Como ela era?

— Era... estável, muito equilibrada — decidiu ele, depois de pensar um pouco. — Era muito difícil abalá-la. Quando acontecia, porém, tinha um temperamento bravo. Era raro chegar a esse ponto. Adorava o trabalho que fazia, adorava os filhos... Tinha um monte de pontos fracos. Chorava à toa com filmes ou livros, e não suportava nos ver limpando peixe. Quando surgia algum problema, no entanto, era firme como uma rocha.

Ele tomara a mão de Anna entre as suas, sem perceber, entrelaçando os dedos.

— Eu estava em péssimo estado quando cheguei aqui, tinha sido espancado para valer... Ela cuidou de mim. Eu vivia planejando escapar, assim que conseguisse ficar de pé novamente. Dizia a mim mesmo que aqueles dois eram um casal completamente idiota e que, se eu quisesse, poderia roubá-los bem debaixo do nariz deles e depois fugir para onde bem entendesse. Planejava ir para o México.

— Mas não fugiu... — disse Anna baixinho.

— Não... me apaixonei por ela. Foi no dia em que cheguei em casa, depois de velejar pela primeira vez com o papai. Todo esse mundo acabara de se abrir para mim. Ainda estava meio apavorado com tudo, mas foi assim. Ele foi para o escritório corrigir umas provas, eu acho. Eu continuava reclamando e xingando por ter sido obrigado a usar aquele colete salva-vidas que eu achava idiota e enchendo o saco de quem estivesse me ouvindo. Ela me tomou pela mão e me empurrou de cara na água. Disse que, já que era assim, eu devia aprender logo a nadar... e me ensinou. Descobri que a amava a uns três metros daqui de onde estamos. A partir daquele momento, ninguém mais conseguiria me arrastar daqui.

Comovida, Anna levantou as mãos dos dois, que continuavam entrelaçadas, e as passou no próprio rosto.

— Gostaria de ter tido a chance de conhecê-la... de ter conhecido os dois.

Ele se mexeu, desconfortável, notando de repente que acabara de contar a Anna uma história que jamais compartilhara com ninguém. E se lembrou do dia em que estivera sentado bem ali, na outra noite, conversando com o pai morto.

— Anna, você... ahn... acredita que as pessoas possam voltar?

— Voltar de onde?

— Você sabe... fantasmas, espíritos, aquelas histórias tipo Além da Imaginação?

— Bem, não desacredito — disse ela, depois de pensar um instante. — Depois que a minha mãe morreu, havia momentos em que eu sentia o seu perfume. Vinha assim, sem mais nem menos, espalhado pelo ar, e aquele cheiro era tão... dela... talvez fosse real, talvez apenas a minha imaginação, mas me ajudou a seguir em frente. É isso que importa no fim.

— Sim, mas...

— Ai! — Ela quase deixou a vara escapar das suas mãos ao sentir um puxão. — Peguei alguma coisa! Puxe!

— Pegou mesmo! — Cam resolveu que a interrupção tinha sido para melhor. Mais um ou dois minutos e ele poderia ter feito papel de completo idiota contando tudo a ela. Esticando a mão, tentou firmar a vara que se mexia sem parar na mão dela. — Solte um pouco e deixe-o se debater por algum tempo. Isso... não, não torça a linha. Mantenha-a solta, mas segure firme.

— Puxa, parece grande! — Seu coração estava martelando em seus ouvidos. — Grande mesmo!

— Eles sempre parecem grandes. Agora você já o pegou de jeito, puxe a linha bem devagar. — Ele se levantou para pegar um puçá que ficava sempre pendurado na ponta do cais. — Traga-o para fora, agora, bem devagar, e depois puxe-o aqui pra cima.

Anna inclinou o corpo para trás, e os olhos semicerrados se arregalaram quando viram o peixe surgir brilhando da água, refletindo a luz do sol e se remexendo muito.

— Ai, meu Deus!

— Não solte a vara, pelo amor de Deus! — Sacudindo-se de tanto rir, Cam a agarrou pelos ombros antes que ela caísse na água. Inclinando-se para a frente, pegou o bagre com o puçá. — Muito bem!

— E agora, o que eu faço? O que eu faço?

Com habilidade, Cam soltou o peixe do anzol, e, para horror de Anna, entregou-lhe o puçá. — Segure só um instantinho...

— Não me deixe sozinha com essa coisa! — Olhou meio de lado e, assim que viu os bigodes e os olhos saltados do peixe, fechou os dela. — Cam, volte aqui e pegue esse troço horrível!

Ele pegou um balde, encheu-o de água e o colocou sobre o cais. Depois, pegou o puçá e deixou o peixe escorregar para dentro do balde.

— Garota da cidade! — zombou ele.

— Talvez — concordou ela, suspirando de alívio enquanto olhava para dentro do balde. — Argh! Jogue isso de volta na água... É medonho!

— Nem pensar! — brincou ele. — Tem uns dois quilos, brincando...

Quando ela se recusou a tocar novamente na vara de pescar, ele pegou o resto do brie de Phillip e se ajeitou, aceitando o fato de que teria de pescar o resto do jantar sozinho.

A recepção entusiasmada que Anna recebeu de Seth pelo trabalho matinal mudou a sua atitude. Impressionar um menino daquela forma só por pegar um peixe inquestionavelmente horroroso e possivelmente glutão era um tipo novo de triunfo para ela. No momento em que estava dirigindo o carro, com Cam ao seu lado, em direção ao pequeno estaleiro em que se transformara o galpão alugado, decidiu que um dos seus próximos projetos seria ler tudo sobre a arte de pescar.

— Acho que, se tivesse uma isca mais apropriada, eu conseguiria pescar algo muito mais atraente do que um bagre.

— Está interessada em desenterrar alguns rastejadores noturnos, também conhecidos como minhocas, no próximo fim de semana?

— Esses aí se parecem com o nome que têm? — perguntou Anna, colocando os óculos escuros na ponta do nariz.

— Pode apostar que sim.

— Então, acho que não — afirmou, colocando os óculos de volta no lugar. — É mais fácil me encontrar por aí toda enfeitada com plumas e coisas desse tipo, que nem uma louca... — E tornou a olhar para ele. — E então, você conhece a receita secreta do seu pai para preparar waffles?

— Não. Ele não confiava em mim para me passar a receita. Sacou bem depressa que eu era um desastre na cozinha.

— Que tipo de suborno funciona melhor com Phillip, para ele me dar a receita?

— Você não conseguiria arrancar esse segredo dele nem dando-lhe uma gravata Hermès de presente. Ela só pode ser ensinada para outro Quinn.

É o que veremos, decidiu ela, tamborilando os dedos no próprio joelho. Continuou o movimento até chegarem ao estacionamento que ficava ao lado do velho prédio de tijolos aparentes. Ela não sabia que reação ele esperava dela. Pelo que via, houve poucas mudanças desde que estivera ali da última vez. O lixo fora recolhido e as janelas quebradas substituídas, mas a construção continuava parecendo velha e abandonada.

— Vocês fizeram uma faxina. — Aquilo lhe pareceu uma reação segura e serviu para satisfazê-lo quando saíram do carro.

— O cais, nos fundos, precisa de alguns reparos — comentou ele. — Phillip deve ser capaz de lidar com isso. — Pegou as chaves, tão brilhantes quanto a nova fechadura da porta da frente. — Acho que vamos precisar de um letreiro ou algo assim — disse, meio para si mesmo, enquanto soltava as travas do chão, por dentro da porta dupla. Quando as abriu, de par em par, Anna imediatamente sentiu o cheiro de serragem, bolor e café velho. Mas o sorriso educado que fixara no rosto se alargou com a surpresa que sentiu assim que colocou os pés lá dentro.

Cam acendeu as luzes, e a claridade intensa a fez piscar. As lâmpadas eram muito fortes acima deles, pendiam das traves e não tinham globos. O piso recém-restaurado estava quase perfeitamente limpo. Uma parede lisa fazia um ângulo no canto perto da entrada, formando outro espaço em separado. As escadas haviam sido substituídas, e o corrimão, em madeira lisa, fora envernizado. O espaço aberto do segundo andar continuava parecendo perigoso, mas ela começou a enxergar o potencial de tudo aquilo.

Viu roldanas e andaimes, imensas serras elétricas com dentes ameaçadores, um móvel de metal cheio de gavetas que ela imaginou esconder ferramentas surpreendentes. Novos fechos de aço brilhavam nos fundos, instalados nas largas portas que levavam ao cais.

— Isso é maravilhoso, Cam. Vocês trabalharam muito rápido!

— Velocidade é o meu ramo de trabalho — disse ele, de forma descontraída, mostrando-se satisfeito ao ver que ela estava impressionada de verdade.

— Devem ter ralado muito, que nem uns condenados, para conseguir aprontar tudo isso em tão pouco tempo. — Embora quisesse olhar tudo, foi a imensa plataforma no centro do galpão que atraiu sua atenção. Desenhadas com cuidado em cima dela, em lápis preto e giz colorido, havia curvas, linhas e ângulos.

— Não estou entendendo esses traços. — Fascinada, circulou em volta das marcas e linhas. — Isso é uma espécie de barco?

— É um barco. O barco. Isso é uma projeção. Desenhamos o casco, em tamanho natural. Tiramos o molde das seções e das formas transversas.

Depois testamos tudo, desenhando algumas curvas longitudinais, como o corte do casco, e marcamos algumas medidas para a altura da linha-d'água.

Ele estava de joelhos sobre a plataforma enquanto falava, usando as mãos para explicar tudo a ela, que continuava sem entender nada.

Mas não importava se ela entendia as informações técnicas que ele estava lhe passando ou não. Ela o compreendia. Talvez Cam ainda não tivesse reparado, mas já estava apaixonado por aquele lugar e pelo trabalho que realizaria ali.

— Ainda vamos ter que acrescentar as linhas em arco e traçar as diagonais. Pode ser que a gente queira usar esse projeto novamente mais tarde, e essa é a única maneira de reproduzi-lo com precisão. E é um projeto muito bom, espetacular. Vou acrescentar alguns detalhes estruturais, quando tudo estiver em tamanho natural. Quanto mais detalhes houver, melhor o barco.

Ele levantou a cabeça e a viu sorrindo para ele, balançando os óculos escuros pela haste.

— Desculpe... — disse ele. — Você não dever estar entendendo nada do que estou falando.

— Estou achando tudo maravilhoso. Sério! Vocês estão construindo mais do que apenas barcos aqui.

— Bem, a ideia básica é fazer barcos. — Ligeiramente envergonhado, ele se levantou e pulou da plataforma com agilidade. — Venha dar uma olhada nesses desenhos.

Pegando-a pela mão, ele a levou até a parede oposta. Já havia dois desenhos emoldurados, um do amado barco de pesca de Ethan e o outro do barco que estava começando a ser construído.

— Foi Seth que desenhou. — O orgulho em sua voz era visível, embora nem reparasse. — Ele é o único de nós que consegue desenhar alguma coisa que preste. Phil até que engana um pouco, mas o garoto é o máximo! Ele está desenhando o outro barco de Ethan, o de trabalho pesado, e depois vai fazer uma corveta. Eu arrumei algumas fotos de uns barcos que ajudei a construir, para que ele possa copiá-los. Vamos pendurar todos os trabalhos aqui e acrescentar desenhos de todos os outros que formos construindo. A ideia é formar uma espécie de galeria. Será a nossa marca registrada.

Havia lágrimas nos olhos de Anna quando ela se virou para envolvê-lo em seus braços. A força com que o agarrou o deixou surpreso, mas ele retribuiu o abraço.

— Mais do que barcos — murmurou ela, e se afastou um pouco para emoldurar o rosto dele entre as mãos. — É maravilhoso! — repetiu, e puxou a sua boca de encontro à dela.

O beijo fez o corpo de Cam formigar todo por dentro, inundando-o e roubando-lhe o equilíbrio. Tudo em volta dela, em volta deles, começou a girar em seu coração. Perguntas, mil perguntas zumbiam como abelhas em seus ouvidos. E a resposta, a resposta simples e definitiva para todas elas, estava ali, bem ao seu alcance.

Pronunciou o nome dela uma só vez, afastando-a desajeitadamente em seguida. Precisava olhar para ela, olhar de verdade, mas nada nele parecia estar em perfeito equilíbrio.

— Anna — repetiu ele. — Espere só um momento.

Antes de conseguir tornar a se firmar diante da resposta que descobrira, antes de conseguir sentir o chão debaixo dele novamente, a porta da frente se escancarou, deixando o sol entrar.

— Desculpe, pessoal — disse Mackenzie, de forma gentil. — É que vi o carro de vocês aqui fora.

Capítulo Dezenove

A primeira reação de Cam foi de pura irritação. Algo muito importante estava acontecendo ali, algo monumental, e ele não queria interrupções de nenhum tipo.

— Ainda não inauguramos, Mackenzie. — Manteve as mãos apertando os braços de Anna, dando as costas para o homem que considerava apenas um burocrata talhado para empestear as pessoas.

— Não imaginei que estivesse por aqui. — Com a voz ainda suave e amigável, Mackenzie foi entrando, devagar. Em seu campo de trabalho, raramente recebia boas-vindas. — A porta estava destrancada... Puxa, isso vai ser um tremendo local de trabalho!

Ele adorava trabalhar com ferramentas, e a visão de todas aquelas serras e equipamentos poderosos o deixou empolgado.

— Vocês conseguiram instalar um equipamento de primeira aqui.

— Se quiser encomendar um barco, volte amanhã, e então poderemos conversar.

— Não, eu sofro de enjoo — confessou Mackenzie, fazendo uma careta de desgosto. — Não consigo nem ficar em pé sobre um cais sem me sentir nauseado.

— Isso é mau. Caia fora!

— Mas aprecio muito os diversos tipos de barco. Só não posso dizer que alguma vez pensei no que era preciso para construí-los. Aquela ali é uma serra elétrica do modelo mais recente. Deve ter custado uma nota!

Dessa vez Cam se irritou, com a fúria estampada em seus olhos lançando tantas ameaças quanto uma arma engatilhada.

— A forma como eu gasto meu dinheiro só diz respeito a mim!

Assustada com o rumo da conversa, Anna colocou a mão sobre o braço de Cam. Não a surpreendeu o fato de ele estar sendo rude, pois já o vira assim antes, mas a rispidez e os dentes cerrados pelo que parecia ser apenas um estorvo casual a deixaram intrigada.

Se aquela era a forma com a qual pretendia receber clientes em potencial, era melhor fechar as portas antes mesmo de abrir.

Antes de pensar em um modo apropriado de acalmá-lo com palavras, Cam se desvencilhou dela, dirigindo-se ao visitante.

— Que diabos você quer de mim agora?

— Só mais algumas perguntas. Como vai a senhora? — cumprimentou Anna educadamente, acenando com a cabeça. — Sou Larry Mackenzie, investigador da Seguradora True Life.

Completamente no escuro a respeito do assunto, Anna automaticamente aceitou a mão que lhe era estendida.

— Muito prazer, Sr. Mackenzie. Sou Anna Spinelli.

Mackenzie fez uma rápida pesquisa em seu arquivo mental. Levou apenas um instante para identificá-la como a assistente social responsável pelo acompanhamento do caso de Seth DeLauter. Como ela surgira em cena depois da morte do segurado, não houve necessidade de entrar em contato com ela, mas seu nome estava em seus relatórios. E a pequena e aconchegante cena que presenciara assim que entrara serviu para alertá-lo de que ela estava bastante ligada a pelo menos um dos Quinn. Não tinha certeza se aquela informação seria útil, mas ele faria uma anotação sobre o assunto, só por garantia.

— O prazer é meu, senhorita.

— Se têm algum assunto a tratar — começou Anna —, posso esperar lá fora.

— Não tenho nada a tratar com ele, nem agora nem depois. Vá preencher seu relatório, Mackenzie. Já resolvemos tudo.

— Quase tudo. Imaginei que gostaria de saber que já estou voltando para o escritório central. Consegui muitas informações conflitantes em minhas entrevistas, Sr. Quinn. Embora muito poucas delas possam ser chamadas de fatos concretos. — E tornou a olhar para a serra elétrica, desejando, por outro breve instante, ter condições de comprar uma daquele tipo. — Temos a carta que foi achada no carro do seu pai, e isso nos leva ao seu estado de espírito. Um acidente envolvendo apenas um veículo, com um motorista em bom estado de saúde, sem traços de álcool ou drogas... — Levantou os ombros. — Além disso, há o fato estranho de o segurado ter aumentado o valor da apólice e ter acrescentado um beneficiário, tudo isso pouco antes do acidente. A companhia questiona em profundidade esse tipo de coisa.

— Pois vá em frente e questione. — A voz de Cam estava mais baixa agora, como o grunhido de advertência de um cão prestes a atacar — Mas não aqui! Não na minha presença!

— Estou apenas lhe comunicando em que pé as coisas estão. Dar início a um novo negócio — continuou Mackenzie, em tom casual — exige um bocado de capital. Já estavam planejando estabelecer a fábrica há muito tempo?

— Seu filho-da-mãe! — Cam deu um pulo com rapidez, voando em cima de Mackenzie e o levantando pela lapela, até ele ficar na ponta dos sapatos bem engraxados.

— Cam, pare com isso! — A ordem foi rápida e pungente, intensificada quando Anna deu um passo à frente e colocou as mãos entre os homens, separando-os. Foi como se colocar entre um lobo e um touro, mas se manteve firme. — Sr. Mackenzie, acho que o senhor deveria se retirar agora.

— Já estou indo. — Sua voz estava bem firme, apesar da linha de suor frio que surgira em sua nuca e que começava a lhe escorrer pelas costas. — São apenas detalhes, Sr. Quinn. A companhia me paga para recolher todos os detalhes.

Mas ele não era pago, lembrou a si mesmo enquanto saía do galpão, inspirando fundo para pegar um pouco de ar fresco, para ser surrado ou transformado em geleia por um beneficiário furioso.

— Canalha... canalha filho da mãe! — Cam queria desesperadamente bater em alguma coisa, qualquer coisa, mas só havia ar à sua volta. — Será que ele realmente acredita que meu pai atirou o carro contra um poste de propósito, só para podermos construir barcos? Eu devia tê-lo nocauteado... Maldição! Primeiro, todo mundo começa a fofocar, espalhando que ele fez isso porque não conseguia enfrentar o escândalo, agora ele se matou porque queria que a gente recebesse uma montanha de dinheiro. Podem ir para o inferno com o dinheiro! Eles não conheciam o meu pai! Não conheciam nenhum de nós!

Anna o deixou desabafar e não o seguiu quando ele circulou em volta do galpão, buscando algo para destruir. Seu coração se endureceu como um bloco de gelo dentro do peito. Estavam suspeitando de suicídio, pensou atordoada. Uma investigação estava sendo feita.

E Cam sabia disso, devia saber desde o início.

— Esse homem é um investigador da companhia com a qual seu pai contratou uma apólice de seguro de vida pelo que eu entendi?

— Esse homem é um tremendo babaca! — reagiu Cam, girando o corpo e soltando mais xingamentos. Então percebeu o rosto de Anna, firme e frio demais. — Não é nada! Foi só um aborrecimento. Vamos embora daqui.

— Existe a suspeita de que o seu pai cometeu suicídio.

— Ele não se matou!

Anna levantou a mão. Precisava manter a mágoa enterrada agora e lidar com a parte prática.

— Então você já conversou com Mackenzie antes... e imagino que você, ou o seu advogado, sei lá... já tem estado em contato com a companhia de seguros a respeito desse assunto há algum tempo.

— Phillip é quem está lidando com o problema.

— Mas você sabia e não me contou nada.

— Isso não tem nada a ver com você nem com o seu trabalho.

Não, sentiu ela, não era possível manter toda a mágoa represada.

— Entendo... — reagiu ela. Aquilo era um assunto pessoal, lembrou a si mesma. Ela lidaria com isso mais tarde. — Até que ponto isso pode afetar Seth?

— Ele não sabe nada a respeito disso. — Fúria surgiu novamente dentro dele, parecendo apertar-lhe a garganta.

— Se realmente acredita nisso, está se enganando. A fofoca corre solta e depressa em cidades pequenas e comunidades fechadas. E crianças pequenas ouvem muita coisa em casa.

Agora era a assistente social falando, reconheceu Cam, com um ressentimento que aumentava pouco a pouco. Só faltava ela estar usando a pasta bonita e uma daquelas roupas formais.

— Tudo não passa de fofoca, Anna! Não tem importância alguma.

— Pelo contrário... fofoca pode ser muito nociva. Seria mais sábio se mostrar aberto e honesto com Seth. Mesmo que isso seja difícil para você.

— Não distorça as coisas para jogar a culpa em mim, Anna. Trata-se apenas de uma droga de seguro. Não é nada!

— Trata-se do seu pai! — corrigiu ela. — Trata-se da reputação dele. Não creio que haja outra coisa que signifique mais para você. — Ela respirou fundo. — Porém, como você assinalou tão bem, não tem nada a ver comigo em nível pessoal. Acho que podemos encerrar esse assunto.

— Espere um instante! — Ele deu um passo e se colocou na frente dela, bloqueando a passagem. Sentiu uma desesperadora impressão de que, se ela se afastasse naquele momento, iria para muito mais longe do que o local onde estava o carro.

— Por quê? — voltou ela. — Pode me explicar? Não se trata de um assunto de família? Não sou parte da família. Você tem toda a razão. — Cam ficou surpreso ao ver a voz dela tão calma, tão pouco envolvida, tão completamente razoável, mesmo que estivesse fervilhando por dentro. — Imagino que ache que o melhor a fazer era manter o assunto fora do conhecimento da assistente social de Seth. Seria muito mais esperto mostrar a ela apenas o lado positivo das coisas e esconder o negativo.

— Meu pai não se matou. Não preciso defendê-lo para você nem para qualquer outra pessoa.

— Não, não precisa. Nem jamais pedi que fizesse isso. — Desviando dele, seguiu em direção à porta. Ele a segurou antes que ela saísse, mas ela já esperava por isso e se virou com toda a calma. — Não há motivo para discussões, Cam, quando estamos essencialmente de acordo.

— Então também não há motivo para você ficar irritada — retrucou ele. — Estamos lidando com o problema da companhia de seguros... e estamos lidando com a fofoca sobre Seth ser filho verdadeiro do meu pai, fora do casamento, pelo amor de Deus!

— O quê? — Atônita, Anna colocou as mãos na cabeça. — Existe também a especulação de que Seth é filho ilegítimo do seu pai?

— Nada além de mentiras espalhadas por pessoas desocupadas — replicou Cam.

— Meu Deus, e você já considerou, ao menos por um momento, como Seth vai ser afetado se ouvir esse tipo de coisa? Já considerou, ao menos por um momento, que isso era algo que eu precisava saber desde o princípio, a fim de avaliar e ajudar Seth da forma mais apropriada?

— Já, já considerei tudo isso. — E enfiou os polegares nos bolsos dianteiros da calça — Mesmo assim preferi não lhe contar, porque estamos lidando com o problema. Estamos falando a respeito do meu pai agora.

— E também estamos falando a respeito de um menor que está sob os cuidados de vocês.

— Ele está sob os meus cuidados! — reagiu Cam, no mesmo tom. — Estou fazendo o que acho que é o mais certo. Não quis contar a respeito da seguradora nem das fofocas porque é tudo mentira.

— Talvez sejam, mas, não abrindo o jogo comigo, você mentiu também.

— Eu não ficaria por aí alimentando a ideia de que o garoto é um filho bastardo do meu pai.

Ela concordou lentamente, afirmando:

— Bem, mesmo que Seth seja filho bastardo de outro homem, isso não o diminui como pessoa.

— Eu não quis dizer que diminuía... — começou ele, tentando explicar melhor, e tentou segurá-la, mas ela já estava indo embora. — Não faça isso! — explodiu ele, correndo e prendendo-a pelo braço. — Não se afaste de mim... pelo amor de Deus, Anna, minha vida virou de cabeça para baixo nos últimos dois meses, e eu nem sei quanto tempo ainda vai levar antes de eu conseguir colocá-la de volta nos trilhos. Tenho o garoto para me preocupar, tenho o negócio que estamos montando, tenho você... Mackenzie andou pintando por aqui, as pessoas estão especulando alegremente a respeito da moral do meu pai enquanto compram frutas no supermercado, a piranha da mãe do Seth está aqui perto, em Norfolk...

— Ei, espere aí! — Ela não se afastou devagar dessa vez e sim puxou com toda a força o braço que ele segurava. — A mãe do Seth entrou em contato com você?

— Não... não. — Nossa, sua cabeça estava pegando fogo. — Nós contratamos um detetive para seguir os passos dela. Phillip achou que seria melhor saber por onde ela anda e o que pretende.

— Entendo... — Seu coração se partiu ao meio, um lado pela mulher, o outro pela profissional. Ambos sangravam. — Então ela está em Norfolk, mas você nem se deu ao trabalho de me colocar a par disso, também.

— Não, eu não lhe contei... — Ele recuara, e agora se via encurralado, compreendeu. E sem saída. — Só soubemos que ela está lá há cerca de dois dias atrás.

— O Serviço Social esperava ser notificado de uma informação relevante como essa.

— Acho que sim... — Mantendo os olhos nos dela, ele concordou com a cabeça, lentamente. — O erro foi meu.

Agora havia uma barreira entre eles, avaliou Anna... Uma barreira muito grande e marcada de forma bem definida.

— Obviamente você não me tem em grande conta... nem a si mesmo, por sinal. Deixe-me explicar uma coisa: independentemente do que eu possa estar sentindo por você em nível pessoal neste momento, na minha opinião profissional você e seus irmãos são os guardiães mais adequados para Seth.

— Certo, então...

— Preciso levar a informação que você acabou de me passar em consideração — continuou ela. — Isso vai ter que ser documentado.

— Tudo o que vai conseguir com isso é estragar as coisas para o garoto. — Ele detestava o fato de sentir o estômago apertado só de pensar nisso. Detestava a ideia de testemunhar aquela palidez de pavor no rosto de Seth mais uma vez. — Não vou deixar que fofocas doentias como essa mexam com a cabeça dele.

— Bem, nesse ponto nós concordamos. — Anna conseguira o seu intento, e até compreendeu o que Cam dissera. Estivera por perto durante tempo suficiente para ver o quanto Seth se tornara importante para ele. O problema é que estivera por perto tempo demais, pensou com ar sombrio. — É minha opinião profissional que Seth está sendo bem cuidado, tanto física quanto emocionalmente. — Sua voz era direta agora, profissional. — Ele está feliz e começando a se sentir seguro. Além do mais, devemos acrescentar o fato de que ele ama você, e você o ama, embora nenhum dos dois tenha total consciência do fato ainda. Continuo insistindo que aconselhamento psicológico beneficiaria a todos, e isso também será reafirmado em meu relatório, como recomendação, quando a vara de família determinar a guarda permanente. Como disse a você desde o princípio, a minha preocupação, a minha principal preocupação, é com o bem-estar da criança.

Ela os estava apoiando de forma incondicional e Cam finalmente compreendeu isso. Teria os apoiado não importando o que ele tivesse ou não contado a ela. A culpa o atingiu como uma bofetada.

— Jamais deixei de ser totalmente honesta com você — disse ela, antes que ele conseguisse falar.

— Droga, Anna...

— Ainda não acabei — interrompeu ela, com frieza. — Não tenho dúvidas de que vai se assegurar de todas as formas para que Seth fique bem acomodado, e para que este novo negócio esteja funcionando de vento em popa antes de, como você mesmo disse, voltar à sua vida normal. O que eu imagino que signifique retomar a sua carreira de piloto na Europa. Acredito que vá ter de fazer alguns malabarismos com as suas necessidades, mas isso não é da minha conta. Pode ser que surja um momento em que a guarda seja contestada, se a mãe de Seth realmente voltar à cena. Nessa ocasião, o caso será reavaliado. Se ele continuar feliz e bem-cuidado sob a sua guarda, vou fazer o que for possível para mantê-lo com você. Estou do lado dele, o que, a meu ver, me coloca do seu lado também. Isso é tudo.

Uma camada de vergonha se sobrepôs à culpa, e uma leve sensação de alívio se espremeu entre elas.

— Anna, eu reconheço o quanto já fez por nós, e sou grato por isso.

— Não estou me sentindo muito amigável com relação a você neste momento. — Balançou a cabeça quando ele levantou a mão para alcançá-la. — E também não quero ser tocada.

— Certo, então eu não toco em você. Vamos procurar algum lugar onde possamos nos sentar e resolver o resto dessa história, colocar tudo para fora.

— Achei que tínhamos acabado de fazer isso.

— Agora você está sendo teimosa.

— Não, agora estou sendo realista. Você dormia comigo, mas não confiava em mim. O fato de eu ter sido honesta com você e você não ter sido honesto comigo é meu problema. O fato de eu ter ido para a cama com um homem que me via como divertimento por um lado e como obstáculo por outro foi o meu erro.

— Não foi assim que as coisas aconteceram! — Seu temperamento começou a esquentar novamente, bombeado por puro pânico. — Não é assim que as coisas são!

— Pois é assim que eu as vejo. Agora preciso de um tempo para ver como me sinto a respeito de tudo isso. Agradeceria muito se me levasse de volta, para eu pegar o meu carro.

E se virou, andando na frente dele.

Ele preferia fogo em vez de gelo, mas não conseguiu penetrar através do escudo gélido no qual ela encapsulou sua raiva. Aquilo o assustava, e essa era uma sensação da qual não gostava. Ela foi perfeitamente educada, até mesmo amigável com Seth e Phillip, ao retornar à casa para pegar suas coisas.

Foi absolutamente educada com Cam, tão educada que ele imaginou que sentiria aquela frieza por dias.

Disse a si mesmo que nada daquilo importava, e que ela acabaria superando tudo. Estava apenas irritada por ele não ter aberto sua alma e compartilhado todos os ínfimos detalhes da sua vida com ela. Era uma coisa bem típica das mulheres.

Afinal, foram elas que inventaram a frieza e a indiferença, só para que os homens se sentissem como vermes.

Resolveu lhe dar uns dois ou três dias. Deixaria que fumegasse um pouco, até cair na real. Então lhe levaria flores.

— Ela saiu daqui revoltada com você — comentou Seth ao ver Cam parado na porta da frente, olhando para fora.

— Como você sabe?

— Ela está revoltada — repetiu Seth, distraído com o seu caderno de desenhos, sentado com as pernas cruzadas na varanda da frente. — Não deixou você beijá-la quando foi embora, e vocês passam o tempo todo trocando beijinhos...

— Ah, não enche!

— O que você fez?

— Não fiz nada. — Cam chutou a porta aberta e saiu para a varanda, cheio de raiva. — Isso é frescura de mulher! Ela está apenas sendo feminina.

— Você aprontou alguma. — Seth olhou para ele, com olhos de coruja. — Ela não é uma panaca!

— Mas vai superar tudo. — Cam se largou sobre a cadeira de balanço. Não se preocuparia com aquilo. Jamais se preocupava com mulheres.

Mas perdeu o apetite. Como comeria peixe frito sem se lembrar do jeito que Anna e ele haviam sentado no cais naquela manhã?

Perdeu o sono. Como poderia dormir na própria cama sem lembrar que eles haviam feito amor sobre aqueles mesmos lençóis?

Não conseguiu se concentrar no trabalho. Como era possível se ligar em detalhes e projeções diagonais sem recordar o jeito como ela sorrira ao ver a plataforma elevada?

No meio da tarde, desistiu e foi dirigindo até Princess Anne, mas sem levar flores. Agora era ele que estava revoltado.

Passou direto pela recepção, e seguiu em frente até a sala dela, nos fundos. Soltou fumaça quando viu que a sala estava vazia. Era bem típico, foi só o que conseguiu pensar. Sua sorte tinha mudado para pior de vez.

— Sr. Quinn? — Marilou estava parada no portal, com as mãos cruzadas. — Há algo que eu possa fazer pelo senhor?

— Estou procurando por Anna, isto é, pela Srta. Spinelli.

— Desculpe, mas ela não está no momento.

— Então eu espero...

— Vai ser uma longa espera... ela só vai voltar na semana que vem.

— Semana que vem? — Seus olhos se estreitaram e fizeram Marilou pensar em aço com pontas finas e capazes de matar. — Como assim ela só volta na semana que vem?

— A Srta. Spinelli está tirando a semana de folga. — E Marilou entendeu que a sensação que sentiu se devia aos golpes que estava recebendo naquele instante, vindo de olhos furiosos. Sentira o mesmo quando Anna entregou seu relatório naquela manhã e pedira uma semana de descanso. — Estou bem familiarizada com o caso, se houver algo em que possa ajudar.

— Não, é um assunto pessoal. Para onde ela foi?

— Não posso lhe fornecer esta informação, Sr. Quinn, mas sinta-se à vontade para deixar um recado por escrito ou gravado na secretária. Claro que, se ela ligar para mim, poderei também avisá-la de que o senhor gostaria de falar com ela.

— Sim, eu agradeço.

Ele saiu o mais rápido que pôde. Ela provavelmente estava enfiada em seu apartamento, decidiu ao entrar no carro. Talvez muito aborrecida. Sendo assim, ele deixaria que ela gritasse até desabafar tudo o que quisesse. Então ele a convenceria a ir para a cama, deixando para trás aquele episódio ridículo.

Ignorou o nervoso que sentiu embrulhando-lhe o estômago enquanto caminhava pelo corredor em direção ao seu apartamento. Bateu com força e enfiou as mãos nos bolsos. Bateu novamente, com mais força, socando a porta com o punho.

— Mas que droga, Anna, abra a porta. Isso é bobagem! Vi o seu carro parado aí na porta...

A porta atrás dele se abriu com um rangido e uma das irmãs espiou. O som agitado de um programa na tevê encheu o corredor.

— Ela não está em casa, Sr. Amigo da Anna.

— Mas o carro dela está aí em frente.

— Ela pegou um táxi.

Cam quase soltou um palavrão, mas moldou um sorriso charmoso e atravessou o corredor, perguntando:

— E para onde ela foi?

— Para a estação de trens... ou será que foi para o aeroporto? — E abriu um sorriso imenso para ele. Puxa, aquele era mesmo um rapaz muito bonito. — Ela me avisou de que ficaria fora por alguns dias. Prometeu telefonar para saber se eu e minha irmã estamos bem. É um doce de moça, não é, preocupando-se com a gente até mesmo quando sai de férias?

— E ela saiu de férias para ir até...?

— Será que ela comentou? — A mulher mordeu o lábio inferior e seus olhos saíram de foco enquanto tentava se lembrar. — Não, acho que não mencionou o local... Estava com uma pressa danada, mas bateu aqui mesmo assim, para dizer que não precisávamos ficar preocupadas com a sua ausência. É uma jovem tão atenciosa...

— É... — A jovem doce e atenciosa o deixara completamente na mão e no escuro.

Ela não devia ter pegado aquele avião até Pittsburgh; a passagem faria um buraco enorme em seu orçamento. Só que ela queria ir até lá. No minuto em que entrou na apertada casinha geminada, o peso que sentia nos ombros caiu pela metade.

— Anna Louisa! — Theresa Spinelli era uma mulher miúda e magra, de cabelos grisalhos muito ondulados e um rosto que se desdobrava em um monte de rugas suaves, além de um sorriso maior que o mar Mediterrâneo. Anna precisou se abaixar para ser abraçada e beijada. — Al... Al! Nossa *bambina* está aqui!

— É bom estar em casa, Nana.

Alberto Spinelli veio correndo até a porta. Ele era uns trinta centímetros mais alto do que o metro e sessenta de sua mulher, tinha um peito largo e uns pneuzinhos na barriga que se pressionaram de encontro a Anna quando os dois se abraçaram. Seu cabelo era ralo, todo branco, e os olhos escuros pareciam muito alegres por trás dos óculos de lentes grossas.

Só faltou carregá-la no colo até a sala de estar, onde começaram a fazer um monte de perguntas.

Falavam com rapidez, misturando italiano com inglês. Comida era o assunto mais importante no momento. Theresa sempre achava que sua criança devia estar faminta. Depois de a terem empanturrado de *minestrone*, pão fresco e um pedaço enorme de tiramisu com cobertura de chocolate como sobremesa, Theresa pareceu quase convencida de que sua pequenina não ia perecer de má nutrição.

— Agora... — Al se recostou, acendendo um de seus grossos charutos — ...vai nos contar por que está aqui?

— E preciso de motivo para vir para casa? — Lutando para parecer totalmente relaxada, Anna se esticou em uma das confortáveis poltronas antigas, de encosto alto. Elas haviam sido estofadas inúmeras vezes no decorrer dos anos. No momento, exibiam um alegre padrão listrado, mas Anna sentiu que o assento da poltrona ainda cedia confortavelmente, como se ela estivesse se sentando sobre claras em neve.

— Você telefonou há três dias e não comentou que estava vindo para casa.

— Foi um impulso. Estava atolada de trabalho até as orelhas, me senti cansada e resolvi tirar uma folga. Fiquei com vontade de voltar para casa e comer um pouco da comida da Nana por alguns dias.

Era verdade, embora não fosse toda ela. Não achou que seria muito sensato contar aos adorados avós que se envolvera com um homem, tivera um caso, mantivera os olhos bem abertos, mas acabara com o coração partido.

— Você trabalha demais! — disse Theresa. — Al, eu não vivo comentando que essa menina trabalha demais?

— Ela gosta demais de trabalhar. Gosta de usar a cabeça. E é uma cabeça muito boa. Quanto a mim, eu tenho uma cabeça boa também, e aposto que ela não veio até aqui só para comer o seu *manicotti.*

— Vamos ter *manicotti* para o jantar? — perguntou Anna, sorrindo, apesar de saber que isso não os distrairia por muito tempo. Eles já a tinham visto passar pelo pior, permaneceram firmes ao seu lado mesmo quando ela fez de tudo para magoá-los, e a si mesma. Além do mais, conheciam-na muito bem.

— Comecei a preparar o molho assim que você ligou para dizer que estava a caminho. Al, não perturbe a menina!

— Não estou perturbando... estou só perguntando.

— Se tivesse um cérebro tão bom nessa cabeça grande, já saberia que é um rapaz que a fez vir correndo para casa — explicou Theresa, levantando os olhos. — Ele tem descendência italiana? — quis saber ela, fixando em Anna aqueles imensos olhos brilhantes.

E Anna teve que rir. Nossa, como era bom estar em casa!

— Não faço a menor ideia, Nana, só sei que ele adora o meu molho especial.

— Então tem bom gosto. Por que não o traz aqui para a gente conhecê-lo e dar uma boa olhada nele?

— Porque estamos passando por alguns problemas, e preciso resolvê-los antes.

— Resolvê-los? — Theresa abanou a mão. — Como é que poderão resolver os problemas se você está aqui e ele não está? Ele é bonito?

— Lindo.

— E ele trabalha? — quis saber Al.

— Está abrindo o próprio negócio, com os irmãos.

— Bom... isso quer dizer que ele preza a família. — E Theresa balançou a cabeça em sinal de aprovação. — Traga-o com você da próxima vez para o avaliarmos com os próprios olhos.

— Certo — concordou Anna, porque era mais fácil concordar do que explicar tudo. — Agora vou desfazer as malas.

— Ele a magoou — murmurou Theresa quando Anna saiu da sala.

— Anna tem um coração forte. — Al esticou o braço e deu uma palmadinha sobre a mão de Theresa.

Ela não teve pressa. Pendurou algumas das roupas no closet, dobrou outras e as colocou nas gavetas da velha cômoda que usara desde criança. O quarto estava exatamente como era. O papel de parede desbotara um pouco. Olhando para ele, lembrou-se de que fora o próprio avô que o instalara, a fim de alegrar o quarto, assim que ela foi morar com eles.

Detestou as lindas rosas na parede, porque pareciam tão frescas e vivas, enquanto tudo dentro dela estava morto.

As rosas, porém, continuavam ali, um pouco mais velhas, mas ainda ali. Assim como seus avós. Sentou-se na cama, ouvindo o som familiar do colchão de molas.

O familiar, o reconfortante, o seguro.

Era isso, admitiu, que andara procurando. Um lar, crianças, rotina, com todas as surpresas que uma família sempre fazia surgir. Para alguns, supunha, aquilo soaria banal demais. Houve um tempo em que ela dissera a si mesma exatamente isso.

Mas amadurecera. Lar, casamento, família. Não havia nada de banal nisso. Os três elementos formavam uma unidade sem igual e muito preciosa.

Ela queria, precisava daquilo para si.

Talvez tivesse feito joguinhos, afinal. Pode ser que não tivesse sido completamente honesta. Nem com Cam nem consigo mesma. Não tentara sequestrá-lo para dentro dos seus sonhos, mas, por baixo da superfície, será que não começara a alimentar esperanças de que ele pudesse compartilhá-los com ela? Mantivera uma fachada de casualidade, sexo sem vínculos, mas seu coração andava muito precipitado, e ela ansiara por mais.

Talvez merecesse estar sofrendo agora.

Qual é? Não foi nada disso!, pensou ralhando consigo mesma e se levantando com determinação. Ela conseguiu fazer com que aquilo fosse o bastante e aceitara as limitações do seu relacionamento. Mesmo assim, ele não confiara nela. Isso ela não iria tolerar.

De jeito nenhum assumiria a culpa por tudo, decidiu, e, caminhando com passos largos até o espelho estreito sobre a cômoda, começou a retocar a maquiagem.

Ela conseguiria o que sonhava, um dia... um homem forte que a amasse, respeitasse e confiasse nela. Arrumaria um homem que a visse como parceira, não como inimiga. Teria a sua casa junto da água, crianças só dela e um cão bem bobalhão, se quisesse. Teria tudo o que sonhava.

Simplesmente não seria com Cameron Quinn.

Deveria até agradecer a ele por lhe abrir os olhos, não apenas com relação às falhas do relacionamento deles, mas também no que dizia respeito às suas próprias carências e desejos.

Era preferível passar por aquele sufoco.

Capítulo Vinte

Uma semana podia ser interminável, conforme Cam descobriu. Principalmente quando se tem um monte de coisas entaladas que não podem ser colocadas para fora.

Ajudou um pouco o fato de ter arrumado algumas brigas tanto com Phillip quanto com Ethan, mas não era o mesmo que confrontar Anna.

Ajudou também o fato de o início dos trabalhos para a montagem do casco do barco tomar tanto do seu tempo e concentração. Ele não podia se dar ao luxo de pensar nela quando estava encaixando tábuas.

Mesmo assim, pensava.

Passou por maus bocados imaginando-a passaritando de um lado para outro em alguma praia do Caribe, com aquele biquíni minúsculo, e encontrando um sujeito qualquer muito musculoso e todo bronzeado que passava o tempo todo esfregando protetor solar em suas costas e servindo--lhe drinques exóticos.

Essa imagem não o fez se sentir nem um pouco melhor.

Ao chegar em casa depois de um sábado inteiro no galpão, que ele gostava de imaginar como seu pequeno estaleiro, sentiu-se pronto para uma cerveja. Talvez duas. Ele e Ethan foram direto para o freezer, e já haviam aberto as garrafas quando Phillip chegou.

— Seth não está com vocês? — perguntou ele.

— Não, foi passar a tarde na casa do Danny. — Cam bebeu direto da garrafa, tentando lavar o pó de serragem que colara em sua garganta. — Sandy vai trazê-lo para casa depois.

— Ótimo. — Phillip se serviu de uma cerveja. — Sentem-se.

— O que houve?

— Recebi uma carta da companhia de seguros hoje de manhã. — E puxou uma cadeira. — Para encurtar a história, resolveram adiar o pagamento da apólice. Vieram com um monte de termos legais, citaram cláusulas, mas, no fundo, a mensagem era de que continuam em dúvida a respeito da causa da morte e vão continuar as investigações.

— Ah, fodam-se eles! Essa cambada de fominhas... eles não querem desembolsar a grana. — Chateado, Cam chutou uma cadeira e desejou de todo o coração que tivesse sido Mackenzie.

— Conversei com o nosso advogado — continuou Phil, fazendo uma careta. — Acho que ele vai reconsiderar a nossa amizade se eu continuar ligando para ele nos fins de semana. Ele me disse que temos algumas opções. Podemos ficar quietos, deixar que a seguradora continue com as investigações, ou podemos processá-los por não cumprirem a cláusula referente ao pagamento em caso de morte.

— Pois deixe que fiquem com a porra do dinheiro, não preciso dessa grana mesmo.

— Não. — Ethan falou baixinho, como se fosse um eco distante da explosão de Cam. Continuou tomando a cerveja, pensativo e balançando a cabeça. — Isso não está certo! Papai fez todos os pagamentos e as renovações, ano após ano. Aumentou o valor da apólice por causa de Seth. Não é correto que se recusem a pagar. E, se não pagarem, ficará subentendido que papai se matou. Isso também não é correto. Até agora eles vêm forçando a barra do lado deles — acrescentou, levantando seus olhos melancólicos. — Vamos pressionar de volta.

— Se o caso acabar no tribunal — avisou Phillip —, a coisa pode se complicar.

— E vamos fugir com o rabo entre as pernas só porque a coisa pode se complicar? — Pela primeira vez, um lampejo de diversão surgiu no rosto de Ethan. — Bem, eles que se fodam!

— E você, Cam, o que acha?

— Eu ando atrás de uma boa briga há algum tempo — disse, e tomou mais um gole. — Acho que é isso aí!

— Então, todos estamos de acordo. Vamos montar a papelada para dar entrada no processo na semana que vem e vamos enrabar essa companhia. — Mais animado e pronto para a batalha, Phillip levantou a garrafa, fazendo um brinde: — A uma boa briga!

— A uma boa vitória! — corrigiu Cam.

— Isso mesmo! Só que isso vai nos custar uma grana — acrescentou Phillip. — Taxas, impostos. A maior parte do capital que juntamos está enterrada em nossa fábrica. — Ele soltou o ar. — Acho que vamos ter que fazer outra vaquinha.

Menos arrependido do que esperava, Cam pensou no amado Porsche, que continuava pacientemente à espera dele, em Nice. É apenas um carro, disse a si mesmo. Uma droga de um carro.

— Eu consigo colocar as mãos em uma grana nova, mas vai levar alguns dias — anunciou Cam.

— Eu posso vender a minha casa. — Ethan encolheu os ombros. — Já tem um pessoal interessado nela, e a casa está lá vazia mesmo...

— Não! — Só de pensar naquilo, a barriga de Cam deu um nó. — Você não vai vender a sua casa! Alugue para alguém. Vamos conseguir superar esse problema.

— Eu tenho algumas ações — suspirou Phillip, dizendo adeus a uma boa parcela de uma carteira de ações em crescimento. — Vou falar com o meu agente financeiro para colocá-las à venda. Podemos abrir uma conta conjunta na semana que vem: o Fundo para Defesa dos Quinn.

Os três esboçaram um sorriso meio sem graça.

— O garoto vai precisar saber — disse Ethan, depois de pensar por um momento. — Se vamos encostá-los na parede, o garoto precisa saber o que está rolando.

Cam levantou a cabeça a tempo de ver os dois irmãos olhando fixamente para ele.

— Ah, qual é? Por que tem sempre que ser eu?

— Você é o mais velho — sorriu Phillip. — Além do mais, isso vai afastar a sua cabeça da Anna.

— Não estou pensando nela nem em nenhuma outra mulher.

— Mas andou todo nervoso e mal-humorado a semana toda — murmurou Ethan. — Quase me deixou louco.

— Quem está falando com você? A gente só teve um desentendimento. Estou dando um tempo a ela para deixar as coisas acalmarem.

— Me parece que ela deixou acalmar tanto que congelou, pelo menos na última vez que a vi. — Phillip examinou sua cerveja. — E isso já faz uma semana.

— O jeito como eu lido com uma mulher é problema meu.

— Claro que é. Só quero que alguém me avise assim que vocês terminarem, tá legal? Ela é muito...

Phillip parou de falar na mesma hora, quando Cam quase pulou por cima da mesa para apertar-lhe o pescoço. Garrafas de cerveja voaram e se espatifaram no chão.

Resignado, Ethan passou a mão pelos cabelos, espalhando as gotas de cerveja que voaram em cima dele. Cam e Phillip estavam no chão, trocando socos. Ethan foi até a cozinha e se serviu de outra cerveja, antes de encher uma jarra com água bem gelada.

Suas botas de trabalhar esmagaram cacos de vidro, que ele chutou pelo caminho na esperança de não precisar levar ninguém para o hospital para levar pontos. Sem pena de nenhum dos dois, despejou a jarra em cima de ambos.

Conseguiu atrair a atenção deles.

O lábio de Phillip estava cortado, as costelas de Cam latejavam, e os dois estavam sangrando por rolar sobre o vidro quebrado. Ensopados e ofegantes, olharam-se com desconfiança. Com todo o cuidado, Phillip passou um dedo sobre o lábio que sangrava.

— Desculpe, Cam. Foi uma piada de mau gosto. Não sabia que as coisas estavam tão sérias entre vocês dois.

— Eu nunca disse que estavam sérias.

— Mano, nem precisava! — E riu, fazendo uma careta quando sentiu uma fisgada no lábio. — Acho que jamais imaginei que você seria o primeiro a se apaixonar desse jeito.

O estômago que Phillip havia socado se retorceu com força.

— Quem falou que estou apaixonado por ela?

— Você não me deu um soco só porque estava a fim. — E olhou para sua calça toda amassada e suja. — Merda! Sabe o quanto é difícil tirar manchas de sangue de um tecido de puro algodão? — Levantando-se, esticou a mão para Cam. — Ela é uma mulher fabulosa — disse, puxando-o do chão e o ajudando a se colocar de pé. — Espero que acertem os ponteiros.

— Não tenho ponteiro nenhum a acertar — disse Cam, desesperado. — Você está totalmente por fora!

— Se você está dizendo... vou lá em cima me lavar.

E saiu da sala, mancando um pouco.

— Não vou limpar essa droga de chão só porque vocês dois tiveram um ataque — avisou Ethan.

— Foi ele que começou — resmungou Cam, sem se importar com o quanto soava ridículo.

— Não, acho que quem começou foi você, com o que quer que tenha feito para deixar Anna tão revoltada. — Ethan abriu o armário das vassouras, pegou um esfregão e o jogou na direção de Cam. — Acho que é você quem vai ter que limpar a cagada — disse, e saiu pela porta dos fundos.

— Vocês dois pensam que sabem muita coisa! — Furioso, chutou a cadeira enquanto ia buscar um balde. — Eu que devia saber o que está acontecendo na minha própria vida. Insanidade, isso é o que é... Devia estar na Austrália a essa hora, me preparando para a corrida mais importante da minha vida... Era lá que eu devia estar!

Passou o esfregão sobre a água, a cerveja, os cacos de vidro e as gotas de sangue, continuando a resmungar sozinho:

— Eu deveria estar na Austrália, se tivesse algum juízo. Agora vem a droga de uma mulher para complicar as coisas. É até melhor eu me livrar dessas rédeas.

Deu mais um chute em outra cadeira, só para se sentir melhor, e depois sacudiu o esfregão dentro do balde para soltar os cacos.

— Quem brigou por aqui? — perguntou Seth, aproximando-se.

— Eu arranquei o couro de Phillip. — Cam virou, estreitando os olhos ao ver o menino parado na porta de entrada.

— Por quê?

— Porque me deu vontade.

Assentiu, Seth contornou a poça e pegou uma Pepsi na geladeira.

— Se arrancou o couro dele, por que é você quem está sangrando?

— Talvez eu goste de sangrar. — Acabou de passar o esfregão, limpando tudo enquanto o menino continuava em pé, observando. — E você, qual é o seu problema? — quis saber Cam.

— Eu não tenho problema nenhum.

Cam chutou o balde para o lado. O mínimo que Phillip podia fazer era esvaziá-lo depois. Foi para a pia e, mal-humorado, retirou vários pedaços de vidro do braço. Depois, pegou uma garrafa de uísque, puxou uma cadeira e se sentou com a garrafa e um copo.

Notou quando os olhos de Seth se fixaram na garrafa para a seguir olharem para o outro lado. Deliberadamente, Cam despejou dois dedos de Johnnie Walker no copo.

— Nem todo mundo que bebe fica bêbado — disse ele. — E nem todo mundo que fica bêbado, como pode ser que eu decida ficar, surra crianças.

— Não sei por que as pessoas bebem essa merda, para começar.

— Porque somos fracos — disse, e entornou o copo de uma vez só. — Fracos, burros e porque nos parece gostoso na hora.

— Você vai para a Austrália?

— Parece que não. — E se serviu de outra dose.

— Não me importo se você for. Estou cagando e andando para onde você vai. — A fúria insinuada pela voz do menino surpreendeu a ambos. Vermelho de vergonha, Seth virou as costas e saiu porta afora.

Ora, mas que inferno!, pensou Cam, deixando o uísque de lado. Afastou a cadeira, levantou-se da mesa e foi correndo para a porta, enquanto Seth atravessava o quintal e se enfiava no bosque.

— Espere! — Quando isso não fez o menino diminuir o passo, Cam colocou um pouco mais de ameaça na voz: — Droga! Eu falei para esperar aí!

Dessa vez Seth deu uma derrapada com os tênis e parou. Virou-se para trás e os dois ficaram olhando um para o outro por sobre o extenso gramado entre eles, com a tensão e os nervos à flor da pele, vibrando a partir deles em ondas quase visíveis.

— Traga esse traseiro de volta aqui! Agora!

Ele voltou, com os punhos fechados e o queixo empinado. Os dois sabiam que ele não tinha mesmo para onde ir.

— Não preciso de você! — afirmou ele.

— Sei, uma ova que não precisa! Eu devia dar um chute no seu traseiro por ser burro. Todo mundo fala que você tem um cérebro de gênio aí dentro, mas, se quer saber, acho que é burro, uma anta completa... Agora, senta a bunda aqui! — acrescentou, apontando o dedo com determinação para os degraus da escada. — E, se não fizer o que eu mandar, na hora em que mandar, posso acabar dando uma surra nessa bunda magra.

— Você não me assusta! — reagiu Seth, mas sentou.

— Assusto tanto que te deixo branco, e isso me transforma em dono do chicote. — Cam se sentou também e observou quando o cãozinho veio se arrastando, desconfiado, e subiu no colo do menino. E assusto cãezinhos também, pensou ele, desgostoso. — Não vou a parte alguma — começou.

— Já disse que não me importo.

— Legal, mas estou comunicando mesmo assim. Pensei em fazer isso, assim que as coisas se resolvessem por aqui. Disse a mim mesmo que ia cair fora. Acho que precisava me convencer disso. Jamais imaginei que voltaria aqui para ficar de vez.

— Então, por que não foi embora?

Cam lhe deu um tapa carinhoso no alto da cabeça, com a base do punho, perguntando:

— Por que não cala a boca até eu acabar de dizer o que tenho para falar?

O tapa indolor e a ordem, dada com impaciência, foram mais reconfortantes para Seth do que mil promessas.

— Cheguei à conclusão de que já estava nessa vida de corridas há muito tempo. Gostava do que fazia quando estava lá, mas acho que agora estou fora desse lance. Parece que consegui um bom lugar para ficar, um negócio para tocar, um trabalho... e talvez uma mulher — murmurou, pensando em Anna.

— Então você resolveu ficar só para trabalhar e ficar cutucando até conseguir transar com uma garota.

— Esses são dois motivos muito bons para a gente ficar em um lugar. Além do mais, tem você. — Cam se recostou nos degraus acima deles, cruzando os braços. — Não posso dizer que me importava muito com você assim que cheguei. Você tinha aquela atitude escrota, é feio pra cacete, mas acabou amadurecendo e se transformou em um cara legal.

Com uma alegria imensa, Seth abafou o riso e replicou:

— Você é muito mais feio do que eu!

— É porque sou maior, tenho que ser mais feio mesmo... Enfim, acho que vou ficar por aqui para ver se você consegue ficar mais bonito com o passar do tempo.

— Eu não queria que você fosse embora... — confessou Seth, entre os dentes, depois de um longo momento. Era o mais perto que conseguia chegar de abrir o coração.

— Eu sei — suspirou Cam. — Agora que já acertamos isso, tem mais uma coisa que está rolando... Não é nada para a gente se preocupar, só um monte de besteiras legais. Phil e o advogado vão cuidar da maior parte do problema, mas pode ser que apareça gente fofocando por aí. Você não deve dar atenção a nada do que ouvir na rua.

— Que tipo de fofoca?

— Algumas pessoas... alguns idiotas... acham que o papai jogou o carro contra aquele poste de propósito. Acham que ele se matou.

— Eu sei, e agora esse babaca da seguradora anda fazendo perguntas para todo mundo.

Cam suspirou. Sabia que ele provavelmente deveria ensinar ao garoto que não se deve chamar pessoas adultas de babaca, mas havia questões mais importantes ali.

— Você já sabia?

— Claro, as histórias correm. Ele conversou com a mãe do Danny e Will. Danny contou que ela enchera os ouvidos dele defendendo os Quinn. Não gostava de ver um cara qualquer circulando pela cidade e fazendo perguntas sobre Ray. Aquele cabeça de melão do Chuck, da leiteria, disse para o detetive que Ray andou comendo umas alunas, teve uma crise de consciência e se matou.

— Crise de consciência? — Caramba, de onde o garoto tirou esse termo? — Chuck Kimball, é? Ele sempre teve uma cabeça de melão mesmo. Dizem por aí que foi pego colando em uma prova de literatura e conseguiu ser expulso da faculdade. Estou me lembrando que Phillip deu uma surra nele uma vez. Só não me recordo o motivo da briga.

— Ele tem cara de carpa.

— Carpa? — Riu Cam. — É, acho que tem mesmo. Papai... Ray... jamais tocou em uma aluna, Seth.

— Ele era muito legal comigo. — E isso era o que mais contava.

— Minha mãe...

— Vá em frente, conte — incentivou Cam.

— Ela me disse que ele era meu pai. Só que em outra ocasião ela falou que meu pai era outro cara e, outra vez, quando ela estava realmente doidona, contou que o meu velho era um tal de Keith Richards.

— Caramba, quer dizer que ela deu para um dos Rolling Stones?

Cam não conseguiu se segurar e deu uma gargalhada.

— Quem?

— Mais tarde eu cuido da sua educação musical.

— Eu não sei se Ray era meu pai mesmo... — Seth levantou a cabeça. — Ela é uma tremenda mentirosa, então nunca engoli nada do que ela contava, mas o fato é que Ray me aceitou. Sei que ele entregou um dinheiro para ela, muita grana... não sei se ele teria me contado que era meu pai. Uma vez ele me disse que havia coisas sobre as quais a gente precisava conversar, mas ele tinha de resolver alguns problemas antes. E sei também que você não gostaria de descobrir que ele era o meu pai.

Aquilo não importava, compreendeu Cam. Não mais...

— E você, gostaria de ter certeza de que ele era seu pai? — perguntou ao menino.

— Ray era um cara decente. — O menino disse isso de uma forma tão simples que Cam o envolveu, colocando o braço em torno do seu ombro, e Seth se recostou nele.

— Sim, ele era.

Tudo mudara. Tudo estava diferente. E Cam estava louco para contar a ela. Sabia que sua vida dera uma nova reviravolta e, de algum modo, ele acabou no lugar exato em que precisava estar.

A única peça que faltava era Anna.

Ele arriscou e dirigiu até o apartamento dela. Era sábado à noite, pensou. Ela era esperada no trabalho na segunda. Anna era uma mulher prática e com certeza reservaria o domingo para relaxar, cuidar da roupa da semana, ler seus e-mails, enfim...

Se ela ainda não tivesse voltado, ele ficaria esperando na soleira da porta até ela aparecer.

Só que, no momento em que ela atendeu logo de primeira e ficou ali parada, parecendo tão renovada, descansada e linda, ele foi pego totalmente de surpresa.

Anna, por outro lado, havia se preparado para esse encontro durante toda a semana. Sabia exatamente como lidar com Cam.

— Oi, Cam, isso é uma surpresa. Quase que você não me pega em casa!

— Quase não a pego em casa? — repetiu ele, de forma tola.

— É, mas ainda tenho alguns minutos. Gostaria de entrar?

— Sim, eu... onde, diabos, você se meteu?

— Como disse? — perguntou ela, arqueando as sobrancelhas.

— Você sumiu, desapareceu no ar!

— Eu não diria isso. Consegui uma semana de licença no trabalho, verifiquei se as minhas vizinhas ficariam bem e pedi que regassem as plantas durante a minha ausência. Também não fui abduzida por aliens, simplesmente tirei uns dias de folga por motivos pessoais. Quer um pouco de café?

— Não. — Tudo bem, pensou ele, ela vai bancar a fria e distante. Ele também sabia fazer isso. — Preciso conversar com você.

— Isso é bom, porque também preciso falar com você. Como está Seth?

— Está ótimo. De verdade. Resolvemos uma porção de diferenças. Hoje mesmo...

— O que aconteceu com o seu braço?

— Nada! — Impaciente, ele olhou para o braço cheio de ferimentos e arranhões. — Não foi nada. Escute, Anna...

— Por que não se senta? Eu queria muito pedir desculpas por ter sido tão grossa na semana passada.

— Pedir desculpas? — Ora, agora sim... Sentindo-se disposto a perdoar, ele se sentou no sofá. — Por que não esquecemos tudo? Tenho muitas coisas para contar.

— É que realmente preciso esclarecer algumas coisas. — Sorrindo de forma agradável, ela se sentou na poltrona em frente a ele. — Imagino que nos vimos em uma posição muito desconfortável. Grande parte disso foi culpa minha. Me envolver com você foi um risco calculado. O problema é que senti uma atração muito forte, e não pesei os problemas potenciais de forma tão cuidadosa quanto deveria. Obviamente, o que aconteceu no fim da semana passada estava fadado a ocorrer. E como nós dois colocamos os interesses de Seth em primeiro lugar, e vamos continuar a fazê-lo, eu detestaria que ficássemos batendo cabeça.

— Ótimo, então não vamos mais bater cabeça... — Ele esticou a mão, tentando alcançá-la, mas Anna se esquivou do gesto e simplesmente deu um tapinha carinhoso na mão estendida.

— Agora que está tudo acertado, você vai ter que me desculpar, Cam. Detesto ter que apressar você para ir embora, mas tenho um encontro.

— Um o quê?

— Um encontro. — E olhou para o relógio de pulso. — Aliás, já estou atrasada e ainda preciso trocar de roupa.

— Você tem um encontro? — Lentamente, ele se levantou. — Hoje à noite? Que diabos está querendo dizer com isso?

— O que você entendeu quando... — Piscou duas vezes, como se estivesse confusa, e então deixou o olhar se encher de desculpas. — Ah, Cam, eu sinto muito! Pensei que tínhamos compreendido que havíamos terminado com o... bem, o aspecto mais pessoal do nosso relacionamento. Achei que havia ficado bem claro que aquilo não estava funcionando para nenhum de nós dois.

Parecia que alguém o pegara de guarda baixa e enfiara um soco, com punhos de ferro, bem em seu estômago.

— Olhe, Anna, se ainda está irritada comigo...

— Eu estou parecendo irritada? — perguntou, com frieza.

— Não. — Ele olhou para ela, balançando a cabeça enquanto sentia o estômago pular e retorcer. — Não, realmente não parece. Você está me dando o fora, então...

— Não seja melodramático. Estamos simplesmente colocando um ponto final em um caso no qual entramos por vontade própria, sem promessas nem expectativas. Foi bom enquanto durou, foi mesmo... Eu detestaria estragar essas lembranças. Agora, com relação ao nosso relacionamento profissional, já disse que vou fazer o que estiver ao meu alcance para apoiar a proposta solicitando que a guarda permanente de Seth fique com vocês. Entretanto, espero que você seja mais aberto com relação às informações e detalhes sobre o caso daqui para a frente. Também ficarei feliz em consultá-los ou aconselhá-los sobre qualquer assunto relacionado à guarda de Seth. Você e os seus irmãos estão fazendo um trabalho maravilhoso com ele.

Ele ficou esperando, certo de que ainda havia mais.

— É só isso? — perguntou ele, por fim.

— Não consigo me lembrar de mais nada no momento... E agora, me desculpe, mas estou com um pouco de pressa.

— Você está com um pouco de pressa... — Ela acabara de apunhalá-lo bem no coração e estava com pressa. — Isso é muito ruim, porque eu ainda não acabei.

— Sinto muito se o seu ego ficou ferido.

— É, meu ego está ferido. Estou cheio de arranhões, na verdade. Como você consegue ficar aí de pé me dando o fora depois de tudo que passamos juntos?

— Sim, o sexo foi fantástico, não estou negando isso. Só que a gente não vai mais transar.

— Sexo? — Ele a agarrou pelos braços e a sacudiu, e teve a satisfação de ver um clarão de raiva por baixo dos seus olhos frios. — Foi só isso que aquilo representou para você?

— Foi só isso que aquilo representou para nós dois! — As coisas não estavam saindo do jeito que planejara. Ela achou que ele ia ficar zangado e disparar porta afora. Ou talvez se mostrar aliviado por ela recuar antes dele e sair dali assobiando. Ele não deveria entrar em confronto direto com ela, como estava acontecendo. — Agora, me solte!

— Aqui que vou soltar! Andei a semana toda enlouquecido, esperando você voltar. Você virou a minha vida toda do avesso, e agora não vou sair de mansinho só porque você quer terminar comigo, de jeito nenhum!

— Nós terminamos um com o outro. Não quero mais você na minha vida, e o azar é todo seu se eu falei isso antes de você. Tire as mãos de mim!

Ele a soltou, como se a pele dela estivesse queimando seus dedos. Pressentiu um nó de desconfiança na garganta dela e perguntou:

— O que a fez achar que eu ia terminar com você?

— Não queremos as mesmas coisas. Não estávamos indo a lugar nenhum, e não vou continuar seguindo por esse caminho, não importa o que eu sinta por você.

— E o que sente por mim?

— Cansaço! Estou cansada de você! — gritou ela. — Cansada de mim, cansada de nós. Cheia e cansada de me enganar, dizendo a mim mesma que diversão e joguinhos seriam o bastante. Pois não são o bastante! Não chega nem perto do que eu quero, e o que eu quero, nesse momento, é que você caia fora daqui!

Ele sentiu a raiva e o pânico que o apertavam afrouxarem um pouco e voltou a se deliciar com aquilo.

— Você está apaixonada por mim, não é?

Ele jamais vira uma mulher ir do controle total para a explosão furiosa tão rápido. E, ao ver aquilo acontecer, perguntou a si mesmo por que levara tanto tempo para compreender que a adorava. Ela girou o corpo, agarrou um abajur e o atirou na direção dele.

Cam teve que reconhecer que ela tinha uma boa mira, e se sentiu grato por estar em pé, pois conseguiu desviar a tempo, ouvindo apenas o silvo da base da luminária que tirou um fino da sua cabeça e se espatifou de encontro à parede.

— Seu arrogante, convencido, filho da mãe com sangue de barata! — Pegou um vaso pesado dessa vez, um novinho que comprara na viagem de volta, só para se alegrar, e o varejou com força.

— Nossa, Anna! — Era admiração pura em estado bruto aquilo que sentiu explodir dentro de si quando se viu forçado a agarrar o vaso no ar antes que o atingisse no rosto. — Você deve estar mesmo louquinha por mim.

— Eu desprezo você! — E olhou em volta, de forma frenética, buscando mais alguma coisa que pudesse atirar nele. Acabou agarrando uma fruteira que estava sobre o balcão da cozinha. As frutas voaram antes. Maçãs... — Detesto você! — Peras... — Abomino você! — Bananas... — Não posso acreditar que permiti que tocasse em mim! — Finalmente, a fruteira. Só que ela foi mais esperta dessa vez, fingiu que ia jogar um segundo antes e, então, mirou na direção em que ele desviara.

A peça de cerâmica o atingiu pouco acima da orelha e o fez ver estrelas rodando diante dos olhos.

— Certo! Agora a brincadeira acabou! — E deu um mergulho na direção dela, agarrando-a pela cintura. Mesmo com o corpo já todo arrebentado, ele teve que aguentar os chutes e socos dela, mas conseguiu jogá-la sobre o sofá e segurá-la.

— Agora veja se consegue se acalmar, antes que acabe me matando.

— Mas eu quero matar você — disse ela, rangendo os dentes.

— Pode acreditar que deu para perceber.

— Você não percebe nada! — E enfiou a cabeça por baixo dele, tentando escapar, fazendo-o sentir uma mistura de tesão com vontade de rir. Sentindo a mesma coisa, ela levantou a cabeça e o atingiu com força.

— Ai! Droga! Tá legal, já chega! — Ele a levantou no ar e a colocou sobre o ombro. — Você ainda nem desfez as malas? E vem me dizer que tem uma droga de encontro. Não tem encontro nenhum! Vem me dizer que a gente terminou? Conversa fiada! — Ele marchou até o quarto dela, viu a mala sobre a cama e a pegou.

— O que está fazendo? Coloque-me no chão! E ponha a mala no chão também.

— Não vou largar nenhuma das duas, nem você nem a mala, até a gente chegar a Las Vegas.

— Las Vegas? Las Vegas? — E socou as costas dele com força, usando as duas mãos. — Não vou a parte alguma com você, muito menos a Las Vegas.

— Pois é exatamente para lá que a gente está indo! É o lugar mais rápido do mundo para as pessoas se casarem, e estou com pressa.

— E como você espera me colocar dentro de um avião quando estou berrando com toda a força, colocando os pulmões para fora? Vai conseguir ser preso em menos de cinco minutos.

Já com a paciência por um fio, porque ela estava provocando danos consideráveis nele, ele a colocou no chão, bem na porta da frente, e segurou-lhe os braços, avisando:

— Vamos nos casar e isso já está resolvido!

— Pois você pode... — Seu corpo despencou no piso e sua cabeça deu um nó. — Casar? — A palavra finalmente penetrou através da sua raiva. — Mas você não quer se casar...

— Pois pode acreditar, agora já estou pensando seriamente em reconsiderar a ideia, desde que você acertou a minha cabeça com a fruteira. Agora você vai me acompanhar de forma razoável ou vou ser obrigado a sedá-la?

— Por favor, me deixe em paz, me deixe sozinha.

— Anna. — E abaixou a cabeça até que sua sobrancelha ficou na mesma altura que a dela. — Não me peça isso, não me peça para deixá-la sozinha, porque acho que não consigo mais viver sem você. Arrisque-se, deixe os dados rolarem... venha comigo.

— Você está zangado e magoado — disse ela, trêmula —, e está achando que sair correndo para Las Vegas para encomendar um casamento instantâneo e pasteurizado vai consertar tudo.

Ele emoldurou o rosto dela, de modo gentil dessa vez. Lágrimas estavam começando a aparecer em seus olhos, e ele sabia que acabaria de joelhos se ela as deixasse escorrer.

— Anna, você não consegue dizer que não me ama e, mesmo que diga, não vou acreditar em você.

— Ah, mas eu estou apaixonada por você, Cam, não nego isso. Só que vou sobreviver. Existem coisas na vida das quais eu necessito. Fui obrigada a ser honesta comigo mesma e reconhecer isso. Você me magoou demais!

— Eu sei... — disse, e pressionou os lábios na testa dela. — Eu sei o que fiz. Fui cego, egoísta e burro! Além do mais, droga, estava apavorado. Por mim, por você, por tudo que estava acontecendo à minha volta. Estraguei tudo, e agora você não está disposta a me dar mais uma chance.

— Não é uma questão de dar chances. Trata-se de sermos práticos o bastante para admitir que desejamos coisas diferentes da vida.

— Pois eu finalmente descobri, hoje, o que quero da vida. Diga-me o que você quer.

— Quero uma casa — afirmou ela.

Ele já tinha uma pronta para ela, pensou ele.

— Quero um casamento — continuou ela.

E ele não havia acabado de pedi-la em casamento?

— Quero ter filhos!

— Quantos?

Os olhos dela secaram e ela deu um empurrão nele.

— Isso não é brincadeira, Cam.

— Mas não estou brincando. Estava pensando em dois, com uma opção em aberto para três. — Seus lábios se alargaram em um sorriso repuxado ao ver o choque no rosto dela. — Viu só? Agora é você que está ficando apavorada ao compreender que estou falando sério.

— Mas você... você vai voltar correndo para Roma, ou sei lá para onde, assim que puder.

— Nós dois podemos ir para Roma, ou sei lá para onde, na nossa lua-de-mel... Mas não vamos levar o garoto! Desse ponto não abro mão, sou eu que determino. Pode ser que me dê vontade de participar de uma ou outra corrida de vez em quando, só para não perder a forma. Porém, vou estar estabelecido no negócio de construção de barcos. É claro que a fábrica pode ir para o brejo. Nesse caso, você vai ficar grudada a um sujeito que irá cuidar da casa, mesmo detestando os trabalhos domésticos.

Ela queria pressionar os dedos sobre as têmporas, mas ele continuava a segurá-la entre os braços.

— Assim não consigo nem pensar, Cam.

— Ótimo, então apenas ouça. Você deixou um buraco dentro de mim quando foi embora, Anna. Eu não queria admitir isso, mas o buraco estava lá, grande e vazio.

— Sabe o que eu fiz hoje? — continuou ele, encostando a testa na dela por um instante. — Trabalhei o dia inteiro na construção do barco, e me senti bem. Depois, voltei para casa, o único lar que jamais tive, e tudo me pareceu certo. Em seguida, tivemos uma reunião de família e decidimos processar a seguradora e fazer o que é certo pela memória do nosso pai. Por falar nisso, tenho conversado muito com ele.

— O quê? Quem? — Ela não conseguia parar de olhar para ele, embora sua cabeça girasse.

— Meu pai. Tenho levado uns papos com ele, três papos, na verdade, depois que ele morreu. Ele me pareceu muito bem disposto.

— Cam... — Ela sentiu um bolo bem na base da garganta.

— Sim, sim, já sei — disse ele, com um sorriso maroto. — Preciso de aconselhamento psicológico. Podemos conversar a respeito disso mais tarde, não quero mudar de assunto. Estava contando a você as coisas que fiz hoje, não era?

— Sim... — Muito lentamente, ela concordou.

— Muito bem... depois da reunião, Phil soltou uma piadinha sem graça e acabamos nos socando por algum tempo. Isso foi muito legal também. Depois, conversei com Seth a respeito das coisas sobre as quais já deveria ter falado antes, e ouvi o que ele tinha a dizer, do jeito que também já deveria ter feito antes. Depois, ficamos simplesmente sentados lá juntos durante mais algum tempo. Isso também fez eu me sentir bem, Anna, e me pareceu a coisa certa, tudo se encaixando direitinho.

— Fico feliz... — E os lábios dela se curvaram, formando um sorriso.

— Tem mais. Senti, quando estava sentado lá, que era lá mesmo onde eu queria e precisava estar. Havia apenas uma coisa faltando, e essa coisa era você. Foi então que resolvi encontrá-la e levá-la de volta. — Pressionou os lábios de leve contra a sua testa. — Vim até aqui para levá-la para casa, Anna.

— Acho que eu preciso me sentar um instante.

— Não, quero você e pé e com os joelhos bambos quando eu disser que a amo. Está pronta?

— Ai, meu Deus!

— Sempre tive todo o cuidado de jamais dizer a uma mulher que a amava... exceto a minha mãe. E, mesmo para ela, não dizia muitas vezes, pelo menos não o bastante. Me dê uma chance, Anna, e vou dizer essa frase para você tantas vezes quanto você aguentar ouvir.

— Só que não quero me casar em Las Vegas. — Ela soltou um suspiro.

— Estraga-prazeres! — E observou seus lábios se curvarem para baixo, antes de cobri-los com os seus. E o sabor dela o acalmou e fez parar de doer todas as feridas do seu corpo e da sua alma. — Deus, como senti saudades! Nunca mais se afaste de mim...

— Pelo menos isso fez você cair na real — disse, e passou os braços com força em volta dele. E aquilo lhe parecia delicioso, pensou, com a cabeça meio aérea. Parecia a coisa certa. —Ah, Cam, quero ouvir a frase agora!

— Eu amo você! Parece tão certo amar você, tudo se encaixa. Não acredito que tenha perdido tanto tempo.

— Foram menos de três meses — lembrou ela.

— Tempo demais! Mas a gente corre atrás para compensar.

— Eu quero que você me leve para casa — murmurou ela — depois.

— Depois do quê? — Ele se afastou ligeiramente dela, virando a cabeça para o lado, e então a fez soltar uma gargalhada ao erguê-la no colo.

Foi caminhando com ela nos braços, através da sala cheia de detritos, chutou uma banana com cara de passada que ficara no caminho e disse:

— Sabe de uma coisa? Não consigo compreender por que eu costumava achar que o casamento seria uma coisa chata e entediante.

— O nosso não vai ser. — E ela beijou sua cabeça machucada, que ainda sangrava um pouquinho. — Eu prometo!

Impresso no Brasil pelo
Sistema Cameron da Divisão Gráfica da
DISTRIBUIDORA RECORD DE SERVIÇOS DE IMPRENSA S.A.
Rua Argentina, 171 – Rio de Janeiro, RJ – 20921-380 – Tel.: (21)2585-2000